Katharina Gerwens
Die letzte Brezn

Zu diesem Buch

Inmitten der beliebten Urlaubsregion Bayerischer Wald liegt die
beschauliche Kleinstadt Grafenau – ein Ort der Ruhe und Erho-
lung. Doch die Idylle trügt. Denn auf einer Parkbank an der See-
promenade entdecken nächtliche Spaziergänger eine männliche
Leiche. Schnell spricht es sich herum: Bei dem Toten handelt es
sich um den eigenbrötlerischen Glasbläser Rudolf Handgrödinger,
der im Ort wenig Freunde hatte. Hauptkommissarin Franziska
Hausmann, die von ihrer einjährigen Auszeit zurückgekehrt ist
und als Sonderermittlerin nach Grafenau geschickt wird, steht
schon bald vor einem Rätsel. Weshalb reagieren die Einwohner
eher erleichtert als bestürzt auf den Tod Handgrödingers? Und
was hat es mit dem Skelett auf sich, das nur wenig später beim
Aushub eines Swimmingpools entdeckt wird?

*Katharina Gerwens* wuchs in einem Dorf im Münsterland auf.
Nach ihrer Ausbildung zur Journalistin arbeitete sie in verschie-
denen Verlagen und ist heute als freie Autorin tätig. Sie lebt mit
Mann und Katze in Niederbayern. Gemeinsam mit Herbert
Schröger verfasste sie eine Reihe von Niederbayern-Krimis, die
im fiktiven Ort Kleinöd spielen. Allein veröffentlichte sie bereits
mehrere Krimis, unter anderem die Reihe um Franziska Hausmann, die im Bayerischen Wald spielt.

Katharina Gerwens

# Die letzte Brezn

Ein Krimi aus dem Bayerischen Wald

Mehr über unsere Autorinnen, Autoren und Bücher:
www.piper.de

Von Katharina Gerwens liegen im Piper Verlag vor:
*Kleinöd-Krimis:*
Band 1: Stille Post in Kleinöd (mit Herbert Schröger)
Band 2: Die Gurkenflieger von Kleinöd (mit Herbert Schröger)
Band 3: Anpfiff in Kleinöd (mit Herbert Schröger)
Band 4: Rufmord in Kleinöd (mit Herbert Schröger)
Band 5: Selig in Kleinöd (mit Herbert Schröger)

*Westfalen-Krimis:*
Band 1: Schürzenjäger
Band 2: Westfälische Affären

*Bayerischer-Wald-Krimis:*
Band 1: Die letzte Brezn
Band 2: Die letzte Ölung
Band 3: Der letzte Tropfen
Band 4: Der letzte Schrei
Band 5: Der letzte Streich

Auf Samtpfoten zum Glück
Katzenpfötchen im Schnee

Originalausgabe
ISBN 978-3-492-30570-9
1. Auflage Dezember 2014
7. Auflage Dezember 2021
© Piper Verlag GmbH, München 2014
Umschlaggestaltung und -motiv: bürosüd°, München
Satz: Uhl + Massopust, Aalen
Gesetzt aus der Aldus
Druck und Bindung: CPI books GmbH, Leck
Printed in the EU

# 1. Kapitel

Bis zu diesem Mittwochmorgen hatte Clemens Ortmair geglaubt, ihn werde es nicht treffen. Ihn nicht und auch nicht seine Frau. Solche wie er machten es immer allen recht und hatten weder finstere Geheimnisse noch irgendwelche verbotenen Räume, in die niemand hineinsehen durfte.

In seiner Familie war zu allen Zeiten über alles gesprochen worden. Auch wenn manche Dinge vielleicht besser nicht an die Öffentlichkeit gekommen wären, beispielsweise das unglaubliche Verhalten seines Großvaters, der auf dem Sterbebett weder mit seiner vierzig Jahre jüngeren zweiten Ehefrau noch dem eiligst herbeigerufenen Pfarrer sprechen wollte, sondern stattdessen seinem Enkel Clemens angeschafft hatte, den prächtigsten Hahn aus dem Hühnerstall zu holen.

»Und dass du mir fei bloß koa Henna ned bringst«, hatte er ihm noch hinterhergerufen, doch Clemens kannte den Lieblingshahn seines Opas genau und wusste zudem, wie sich ein Hahn von einem Huhn unterschied. Wenig später hatte der Vierundneunzigjährige das Federkleid seines besten Freundes gestreichelt und gemurmelt: »Mach's guat, Oida, und lass nix obrenna.«

Bevor sich der Alte in die Ewigkeit verabschiedete, gab er noch einen zufriedenen, ja fast glücklichen Seufzer von sich, drückte die Hand seines Lieblingsenkels und ergötzte sich daran, wie der Gockel mit seinen staubigen Krallen über das weiße Bettzeug stolzierte und selbstbewusst die Schwanzfedern spreizte.

Derweil hatte Clemens' Stiefoma, die jünger war als sein Vater, vor der Tür auf den letzten Atemzug ihres Mannes gelauert und ihr Schicksal als Ganzes, besonders aber ihr vertanes Leben an der Seite dieses Deppen beklagt. Die Onkel und Tanten und auch Clemens' Eltern im Nebenraum schwiegen und starrten auf ihre gefalteten Hände. Wie im Wartezimmer des Todes, dachte Clemens später, wobei allein der Großvater eine Audienz beim Sensenmann erhalten hatte.

Tatsächlich hatte der Tod nicht mehr lange auf sich warten lassen, ebenso wenig wie das Donnerwetter, das wenig später über den damals elfjährigen Clemens hereingebrochen war. »Du machst auch an jeden Blödsinn mit, den der Alte dir anschafft, du Depp, du damischer. Bring sofort den Gockel in den Stall z'ruck«, wurde er von seiner Stiefoma und den Eltern gerügt, während die restliche Verwandtschaft flüsternd und raschelnd in das Sterbezimmer einbrach und nach der Hand des Verstorbenen griff. Als müsse sie sich vergewissern, dass der Alte auch tatsächlich von ihnen gegangen sei.

Hoch und heilig hatte Clemens allen schwören müssen, niemandem diese wirklich peinliche Geschichte mit dem Hahn zu erzählen, aber am nächsten Tag wusste es dennoch fast jeder in Grafenau. Gerade wenn man etwas verbergen wollte, kam das garantiert als Erstes ans Licht.

Als der mittlerweile dreiunddreißigjährige Clemens Ortmair an jenem Vormittag diesen rätselhaften Gegenstand vor seiner Tür fand, ahnte er, dass auch er künftig zu jener Liga gehören würde, die etwas zu verbergen hatte. An diesem Novembermorgen begann er, alles infrage zu stellen. Selbst die Neuigkeiten des Grafenauer Anzeigers, der hochkant im Briefkasten steckte, hatten ihre fraglose Verbindlichkeit verloren.

Denn was sollte dieser gläserne hellgrüne Minisarg auf seiner Türschwelle bedeuten? Und warum gerade bei ihm? Einen ersten spontanen Impuls, das Ding mit einem Fußtritt wegzukicken, konnte er gerade noch unterdrücken. Das hätte Scherben gegeben und ein Geräusch, bei dem selbst jene Nachbarn, die bisher noch nichts von dieser fatalen Morgengabe wussten, aufhorchen würden.

»Du wirst des Zeichen a no kriagn«, hatte ihm jemand vor noch gar nicht so langer Zeit zugeraunt. Es war so schnell gegangen, dass er den weissagenden Flüsterer im Dunkeln nicht erkannt hatte. Auf seinem Heimweg hatte er kopfschüttelnd über diese alberne Drohung gelächelt. Was für ein Zeichen denn? Er doch nicht! Jetzt aber, da Clemens Ortmair das Ding da vor sich sah, ahnte er, was gemeint gewesen sein könnte.

Grauer Nebel hing an diesem kalten Morgen über Grafenau. Seit Tagen war die Sonne nicht mehr richtig herausgekommen, und dennoch ging von diesem etwa sechzig Zentimeter langen Objekt ein derart kaltes Leuchten aus, dass es ihn mitten ins Herz traf. Als wäre es ein für ihn bereitgestellter Sarg.

Mit zitternden Händen faltete er die Zeitung auseinander und wickelte den Glaskasten darin ein.

»Wo bleibst du denn?«, rief seine Frau aus der Küche.

»Bin schon da!«, rief er und versuchte, besonders fröhlich zu klingen, während er dem Kaffeeduft folgte.

Doch Ute ließ sich nicht täuschen. »Ist was?«

»Nein, nein.« Clemens schüttelte besonders heftig den Kopf. »Was soll schon sein?«

»Wo ist die Zeitung?«

»Richtig, die ist noch draußen. Hab ich vergessen, warte, ich hol sie.« Er verließ die Küche, wickelte die gläserne Bedrohung wieder aus dem Grafenauer Anzeiger und verbarg sie unter der ersten Stufe der dunkelgrauen Granittreppe, die als geschwungenes S vom Erdgeschoss in den ersten Stock führte.

»Du hast doch was?« Ute Ortmair zog die Stirn kraus. »Schlechte Nachrichten in der Zeitung? Macht deine Firma etwa pleite?«

»Nein, natürlich nicht.« Er wärmte sich beide Hände an

der Kaffeetasse und beobachtete, wie seine Frau im Stehen die Tageszeitung durchblätterte.

»Da ist doch was!« Sie klang gleichzeitig besorgt und gereizt.

Demonstrativ blickte er aus dem Fenster. Sollte er ihr sagen, dass zwar nichts Schlimmes in der Zeitung stand, dafür aber das Vorzeichen ihres gemeinsamen Unterganges darin eingewickelt gewesen war? Was für ein theatralischer Gedanke. Und lächerlich obendrein. Er würde Ute nicht damit belasten. Und hatte das Ganze überhaupt mit ihnen zu tun? Es könnte doch auch ein Irrtum sein. Dieser Verrückte, von dem seit einigen Wochen in Grafenau gemunkelt wurde, konnte sich vertan und ein ganz anderes Haus gemeint haben.

»Nun sag schon, da ist doch was!« Ute schob ihm den Korb mit den Semmeln zu.

»Nein, da ist nichts.« Seine Stimme klang lauter als beabsichtigt. »Ich habe einen schweren Tag vor mir. Da wird man sich ja wohl innerlich drauf vorbereiten dürfen.«

»Ist ja schon gut.« Sie nickte gekränkt. »Man wird sich ja wohl noch Sorgen machen dürfen!«


Das einzig Schwierige an diesem Tag, dachte Clemens Ortmair auf dem Weg in die Arbeit, würde die »Recherche« sein. Er musste herausfinden, auf wessen Schwelle noch ein solches Ding gelegen hatte, und sich mit demjenigen in Verbindung setzen.

Ortmair versuchte, sich an die vielen Gesprächsschnipsel zu erinnern, die er auf dem Flurfunk seiner Spedition aufgeschnappt hatte. Hätte er nur besser zugehört, anstatt sich mit vornehmer Demut auf Zahlen und Formeln zu konzentrieren. Gerade als das Acht-Uhr-Läuten der Kirchturmuhr erklang, dämmerte ihm ein Name: Florian Simbacher. War nicht vor gar nicht so langer Zeit gemunkelt worden, dass auch der eine unerwünschte Morgengabe bekommen und gleich beiseite geschafft habe? Vielleicht auch einen gläsernen Sarg?

Doch wie sollte er am besten vorgehen? Spräche er den Florian direkt darauf an, so würde der garantiert alles ableugnen, so redegewandt, wie der war. Andererseits wäre es auch unklug, sich gleich selbst als Sargempfänger zu outen, überlegte Clemens Ortmair mit gerunzelter Stirn. Warum hatte er das Ding eigentlich seiner Frau verschwiegen, und warum hatte er sie heute Morgen nicht wie sonst umarmt? Ihm schien es, als hätte das Objekt schon jetzt den ersten Giftpfeil auf ihr gemeinsames Glück gerichtet.

Seufzend öffnete er die Tür zum Verwaltungstrakt der Spedition und schlurfte mit hochgezogenen Schultern durch den langen Flur in sein Büro. Während der Computer hochfuhr, goss er die Usambaraveilchen auf der Fensterbank und entfernte, wie fast jeden Morgen, die vertrockneten Blütenblätter.

Die Kaffeemaschine in der fensterlosen Teeküche war schon zu vier Fünfteln durchgelaufen. Er war also nicht der Erste. Clemens angelte sich seinen persönlichen eidottergelben Becher aus dem Regal, nahm aus dem Kühlschrank die Milchtüte mit seinen Initialen und beschloss, das Problem gleich anzugehen. Es brachte ja nichts, die Geschichte immer weiter vor sich herzuschieben. Und wie er den Simbacher Flori kannte, so stand der ganz bestimmt schon in seinem Laden und räumte für die Wintersaison um. Bis zum ersten Schnee war es ja nun wirklich nicht mehr lange hin.

Resolut verschloss er seine Bürotür von innen, griff zum Telefon und rief bei Florian an.

»Simbacher, Sport und Chic auf einen Klick, was kann ich für Sie tun?«

Es hatte keinen Sinn, lange drumrum zu reden, und so fiel Clemens mit der Tür ins Haus. »Du, bei mir hat heute Morgen

9

so ein komisches Ding vor der Tür gestanden. Und da hab ich mir gedacht, dass du mir sicher helfen kannst.«

Der modebewusste Sportsmann am anderen Ende der Leitung schluckte, seufzte bedeutungsvoll und schwieg.

»Also, ich … also ich hab mir gedacht, ich melde dir das einfach mal«, stotterte Clemens. Dieses gerade mal sechzig Zentimeter lange Glasding machte ihm Angst, und er wusste, dass es auch den anderen Angst gemacht haben musste.

Selbst dem Simbacher Florian, der sich nun laut und vernehmlich räusperte, bevor er sagte: »Aha, dann sind es also fünf. Hatte ich's doch befürchtet. Mehr werden es wohl auch nicht. Wenn ich ganz ehrlich bin: Eigentlich hast gerade du uns noch gefehlt. Weißt du was, ich und du und die drei anderen, wir treffen uns heut auf d'Nacht im Gasthaus Zur Brezn. Siebzehn Uhr. Da gibt's ein Hinterstüberl. Und dort finden wir dann eine Lösung.«

»Wir?«, fragte Clemens. »Wen meinst du damit?«

»Alle fünf Betroffenen. Wir müssen uns wehren. Wer weiß, was der Wahnsinnige vorhat.«

»Wen meinst jetzt damit?«

Florian Simbacher gab keine Antwort, sondern stellte besserwisserisch klar: »Wenn wir uns beeilen und sachlich bleiben, haben wir in einer Stunde alles besprochen. Dann fällt es nicht einmal auf, dass wir ein bisserl später heimkommen.«

Was für ein Depp, dachte Clemens Ortmair nach dem Telefonat. Er hatte den fast zwanzig Jahre älteren Simbacher Florian noch nie leiden können. Auf den wartete doch eh keine daheim. Stattdessen schleppte der Flori ein Weibsbild nach dem anderen ab – dieser sexbesessene Lügner.

Schon früher, als sie fast Nachbarn gewesen waren, hatte sich der Flori immer in alles eingemischt und sich um alles gekümmert. Vor allem um Dinge, die ihn nichts angingen, und bevorzugt dann, wenn Weiberleut im Spiel waren. Noch heute war Clemens davon überzeugt, dass der Simbacher damals die Geschichte mit Clemens' sterbendem Großvater und dem prächtigen Hahn in die Stadt getragen hatte, damit alle über die Ortmairs und über die junge Witwe Rosina lachten. Dabei war der Opa ein wirklich lieber Mensch gewesen. Der hätte bestimmt gewusst, was bei einem solchen Fund vor der Tür zu tun wäre, und hätte es nicht nötig gehabt, ausgerechnet einen Florian Simbacher um Rat zu fragen.

Clemens schloss seine Zimmertür wieder auf und ließ sie halboffen stehen. Verschlossene Türen galten in diesem Bürotrakt als verdächtig. Wer über den künstlich erleuchteten Flur ging, sollte in jedes Zimmer hineinsehen und auf Anhieb erkennen können, wie intensiv und konzentriert die anderen arbeiteten. Als würde ausgerechnet das die eigene Leistung steigern.

Anfangs hatte es Clemens verdammt viel Kraft gekostet, nicht jedes Mal aufzublicken, wenn draußen einer vorbeimarschierte. Seine Kolleginnen und Kollegen pflegten die offenbar wichtigsten Dinge zwischen Tür und Angel zu verhandeln. Auf dem Gang bildeten sich Koalitionen zum gemeinsamen Mittagessen oder zum Stadtbummel. Geburtstage wurden dort begossen, Lebenskrisen ausgebreitet und in allen Einzelheiten durchgenommen, jedoch so gut wie nie geklärt. Dieser Flur hatte trotz seines künstlichen Lichtes etwas vom prallen und bunten Leben, während sich in den einzelnen Büroräumen grau und fordernd die Arbeit häufte. Clemens Ortmair erschienen daher die offenen Zimmertüren wie Fenster zum Eigentlichen, und da immer nur Bruchteile des Seins an diesen Fensterchen vorbeischwirrten, vermittelte ihm das Stimmengewirr dort draußen die Illusion eines Hörspiels.

Auf diese Weise musste er vor einigen Tagen mitbekommen haben, dass auf den Granitstufen vom Sportladen Simbacher ein unheimliches Ding gelegen hatte. Was genau es gewesen war, wusste natürlich mal wieder niemand. Voller Schadenfreude hatte Clemens gelauscht und gedacht: Geschieht ihm ganz recht. Der soll ruhig mal ein bisschen Schiss kriegen, dieser selbstgerechte Schönling. Doch schon wenige Tage später war er vom Schicksal für diesen Gedanken bestraft worden, dachte Clemens nun.

Summend tänzelte die Sekretärin des Abteilungsleiters an seiner Tür vorbei und hob grüßend eine Hand. Wo die nur immer ihre gute Laune hernahm! Das Leben war ungerecht. Mit wilder Entschlossenheit griff Clemens nach der Posteingangsmappe, um den heutigen Stapel an Anfragen, Aufträgen und Rechnungen abzuarbeiten.

Fünf Leute aus Grafenau hatten also so ein Ding gekriegt. Ausgerechnet fünf.

Auf dem Computerbildschirm entfaltete sich eine fette Fünf nach der anderen. Unheilschwanger sahen die aus, und Clemens Ortmair ahnte, dass ihm wohl nichts anderes übrigblieb, als um siebzehn Uhr das Hinterzimmer der Wirtsstube Zur Brezn zu betreten und sich den anderen vieren zu stellen. Da wusste er noch nicht, dass er genau diesen Entschluss sein Leben lang bereuen sollte.

Ute Ortmair hatte an diesem Vormittag frei. Ganz gegen ihre Gewohnheit rauchte sie direkt nach dem Frühstück eine Zigarette. Irgendwas war mit Clemens los. Ob das was mit ihr zu tun hatte? Okay, sie hatte mal wieder geflirtet. Aber war es ihre Schuld, wenn sie eine so tolle Ausstrahlung hatte? Nicht ohne Stolz betrachtete sie ihr Spiegelbild in der Fensterscheibe und lächelte sich an. Die Zigarette stand ihr nicht, und sie drückte sie aus. Würde sie sich selbst begegnen, wäre sie auch fasziniert von sich, dachte sie und sonnte sich in dem Bewusstsein, an jedem Finger zehn Verehrer zu haben. Entschieden hatte sie sich allerdings für Clemens, denn der war solide und zuverlässig. Sie fand nur, er sollte nicht immer so eifersüchtig sein. Schlechte Laune machte Falten, und er hatte ihr mit seiner Miesepetrigkeit bereits das heutige Frühstück verdorben.

Dabei war es so wichtig, sich mit den Männern des Ortes gut zu stellen, dachte Ute und gab sich ihrem Lieblingstraum hin, in dem ein kleiner, aber feiner Kosmetiksalon am Grafenauer Stadtplatz die Hauptrolle spielte. Sie selbst trug in dieser Vision einen maßgeschneiderten schneeweißen Kittel, der ihre schmale Taille sowie eine nicht zu übersehende Oberweite betonte, und stöckelte so elegant über flauschige Teppichböden, dass sich der eine oder andere Herr am Schaufenster die Nase plattdrückte. Währenddessen dösten im Nebenraum mehrere Damen bei sanfter Musik auf weichen Wasserbetten einem Erwachen in faltenloser Schönheit entgegen.

Alle Frauen, die in Grafenau etwas auf sich hielten, würden zu ihr kommen, und die Ehemänner würden sich bei der Auswahl von Geschenkgutscheinen, Parfüms und edlen Hautcremes von ihr beraten lassen. Da war es doch klar, dass sie schon jetzt zu allen freundlich sein musste. Denn alle Frauen und Männer in dieser Stadt waren potenzielle zukünftige Kunden.

Seit Kurzem machte ihr ausgerechnet der Simbacher Florian den Hof. Der war mindestens zwanzig Jahre älter als ihr Mann und kam ständig in den Drogeriemarkt, in dem sie momentan noch arbeitete, um sich von ihr beim Kauf von Shampoo, Haarwasser, Rasiercreme und Zahnpasta beraten zu lassen. Doch mit einem über Fünfzigjährigen würde sie sich nicht einlassen. Mit dem würde sie nicht einmal einen Kaffee trinken gehen. Schon allein, um kein Gerede hervorzurufen.

Dabei war der ziemlich hartnäckig, dieser Florian. Sogar einen Skianzug aus seiner neuesten Kollektion hatte er ihr versprochen, wenn sie sich nur einmal mit ihm träfe. Trotzdem! Sie beschloss, sich den stylishen Skianzug lieber von Clemens zu Weihnachten zu wünschen.

Halbherzig fegte sie mit einem Besen durch Esszimmer, Küche und Flur und stieß unter der ersten Treppenstufe gegen etwas, das dort nicht hingehörte. Es klirrte. Ute Ortmair ging in die Knie. Dachte ihr Clemens etwa, dass sie niemals unter der Treppe putzte? Hoffentlich war nichts kaputtgegangen.

In dem mit Klebeband verschlossenen Pappkarton schepperte es. Sie biss sich auf die Unterlippe. Wollte Clemens ihr etwa auch in diesem Jahr wieder Sektgläser zu Weihnachten schenken? Wie phantasielos!

## 2. Kapitel

Seit der Vater tot war, kam der Amerikaner fast jede Nacht und forderte Aufmerksamkeit. Stets trug er ein anderes Gesicht, aber die Not in seinen Zügen blieb dieselbe. Daran erkannte Rudolf Handgrödinger ihn, und er fragte sich, warum der Fallschirmspringer noch immer keine Ruhe finden konnte. Seine Geschichte lag doch schon mehr als siebzig Jahre zurück.

Zuvor hatte das Gespenst – zumindest hatte der Vater Lambert Handgrödinger das behauptet – Nacht für Nacht an dessen Bett gestanden und von ihm Hilfe erhofft. Doch Rudolfs Vater hatte es sieben Jahrzehnte lang nicht geschafft, sich von dem Geist zu trennen, was entweder an der Hartnäckigkeit des Gespenstes oder an Lambert Handgrödingers Phantasielosigkeit lag.

Hätte der Vater bei seinem letzten Gang den Quälgeist nicht einfach mitnehmen können? Schließlich waren die beiden seit Ewigkeiten miteinander vertraut. Aber nein, der Alte musste seinem einzigen Kind die Spukgestalt zurücklassen und sich allein auf den Weg ins Licht begeben. Typisch!

So hatte Rudolf Handgrödinger ein ererbtes Gespenst an der Hacke, zu dem er keinerlei Beziehung hatte. Vermutlich war es grundsätzlich kompliziert, eine Beziehung zu einem Phantom aufzubauen. Zumindest hatte er weder im Internet noch in der Stadtbibliothek Ratgeber zu dieser komplexen Thematik finden können.

»Die Schuld von dene ihre Väter muass getilgt werden … sonst findt der niemals a Ruh ned. Die Sach muass ans Licht kemma. I hob's ihm versprochen.« Das war die einzige Erklärung, die Rudolf von seinem Vater erhalten hatte, als das

Gespenst im frühen Sommer dieses Jahres zum ersten Mal für ihn sichtbar in ihrer Küche aufgetaucht war, eingehüllt in eine Aura der Verzweiflung.

Aber was war das für eine Sache? Und warum hatte ihm der Vater erst in den letzten Wochen seines Lebens davon erzählt? Hatte er tatsächlich geglaubt, die Aufgabe selbst noch lösen zu können? Lambert Handgrödinger hatte es sich verdammt leicht gemacht, als er die Einlösung seines Versprechens einfach so an sein Kind weitergab.

Die Schuld von dene ihre Väter... Rudolf erinnerte sich noch gut an diesen Satz und auch daran, dass er damals wissen wollte, welche Väter genau damit gemeint waren.

»Die von den andern.«

Das kannte Rudolf schon zur Genüge. Bei seinem Vater waren es immer die anderen gewesen.

»Dann soll es doch zu denen gehen!« Aufmüpfig hatte Rudolf auf das blasse Gespenst gewiesen, das sich tatsächlich anschickte, sich zu ihnen an den Tisch zu setzen.

»Die sehn den aber ned.«

Na großartig! Nur weil er selbst mehr sah als die anderen, hatte er mehr Probleme zu lösen. Das Leben war verdammt ungerecht, fand Rudolf.

Zu gern hätte er mit dem Pfarrer darüber gesprochen oder mit dem Krankenhausseelsorger, von dem es hieß, er habe nicht nur Psychologie studiert, sondern könne außerdem gut zuhören, aber sein Vater hatte ihm verboten, mit anderen über vertrauliche Dinge zu sprechen. »Des geht fei koan was an.« Ohnehin hatte der Vater fast alles verboten. Deshalb hatte Rudolf Handgrödinger auch keine Frau – nicht einmal eine Freundin. Wenn er ganz ehrlich war, hatte er überhaupt keine Freunde. Aber dafür die Arbeit und die Kunst. Und beides füllte ihn aus.

»Du muasst des in Ordnung bringa«, hatte der Vater bestimmt. »Du muasst die Fünfe bloß no findn!«

Rudolf hatte sich gefragt, wer die Fünf wohl sein mochten. Auf jeden Fall waren sie glücklicher, denn sie lebten nicht mit Gespenstern unter einem Dach, und sollte es doch so sein, so übersahen sie die Geister einfach.

Mit zitternder Stimme hatte der Alte, der in diesem heißesten aller Sommer voller Schrecken zu begreifen schien, dass seine letzten Tage gekommen waren, nach Stift und Papier verlangt und in ausladenden Großbuchstaben fünf Namen darauf gemalt. Rudolf kannte sie alle. Vier davon waren im Vorstand der GWG, der Grafenauer Werbegemeinschaft, und hatten des Öfteren versucht, ihn in ihre Werbeaktionen einzubinden. Aber das war nicht sein Ding.

»Gib ihnen a Zeichn. Die werdn scho wissn, wos zum Tun ist, und dann mit dir Verbindung aufnehma.«

»Weißt du denn, was zu tun ist?«

Halbherzig schüttelte Lambert Handgrödinger den Kopf, hob die Schultern und blieb still. Dabei wäre genau dies der Augenblick gewesen, um endlich einmal Klartext zu reden. Ein Gespräch zwischen Vater und Sohn, die längst fällige Aussprache von Mann zu Mann. Aber so war sein Alter nun mal, dachte Rudolf Handgrödinger. Ein schweigsamer Hornochs, und warum sollte sich ausgerechnet der auf seine letzten Tage noch ändern?

Lambert war Glasbläser gewesen wie sein Vater, sein Großvater und alle Handgrödingers davor – eine lange Reihe, die bis ins Jahr 1531 zurückverfolgt werden konnte. So war auch der Rudolf Glasbläser geworden und hatte mit dem überlieferten Wissen der Väter, mit Farben, Formen und Materialien experimentiert. Seine Werke standen in Museen und wurden in Ausstellungen gefeiert – aber all das hatte den Vater nicht gekümmert. Er war nicht einmal stolz auf ihn gewesen und hatte sich geweigert, die Artikel über den begnadeten Sohn der Stadt – wie es im Grafenauer Anzeiger hieß – zu lesen. Die Geister waren ihm näher als sein Kind.

Mit den täglich etwa zehn Sätzen, die der Alte in den letzten Wochen seines Daseins an den Sohn gerichtet hatte, hätte man ihn für seine Verhältnisse fast geschwätzig nennen können. Er hatte ihm noch einiges über den rätselhaften Amerikaner erzählt. Der damals gerade mal achtjährige Lambert hatte ihn vom Himmel fallen sehen und gehört, wie er etwas geschrien hatte, was klang wie: »Ich war ein Ober.« Dazu hatte er ein weißes Tuch geschwenkt und mit strahlend weißen Zähnen gelacht. Doch die fünf Soldaten, die ihn direkt aus dem Himmel geholt hatten, sagten, er solle nicht einen solchen Schmarrn erzählen. Noch sei der Endsieg nicht erreicht. Und als der Mann immer weiter sein Tuch schwenkte, hatte einer der Uniformierten mit kippender Stimme gerufen: »Das ist Wehrkraftzersetzung. Darauf steht die Todesstrafe. Los, tötet ihn!« Einer der Soldaten trug einen Spaten in der Hand und hatte mit dem silbrig blitzenden Blatt auf Kopf und Schultern des Lachenden eingeschlagen. Der reglos in seinem Versteck verharrende Lambert hatte sich währenddessen so fest auf den Finger gebissen, bis dieser blutete, und sich weit fortgewünscht. Notfalls sogar in die Schule, Hauptsache weg.

All das hatte Rudolf von seinem Vater erfahren und auch, dass dieser mit niemandem darüber hatte reden dürfen. So hatte es nämlich Lamberts Vater bestimmt, Rudolfs Großvater. Und gerade deshalb hatte sich der Geist des Fallschirmjägers an ihn geheftet.

»Er hod koan Namen ned g'habt. Die ganze Zeit ned«, hatte Lambert an einem seiner letzten Tage gestammelt.

»Wer?«

»Der wo vom Himmel g'falln is. Er braucht einen Namen und einen Platz«, wiederholte der Vater flüsternd auf seinem Sterbebett. »Es hod koa Tätowierung gebn, koa Erkennungsmarke und erst recht koane Papier. Die ham danach g'sucht, aber nix g'fundn. I hob ois genau g'sehn.«

In der Nacht, in der Lambert Handgrödinger in seinem stickigen Zimmer für immer die Augen schließen sollte, war der Fallschirmspringer mit Uniform und in gespenstischer Klarheit am Bett seines Sohnes erschienen und hatte in reinstem Deutsch gefordert: »Erlöse mich! Diese Aufgabe geht nun an dich über.«

Was für ein Anspruch! Gleichermaßen gekränkt wie enttäuscht fragte Rudolf sich, ob sein Vater kein anderes Vermächtnis für ihn hatte als eine Fülle unlösbarer Probleme und dieses fordernde Gespenst. Als er im Morgengrauen aufstand, um den Vater genau danach zu fragen, war dieser für immer gegangen.

Rudolf Handgrödinger war der Letzte seines Stammes und fand sich damit ab, dass mal wieder alles an ihm hängen blieb. Über Generationen hinweg hatten seine Leute selbstsüchtig ihr eigenes Ding durchgezogen und angehäufte Probleme bedenkenlos an die nächste Generation weitergegeben. So, wie man einen Stab beim Staffellauf weitergeben mochte. Allerdings war der Stab in dieser Familie im Lauf der Jahre schwerer und schwerer geworden. Und ausgerechnet Rudolf sollte nun alle Aufgaben auf einmal bewältigen, wo es ihm doch nicht einmal gelungen war, auch nur ein einziges Rätsel des Vaters zu lösen.

Je länger er während der Totenwache darüber nachdachte, umso tröstlicher erschien ihm der Gedanke, dass er mit der größten der ererbten Aufgaben nicht alleine war. Immerhin gab es diese fünf Namen. Das Blatt, auf dem sein Vater sie notiert hatte, lag neben Rudolfs Bett. Vor dem Einschlafen fragte er sich, wie er mit diesen Leuten Kontakt aufnehmen sollte, und hoffte zugleich, der Geist würde ihm einen guten Rat erteilen. Doch in diesem Punkt erwies sich das Phantom des Amerikaners als genauso schweigsam wie der alte Handgrödinger.

Es war klar, dass Rudolf nicht einfach zu den Fünfen gehen und sagen könnte: »Hey, es gibt da ein siebzig Jahre altes Gespenst, dem wir mal zur Ruhe verhelfen müssen.« Weder der Besitzer des Sportgeschäfts noch der Apotheker schienen für solche Argumente offen, und gemeinsam mit den anderen Dreien würden die ihn sofort für verrückt erklären und in die Psychiatrie nach Mainkofen einweisen. Immerhin war einer von denen ebenfalls Arzt, wenn auch nur Zahnarzt. Und wenn er erst einmal im Irrenhaus säße, hätte das Gespenst niemanden mehr, an den es sich halten könnte.

Also musste eine andere Lösung her.

Rudolf mochte das Licht in den Schmelzöfen. Es schenkte nicht nur Wärme, sondern schaffte Raum für ungewöhnliche Gedanken. Letztendlich war die Idee, einen gläsernen Sarg als Andenken an den amerikanischen Fallschirmspringer zu schaffen, genau diesem Licht entsprungen. Ein gläserner Sarg für jemanden, der keinen Platz und keinen Namen hatte.

Doch es war verdammt schwer gewesen, diesen Gedanken in die Tat umzusetzen, denn er musste Augenblicke abwarten, in denen er unbeobachtet arbeiten konnte. Natürlich wollten alle bei ihm, dem bekannten Künstler, zuschauen und lernen. So gelang es ihm erst Ende September, das erste dieser Objekte zu erschaffen, als die gesamte Belegschaft seiner Glashütte in zwei eigens gecharterten Omnibussen zum Münchner Oktoberfest gefahren war. Rudolf Handgrödinger mochte kein Bier und keinen Lärm.

An jenem Nachmittag tauchte er ganz allein in die Stille seines Arbeitsplatzes ein, fuhr einen Schmelzofen auf tausendvierhundertfünfzig Grad hoch und blies nach der Schmelze und dem Läutern des Gemenges einen ersten grünlich schimmernden gläsernen Sarg. Als er ihn aus dem Tauchbad holte, wusste er, dass er sich auf dem richtigen Weg befand. Er nahm das Objekt mit heim und offenbarte es dem Geist des Fall-schirmspringers. Der schien zufrieden.

Tatsächlich aber sollte es bis Ende Oktober dauern, bevor er all seine Stücke beisammenhatte. Er war nicht mit jedem Sarg zufrieden, und er wollte den Männern, die sich hinter den fünf Namen auf dem Zettel verbargen, nur Objekte von ausgesuchter Qualität zukommen lassen. Das war er sich und seinem Ruf schuldig.

Clemens Ortmair schob seine in der Mittagspause leer gegessene Tupperdose in die Aktentasche zurück, verschloss diese ordentlich und fuhr erst dann seinen Computer herunter. Bis zum Gasthaus Zur Brezn waren es höchstens zehn Minuten, und er hatte sich überlegt, dass es klug wäre, nicht gerade als Erster dort anzukommen. Die Uhr an seinem Rechner zeigte sechzehn Uhr und fünfundfünfzig Minuten.

Den ganzen Tag über war es nicht richtig hell geworden. Wie eine schwere Wolke lag der Nebel über der Stadt. Der November war der tristeste aller Monate. Nichts als Totensonntage, Volkstrauertage und Düsternis, dachte Clemens Ortmair, während er den Kragen seines Fellmantels hochklappte und in den Kirchensteig einbog. Dabei fragte er sich, wer die anderen sein mochten und was ihn mit dem Simbacher Florian verband. Nichts, gar nichts, wenn er ehrlich war. Außer dass der Simbacher seiner Ute den Hof machte, dieser alte Gockel. Hoffentlich waren wenigstens die anderen nett, und hoffentlich fanden sie bald eine Lösung – für was auch immer.

Clemens Ortmair musste sich eingestehen, dass sein ungutes Gefühl im Lauf des Tages gewachsen war. Tatsächlich ging von dem Artefakt, das seit heute Morgen in einem Pappkarton versteckt und umwickelt von mindestens zwanzig Metern Klebeband unter seiner Wendeltreppe lag, etwas Bedrohliches aus. Etwas wie eine Schuldzuweisung. Als lauere irgendwo ein uraltes Unrecht und zöge ihn in einen dunklen Bann. Da gab es nur einen Weg: Das Ding musste weg!

»Die warten schon auf dich«, sagte der Breznwirt und wies auf eine holzvertäfelte Tür. »Willst du auch ein Helles?«

»Nein, mach mir lieber einen Tee! Am besten einen grünen.« Clemens wusste, dass Ute das Bier riechen würde. Und dann würde sie anfangen zu fragen. Wo warst du, mit wem und warum? Ja, spinnst du denn komplett? Ausgerechnet mit dem Simbacher Florian! Wieso das denn? Das reicht ja wohl, dass der mich nervt!

Nein, das musste nicht auch noch sein. Dieser Tag war schon schwer genug.

»Grüner Tee. Wie du willst.« Der Wirt schien gekränkt.

Das Licht in dem kleinen Nebenraum mit den dunkelroten und bodenlangen Gardinen war gedämpft, und die vier Männer an dem runden Tisch nickten dem Neuankömmling zu.

»Dann scheinen wir ja nun komplett zu sein.« Der Apotheker Korbinian Huber strich sich das graue Haar zurück und schob sich die Brille gerade. Demonstrativ blickte er auf seine Armbanduhr. »Willkommen im Club.« Vor ihm stand ein Weizenbier.

»Mehr als wir fünf sind es offensichtlich nicht«, bestätigte Florian Simbacher. »Das hat mein Vater wohl gemeint, als er von der verfluchten Fünf sprach.«

»Dein Vater?«, fragte Andreas Lindinger. »Was hat denn der damit zu tun?«

»Vermutlich das Gleiche wie der Opa von unserem Hühnerbaron.« Er wies auf Clemens Ortmair. »Setz dich doch.«

Mit hochgezogenen Brauen ließ Clemens sich auf den fünften Stuhl fallen. Was für eine Runde! Da hockte er nun an einem Tisch mit dem Apotheker, dem Besitzer des Sportgeschäftes, dem Zahnarzt Andreas Lindinger sowie Herbert

Gegenfurtner, der den Drogeriemarkt führte, in dem Ortmairs Frau arbeitete. Halbherzig versuchte er ein Lächeln, aber niemand lächelte zurück.

»Ihr habt also auch alle so ein Trumm gekriegt?«, fragte er und ärgerte sich, weil seine Stimme so ängstlich klang.

»Des derfst glaubn«, brummte Herbert Gegenfurtner und putzte sich die Nase. »Sonst tätn mir ja wohl ned da sitzn. Hast es am End deiner Ute scho zoagt?«

»Naa.« Clemens schüttelte den Kopf. Der Wirt brachte den Tee, und solange die Tür zum großen Gastraum offen stand, herrschte einvernehmliches Schweigen.

»Ich hab mich so erschrocken, dass ich das Ding erst mal versteckt hab«, gab Clemens schließlich zu.

»Und wie bist nachad grad auf mich kemma? Warum hast du ausgerechnet bei mir ogrufa?« Florian Simbacher zog die Stirn kraus und beugte sich vor.

»Ich hab bei mir im Büro was läuten gehört, dass du neulich was vor deiner Tür gefunden hast. Früh morgens. Und geflucht sollst du haben. Da hab ich mir gedacht …«

»Ach je, der Hans.« Florian Simbacher stöhnte. »Ja, der sieht und hört alles. Du arbeitest also auch bei der Spedition?«

Clemens nickte und fügte ungefragt hinzu: »Aber im Büro«, als müsse er sich mit diesem Satz von dem geschwätzigen Möbelpacker Hans abgrenzen.

»Wir sind nicht hier, um Smalltalk zu machen«, fuhr Korbinian Huber dazwischen, blickte besonders streng auf seine vergoldete Armbanduhr und trommelte mit den Fingerspitzen auf die Tischplatte.

»Eine Frage hab ich noch.« Florian wandte sich erneut an Clemens: »Du hast das Teil also nicht deiner schönen Frau gezeigt?«

»Naa, ich hab es versteckt. Sag ich doch!«

Der Apotheker schüttelte den Kopf. »Wir wissen nicht, was

das soll, aber dieses Ding hat uns alle das Fürchten gelehrt. Und deshalb sitzen wir hier und suchen nach einer Antwort. Und zwar schnell.«

Vielsagend und unbeeindruckt von den Worten des Apothekers wiegte Florian Simbacher den Kopf und murmelte sehnsuchtsvoll: »Und während wir noch so nachdenken, sitzt die schöne Frau Ortmair allein zu Haus.«

Clemens schluckte. »Was hat das mit meiner Frau zu tun?«

»Ich hoffe nichts!« Der Simbacher grinste hinterfotzig.

»Jetzt reicht's aber. Kommen wir zur Sache. Wer, glaubt ihr, hat uns Fünfen die Dinger vor die Tür gestellt?« Korbinian Huber sah von einem zum anderen. »Was meint ihr? Hat einer von euch einen Verdacht?«

»Es kann sich doch bloß um einen Verrückten handeln, der nimmer alle Tassn im Schrank hod«, behauptete Herbert Gegenfurtner. »Mir sollten den einfach ignoriern. Aber warum macht des koaner von uns? Warum sitzen mir da und glauben, dass mir ein Problem ham?« Er wandte sich an den Apotheker: »Du kennst doch alle G'spinnerten aus'm Ort, schließlich holen die sich ja bei dir ihre Tabletten.«

»Der ist nicht nur verrückt«, gab Lindinger zu bedenken. »Wer das gemacht hat, hat auch ein Gefühl für Form und Farbe.«

»Ein Künstler, dass ich nicht lache.« Gegenfurtner knallte sein Bierglas auf den Tisch. »Das ist kein Künstler, das ist ein Erpresser!«

»Echt? Ist bei dir schon eine Forderung eingegangen?« Florian Simbacher wurde blass.

»Nein!« Gegenfurtner blickte in die Runde. »Bei einem von euch etwa?«

Alle schüttelten den Kopf.

»Na also.«

»Was willst du denn damit sagen?« Der Zahnarzt legte seine gepflegten Hände auf den Tisch.

»Der will kein Geld!« Gegenfurtner nickte bedächtig und wiegte seinen Lockenkopf.

»Was dann?«, fragte Florian Simbacher.

»Keine Ahnung.« Der Apotheker erhob sich. »Wir sollten wachsam sein. Morgen hier? Gleicher Ort, gleiche Zeit?«

Alle nickten.

## 3. Kapitel

Jetzt war es nur noch ein Monat, bis ihre Auszeit vorbei war. Dabei hatte Franziska Hausmann gedacht, dass sie in diesem Jahr alle Zeit der Ewigkeit hätte. Irgendwas stimmte nicht mehr mit den Wochen und den Tagen. Die schienen seit Neuestem besonders schnell zu rasen. Als würde irgendwas oder irgendwer voller Hinterlist an Stunden und Minuten drehen. Oder lag es ausschließlich daran, dass sie sich seit ihrem Umzug nicht eine Sekunde gelangweilt hatte?

Die für zwölf Monate vom Dienst befreite Hauptkommissarin der Kriminalpolizei Landau stand in ihrer kleinen, aber perfekten Küche und registrierte an diesem frühen Vormittag wehmütig, dass ein dichter Novembernebel ihr den Blick auf den Garten verwehrte.

Am ersten Dezember würde sie wieder antreten müssen. In genau vier Wochen. Sie wusste nicht, ob sie sich darauf freuen sollte. Jeden Morgen in diese Nebelsuppe hinaus! Und wohin eigentlich? Der Passauer Polizeipräsident hatte ihr noch nicht den neuen Einsatzort zugeteilt. Dabei war ein Jahr Auszeit eigentlich genug. Sie war noch zu jung, um gar nichts mehr zu tun.

Zu Beginn des Jahres waren sie in ein Haus knapp zwanzig Kilometer nordöstlich von Passau gezogen, und Franziska hatte Frühling, Sommer und Herbst genutzt, um nach Herzenslust zu garteln und einen Raum nach dem anderen einzurichten. Jetzt war alles perfekt. Nun gut, fast perfekt. Und langsam wurde es Zeit, dass sie sich wieder um andere Dinge kümmerte.

Sie und ihr Mann Christian hatten nach diesem hoffentlich

letzten Umzug ihres Lebens mehr geschuftet als je zuvor. Insofern hatte sich der aus einem regelmäßigen Einkommen bestehende Lottogewinn nicht gerade als Erholungsfaktor erwiesen, und sie fühlte sich mit ihren achtundfünfzig Jahren noch zu jung, um Rentnerin zu spielen.

In diesem Haus hier bei Passau wollten sie und ihr Mann für immer bleiben. Auch wenn ihr dieses »für immer« etwas Angst machte. Bei ihrer Arbeit als Kriminalhauptkommissarin hatte sie zu oft erfahren, wie schnell gerade für die Ewigkeit gedachte Pläne zerstört werden konnten.

Das großzügig geschnittene Haus mit seinen hellen Räumen entsprach exakt ihrer Vorstellung, genau davon hatte sie in ihren Mietwohnungen immer geträumt. Natürlich waren viele Fenster zu putzen, aber dafür gab es auch viel Licht. Selbst an diesem tristesten aller Novembervormittage.

Gestern hatte Franziska Hausmann ihrer obersten Dienststelle eine E-Mail geschickt. »Sie können mich entweder zum 1. Dezember oder zum 1. Januar wieder einplanen!«

Entweder – oder? Was hatte sie sich nur dabei gedacht? Sollte sie anrufen und den Kollegen in Passau erklären, dass ihr der Januar doch lieber sei? So ein Neustart zum Jahresbeginn hatte was für sich. Andererseits lägen dann dreizehn Monate Freiraum hinter ihr. Nicht dass sie abergläubisch war – aber die Zahl zwölf fühlte sich eindeutig besser an.

Sie spürte, wie ihr Mann hinter sie trat und ihr die Hände auf die Schultern legte. »Was ist?«

»Nur ein bisschen Wehmut«, erwiderte sie und seufzte. »Wir hätten das vergangene Jahr besser nutzen sollen.«

»Du musst nicht, wenn du nicht willst«, murmelte er, aber sie hörte ihm an, dass es ihm lieber wäre, sie würde ihre Arbeit bei der Polizei wieder aufnehmen. Konnte Christian einfach nicht genug kriegen vom Alleinsein?

»Ich werde dir fehlen«, klagte sie wider besseres Wissen.

»Ach, du kommst doch abends heim. Alles wird wie früher.«

Für ihn hatte sich, bis auf die neue Adresse und Telefonnummer, kaum etwas geändert. Sein wirkliches Leben fand im Kopf und am Computer statt. Christian Hausmann war unabhängig von Gegenden und Räumen. Wie bereits in Landau verschwand er auch hier, am sogenannten Dachsberg, morgens hinter seinem Schreibtisch, um abends wieder aufzutauchen. Müde, mit Schatten unter den Augen und Lust auf Rotwein, Stille und ein gutes Essen. Kein Bedürfnis nach Gesprächen. Franziska hatte gehofft, dass sie in diesem Jahr mehr miteinander reden würden, letztendlich aber feststellen müssen, dass sie auch ohne viele Worte miteinander klarkamen. Er ließ seine Sprache in seine Übersetzungen und wortgewandten Essays fließen. Dort wurde sie gebraucht und angemessen gewürdigt. Dort hatte sie Bestand und Gewicht. Dort war sie besser aufgehoben.

Trotz der Größe und den fast hundertsechzig Quadratmetern Wohnfläche war das Haus eher für zwei Personen als für eine Großfamilie konzipiert. Genau das war es, was die Hausmanns von Anfang an überzeugt hatte.

Da gab es das großzügige Wohnzimmer mit dem offenen Kamin und darüber die Galerie, von der sie gehofft hatte, ihr Mann würde sich dort seinen Arbeitsplatz einrichten und von dieser Empore aus ständig präsent sein. Sie hätte sich denken können, dass er sich darauf nicht einlassen würde. Stattdessen war Christian in das kleinste aller Zimmer direkt unters Dach gezogen und jeden Morgen wie ein gewissenhafter Büromensch dorthin aufgebrochen, um dann für den ganzen Tag nicht mehr erreichbar zu sein.

Er brauchte keine großen Räume und keine weitläufigen Rasenflächen, wobei er letztere immerhin allsamstäglich brav gemäht hatte. Er geriet nicht in Entzücken, wenn eigenhändig ausgesäte Blumen wuchsen und blühten, Obstbäume Früchte trugen und Kürbisse in die Breite gingen. Was ihr wie ein Wunder erschien, war für ihn selbstverständlich.

Sie sah sich nach ihm um. Er war schon wieder verschwunden. In seiner Wortfabrik. In seiner eigenen Welt, zu der sie nur in seltenen Sternstunden Zutritt bekam.

So schleppte sie ganz ohne seine Hilfe die Kübelpflanzen ins Haus und suchte für Oleanderbüsche, Granatapfelbäumchen, kränkelnde Olivenpflanzen, Rosmarinstauden und Engelstrompeten einen Platz in der Diele. Bevor sie ihren Dienst antrat, würde sie ihm das Haus mit überwinternden Pflanzen so vollstellen, dass es ihm kaum auffallen würde, wenn ausgerechnet die Pflanze Franziska tagsüber fehlte.

Seine Frau war die Schönste von allen, dachte Clemens Ortmair, als er an diesem Abend die Haustür öffnete und sich in der Diele aus Schal und Mantel schälte. Schnell warf er einen Blick unter die Treppe. Da lag das Ding noch. Seit der Versammlung im Gasthaus gehörte es fest zu seinem Leben, auch wenn ihm das gar nicht gefiel.

Durch dieses Trumm war er nun mit dem Apotheker, dem Besitzer des Sportgeschäfts, dem Zahnarzt und Utes Vorgesetztem nicht nur per Du, sondern auch auf fatale Weise verknüpft. Dabei war ihm jeder einzelne unsympathisch. Hoffentlich kam er aus dieser Nummer bald wieder heraus.

Durchgestylt und auf hochhackigen Schuhen stand Ute in der Küche und zerrupfte einen grünen Salat.

»Du bist spät dran.« Sie strahlte.

»Viel zu tun«, murmelte er und ließ die Rollos im Wohnzimmer herunter.

»Sollen wir über Silvester verreisen?«, rief Ute.

»Warum sollten wir ausgerechnet dann wegfahren, wenn alle Leute zu uns kommen, um hier Urlaub zu machen? Dann sitzen wir doch selbst mitten im Paradies.«

»Alle Leute, dabei kommt doch nur der halbe Ruhrpott«, schnaufte Ute verächtlich.

»Wir leben im Zentrum eines Langlauf- und Wanderparadieses«, belehrte Clemens sie, als ob sie das nicht wüsste. »Und da willst du weg?«

Sie sah ihn lange an und lächelte verführerisch. »Du doch auch! Und zwar mit mir.«

Er nickte nachdenklich. Es stimmte schon: Er wollte weg, zwar nicht unbedingt von Grafenau, aber von diesen vier Männern. Er bereute schon, dass er den Simbacher angerufen hatte, statt sich blöd zu stellen und das Ding in den Müll zu werfen.

»Ich hab deinen Chef getroffen«, meinte er stattdessen.

»Echt?« Ute blickte hoch. »Also der war heute vielleicht grantig. Und dann musste er auch noch früh weg. Wahrscheinlich wegen des Hotelneubaus. Wenigstens da geht was voran. Wo hast du ihn gesehen?«

»Am Stadtplatz«, log Clemens Ortmair.

»Hat er dir verraten, welche Laus ihm über die Leber gelaufen ist?« Ute strich sich ihr blond gefärbtes kinnlanges Haar zurück.

»Natürlich nicht. Ich kenn den ja kaum.«

»Hat sicher was mit dem Fünf-Sterne-Schuppen zu tun«, mutmaßte sie. »Der will im Venus Wellness eine Filiale aufmachen. Wird garantiert teurer als geplant. Ist ja immer so.«

»Ach, hat das Ding jetzt schon einen Namen?« Clemens horchte auf. »Die haben doch grad erst mit den Bauarbeiten begonnen.«

Sie schüttelte den Kopf über so viel Unwissen. »Schmarrn, das Haus steht doch schon fast. Und das sag ich dir, wenn ich ein neues Hotel bauen müsste, und mein Bauplatz läge gegenüber vom Venusberg, ich würde es genauso nennen.«

»Kann sein. Aber wozu brauchen wir ein neues Hotel? Und

dann auch noch so nah bei der Stadt! Und nebenan gleich die Kurklinik. Schau dich doch mal um: Überall sind Pensionen und Ferienwohnungen, und fast jeder vermietet während der Saison Zimmer. In der Zeitung stand, dass heuer zwanzig neue blaue Gockel verteilt wurden.«

»Was die Leute wirklich wollen, ist kein Gesundheitshof mit dem blauen Gockel, sondern Wellness vom Feinsten«, belehrte sie ihn. »Nach den neuesten Standards. Das sagt mein Boss auch immer, und wenn der Gegenfurtner mit irgendwas recht hat, dann damit.«

Clemens holte tief Luft. Dieser Herbert Gegenfurtner war vom gleichen Schlag wie der Apotheker. Ende fünfzig, selbstgerecht und laut. Er pomadisierte sich das Haar, benutzte herb parfümierte Handcremes, trug einen Siegelring und hielt sich für was Besseres.

Ute Ortmair seufzte aus tiefster Seele. »Wenn ich selber Geld hätte, würde ich im Venus Wellness ein Kosmetikstudio eröffnen.«

Er biss sich auf die Lippen und überschlug in Gedanken ihre gemeinsame Finanzlage. »Die Kredite fürs Haus sind noch nicht abbezahlt. Was würde so was denn kosten?«

»Zu viel«, murmelte sie resigniert. »Dabei müsste man grad jetzt aktiv werden. Jetzt ist der Zeitpunkt gekommen. So ein edles Hotel wird so schnell nicht wieder gebaut. Venus Wellness bleibt für lange Zeit einzigartig. Fast alle wollen sich dort engagieren. Es heißt, dass der Simbacher Florian eine Sportboutique aufmacht, und Gegenfurtner plant, wie gesagt, eine Filiale. Neulich hat er mich sogar gefragt, ob ich die vielleicht leiten will. Weil ich ja vom Äußeren so gut in ein edles Hotel passen tät. Hat der tatsächlich so gesagt. Meine inneren Werte kennt der ja nicht.« Sie suchte ihr Spiegelbild in der Fensterscheibe. »Aber wenn ich ihm zusage, kann ich meine eigenen Ambitionen ja wohl völlig vergessen.«

An der Art und Weise, wie sie das Wort Boutique ausgesprochen hatte, war das Ausmaß ihrer Sehnsucht zu erkennen.

»Tut mir leid«, brummte Clemens, und tatsächlich tat ihm alles leid, sein mittelmäßiges Einkommen, die Träume seiner so schönen Frau und vor allem die Begegnung mit den vier Männern der Grafenauer Werbegemeinschaft.

Der Apotheker Korbinian Huber hatte in den letzten Jahren sämtliche Diätpillen, Diätdrinks und hungerverhindernde Müslis seines Sortiments am eigenen Leibe getestet und es inzwischen aufgegeben, an derart unrealistische Möglichkeiten zur Gewichtsreduktion zu glauben. Möglicherweise funktionierte all das ab dem sechzigsten Lebensjahr sowieso nicht mehr. Er war nun einundsechzig. Was ihn schnell und auf Anhieb dünn werden ließe, wäre eine schreckliche Krankheit. Das wusste er von einigen seiner Stammkunden, die blasser und schmaler geworden waren und dann ganz schnell starben. Nein, dann doch lieber kugelrund und gesund. Er war nun mal ein rundlicher Typ, so wie andere Waschbretttypen waren.

Alles an ihm war rund, der Kopf, die Brillengläser, die kleine Stupsnase und das mitten auf seiner Stirnglatze stehengebliebene Haarinselchen. Letzteres war seit dem Fund des gläsernen Sarges auf den terrakottagefliesten Stufen zu seinem Haus ganz plötzlich grau geworden, ebenso wie sein Rauschebart, den er allmorgendlich einshampoonierte und trimmte.

Seine Frau, die gefragteste Vorbeterin der Pfarrkirche Maria Himmelfahrt, hatte ihm zum Geburtstag einen echt goldenen kugelrunden Ohrring geschenkt. Aber das ging dann wohl doch zu weit. So ausstaffiert würde man ihn in seinem weißen Apothekerkittel schon gar nicht mehr ernst nehmen, zumal schon jetzt alle davon auszugehen schienen, dass er ein begnadeter Witzbold sei. Dabei lachte er nur gern, und was konnte er dafür, dass ihm ständig die neuesten Witze zugetragen wurden?

Sein Großvater hatte einst bei den Zisterzienserinnen des Klosters Thyrnau einen Wandbehang in Paramentenstickerei geordert, der noch immer an der Verbindungstür zu jenem Apothekernebenraum hing, wo Korbinian Huber Salben, Pasten und Beruhigungspillen der ganz besonderen Art zusammenrührte. »Lachen ist die beste Medizin«, hatten die Nonnen in goldenen Lettern darauf gestickt. Korbinian Huber hielt sich daran.

Offensichtlich aber gab es trotz der generationenübergreifenden Huber'schen Charmeoffensive in Grafenau nicht so viel zu lachen – denn Hubers Mitbürger wurden weiterhin krank, brauchten Tropfen, Pillen und Pasten, und seine Apotheke brummte, wie man zu sagen pflegte.

Heute Abend jedoch, im Gasthaus Zur Brezn, hatte keiner gelacht. Nicht einmal der Zahnarzt, der so gern seine strahlend weißen Zähne zeigte. Es war nicht ein einziger Witz erzählt worden, stattdessen hatten seine vier Mitstreiter die größte Zeit schweigend auf ihre gefalteten Hände gestarrt und, ebenso wie er selbst, darüber nachgegrübelt, durch was verdammt noch mal sie aneinandergekettet sein mochten.

Korbinian Huber schlug seinen Mantelkragen hoch und bog rechts in den Parkweg ein. Er brauchte noch ein bisschen Zeit zum Nachdenken. Insbesondere über die vier Männer, die heute Abend im Hinterstüberl der Brezn mit ihm an einem Tisch gesessen hatten.

Mit finsterer Miene umrundete er den kleinen See und lief bis zur Eissporthalle. In Höhe des Minigolfplatzes bog er rechts ab und betrat den Kurpark. Bei dem Hotelneubau an der Freyunger Straße hatte sich in den vergangenen Wochen einiges getan. Wenn es so weiterging, wäre der Eröffnungstermin zu Silvester kein Problem.

Gestern hatte ihm jemand in der Apotheke erzählt, dass nun endlich die Genehmigung für die verschwenderisch große

Bäderlandschaft mit Innen- und Außenschwimmbecken und weitläufigem Park eingegangen war. Und tatsächlich. Jetzt standen schon die ersten Bagger und Kräne bereit. So würden die Fünf-Sterne-Venus-Wellness-Gäste unter sich bleiben und müssten sich nicht unters gemeine Volk im städtischen Kurpark mischen. War vielleicht auch besser so.

Wir sind nicht einmal gleich alt, dachte er plötzlich und sah die vier anderen wieder vor sich. Wir haben nichts miteinander zu tun. Was könnte einer wie ich schon mit dem jungen Lindinger gemeinsam haben, oder gar mit dem Ortmair Clemens? Die sind noch so jung, das könnten meine Söhne sein.

Erst viel später, als er den Parkplatz am Venusberg schon weit hinter sich gelassen hatte und die Lichter der aufragenden Kräne bereits im Nebel verschwunden waren, fiel ihm ein, dass der Lindinger von Haus aus ja gar nicht Lindinger hieß. Der hatte bei seiner Heirat den Namen der Frau angenommen. Und er erinnerte sich, dass der Großvater des jetzigen Lindinger mit seinem Vater bekannt gewesen war. Von Haus aus nämlich hieß der Lindinger Schadenhub. Seine Zahnarztpraxis hatte nach der Hochzeit und mit dem neuen Namen einen erheblichen Aufschwung genommen. Lindinger, das hörte sich nach Linderung an. Ob der Andreas sich die Frau wegen ihres Nachnamens ausgesucht hatte? Korbinian Huber traute dem Milchbubi mit dem modisch glatt rasierten Schädel alles zu. Das war ein ganz ein Ehrgeiziger.

An diesem Abend grübelte Korbinian Huber in seinem kleinen Büro zu Hause bei einem Weißbier über alten Fotoalben und spürte, wie sich seine Frau ihm näherte und ihn berührte. Als er sie kennenlernte, war es gerade das gewesen, was ihn an ihr faszinierte. Dieses Sehen mit den Händen.

Bis zu ihrem zwölften Lebensjahr nämlich war Tanja blind gewesen und darauf angewiesen, sich die Welt per Tastsinn anzueignen. Trotz der komplizierten und letztlich erlösenden

Augenoperation pflegte sie weiterhin alles, was ihr unter die Finger kam, zunächst anzufassen. Jetzt griff sie mit geschlossenen Augen nach seinen Ohren und schob die rechte Hand unter sein Kinn, um seinen Bart zu kraulen. »Was machst du?«

Er drückte sie abrupt beiseite. »Gibt es denn nichts im Fernsehen?«

»Wieso?«

»Ich muss nachdenken.«

»Worüber?«

Er wurde wütend. »Gibt's eigentlich auch so was wie einen Rosenkranz zur Erleuchtung? Du kannst mal für mich beten, dass ich das Problem löse, das ich im Moment habe.«

»Und wenn wir miteinander sprechen? Vielleicht kann ich dir ja helfen! Ich mach einfach die Augen zu, denn dann seh ich mehr. Sollen wir es probieren?«

Er schüttelte den Kopf. »Da kannst du mir nicht helfen. Davon verstehst du nichts.«

Beleidigt zog sie von dannen, und er hatte ganz kurz ein schlechtes Gewissen. Dass die das aber auch nicht spürte, wenn er einmal am Tag für sich sein wollte. Weiberleut!

Die Erinnerung kam in genau dem Moment, als er das Bild sah. Wie alt mochte er damals gewesen sein? Auf jeden Fall noch nicht alt genug, um selber Bier zu trinken. Er erinnerte sich an seinen ersten Rausch. Irgendein runder Geburtstag war gefeiert worden, wahrscheinlich der seines Vaters. Er selbst war höchstens zehn gewesen und durfte am Fass stehen und Bier zapfen. Auf dem Foto trug er eine große grüne Plastikschürze, die fast bis zum Boden reichte, und einen Trachtenhut mit Gamsbart. Was hatte er albern ausgesehen! Aber damals war er stolz gewesen auf die ehrenvolle Aufgabe. Rechts und links von ihm bogen sich Gartentische mit rot-weiß-karierten Tischdecken unter Bergen von Brezen. Dazwischen standen mit Häppchen beladene Edelstahlplatten.

Meine Güte, was man damals so gegessen hatte, wenn es edel sein sollte. Käsewürfel und Weintrauben auf Zahnstocherspießchen, Tomatenhälften, die sich dank Mayonnaisepunkten als Fliegenpilzköpfchen tarnten, Spargelstangen aus der Dose, umwickelt mit gekochtem Schinken, hartgekochte halbe Eier mit künstlichem Kaviar. Korbinian Huber schüttelte sich. Dann doch lieber Sushi.

Er öffnete die Schublade seines Schreibtisches. War da nicht mal eine Lupe gewesen? Genau, da lag sie. Er betrachtete eingehend die Fotos. Damals waren die Tannen in dem Garten, der nun ihm gehörte, gerade eingepflanzt worden und hatten ihm eben bis zur Hüfte gereicht. Jetzt waren sie schon mehr als fünfundzwanzig Meter hoch und knarzten bedrohlich, sobald der Wind mal stärker blies.

Ganz rechts im Bild stand eine Herrenrunde, die sich zuprostete. Jeder der Honoratioren hielt einen Krug in der Hand, den der kleine Korbinian Huber vermutlich Sekunden vorher frisch gefüllt hatte. In der Mitte dieser Runde strahlte sein Vater, der auch Korbinian Huber geheißen hatte, voller Geburtstagsglück, rechts neben ihm grinste der alte Schadenhub, dessen Enkel sich nun Lindinger schreiben ließ. Neben dem Schadenhub konnte er Alois Gegenfurtner ausmachen. Der war zu der Zeit noch ein einfacher Bauer gewesen. Wer hätte gedacht, dass sein Sohn Herbert mal den Drogeriemarkt leiten würde. Aus Kindern wurden Leute. Trotz allem!

Links von seinem Vater entdeckte er Hannes Ortmair. Der hatte mal die größte Spedition besessen und dann alles verkaufen müssen. Nun arbeitete sein Enkel in der einstigen Firma seines eigenen Opas, und zwar als einfacher Angestellter. Das war bitter.

Korbinian Huber seufzte. Er würde seine Apotheke auch verkaufen müssen – es sei denn, seine Tochter Karin zog sich einen Pharmazeuten an Land. Um so etwas sollte seine Frau mal beten! Aber anstatt sich rechtzeitig darum zu kümmern, hatte sie dem kleinen Mädchen Plüschtiere in Schweinchenform in die Wiege gelegt. Und nun wollte Karin Schweinezüchterin werden und hielt bei Tisch Vorträge über die Intelligenz von Ebern und Sauen. Verkehrte Welt.

Erneut konzentrierte er sich auf das Fotoalbum und versuchte, das Gesicht jenes Mannes zu erkennen, der fast aus dem Bildrand kippte. Hatte der nicht Ähnlichkeit mit dem Simbacher Florian? Oder begann er schon zu spinnen? Je länger er durch seine Lupe starrte, umso einleuchtender erschien ihm die Vermutung. Er hatte sogar plötzlich das Gefühl, sich erinnern zu können. Der Vater des Sportgeschäftbetreibers Florian hatte den kleinen Bierzapfer Korbinian Huber immer wieder dazu ermuntert, doch auch von dem wunderbaren Hellen zu kosten. Unverantwortlich war das gewesen. Korbinian hatte danach nie wieder ein Helles angerührt, sondern nur noch Weißbier getrunken.

Mit dem rechten Zeigefinger umkreiste der Apotheker jetzt die runde Haarinsel auf seinem glänzenden Schädel und grübelte.

Wurden Freundschaften nicht auch weitergegeben, vererbt sozusagen, von einer Generation an die nächste?

Diese Freundschaften jedoch waren aus ihrer aller Erbmassen getilgt worden. Ob die gläsernen Särge daran erinnern sollten? Sie waren keine Massenanfertigung, die hatte jemand mundgeblasen. Darauf würde er wetten! Schon allein das sich aus der glatten Fläche erhebende Kreuz. So was konnte nur jemand, der sein Handwerk beherrschte. Ein Glasbläsermeister.

Er spürte, wie sich von seinen Fußspitzen her ein eisiges Kribbeln über seine Haut zog, sodass sich die Haare einzeln aufstellten. Glasbläser. Wieso war er nicht früher darauf gekommen? Der durchsichtige Kasten mit dem Kreuz in der

Mitte konnte nur von einem Glasbläser gemacht worden sein, und zwar von einem, der entweder immer schon verrückt gewesen war oder erst in den letzten Wochen dem Wahnsinn anheimgefallen war. Warum sonst sollte er den fünf Nachkommen einer verloren gegangenen Freundschaft so ein Ding vor die Tür legen? Ob einer seiner Vorfahren auch dazugehört hatte? Sehnte sich der Unbekannte nach Männerfreundschaften?

Korbinian Huber nahm sich erneut das Foto vor. Auf dem waren nur fünf Biertrinker und ein Bier zapfendes Kind zu sehen. Kein sechster Mann. In Gedanken ließ er alle Personen an sich vorbeiflanieren, die für diese infame Geschichte infrage kämen, und staunte drüber, wie viele ihm auf Anhieb einfielen. Aber nur die wenigsten davon waren Glasbläser, eigentlich nur einer. Und das war Rudolf Handgrödinger.

Dessen Vater hatte er gut gekannt. War der Lambert nicht erst vor Kurzem verstorben? Zum Schluss hatte er nur noch gesponnen, der Arme. Kurz bevor er zu den Engeln ging, wie es seine Frau zu nennen pflegte, war er beim Einlösen eines seiner vielen Rezepte ganz dicht an Korbinian Huber herangetreten und hatte ihm zugeraunt: »Schau mi an. I kimm grad vom Fotografiern. So schau i dann auf meim Totenbildl aus.«

Tatsächlich wirkte er in seinem schwarzen Anzug, dem weißen Hemd und der dunkelblauen Krawatte im gleichen Maße erbaulich wie entsetzlich. Mit gerunzelter Stirn hatte er den Apotheker durch die dicken Brillengläser angestarrt und bedrohlich geflüstert: »Ihr werdet's büßn, und zwar ein jeder von euch, i hob alles aufg'schrieben und g'sammelt und die Beweise in meinem Haus versteckt, damit ihr's bloß wisst!« Anschließend hatte er auf den handbestickten Wandbehang an der Verbindungstür zum Nebenraum gezeigt. »Da gibt's dann nix mehr zum Lacha.«

Korbinian Huber erinnerte sich an sein Kopfschütteln und

dass er sich demonstrativ laut lachend an die Stirn getippt hatte. »Jetzt bist ja wohl völlig deppert worden!« Nicht mehr bei Sinnen war der Alte gewesen.

## 4. Kapitel

Alice Fischbacher hatte zufällig gesehen, dass er um fünf Uhr morgens aus dem Haus geschlichen war. Er war an ihrem Fenster vorbeigegangen, und im Licht der Straßenlaternen konnte sie sein blasses Gesicht mit den dunklen Bartschatten unter der schwarzen Schirmmütze sehr deutlich wahrnehmen.

Unter dem linken Arm trug er etwas, das groß und schwer wirkte und in Zeitungspapier eingewickelt war. Sie fragte sich, was es sein mochte. Und wo wollte er damit hin um diese Zeit! Das Paket war gut einen halben Meter lang und kastenförmig, und er ging so vorsichtig damit um, als sei es aus Glas. Wahrscheinlich war es auch so, schließlich war Rudolf Handgrödinger Glasbläsermeister und ihr Nachbar.

Bestimmt hatte auch er nicht schlafen können, genau wie sie. Wieder hatte sie diese hohen Pfeiftöne gehört und war schweißgebadet aufgewacht. Jetzt saß sie an ihrem Schreibtisch, allerdings noch ohne Licht, und versuchte, sich dem Tag zu stellen. Das war jedes Mal aufs Neue ein schwieriges Unterfangen, und sie fragte sich, wie so oft in letzter Zeit, wie sie es überhaupt geschafft hatte, mit diesem Gefühl achtunddreißig Jahre alt zu werden. Früher, vor dieser schrecklichen Geschichte, war das Leben einfacher gewesen.

Um sich abzulenken, konzentrierte sie sich auf den Nachbarn und sah ihm nach. Wer ließ sich morgens um fünf beliefern? Frische Semmeln hatte der garantiert nicht in seinem Paket. Sie beobachtete ihn genau. Zu gern hätte sie ihn näher kennengelernt.

Am 6. August war der alte Handgrödinger gestorben, und seit knapp drei Monaten schon suchte Alice nach einer Möglichkeit, dem verwaisten Sohn erstens ihr Beileid und zweitens ihre Freundschaft zu versichern. Aber der war allem Anschein nach noch komplizierter als sie. Das hatte sie im Lauf der letzten Wochen begriffen.

Alice verfolgte ihn mit ihren Blicken. In schwarzen Gummistiefeln und grüner Cordhose bog er um die Straßenecke. Er musste sich anstrengen. Es ging leicht bergauf. Das Ding, das er mit sich trug, schien ziemlich schwer zu sein.

Kopfschüttelnd brühte sie sich in der Küche einen Kaffee auf, bestückte den Schwedenofen mit Papier und Holzscheiten und sah zu, wie sich das Feuer entwickelte. Langsam erwärmte sich der Raum. In zwei Stunden würde es draußen heller werden. Der Winter war nicht ihre Zeit. Der Sommer aber auch nicht.

Da wohnen schon die Richtigen beieinand, dachte sie. Einer, der nur mit seiner Katze spricht, und eine, die beim kleinsten Pfeifton die Krise kriegt. Vom Glück verfolgt sind wir nicht gerade. Und beide verdammt allein.

Seit mehr als zehn Jahren lebten sie im selben Haus, wenngleich sie nicht im Hauptgebäude wohnte, sondern im ehemaligen Austragshäuserl, und hatten noch nicht viel mehr als ein schnelles »Grüß Gott« miteinander gewechselt. Auch nicht zu jenen Zeiten, als es Alice noch besser ging.

Im August hatte sie die Traueranzeige mit Lambert Handgrödingers Foto aus dem Grafenauer Anzeiger ausgeschnitten und an ihre jutebezogene Pinnwand geheftet. Sehr ernst schaute er nun von dort auf sie hinab, mit krauser Stirn, zusammengezogenen Augenbrauen und im schwarzen Anzug. Für dieses Porträt war er extra zum Fotografen gegangen, hatte sich dort vor dem Spiegel mit nassem Kamm einen Scheitel gezogen und ebenso skeptisch wie vorwurfsvoll in die Linse geschaut. Vermutlich hatte der Fotograf gesagt: »Bitte lächeln«, und war sogleich von Lambert über Sinn und Zweck dieser Aufnahme belehrt worden: »Wann i einmal tot bin, dann werdet's eh nix mehr zum Lacha ham. Die Aufnahm ist für mei Totenbildl.«

Wenig später hatte sie der Traueranzeige im Grafenauer Anzeiger entnommen, dass Glasbläsermeister Lambert Handgrödinger am 10. August zu Grabe getragen würde. Sie hatte lange überlegt, ob sie zu der Beerdigung gehen sollte, sich aber dann dagegen entschieden. Wenn Rudolf es gewollt hätte, hätte er bei ihr geklopft oder ihr zumindest eine Traueranzeige in den Briefkasten gesteckt. Aber so – nein, aufdrängen würde sie sich nicht. Aus gebührender Entfernung hatte sie an diesem heißen Sommertag beobachten können, wie die vier obligatorischen Sargträger, begleitet einzig vom Pfarrer und dem trauernden Sohn Rudolf, den Weg von der Leichenhalle bis zur offenen Grube zurücklegten, um ihren Nachbarn beizusetzen. Es hatte sie traurig gemacht, dass niemand sonst an der Bestattung teilnahm. Keine Verwandten, keine Freunde. Hieß es nicht, auf dem Land sei man längst nicht so allein wie in der Stadt?

Alice beobachtete die Tür ihres Nachbarn und lauschte an der dünnen Wand, die ihren Teil des Hauses von seinem trennte. Dieser Rudolf Handgrödinger bekam keinen Besuch und telefonierte so gut wie nie. Manchmal schien er mit sich selbst zu sprechen, und wenn er heimkam, begrüßte er seine Katze. Bella nannte er sie. Bella oder Bellissima. Er kochte sogar für sie. Schon daran war zu erkennen, wie einsam er sein musste! Und wenn jemand wusste, wie sich das Alleinsein anfühlte, dann sie.

Seit Wochen wartete sie nun schon darauf, dass Rudolf an ihre Tür klopfen und fragen würde, ob sie ihm Milch, Mehl, Zucker oder ein Ei leihen würde. So käme man unverbindlich ins Gespräch. Aber er schien alles vorrätig zu haben. Gut organisierte Männer nötigten ihr Respekt ab.

Bis vor zwei Jahren war Alice Fischbacher Deutsch- und Sportlehrerin an der Grafenauer Constanze-Elsner-Grundschule gewesen. Doch dann war der Zusammenbruch gekommen. Nichts ging mehr. Die Kinder hatten sie auf einmal zum Zittern gebracht. Schulphobie, diagnostizierte der Gutachter und plädierte auf Frühpensionierung. Noch immer zuckte sie bei bestimmten Lauten zusammen, und beim Gedanken an Kreide, die über Schiefertafeln quietschte, wurde ihr so schlecht, dass sie sich übergeben musste.

Nun rettete sie sich durch die Stille, indem sie Druckfahnen von Büchern Korrektur las. Mit der Lesebrille auf der Nasenspitze und einem Lineal unter den Zeilen fahndete sie in konzentrierter Stille nach fehlenden Satzzeichen, falschen Schreibweisen und verloren gegangenen Sinnzusammenhängen. Es war vermutlich ein ebenso einsames Geschäft wie das Glasblasen.

In Ermangelung lebender Gesprächspartner unterhielt sie sich mit den Toten, deren Bilder sie aus den Traueranzeigen der Zeitung ausschnitt und an ihre Pinnwand heftete.

Zudem hatte sie jene Fernsehfilme zu schätzen gelernt, in denen längst verstorbene Schauspieler agierten. Ihr schien es, als würden die nun aus dem Jenseits zu ihr sprechen. Mit Rudi Carrell hatte sie sich angefreundet und mit Peter Frankenfeld. Gelegentlich kam Heinz Erhardt zu Gast und erfreute sie mit klugen Aphorismen. Mit Heinz Rühmann wurde sie nicht richtig warm, denn sie traute seinem Lächeln nicht, dafür aber liebte sie Brigitte Mira und die immer noch selbstherrliche Marlene Dietrich.

Völlig ohne Fernsehunterstützung mischte sich gelegentlich der alte Handgrödinger ein und bat sie, auf seinen Rudolf aufzupassen. Hätte er das selbst nicht tausendmal besser gekonnt? Der Vater des Glasbläsers sah dann genauso aus wie auf seinem Totenbildchen.

Es war kalt. Alice Fischbacher schob sich die langen Ärmel ihres Flanellnachthemdes über die Finger, wickelte sich noch enger in ihren Bademantel hinein und blies in die dampfende Kaffeetasse.

In genau diesem Augenblick sah sie Rudolf zurückkommen. Nicht einmal eine halbe Stunde war vergangen. Nun hielt er nur noch die zerknüllte Zeitung in der rechten Hand und eilte mit großen Schritten auf das Haus zu. So nah ging er an ihrem Fenster vorbei, dass sie seinen blassen und angespannten Gesichtsausdruck erkannte. Und jetzt war sie diejenige, die sich Sorgen machte.


Florian Simbacher, den gewisse – vermutlich neidische – Grafenauer den »ewigen Stenz« nannten, war nicht nur überzeugter Junggeselle. Er selbst bezeichnete sich insgeheim auch gern als Womanizer, Frauenversteher und überaus phantasievollen Liebhaber. Letzteres hatten ihm sowohl Sommer- als auch Wintertouristinnen in blumigen und vor Sehnsucht triefenden Liebesbriefen bestätigt. Da er weder Frau noch Kinder hatte, musste er auf nichts und niemanden Rücksicht nehmen und konnte sich in jeder Saison eine neue und große Liebe leisten, die dann auch noch seine teuersten Kollektionen spazieren führte.

Ebenso wie er selbst waren auch seine wechselnden Begleiterinnen in den vergangenen zwei Jahrzehnten älter geworden. Aber noch immer hatte er ein untrügliches Gefühl dafür, bei welchen Damen er ankam. Da gab es ein ganz bestimmtes Blitzen in den Augenwinkeln, die Art und Weise, wie ein Satz in einer halben Frage endete, und Berührungen, die wie zufällig erschienen und doch ganz gezielt eingesetzt wurden. Sein Körper reagierte darauf wie ein fein eingestellter Seismograf.

Dass Ute Ortmair ihn immer wieder abblitzen ließ, wurmte ihn daher besonders. So eine wie die fehlt mir gerade noch, brummte er gelegentlich vor sich hin und ertappte sich dann bei einem hilflosen Grinsen. Sie passte nun mal perfekt in sein Beuteschema. Er musste sie haben, und er würde sie auch kriegen.

Warum ausgerechnet eine solche Superfrau diesem Clemens Ortmair treu bleiben musste? Diesem Burschen, der damals seinem Großvater einen dreckigen Hahn ans Totenbett gebracht hatte. Klar, dass der Alte daraufhin sofort gestorben war. Einen aus solch einer Familie konnte man doch nicht ernst nehmen! Er würde seine Traumfrau schon noch kriegen. Ihm fehlte nur noch ein Plan.

Dummerweise gab es derzeit wichtigere Dinge, die ihm Kopfzerbrechen bereiteten. Die Grundfläche seiner Boutique im Venus-Wellness-Hotel war wesentlich kleiner ausgefallen als geplant. Zudem wollte ihm der großkopferte Hotelinvestor auch noch einreden, dass er die Verkaufsfläche ja durch Spiegel optisch vergrößern könne. So ein Schmarrn. Für wie blöd hielt der ihn denn?

In diesem ganzen Boutiquenprojekt steckte irgendwie der Wurm. Die Elektrik war ohne Sinn und Verstand verlegt worden, und jene kleine Bühne, von der er gedacht hatte, er könne dort seine weiblichen Mannequins in atemberaubenden Sportklamotten auftreten lassen und die Fotos gleich ins Web stellen, war so winzig, dass eine derart schöne Frau wie Ute Ortmair beispielsweise nicht einmal zwei Ausfallschritte darauf machen könnte.

Alles ging schief in diesem Herbst, und der gläserne Sarg vor seiner Haustür hatte dem Fass den Boden ausgeschlagen.

Welcher Schwachkopf legte einem bloß solche Sachen vor die Tür? Und warum nur hatte ihm das so viel Angst gemacht?

Florian Simbacher trat vor den Anprobespiegel seines Modeladens und strich sich über die silbergrauen Schläfen. Frauen bestimmten Alters standen darauf. Dann griff er zum Telefon und verabredete sich mit seinem Innenarchitekten. Vielleicht war die Filiale im Fünfsternehotel ja doch noch zu retten. Er hatte schon so viel Zeit und Geld investiert, dass er keinen Rückzieher mehr machen konnte, ohne das Gesicht zu verlieren. Er hängte das »Bin gleich zurück«-Schild an die Tür und machte sich auf den Weg.

Florian sah den Zahnarzt in schneeweißem Kittel auf dem kleinen Balkon seiner Praxis stehen und rauchen. Er nickte ihm zu und fragte sich dabei, wie der Lindinger es schaffen mochte, trotz des Rauchens so weiße Zähne zu behalten. Da gab es sicher einen Trick, den er niemandem verriet. Er seufzte. Zu gern wäre er noch mal so jung. Anfang dreißig wie der Lindinger. Dann hätte er die Ute bestimmt im Handumdrehen erobert.

Während er wehmütig Richtung Architekturbüro weiterging und mit seinem Schicksal und vor allem seinem Alter haderte, fiel ihm ein, dass der Lindinger ja früher Schadenhub geheißen hatte. An seiner Stelle hätte er das genauso gemacht. Aber dazu hätte er heiraten müssen, und das wiederum passte so gar nicht in sein Lebenskonzept mit den wechselnden Geliebten. Höchstens Ute. Der würde er sogar einen Antrag machen. Aber die war ja schon vergeben.

Mitten auf der Freyunger Straße blieb Florian Simbacher stehen. Waren nicht sein Vater, der Vater des Apothekers und der Großvater des Zahnarztes miteinander befreundet gewesen? Und was war mit Clemens Ortmairs Opa, der sich auf dem Totenbett nicht von Freunden und Familie, sondern von seinem Lieblingshahn verabschiedet hatte? Gehörte der nicht auch zu der Clique von damals? Ob seine knapp achtzigjährige Mutter, Helene Simbacher, sich noch daran erinnern würde?

Dann müsste man nur noch rauskriegen, was Herbert Gegenfurtner mit ihnen zu tun hatte. Und wenn dessen Vater auch zu diesem Freundeskreis gehört hatte, so könnten die fünf Glassärge was mit dieser Freundschaft zu tun haben. Jemand, der gar keine Freunde hatte, wollte sie damit ärgern. Das wäre doch eine Erklärung. Nach genau so einem musste man suchen.

Am Donnerstagnachmittag hatte es zu schneien begonnen. Zum ersten Mal in diesem Winter. Clemens Ortmair rief seine Frau an und warnte sie vor: »Ich komme später.«

»Warum?«

»Zu viel zu tun.« Irgendwas hinderte ihn immer noch daran, ihr die Wahrheit zu sagen und sie mit einzubeziehen in seine Angst, die in dem Moment begonnen hatte, als er den gläsernen Sarg von seinen Treppenstufen nahm.

Er war davon überzeugt, dass die anderen ihren Frauen auch nichts davon erzählt hatten. Und der Simbacher Florian, dieser ewige Stenz, hatte in dieser Saison erstens noch keine Geliebte, und zweitens würde er der ganz andere Dinge ins Ohr flüstern.

Um genau siebzehn Uhr betrat er das Hinterstüberl des Gasthauses Zur Brezn. Auch die anderen waren pünktlich. Während der Wirt die Bestellung aufnahm, unterhielten sich der Zahnarzt und Herbert Gegenfurtner leutselig über das Wetter und die Langlaufloipen in der Umgebung, die frisch gespurt waren.

»Wollt ihr schafkopfen?«, fragte der Wirt und bot sich an, ein Kartenspiel zu besorgen.

»Später vielleicht«, behauptete Korbinian Huber dreist. »Wir haben erst was zu besprechen.«

Kaum waren sie unter sich, kam er auch schon zur Sache: »Unsere Väter, respektive Großväter, waren miteinander befreundet.«

Schon an der Art, wie er das Wort »respektive« aussprach, wurde deutlich, dass er einen Plan hatte und die Dinge in die Hand nehmen wollte.

»Und was heißt das?«, fragte Clemens Ortmair blauäugig.

Florian Simbacher warf ihm einen verächtlichen Blick zu: »Ist ja wohl klar. Jemand will, dass auch wir zu Freunden werden oder ihn als Freund bei uns aufnehmen. Aber wollen wir das auch? Kann man Freundschaften erzwingen?«

Clemens sah die vier Männer an. Mit keinem von ihnen hätte er auch nur einen Abend verbringen wollen. »So ein Schmarrn«, rutschte es ihm heraus.

»Da hast recht.« Herbert Gegenfurtner nickte. »Das kann's ja wohl nicht sein. Und als Zeichen der Freundschaft stellt der einem Särge vor die Tür. Nein, einen solchen Deppen will ich erst gar nicht kennenlernen!«

»Hat einer von euch eine Idee, wer das sein könnte?« Der Apotheker blickte in die Runde. Alle schwiegen.

Korbinian Huber räusperte sich. »Ich hab mal nachgedacht. So viele kommen ja wohl nicht infrage. Erstens kann es nur einer sein, der sein Handwerk versteht. Also ein Glasbläsermeister. Und zweitens muss der aus unserer Stadt kommen.« Er sah einen nach dem anderen an und fuhr fort: »Da fällt mir nur einer ein! Nämlich der Handgrödinger Rudolf. Dem sein Vater war in seinen letzten Lebensjahren so komisch. Ihr kennt den doch. Und der Sohn ist Glasbläser und Künstler.« Er betonte das letzte Wort so verächtlich, als sei das ein eindeutiger Beweis für kriminelle Energien.

»Ich glaub, der war mal bei mir in der Praxis«, meinte Andreas Lindinger und nickte nachdenklich.

»Na ja, das allein macht ihn ja wohl nicht verdächtig«, versuchte Florian Simbacher einen Scherz. Niemand lachte.

»Wenn ihr wollt, kann ich mich drum kümmern«, bot Korbinian Huber an.

»Ja, wie denn? Wäre es nicht besser, einer von uns würde sich den mal zur Brust nehmen?« Florian Simbacher fixierte Clemens Ortmair mit einem Blick und hatte ganz kurz die

Phantasie, der Glasbläser würde den Ehemann der schönen Ute krankenhausreif schlagen. Am besten so, dass der mit Reha und allem drum und dran erst mal ein halbes Jahr weg wäre. Dann hätte er bestimmt eine Chance bei der schönen Frau Ortmair.

»Auf keinen Fall«, wies Korbinian Huber ihn zurecht. »Wenn einer von uns mit dem spricht, wird der doch alles leugnen. Wir müssen ganz anders vorgehen. Subtil. Ich hab auch schon eine Idee. Jemand ist mir nämlich noch was schuldig.«

# 5. Kapitel

Um genau sieben Uhr dreißig läutete an diesem Freitag das Telefon. Draußen war es noch ziemlich dunkel.

Christian Hausmann reckte sich und stieß seine Frau an. »Das kann ja wohl nur für dich sein.«

Franziska zog sich die Bettdecke bis zum Kinn. »Mein Dienst beginnt erst in knapp vier Wochen. Ignorier es einfach.«

Doch das Telefon klingelte weiter. Nach ungefähr dem neunten Läuten stand sie auf und meldete sich mit müder Stimme. »Ja bitte?« Garantiert hatte sich wieder irgendein Depp verwählt.

»Guten Morgen, Franziska«, klang es ihr munter entgegen. »Ich hoffe, ich habe dich nicht geweckt.«

Sie war sofort hellwach.

»Benno! Ist was mit Marie?«

»Nein, alles okay. Ich rufe quasi dienstlich an.«

»Da bin ich aber froh.«

Marie, Franziskas älteste und engste Freundin, hatte den Passauer Oberstaatsanwalt auf dem letzten Silvesterfest bei den Hausmanns kennengelernt. Seit dem Sommer waren die beiden ein Paar.

»Worum geht es denn?«, wollte Franziska wissen.

»Ich bräuchte deine Unterstützung.«

Franziska gähnte. »Ich bin noch gar nicht wieder in Lohn und Brot.«

»Ich brauch dich auch eher inoffiziell, sozusagen als Undercover-Agentin.«

Sie lachte. »Nee, für solche Spielchen bin ich eindeutig zu alt.«

Er schwieg einen Moment zu lang, und sie begriff, dass er es verdammt ernst meinte.

»Weißt du, Franziska, es gibt da jemanden, dem ich noch einen Gefallen schulde. Und der hat mich gestern Abend angerufen. Es handelt sich um eine heikle Mission, die viel Fingerspitzengefühl erfordert. Da habe ich an dich gedacht. Du hast doch Zeit, oder?«

Sie betrachtete ihren Mann, der sich die Bettdecke über den Kopf gezogen hatte und schon wieder eingeschlafen war.

»Nein«, sagte sie dann. »Ich steh euch erst ab dem 1. Dezember wieder zur Verfügung. Und die Zeit bis dahin gehört nur mir.«

Benno Holdenrieder blieb unbeeindruckt. »Super. Dann passt es ja. Ich hab übrigens schon mit den Passauern gesprochen. Gleich heute früh. Die sind damit einverstanden, dass wir das Ganze intern regeln. Du machst also jetzt deinen Einsatz und kriegst später dafür Freizeitausgleich. Die Spesen zahlt der Auftraggeber. Alles im grünen Bereich!«

Franziska ärgerte sich. Was fiel dem eigentlich ein, so über sie zu verfügen? Gleichzeitig ahnte sie, dass sie aus dieser Nummer nicht so schnell wieder rauskommen würde. Wenn Benno sich was in den Kopf gesetzt hatte, dann zog er das auch durch. Dafür war er bekannt. Das hatte selbst Marie bestätigt, die ihn ja sonst ganz gut im Griff zu haben schien.

»Worum geht es denn eigentlich?«, fragte sie daher. Mit dem Telefon am Ohr ging sie in die Küche und füllte Wasser in die Kaffeemaschine.

»Du fährst in die höflichste Stadt Deutschlands«, lockte er sie. »Ausgezeichnet von der Knigge-Akademie.«

»Na super.« Sie gab Kaffeepulver in den Filter.

»Und obwohl die Leute da alle so kultiviert sind«, fuhr er fort, »läuft offensichtlich ein Spinner rum. Und mit dem sprichst du und bringst ihn zur Vernunft.«

»Ein Spinner?«

»Ja. Irgendjemand legt den Leuten mundgeblasene Glassärge auf die Türschwelle. So was kommt natürlich nicht gut in einem Touristenparadies. Und schon gar nicht zu Beginn der Wintersaison. Sensible Gemüter könnten das als schlechtes Zeichen sehen. Verstehst du, was ich meine? Du sollst einfach nur mit dem Glasbläser reden. Er soll den Quatsch lassen.« Benno lachte plötzlich. »Weißt du was, red dem doch einfach ein, dass er stattdessen Bärchen herstellen soll. Grafenau hat schließlich einen Bären in seinem Wappen. Dann können die notfalls noch als Souvenir durchgehen.«

Die ehemalige Kriminalhauptkommissarin aus Landau an der Isar schüttelte verständnislos den Kopf. »Wieso schickt ihr nicht die örtliche Polizei bei dem vorbei?«

»Das ist leichter gesagt als getan.« Der Staatsanwalt klang leicht ungeduldig und schien mit den Fingern auf die Tischplatte zu trommeln. Vermutlich hatte ihm seit Ewigkeiten niemand mehr widersprochen. »Augenblicklich wissen nur sehr wenige Leute von diesem Verrückten. Eigentlich nur die, die bisher mit einem Sarg beglückt wurden. Und wenn wir dem Verdächtigen die Polizei vorbeischicken, wird die ganze Geschichte öffentlich. Das sollte auf keinen Fall passieren. Deshalb habe ich an dich gedacht. Du nimmst einen Erstkontakt zu dem Typen auf, sprichst mit ihm und bringst ihn zur Vernunft.«

Franziska schluckte und schaltete die Kaffeemaschine ein. »Kriege ich Bedenkzeit?«

»Hör mal, Du darfst auf Staatskosten in einen der schönsten Luftkurorte des Bayerischen Waldes reisen. So musst du das sehen. Da schaust du dich dann ein bisschen um, gehst wandern und erholst dich, wie all die anderen. Vergiss also nicht, deine Nordic-Walking-Stöcke einzupacken. Und nach ein paar Tagen haben wir die Sache von der Hacke.« Er schwieg ein bisschen zu lange und legte dann nach: »Möchtest *du* etwa morgens beim Zeitungholen über einen gläsernen Sarg stolpern?«

»Ich bin Kriminalhauptkommissarin«, widersprach sie ihm. »Und keine Psychologin.«

»Immer höre ich euch jammern, dass ihr erst dann ermitteln könnt, wenn alles zu spät ist und die Katastrophe schon ihren Lauf genommen hat. Und nun kriegst du einmal die Chance, ein Verbrechen im Vorfeld zu verhindern. Sieh es doch bitte so, Franziska. Ich bau auf dich.«

Sie spürte, wie sie schwach wurde. »Gib mir Bedenkzeit. Ich rufe dich in einer Stunde zurück.«

»Nee, nee. Don't call us, we call you«, unterbrach er sie schnell. »Ich melde mich um Punkt neun Uhr noch mal. Und dann rechne ich mit einer Zusage.«

Oberstaatsanwalt Benno Holdenrieder drückte das Gespräch weg. Die hatte er. Damit wäre dann auch endlich die Sache mit dem Apotheker geklärt. Er hasste es, bei irgendjemandem in der Schuld zu stehen. Dieser Korbinian Huber hatte ihm damals einen entscheidenden Tipp gegeben, als es darum ging, kurz hinter der tschechischen Grenze ein Labor auszuheben, in dem die Modedroge Crystal Meth hergestellt wurde. Benno Holdenrieder hatte dem Apotheker versprochen, ihn aus der Sache rauszuhalten, und er hatte die ganze Zeit gefürchtet, der Grafenauer Apotheker würde irgendwann als Gegenleistung eine Ungesetzlichkeit oder gar das Zudrücken beider Augen einfordern. Dagegen war das hier ja Kleinkram. Die gute Franziska würde den Glasbläser beruhigen, und alles wäre wieder im grünen Bereich.

Mit diesem Gedanken jedoch sollte Staatsanwalt Benno Holdenrieder dem größten Irrtum seines Lebens aufsitzen.

Sie würde es ihrem Mann so verkaufen müssen, dass er glaubte, es sei ihre eigene Entscheidung. Und das, so dachte Franziska Hausmann, während sie den Frühstückstisch deckte, war vermutlich das Allerschwierigste an dieser Mission. Warum sollte sie einen Monat vor Dienstantritt, und auch noch an einem Freitag, in den Bayerischen Wald fahren? Um sich warmzulaufen für künftige Aufgaben?

Christian griff nach einem Toastbrot. »Der Anruf war also für dich. Hab ich recht?«

Sie nickte.

Er hob die Augenbrauen. »Mord? Und das, wo du noch gar nicht wieder arbeitest?«

Sie strich sich Butter auf ihr Brot und wiederholte eine alte Polizeiweisheit. »Morde halten sich nun mal nicht an Arbeitszeiten.«

»Und was war?« Er schien wirklich interessiert zu sein.

Sie beschloss, so nah wie möglich an der Wahrheit zu bleiben. »Benno will, dass ich für ein paar Tage im Bayerischen Wald ermittle. Undercover.«

»Das ist doch wohl nicht dein Ernst! Und wieso? Vermutlich sollst du zeitgleich auch noch nach alten Traktoren fahnden.«

»Kann schon sein.« Sie lachte. Bennos und Maries gemeinsame Leidenschaft waren Landmaschinen der Marke Fendt. Möglicherweise liebten sie die Traktoren sogar mehr als sich gegenseitig. »Eigentlich keine schlechte Idee. Ich hab Benno schon so gut wie zugesagt.«

»Jetzt gleich?«

Franziska nickte. »Ein kleiner Einsatz dort, wo andere sich erholen. Eine Mordprävention. Ich werde mich irgendwo privat einmieten und mich wieder fit machen für meine letzten sieben Jahre im Staatsdienst.«

Christian sah sie ungläubig an. »Du willst wirklich bis fünfundsechzig arbeiten? Das hast du doch gar nicht mehr nötig. Überleg dir das doch noch mal.«

»Du hörst doch auch nicht auf zu arbeiten, nimmst eine Übersetzung nach der anderen an und schreibst jetzt auch noch für dieses Kulturjournal. Wer kauft denn heutzutage noch solche Zeitschriften?«

»Das ist ja wohl was anderes«, konterte er. »Ich arbeite mit meinem Kopf.«

»Und ich mit meinem Verstand«, schoss sie zurück und sah beleidigt auf ihren Teller. Mit dem Kopf! So was Albernes hatte sie ja noch nie gehört. Er brauchte doch auch seine Finger zum Tippen!

»Wann fährst du los?« Er klang betont sachlich.

Jetzt erst recht, dachte sie ärgerlich und sagte laut: »In etwa zwei Stunden. Du brauchst den Wagen ja nicht, oder?«

»Ach was, undercover und auch noch ohne Dienstwagen? Lass dich bloß nicht auf finstere Drogengeschäfte ein.« Er klang mit einem Mal verdächtig gut gelaunt. »Nein, ich brauch den Wagen nicht. Wir haben ja alles im Haus.«

»Und wenn was fehlt, fährst du mit dem Rad zum Supermarkt. Könnte dir ganz gut tun.« Sie wies auf seinen kleinen Bauch.

»Ach, weißt du, dann lasse ich einfach mal eine Mahlzeit ausfallen. Da sollte ich mich sowieso langsam dran gewöhnen.«

»Und ich muss mich wieder an die Leute gewöhnen, lange Gespräche über unwichtige Dinge, Klatsch und Tratsch. Das alles hat mir schon ein bisschen gefehlt.«

Freundschaftlich legte er ihr die Hand auf den Arm. »Ich weiß. Aber sieh mal, wir sind doch in den letzten Jahren gut miteinander klargekommen, und zwar ohne alles bis ins Detail durchzusprechen.«

»Ja klar, du brauchst deine Worte ja auch da oben in deiner Werkstatt«, murmelte sie versöhnlich. »Da sollte ich dir besser keine Silbe zu viel abluchsen. Ist schon okay. Außerdem bleib ich nicht so lang. In ein paar Tagen bin ich wieder da. Und zwar so sattgeredet wie nach meinen Besuchen bei Marie. Dann können wir schweigend auf dem Sofa sitzen, die Stille genießen und Rotwein trinken. Wie wir es ja schon immer gemacht haben.«

»Verrätst du mir wenigstens, worum es geht?«

»Die Details erfahre ich um neun. Dann ruft Benno noch mal an.

Christian putzte sich die Brille und strich ihr mit der Hand über die Wange. »Dann geh ich mal an mein Tagwerk.«

Sie räumte die Geschirrspülmaschine ein. Es war mal wieder alles viel einfacher gelaufen, als befürchtet. Sie waren ja auch zwei eigenständige Menschen und hatten es nicht nötig, sich gegenseitig zu kontrollieren. Möglicherweise war das auch am besten so: Über einige Aktionen ihres Mannes wollte sie besser gar nicht so genau Bescheid wissen. Sie seufzte. Und umgekehrt war es dann ja wohl genauso.

Natürlich hatte sie sich bereits im Internet über Grafenau informiert und gesehen, dass es von dort bis Prag exakt zweihundertundsieben Kilometer waren. Ob Alexander Konrad dort noch als Kommissar arbeitete? Die Begegnung mit ihm hätte vor einigen Jahren fast ihre Ehe zerstört, selbst wenn Christian bis heute nicht wusste, was genau damals im Landauer Sporthotel geschehen war. Zweihundertundsieben Kilometer. Das war zwar ein ganzes Stück, wäre aber in drei Stunden zu schaffen. Aber nein, sie würde in Grafenau bleiben, ihre Mission erfüllen und nicht einmal nach Osten, erst recht nicht in Richtung Prag schauen.

Zu genau diesem Entschluss hatte sie sich durchgerungen, als um exakt neun Uhr das Telefon läutete. Auf den Oberstaatsanwalt war Verlass.

»Ich wusste es«, sagte Benno. »Danke. Auf dich kann man bauen! Und wenn alles vorbei ist, setzen wir uns mit Marie zusammen und machen uns ein schönes Wochenende. Hat sie dir eigentlich schon erzählt, dass wir uns gerade nach einem neuen Domizil umschauen? Eines für uns und unsere Traktorensammlung.«

»Für Oldtimer-Traktoren braucht man natürlich mehr Platz als für eine Briefmarkensammlung«, bestätigte sie. »Aber jetzt erzähl mal, worum geht es denn bei dieser Grafenauer Geschichte?«

»Also, ich hab mir gedacht, du gehst wie folgt vor«, begann er, und erneut wurde ihr bewusst, dass sie auf genau diese Art der Bevormundung allergisch reagierte. Warum schilderte Benno ihr nicht einfach die Situation, anstatt ihr vorzuschlagen, was sie zu tun und wie sie sich in möglichen Grenzfällen zu verhalten habe? Sie gab ihm ja auch keine fernmündlichen Ratschläge, wie er an seinen historischen Landmaschinen herumschrauben sollte.

Eine knappe Stunde später packte sie ihren Koffer und klopfte anschließend an Christans Bürotür. »Ich bin dann mal weg.«

»Okay, viel Erfolg.« Er sah nicht einmal hoch.

»Frohes Schaffen«, murmelte sie und unterdrückte ihre Enttäuschung.

»Ebenso!« Nun hob er den Kopf, drehte sich zu ihr um und warf ihr eine Kusshand zu.

Die verdeckte Ermittlerin Franziska Hausmann stieg in ihren Wagen und dachte an Alexander Konrad. Der war nicht so sparsam gewesen mit Worten. Auch mit anderen Dingen nicht. Er hatte ihr den schönsten Liebesbrief ihres Lebens geschrieben. Sie hätte ihn nicht wegwerfen dürfen, damals, als sie ihr Büro in Landau an der Isar räumte. Doch in jenem Winter hatte sie es für richtig gehalten.

Sie gehörte zu Christian und nicht nach Prag.

Und dennoch: Als sie das Navi mit der Adresse von Bennos Kontaktmann, einem Apotheker namens Korbinian Huber, speiste, hatte sie gleichzeitig das absurde Empfinden, in die Tschechische Republik aufzubrechen. Ihr Herz klopfte, und sie sehnte sich nach einer Zigarette. Dabei rauchte sie schon seit Jahren nicht mehr. Aber Alexander, der hatte geraucht.

Sie nahm den Weg über die Dörfer, auch wenn es über die B 85 schneller gegangen wäre. Die Gegend war hügelig, weich geschwungene Straßen, ordentlich gemähte Wiesen, größere Waldgebiete und zwischendrin immer wieder Steinbrüche, die an verkarstete Mondlandschaften denken ließen. Jeder Weiler schien seinen eigenen Kirchturm zu haben. Hier hätten wir uns ein Haus kaufen sollen, überlegte sie und holte krampfhaft Christian in ihr Denken zurück, sobald ihre Gedanken in Richtung Prag zu schweifen drohten.


Der Apotheker wollte gerade schließen, als sie seinen Laden betrat. »Sind Sie Herr Huber?«

Der kugelige Mann in seinem weißen Kittel nickte und musterte sie misstrauisch. »Worum geht's?«

»Ich hatte heute Morgen ein etwas längeres Gespräch mit Herrn Dr. Holdenrieder.«

»Ja mei, warum sagen Sie das denn nicht gleich?« Das runde Gesicht über dem weißen Hemdkragen erstrahlte. »Da will ich doch gleich mal schauen, ob wir auch schon unter uns sind. Bis grad saß meine Frau noch im Büro.«

Er verschwand hinter einer Tür mit einem offenbar handgestickten Vorhang, dessen Motto all seinen Mittelchen Konkurrenz zu machen drohte. Denn wenn Lachen tatsächlich die beste Medizin war, dachte Franziska, dann könnte Korbinian Huber seinen Laden ja schließen und in die Entertainmentbranche wechseln. Sie stellte ihn sich als Clown vor, wie er auf seiner hölzernen Theke turnte, den Kranken die Rezepte abnahm, mit vogelwild geschminktem Gesicht Grimassen zog und alle zum Lachen brachte.

»So, da bin ich wieder.« Er musterte sie kritisch. »Sie bringen die Sache also in Ordnung?«

»Ich werde mein Bestes tun. Was genau soll ich denn in Ordnung bringen?«

»Ich hab schon alles vorbereitet. Kommen Sie mit.«

Sie folgte ihm in den hinteren Raum, eine Mischung aus Labor, Wohnzimmer, Küche und Schreibstube. Demonstrativ verschloss er einen Schrank und drehte dabei den Schlüssel mehrfach um. »Das ist mein Giftschrank«, erklärte er. »Nicht, dass Sie sich da bedienen. Mit den Substanzen da drinnen hätte ich die Sache durchaus selbst in Ordnung bringen können. Aber Benno meinte, Worte wären besser. Und darin sind Sie ja offensichtlich Expertin.« Er strich sich über den grauen Bart und seufzte erleichtert. »Mei, bin ich froh, dass Sie jetzt da sind. Ich konnte schon gar nicht mehr schlafen.«

Sie betrachtete sein gerötetes Gesicht. So unausgeschlafen sah er gar nicht aus.

»Darf ich?« Franziska knöpfte sich den Mantel auf und setzte sich auf einen Stuhl.

»Ja, natürlich.«

Ungefragt stellte er eine Tasse vor sie hin und füllte sie mit Tee aus einer Thermoskanne. Die Luft in dem Raum war stickig.

»Wir wollen eigentlich nur, dass der Handgrödinger, also der Rudolf, mit dem Quatsch aufhört«, fuhr Huber dann fort. »Wenn Sie ihm das irgendwie sagen könnten. Und er soll nachhaltig damit aufhören. Verstehen Sie, was ich meine?«

Sie unterbrach ihn. »Wer ist wir?«

»Na ja, wir Betroffenen«, sagte er schnell. »Bis jetzt sind wir zu fünft. Das ist zumindest der Stand von gestern. Und so wird es wohl auch bleiben.«

»Kann ich die Namen haben?«

Er nickte.

»Und was genau ist der Quatsch, von dem Sie sprechen?«

»Hat Benno Ihnen das nicht schon alles erzählt?«

»Ich würd's halt gern nochmal von Ihnen hören.«

Er schnaufte. »Auch kein Problem. Also der Rudolf, der Handgrödinger, der spinnt. Von Haus aus spinnt der eh schon, und außerdem ist er Glasbläser. Ein ganz ein berühmter sogar. Das sagen die Leut. Also wir glauben, dass der uns selbstgeblasene gläserne Särge auf die Türschwelle legt. Das macht man doch nicht!« Er echauffierte sich und schnappte nach Luft.

»Und warum tut er das?«

»Genau das sollten Sie rausfinden.«

Sie nickte nachdenklich und betrachtete sich in einem Spiegelschrank an der Stirnseite des Raumes. War ihr Gesicht nicht früher runder gewesen? Zwar nicht so rund wie das ihres Gegenübers, aber keinesfalls so lang und schmal wie bei einem Pferd. Sie schüttelte sich und kniff mehrfach die Augen zusammen. Ob der Apotheker ihr was in den Tee gekippt hatte?

## 6. Kapitel

»Darf ich Ihnen ein Hotel empfehlen?«, rief Korbinian Huber ihr nach, als sie mit seinen Papieren unter dem Arm aufbrach, aber Franziska winkte ab. »Danke, ich komme schon alleine klar.«

Während der Vorsaison in einem Luftkurort sollte die Zimmersuche ja wohl eine der leichtesten Übungen sein. Das hätte sie gerade noch gebraucht, dass der runde Herr Huber wusste, wo sie wohnte, und morgens um fünf putzmunter bei ihr durchklingelte, um zu fragen, wie sie denn in seiner Angelegenheit vorankam.

Außerdem konnte sie zur Not immer noch heimfahren. Eine gute halbe Stunde, wenn sie sich beeilte.

Wie Christian wohl reagieren mochte, wenn sie unangemeldet in der Tür stand? In ihren schlimmsten Phantasien stellte sie sich vor, dass sie ihn mit einer anderen Frau antreffen würde. Eine, die um einiges jünger war als sie, hochgewachsen und schlank. Eine, die ihm ebenbürtig wäre. Wortgewandt, wenn es sein musste, und schweigsam im richtigen Moment.

Obwohl er ihr kein einziges Mal Anlass zu dieser Vermutung gegeben hatte, war es ihr in der ganzen Zeit ihrer Ehe nicht gelungen, dieses Angstbild aus ihren Gedanken zu löschen. Ob sie deswegen mal zur Polizeipsychologin gehen sollte?

Das Navi in ihrem Wagen piepste, und die geübte Stimme einer Nachrichtensprecherin empfahl ihr sanft, den Wagen auf dem Parkplatz am Friedhof abzustellen. Von dort waren es nur noch ein paar Schritte bis zur Waldschmidtstraße, in der das Objekt ihrer Ermittlungen wohnte.

Meine Güte, was für eine Nachbarschaft! Franziska schloss

ihr Auto ab. Wie es wohl sein mochte, direkt neben einem Gottesacker zu wohnen? Ob man dann ruhig und gelassen wurde? Oder machte einen das Wissen um die Endlichkeit des Lebens ungeduldig und gierig?

Die Waldschmidtstraße erwies sich als kleine Verbindungsstraße mit insgesamt acht Häusern nebst Vor- und Rückgärten. Vier Anwesen auf jeder Seite. Das Gebäude, in dem der Glasbläser wohnte, war ein vermutlich zweihundert Jahre alter zweistöckiger hölzerner Kasten mit großem Dachboden, an dessen linker Seite ein kleines Austragshäuserl angebaut war, das sich fast schutzsuchend unter das ausladende Dach des Mutterhauses duckte. Davor stand ein efeubewachsener Jägerzaun mit zwei separaten Gartentoren und zwei Briefkästen. Einer davon trug den Namen Alice Fischbacher, der andere den des Glasbläsers.

Schräg gegenüber vom Handgrödinger-Anwesen entdeckte sie ein Gasthaus mit Pension. Wie praktisch, dachte sie. Das ist ja fast wie in Kriminalfilmen: Da finden die Kommissare auch immer im richtigen Moment einen Parkplatz, ein Café oder einen wichtigen Zeugen, der zufälligerweise im entscheidenden Moment mit seinem Hund Gassi geht.

Kaum hatte sie die Wirtsstube des Bärenhofes betreten, da wusste sie auch schon, dass sie sich hier nicht wohlfühlen würde. Auf den Plastiktischen im Rustikalholzlook standen Sträuße aus Seidenblumen. Sie war der einzige Gast, und eine unglaublich breithüftige junge Frau mit modischem Kurzhaarschnitt beäugte sie misstrauisch. »Wie lange wollen Sie bleiben?«

»Nur eine Nacht«, sagte Franziska schnell. Oder sollte sie gleich wieder gehen? Aber eh sie sich versah, lagen auch schon die Anmeldepapiere vor ihrer Nase – ebenso wie die Speisekarte. »Die Küche ist noch auf.« Die Wirtstochter blickte zur Uhr.

»Gut, dann esse ich noch eine Kleinigkeit.«

Franziska setzte sich ans Fenster und sah auf die von städtischen Laternen angestrahlten Häuser auf der gegenüberliegenden Straßenseite.

Überall brannte Licht. Auch in der ebenerdigen Küche des Glasbläsers. In dem angebauten Austragshäuserl nahm sie hinter einem der Sprossenfenster eine Schreibtischlampe wahr. Daneben einen gebeugten Kopf und eine Hand, die einen Stift hielt. Das also war Alice. Vermutlich saß Christian um genau diese Zeit genauso an seinem Schreibtisch, denn Franziskas Mann pflegte sich allabendlich sein »Tagwerk« auszudrucken und mit spitzer Feder zu redigieren.

Vielleicht hatte er aber auch gerade seine Freundin eingeladen. Er schien fast erleichtert gewesen zu sein, als sie aufbrach. Augenblicklich verbot Franziska sich diesen Gedanken, der die Tristesse der leeren Gaststube nur noch vergrößert hätte.

Der zu observierende Rudolf Handgrödinger trug einen wollweißen Pullover mit ausgeleiertem Rollkragen und hatte sich schätzungsweise seit einer Woche nicht mehr rasiert. Er bereitete sich offensichtlich gerade sein Abendessen zu. Seine Lippen bewegten sich. Er schien mit jemandem zu sprechen – oder zu singen. Kurz darauf sprang eine graue Katze auf den Tisch. Er streichelte sie und sah dabei aus dem Fenster. Franziska hatte das Gefühl, als blicke er ihr direkt in die Augen. Er war ihr nicht unsympathisch.

Sie gestand sich ein, dass sie lieber bei ihm gewesen wäre als in diesem mit Vereinswimpeln und goldenen Pokalen geschmückten Wirtshauszimmer.

»Wollen Sie einen Salat? Kostet aber extra.« Die Wirtstochter stand vor ihr und hatte beide Fäuste in die Hüften gestemmt.

»Ja, bitte.«

Die Kellnerin drehte sich auf dem Absatz um und rief: »Einmal Salat!« in die Küche. Anschließend ging sie von Tisch zu Tisch und zündete die Kerzen an. »Ist gemütlicher so«, erklärte sie ihrem einzigen Gast.

Franziska ahnte, dass sie sich in dem angepriesenen Komfortzimmer mit Dusche und TV ebenso unwohl fühlen würde wie hier in der Gaststube.

Im Haus gegenüber streichelte der Mann immer noch seine Katze, und Franziska fragte sich, wie sie mit ihm in Kontakt treten könnte. Das einzige, was sie über ihn wusste, war, dass er fünfundvierzig Jahre alt war, als Glasbläsermeister in Frauenau arbeitete und gläserne Objekte schuf, die in Museen ausgestellt wurden.

Der Vorschlag des Apothekers, ihm die Polizeimarke unter die Nase zu halten und mit Konsequenzen zu drohen, war so absurd, dass sie ihn nicht eine Sekunde lang in Erwägung ziehen wollte. Dann hätten die ja auch gleich die Kollegen von der Grafenauer Inspektion losschicken können.

Nein, sie musste sich mit ihm vertraut machen, um herauszufinden, warum er bestimmten Leuten gläserne Särge vor die Tür legte.


Das auf die Schnelle gebuchte »Komfortzimmer« im Bärenhof war noch schrecklicher, als Franziska befürchtet hatte. Ein Fenster vom Format einer Schießscharte öffnete sich zum Hinterhof. Das Bad war ein langer, gelb gekachelter Schlauch mit schlecht schließendem Milchglasfenster. Der Raum selbst war eine mit hellblauem Teppichboden ausgekleidete Röhre, in der hintereinander zwei Betten standen. Ganz oben in der Zimmerecke, links von der Tür, klebte ein winziger Fernseher, der Franziska an die Zeit ihres Studiums erinnerte – und das war lange her.

Überall baten Schildchen mit Smileys: »Bitte nicht rauchen.« Franziska putzte sich die Zähne, zog sich die Decke über den Kopf und versprach sich selbst, nur diese Nacht hier zu bleiben. Sie wusste nun, wie der Glasbläser aussah, alles Weitere würde sich zeigen.

In dieser Nacht schlief sie sehr schlecht, was sie später auf den nahegelegenen Friedhof zurückführte, und stand für ihre Verhältnisse ungewöhnlich früh auf. So saß sie an diesem kalten und windigen Samstagvormittag bereits um sieben Uhr dreißig am Frühstückstisch. Aus dem Radio dudelte Bayern Eins.

Franziska sah sich um. Sie war offensichtlich der einzige Übernachtungsgast geblieben. Na ja, die Saison hatte ja auch noch nicht begonnen. Kurz darauf wurde ein reichhaltiges Frühstück aufgetragen. Die junge Frau hatte ihr kurzes Haar mit dunklem Lack besprüht – so zumindest wirkte es auf Franziska – und war äußerst gewagt gekleidet. Zu filzbesetzten Hausschuhen trug sie eine abenteuerlich enge schwarze Latexhose, darüber eine Art weißes Trachtenhemd mit roter Stickerei, dessen beunruhigend weit geöffnete Knopfleiste den Blick auf einen schwarzen Spitzen-BH erlaubte.

Die Kommissarin fragte sich, ob heute ein berühmter Gast erwartet wurde oder jemand kommen würde, von dem sie unbedingt wahrgenommen werden wollte.

»Entschuldigen Sie, kann ich Sie mal was fragen?«, wandte sie sich an die Wirtstochter.

Die nickte.

»Setzen Sie sich doch!« Franziska wies einladend auf den Stuhl. »Trinken Sie eine Tasse Kaffee mit mir.«

Das Mädchen kniff unsicher die Augen zusammen und antwortete bemüht dialektfrei: »Ich weiß nicht.«

»Ach bitte, tun Sie mir den Gefallen, ich frühstücke nicht gern allein«, log Franziska, die fast immer alleine frühstückte.

»Na gut.« Die junge Frau setzte sich so vorsichtig, als fürchtete sie, ihre Hose könne platzen.

Zu recht, dachte Franziska und wandte sich mit einem Lächeln an ihr Gegenüber: »Ich frage mich gerade, wieso dort noch dieses uralte Haus steht. Rundherum einstöckige Villen, dann dieses gepflegte Gasthaus und dort der alte Kasten.«

»Das fragen wir uns alle«, bestätigte die Kellnerin, deren Augen bei der Formulierung »gepflegtes Gasthaus« zu leuchten begannen, und seufzte demonstrativ. »Aber auch bei uns hier im Wald gibt es jetzt sowas wie Denkmalschutz, wobei die ganze Stadt sich fragt, was an dem Ding eigentlich geschützt werden soll. Versteht keiner, ich auch nicht.«

»Wie alt mag das Haus sein?«, fragte Franziska mehr sich selbst als ihr Gegenüber.

»Die sagn, es ist von 1531«, antwortete die Frau. »Ist wohl alles aus Holz, und innendrin ist's total verbaut – und dann noch Kachelöfen.« Sie klang empört. »Mir ham ganz schön Angst, dass das alles mal abbrennt. Dann sind mir nämlich auch dran. Aber der Rudolf, der tut ja nix! Erst hat er da mit seinem Vater gewohnt, dem alten Handgrödinger, aber der ist im Sommer gestorben. Jetzt wohnt er allein da drin. Allein mit der Katze, für die kocht er jeden Tag. Das kann man nämlich genau von hier sehen. Ein g'spinnerter Typ, das sag ich Ihnen.«

Dieser Handgrödinger wurde Franziska immer sympathischer.

»Keine Ahnung, wie viel Quadratmeter der hat und wie viele Zimmer«, ergänzte die Wirtstochter nach einer Weile. »Bestimmt mehr als wir. Und wir haben ja allein schon acht Gästezimmer.«

»Vielleicht restauriert er es ja schon. Von innen nach außen, und Sie sehen es nur noch nicht.« Franziska bemühte sich um ein begehrliches Seufzen. »Das war bestimmt mal ein prächtiges Haus. Wissen Sie, mein Mann und ich, wir haben uns vor einem Jahr ein altes Haus gekauft«, meinte sie lächelnd und wies auf die andere Straßenseite: »Nicht ganz so alt, aber immerhin. Und das würden wir gern mit Möbeln und Gerätschaften ausstaffieren, die für diese Gegend typisch sind. Deswegen höre ich mich gerne überall mal um. Wenn ich sowieso schon in der Gegend bin. Kann man den jungen Mann denn irgendwie erreichen?«

»Der arbeitet in Frauenau, in der Glasfabrik. Da kann ich Ihnen einen Prospekt geben. Der Rudolf ist aber ein bisserl hirndappig. Mit manche Leut spricht der einfach nicht. Beispielsweise mit uns. Kommt auch nie zum Essen.« Sie biss sich auf die Lippen. »Aber ich will nichts gesagt haben.«

»Hirndappig?« Franziska hob die Augenbrauen.

»Na, komisch halt.« Die Kellnerin stand auf.

Franziska griff nach ihrer Kaffeetasse. »Ich probiere es trotzdem mal. Vielen Dank!«

»Probieren geht über studieren«, murmelte die junge Frau und verschwand in der Küche.


Schon am Vorabend hatte Alice Fischbacher die Frau hinter den Fenstern des gegenüberliegenden Restaurants gesehen und misstrauisch wahrgenommen, dass die dauernd vom Tisch des Bärenhofes zu ihr herüberstarrte.

Und kaum hatte die Fremde heute Morgen das Gasthaus mit einem Koffer verlassen, da stand sie wieder vor ihrem Haus, diesmal mit zwei Wanderstöcken in der Hand, das Gepäck war offenbar schon im Auto. Eine Touristin also, dachte Alice. Das hatte ihr gerade noch gefehlt. Die wollten dauernd Expertengespräche führen, stellten dumme Fragen und respektierten nicht das Privatleben der Grafenauer Bürger. Als wäre die ganze Stadt als Puppenstube zur Besichtigung freigegeben.

Alice Fischbacher zog den Vorhang am Doppelfenster ihres Arbeitszimmers zu und beobachtete aus dem kleinen Flurfenster, wie die Frau sich über den Briefkasten ihres Nachbarn beugte.

Was konnte die nur wollen? Ob es eine Verwandte war? Nein, dann hätte sie ja auch zur Beerdigung kommen müssen. Und da war nur Rudolf gewesen. Nun öffnete die Fremde doch tatsächlich das Tor und linste durch die Fensterscheiben ins Innere des Handgrödinger-Hauses! Ungeheuerlich!

Alice Fischbacher überlegte, ob sie die Polizei benachrichtigen sollte, beschloss dann aber, die Frau lieber genauer ins Visier zu nehmen. Die sah eigentlich gar nicht so unsympathisch aus, war etwa eins fünfundsechzig groß, untersetzt und trug ihr graues Haar als Pagenschnitt mit Pony. Sie hat freundliche und kluge Augen, dachte Alice. Aber was will ausgerechnet so eine vom Handgrödinger?

Die war doch sicher mindestens zwanzig Jahre älter als der! Die Sache musste verfolgt werden! Da stimmte was nicht!

Im Inneren des Hauses war es dunkel. In der großen Küche stand, direkt neben dem ausladenden Holzofen, ein Lehnstuhl mit Schaffelldecken – und darauf lag eine graue Katze. Träge öffnete das Tier seine Augen und schien direkt in Franziskas Herz hineinzusehen.

Die schluckte. Ihr Kater Schiely war kurz nach dem Umzug bei dem Versuch, sein neues Territorium zu erkunden, auf der Landstraße überfahren worden. Sie hatten ihn in ihrem eigenen Garten bestattet – auch wenn das gegen die Vorschriften war. Dafür hatte Christian sogar sein Tagwerk für zwei Stunden unterbrochen. Franziska seufzte. Nein, sie würde sich nie wieder ein Tier zulegen. Der Verlust hatte einfach zu weh getan.

Die Küche war weder modern noch altmodisch eingerichtet, sondern einfach nur funktional. Alles sehr ordentlich und sauber. Antiquitäten waren da garantiert nicht zu holen – aber deswegen war sie ja auch gar nicht hier, ermahnte sie sich und merkte, dass ihr die Phantasie, als Undercover-Agentin auch noch in Sachen Flohmarktschnäppchen unterwegs zu sein, besonders gut gefiel.

Auf dem Weg ins »gläserne Herz des Bayerischen Waldes«, wie Frauenau auch genannt wurde, entdeckte sie auf einem frei stehenden Hügel in der Urlaubsgemeinde Riedlhütte ein weinumranktes Haus mit bauchigen hölzernen Balkonen. Das Schild mit dem blauen Gockel signalisierte, dass man hier Urlaub auf dem Bauernhof machen konnte. Dass der Gockel blau war, gefiel Franziska besonders gut und erinnerte sie an ihre Ermittlungen im gar nicht so beschaulichen Kleinöd. Der dortige Gasthof hatte Zum Blauen Vogel geheißen und war das Herz des Dorfes gewesen.

Spontan lenkte sie ihren Wagen in die angegebene Richtung.

Die Ferienwohnung, die sie wenig später besichtigte, bestand aus einem Wohn- und Schlafzimmer, einer gemütlichen Küche und einem großen Bad mit weinumranktem Rundbogenfenster. Und sie war warm. Hatte die Vermieterin etwa zu viel Geld – oder warum heizte sie, obwohl kein Gast in der Wohnung lebte?

Dem Türschild war zu entnehmen, dass die Wirtin Anna Oberneder im Hauptberuf Heilpraktikerin für Tiere war. Darunter hatte jemand von Hand das Wort »Tierkommunikation« geschrieben. Da kann ja nichts mehr schief gehen, dachte Franziska und hatte ganz kurz den Verdacht, Handgrödingers graue Katze könnte sie hierher geschickt haben.

»Wie lange bleiben Sie?«, erkundigte sich die Vermieterin, eine sportliche Frau von Mitte vierzig.

»Ich weiß noch nicht. Erst mal drei Tage, vielleicht aber auch länger.«

»Kein Problem«, meinte Frau Oberneder, die sich als Anna vorgestellt hatte. »Sagen Sie mir einfach rechtzeitig Bescheid. Vormittags und nachmittags bin ich jeweils drei Stunden in meiner Praxis – aber in der übrigen Zeit stehe ich Ihnen zur Verfügung. Die Kinder sind schon aus dem Haus, und der Mann die ganze Woche auf Montage in München. Und an diesem Wochenende auch.«

»Wissen Sie, ich will mich nur ein bisschen erholen«, log Franziska zum dritten oder vierten Mal an diesem Tag. Hoffentlich wurde das nicht zur Gewohnheit. Sonst müsste sie irgendwann einen Katalog führen, in dem genau festgehalten war, wem sie was wann und wo warum erzählt hatte.

»Mich etwas ausruhen, viel wandern und die Dinge in meinem Kopf ordnen«, fügte sie erklärend hinzu.

»Ja, sowas kann einen Tag oder auch eine Woche dauern«, bestätigte Anna. »Bei manchen auch ein ganzes Leben!« Sie lachte. »Manchmal geben uns auch die Tiere eine Antwort auf unsere Fragen.«

Franziska zuckte zusammen. »Sie sprechen mit Hunden und Katzen?«, fragte sie freundlich interessiert.

»Nicht nur. Auch mit Pferden, Hühnern und Fröschen. Mit allen, die mit mir reden wollen.«

Wo war sie denn hier gelandet? Benno hatte sie gewarnt: Die Leute im Wald sind was ganz Besonderes. Andererseits war Anna, verglichen mit der aufgebrezelten Bärenwirtstochter, eindeutig die bessere Alternative.

»Richtig sprechen? Wort für Wort?« Franziska hob zweifelnd die Augenbrauen.

»Nein, natürlich nicht. Ich weiß nicht, wie ich es sonst nennen soll. Es ist eine Kommunikation von Bewusstsein zu Bewusstsein. Ich kann mich in Tiere hineinfühlen. Tiere sind klug.« Sie lachte. »Jetzt haben Sie mal keine Angst. Ich bin nicht verrückt. Außerdem wusste ich, dass Sie heute kommen, und hab deshalb schon die Heizung in der Ferienwohnung hochgedreht. Ein Hund hat mir … ein Gefühl der Erwartung vermittelt – und ich habe es richtig gedeutet.« Sie strahlte.

»Ich kann tatsächlich jede Frage stellen?«, wollte Franziska ungläubig wissen und dachte an ihren verstorbenen Kater Schiely und an Handgrödingers graue Katze.

»Ihr Tier gibt Ihnen Antwort. Aber dazu brauche ich ein Foto von ihm.«

»Ich schau mal. Es könnte sogar sein, dass ich ein Bild meines Katers im Auto habe.« Sie verschwieg, dass Schiely nicht mehr lebte.

»Tiere geben uns nur Antworten, die wir begreifen können«, sagte Anna wie nebenbei. »Sie wissen auch Dinge, die außerhalb unseres Bewusstseins stehen. Hier.« Sie drückte ihrem Gast ein rot-weißes Visitenkärtchen in die Hand. »Tierkommunikation« stand darauf. »Das ist meine Handynummer, für den Fall, dass Sie sich verlaufen.«

# 7. Kapitel

»Wir haben hier gut hundertdreißig Kilometer ausgewiesene Wanderwege«, rief Anna ihr stolz nach, als Franziska eine halbe Stunde später mit Bergschuhen und Stöcken die Ferienwohnung verließ und ihr Auto aufschloss.

Es hörte sich so an, als habe Anna Oberneder die alle selbst abgelaufen und gekennzeichnet. Die Kommissarin schüttelte sich. Sie, die während ihrer Ausbildung den Polizeisport schon schlimm genug gefunden hatte und dafür bekannt war, dass sie die alle vierzehn Tage anstehende Arbeitseinheit »Sport« auf dem Dienstplan eisern ignorierte, würde für hundertdreißig Kilometer ein halbes Leben brauchen. Das musste nicht sein! Wofür gab es Autos? Bis Frauenau würde sie keinesfalls wandern! Sie schaltete in den ersten Gang und gab Gas.

Unvermittelt kreuzte eine tieffliegende Elster ihren Weg und donnerte fast gegen die Windschutzscheibe. Franziska erschrak angesichts der Größe des Vogels. Seine Schwanz- und Schwungfedern schimmerten metallisch blau, und zum ersten Mal konnte sie nachvollziehen, warum ihm magische Kräfte zugesprochen wurden. Galten Elstern in der germanischen Mythologie nicht als Götterboten? Christian hätte ihr diese Frage auf Anhieb beantworten können, aber sie fand nicht, dass es dafür stand, ihn eigens deshalb anzurufen.

Ob die Elster ihr mit diesem Tiefflug etwas sagen wollte? Die Kommissarin schüttelte über sich selbst den Kopf. Tierkommunikation! Da hatte sie sich ja einen schönen Floh ins Ohr setzen lassen.

Ein Plakat am Straßenrand warb für das gläserne Herz des bayerischen Waldes und für den gläsernen Garten von

Frauenau. Glück und Glas, erinnerte sich Franziska, wie leicht bricht das. Ihr fiel das Hauff'sche Märchen vom kalten Herzen ein. Ging es in dem nicht auch um eine Glashütte? Schon wieder eine Frage für Christian.

Sie parkte am Glasmuseum und kaufte sich eine Eintrittskarte. Es war sicher gut, wenn sie sich vor dem Gespräch mit Rudolf Handgrödinger ein bisschen vorbereitete und informierte. Falls er überhaupt mit ihr reden wollte.

Die Glasmanufaktur befand sich auf der anderen Seite des Flusses und war an Samstagen nur von vierzehn bis sechzehn Uhr geöffnet. Sobald Franziska am Empfang nach Rudolf Handgrödinger fragte, hofierte man sie, als sei sie die lang erwartete Kuratorin des weltgrößten Glasmuseums und als läge es an ihr, die Stadt Frauenau in den Mittelpunkt der Kunstgeschichte zu katapultieren. Im Gegensatz zu Grafenau war der Name Handgrödinger hier offenbar unauflöslich mit dem Begriff Kunst verschmolzen.

»Er kommt sofort. Dürfen wir Ihnen in der Zwischenzeit einen Kaffee anbieten?«, erkundigte sich die nicht mehr ganz junge Rezeptionistin mit auffallend dunklen Schatten unter den Augen und öffnete die Tür zum sogenannten Präsentationsraum.

»Gerne.« Franziska sah sich um und beschloss im gleichen Moment, ihre Strategie grundlegend zu ändern.

Sie würde jetzt und hier ein Objekt in Auftrag geben und so mit dem Glasbläser ins Gespräch kommen. Das müsste dem Apotheker die Sache schon wert sein. An den Wänden des Konferenzzimmers hingen Fotos von den Skulpturen, Objekten und futuristischen Windspielen, die der Künstler geschaffen hatte. Gläserne Särge waren nicht dabei.

Rudolf Handgrödinger war mittelgroß und untersetzt. Er wirkte um einiges jünger als fünfundvierzig, und Franziska fragte sich kurz, ob sie überhaupt die richtige Person vor sich hatte. Doch, er musste es sein. Er bewegte sich genauso wie der Mann, den sie gestern Abend von ihrem Fensterplatz im Bärenhof aus gesehen hatte.

Er trug eine Jeans und ein Sweatshirt und reichte ihr die Hand. »Was kann ich für Sie tun?«

»Ich suche ein besonderes, ein handgefertigtes Geschenk für meinen Mann. Und da wurden Sie mir empfohlen.« Eigenartig, dass er nicht fragte, von wem, aber vermutlich war sein Ruf schon grenzüberschreitend, sodass jeder, der sich mit Glaskunst befasste, seinen Namen kannte. Seine Bescheidenheit wurde ihr immer sympathischer.

»Und woran haben Sie gedacht?«

Sie hob die Schultern und sprach ins Blaue hinein. »Vielleicht an ein aufgeschlagenes Buch? Auf keinen Fall ein Trinkglas oder eine Flasche. Es sollte schon was Besonderes sein.«

»Ist Ihr Mann Verleger?«

»Nein.« Franziska schüttelte den Kopf. »Er übersetzt Bücher. Manchmal schreibt er auch was.«

Der junge Mann vor ihr räusperte sich und fixierte sie mit seinen grauen Augen. »Verzeihen Sie, wenn ich das so sage, aber aufgeschlagene Bücher gehören auf Grabsteine. Mein Vater und ich haben einige solcher Objekte gefertigt, mal kompakt, mal filigran – und die können Sie alle auf dem Friedhof von Grafenau besichtigen.«

Franziska schwieg und sah auf ihre Hände.

»Ihr Mann lebt doch noch?«

Sie nickte. »Gott sei Dank.«

»Dann schenken Sie ihm was anderes. Aufgeschlagene Bücher aus Glas sind hierzulande ein Kennzeichen für Intellektuelle, bevorzugt jedoch für solche, die nicht mehr unter uns weilen.« Er sprach ein perfektes, geradezu druckreifes Hochdeutsch, und Franziska fragte sich, ob er bei einigen der Intellektuellen, die nun unter seinen gläsernen Büchern ruhten, Privatunterricht in salonfähiger Gesprächsführung genommen hatte. Da der gute Rudolf quasi direkt neben dem Friedhof wohnte, hatte er ja auch weiterhin die Gelegenheit, seine Mentoren regelmäßig zu besuchen, um sich an deren gute Ratschläge zu erinnern.

»Schlagen Sie mir was vor.« Sie bemühte sich um eine ratlose Miene.

»Erzählen Sie mir was von Ihrem Mann.«

Franziska stutzte. Sie waren so vertraut miteinander, und er war so selbstverständlich für sie, dass sie darüber nachdenken musste, was ausgerechnet an Christian Hausmann so besonders war.

»Jetzt?« Spontan beschloss sie, Hektik und Termindruck vorzutäuschen. »Ehrlich gesagt wäre es mir lieber, wir könnten uns gegen Abend treffen.« Sie sah auf ihre Uhr. »Jetzt hab ich nicht die Ruhe für ein längeres Gespräch.« Dabei blickte sie unauffällig auf Handgrödingers Hände. Er trug keinen Ehering. »Hätten Sie vielleicht heute Abend Zeit? Sie könnten diese Beratung dann natürlich als Arbeitszeit zur Projektentwicklung verbuchen.« Mein Gott, jetzt sprach sie auch schon so gestelzt.

Er zögerte.

Sie sah ihn lange an. »Ich wohne ganz in der Nähe von Grafenau. Wir könnten uns dort treffen. Vielleicht zu einem gemeinsamen Abendessen?« Sie nahm seinen abweisenden Gesichtsausdruck wahr und fügte schnell hinzu: »Oder auf ein Glas Bier oder Wein?«

Er überlegte und nickte zögerlich. »Okay, aber nicht vor acht.«

»Klar, kein Problem. Dann vielleicht doch eher auf ein Glas

Wein, oder?« Sie wusste ja, was er zwischen sechs und acht Uhr abends vorhatte: Da kochte er für seine Katze. »Und wo?«

»Überall, nur nicht im Bärenhof. Suchen Sie sich was aus, und rufen Sie mich an.« Er gab ihr seine Karte. »Ich komme dann zu Ihnen. Und bis dahin denken Sie über Ihren Mann nach.«

Es klang nach einer Hausaufgabe.

Als sie wieder in ihrem Auto saß, betrachtete sie seine Visitenkarte. Seit 1531 waren die Handgrödingers Glasbläser und hatten ihr geheimes Wissen – wie es auf der Karte hieß – von einer Generation an die nächste weitergegeben. Und was war mit Rudolf? Hatte er Kinder? Oder würde mit ihm das über Jahrhunderte bewahrte Wissen für immer verschwinden? Das war doch ein interessanter Ansatzpunkt für genau jenes Gespräch, das sie mit ihm führen musste und nun auch wollte.

Seit Alice Fischbacher in der Waldschmidtstraße wohnte, hatte sie ihren Nachbarn noch nie abends fortgehen sehen. Umso erstaunter war sie, als sie an diesem Abend gegen zwanzig vor acht seine Haustür schlagen hörte und ihn an ihrem Fenster vorbeischlendern sah.

Schon bei seiner Heimkehr hatte sie gespürt, dass etwas anders war als sonst. Wenn sie ganz ehrlich war, so hatte sie es eher gehört. Wasser rauschte nebenan, und sie ahnte, dass er duschte, ein Handy klingelte, und er meldete sich kurz und bündig. Der sonst aus zärtlichen Lockrufen bestehende Dialog mit seiner Katze war an diesem Abend eher sachlich verlaufen, und Alice, die nichts so sehr fürchtete wie Veränderungen, hatte angespannt und mit aufgestellten Ohren vor ihren Druckfahnen gesessen und überhaupt kein gutes Gefühl gehabt.

Eigenartigerweise kränkte es sie, dass er ohne sie ausging. Sie lebte schon so lange mit ihm Tür an Tür, dass sie es als ihr alleiniges Vorrecht betrachtete, ihn näher kennenzulernen. Zufällig hatte sie gerade heute im Radio den alten Howard-Carpendale-Hit gehört, der offensichtlich nur für Rudolf und sie geschrieben worden war: »Tür an Tür mit Alice«. Und dann ging der einfach alleine fort.

Ein wenig zu oft hatte sie abends im gegenüberliegenden Bärenhof Paare beobachten können, die sich intensiv miteinander unterhielten und über den Tisch hinweg Händchen hielten. Immer öfter hatte sie sich und Rudolf dort hinphantasiert und glücklich sein lassen. In Gedanken führte sie lange Gespräche mit ihm und staunte über die klugen Antworten, die er gab. Noch waren sie, jeder für sich, gut organisierte Solisten, aber wenn sie sich zusammentäten, so entstünde ein wunderbares Duett mit ungeahnten Ausdrucksmöglichkeiten.

Und nun das!

Ohne lange darüber nachzudenken, warf sie sich ihren zehn Jahre alten Mantel über und schlüpfte in die bereitstehenden Stiefel. Als sie aus dem Haus stürzte, sah sie ihren Nachbarn rechts abbiegen, Richtung Friedhof. Aber der war ja geschlossen. Sie folgte ihm über die Mospurgerstraße bis zum Stadtplatz und bog dann wie er in die Freyunger Straße ein. Noch am Volksfestplatz schlich sie hinter ihm her, verfolgte ihn durch den ganzen Kurpark, bis er plötzlich zum griechischen Lokal Ilektra abbog, über den großen Parkplatz schritt und hinter der Tür des Restaurants verschwand.

Wie elektrisiert blieb Alice stehen. Da ging der doch anscheinend alleine essen, und das an einem Samstagabend!

Sie mobilisierte ihre ganze Lehrerinnenpower und machte sich innerlich stark wie nie. Dann betrat auch sie das Lokal. Ungeschminkt und mit strähnigem Haar.

Sie sah ihn von hinten, wie er seinen Mantel an die Garderobe hängte, und sie sah die Frau, die an einem der Tische vor den großen Rundbogenfenstern saß und ihm zulächelte.

Es war exakt jene, die heute Morgen um sein Haus geschlichen war. Alice Fischbacher schluckte. Was wollte der denn mit so einer? Die war doch viel zu alt für ihn! Sie trat einen Schritt zurück und spürte in diesem Augenblick, dass die Fremde sie wahrnahm. Die Blicke der Frauen kreuzten sich.

Wie zu den schrecklichsten Zeiten ihrer schlimmsten Schulphobie wurde ihr gleichzeitig heiß und kalt. Sie zitterte und spürte, wie sich ihr Kopf mit Schweißperlen überzog. Vermutlich waren die Haare schon tropfnass. Unvermittelt drehte sie sich auf dem Absatz um und rannte die Strecke bis zur Waldschmidtstraße zurück.

Wie konnte er ihr das antun!


»Werden Sie gestalkt?«, fragte Franziska, als Rudolf Handgrödinger ihr die Hand reichte.

Er schüttelte den Kopf. »Nicht wirklich.« Das wär's noch, dass er der Fremden von dem Geist erzählte, der ihn seit dem Tod des Vaters belästigte und Erlösung einforderte. Wenn diese Geschichte in Grafenau die Runde machte, würde man ihn ohne Umwege nach Mainkofen verfrachten. Egal, ob er ein begnadeter Künstler war oder nicht. »Wie kommen Sie darauf?«

»Da stand eine Frau in der Tür. Ganz kurz nur. Sie hat Sie gesehen und dann mich, und schon war sie wieder verschwunden. Ich weiß nicht, die hatte sowas Irres im Blick.«

»Ich kenne keine Frauen, die irre sind«, meinte er und lächelte souverän. »Ist Ihnen was zu Ihrem Mann eingefallen?«

»Ja, ich habe meine Hausaufgaben gemacht.«

Eine gute Stunde später hatte sie ihn so weit. Sie sprachen über Katzen. Zuvor hatte er mit schnellen Bleistiftstrichen in seinem Notizbuch einen hastig aufeinandergestapelten Bücherberg konzipiert und vorgeschlagen, zwei solcher Objekte als gläserne und blau-grün schimmernde Buchstützen mit glatten und rauen Oberflächen herzustellen.

Franziska Hausmann ließ sich von seiner Begeisterung mitreißen und erschrak erst, als sie den voraussichtlichen Preis erfuhr. Spontan beschloss sie, erstens den Apotheker zur Kasse zu bitten und zweitens einen nicht unbeträchtlichen Teil ihrer monatlichen Sofortrente dafür einzusetzen. Kunst war nun mal teuer – und blieb wertvoll für immer.

Sie erzählte von ihrem Kater Schiely, der den Umzug in das neue Haus nicht überlebt hatte, und Rudolf Handgrödinger berichtete von seiner grauen Katze Bella, die das Essen lauwarm vorgesetzt bekommen wollte und fest damit rechnete, dass er jeden Abend für sie kochte.

Auf Franziskas Frage: »Leben Sie allein?«, hatte er genickt und vor sich hingemurmelt: »Ist auch besser so.«

Sie holte seine Visitenkarte hervor und wies auf die Jahreszahl 1531. »Seit der Zeit wird das Glasbläserhandwerk von Ihren Vorfahren immer an den ältesten Sohn weitervererbt. Was für ein unglaublicher Wissensschatz. Werden Sie den festhalten und später mal dem Glasmuseum vermachen? Na ja, Sie sind ja jung. Sie könnten auch noch Vater werden.«

»Besser kein Kind.« Er schüttelte den Kopf und seufzte aus tiefster Seele.

Sie schwieg und sah ihn an.

Er blickte aus dem Fenster auf die spärlich beleuchtete Straße und zog die Stirn kraus. »Ich würde ja nicht nur das Handwerk, sondern auch alle ungelösten Probleme der Vorfahren an die nächste Generation weitergeben. Nein, das kann ich niemandem zumuten. Ist schon schlimm genug, was mein Vater mir da alles hinterlassen hat.«

Franziska nutzte die Gelegenheit und bestellte hinter seinem Rücken zwei Ouzo. Nachdenklich fasste sie dann zusammen: »Sie haben also Aufgaben von ihrem Vater geerbt, die noch zu lösen sind. Das ist sicher nicht einfach.«

Er nickte und griff nach dem kleinen Glas. »Aufgaben und

Probleme. Aber wenn ich das hier in der Stadt erzähle, stecken die mich sicher gleich in die Klapsmühle.«

Sie nickte nachdenklich. »Dann sind es wohl eher metaphorische Dinge.«

»Genau. Und mit einer solchen Hypothek kann man sich nicht irgendwie arrangieren. Da muss man schon aufpassen, dass man nicht selbst verrückt wird.« Er kippte den Ouzo in sich hinein.

»Wenn Sie darüber sprechen wollen, ich höre Ihnen zu«, bot Franziska an. »Ich bin hier nur auf der Durchreise, ich sag's nicht weiter. Vieles wird einfacher, wenn man mit jemandem darüber reden kann.«

Er schien nachzudenken. Immerhin war sie eine Kundin. Aber der Ouzo zeigte schon seine Wirkung, und die Frau vor ihm war ihm sympathisch. Sie wirkte lebensklug. Rudolf Handgrödinger hätte seine Hand dafür ins Feuer gelegt, dass sie auch schon einiges hinter sich hatte – Dinge, an denen sie nicht zerbrochen, sondern erstarkt war.

»Sie können mir vertrauen«, versprach Franziska und wusste, dass es stimmte. Sie würde ihn nicht verraten, schon gar nicht an den kugeligen Apotheker, egal, was er ihr nun erzählen mochte.

Er grinste und hob sein Glas. »Wissen Sie, ich rede mit meiner Katze. Bella gibt sehr kluge Antworten.«

Franziska dachte an Anna Oberneder. »Verstehen Sie die Katzensprache?«

»Nicht wirklich. Sie sind Krankenschwester«, stellte er dann klar, und Franziska sah ihm an, dass er sich nichts sehnlicher wünschte. Sie nickte.

Erneut wandte er sich dem Fenster und der dahinterliegenden grauen Straße zu. »Ich habe meinen Vater gepflegt. Er wollte nicht, dass jemand anderer ihn wäscht und füttert und ankleidet. Er hat sich für seine Schwäche geschämt – bis zuletzt. Als sei er selbst daran schuld. Als meine Mutter krank wurde, kam eine Krankenschwester. Ich war damals noch sehr jung, und die Pflegerin war nett zu mir. So wird man geprägt. Das bleibt.«

»Wir haben es gelernt, zuzuhören und da zu sein«, log Franziska und fragte sich, ob die Frau, die vorhin mit dem größten aller Schrecken in der Tür gestanden hatte, auch eine Krankenschwester war.

»Ja«, erinnerte Rudolf sich. »Ich hab mich aufgehoben gefühlt bei ihr. Auch wenn die Umstände entsetzlich waren und meine Mutter sich wegen ihres Lungenemphysems die Seele aus dem Leibe gehustet hat. Die Frau, die damals wochenlang für uns sorgte, hätte mich nicht ausgelacht, nicht einmal dann, wenn ich ihr von meinen Ängsten erzählt hätte.«

»Das tue ich auch nicht«, versprach Franziska.

Er nickte. »Ich weiß.«


Gegen ein Uhr in der Früh sah sie ihn heimkommen. Wenigstens war er allein. Alles andere hätte ihr gerade noch gefehlt. Sie hatte die ganze Zeit hinter dem Fenster gesessen und ihm aufgelauert, aber jetzt war es zu spät, um mit ihm zu reden. Sicher hatte er den ganzen Abend mit der Fremden gesprochen und ihr Dinge anvertraut, die eigentlich für sie, Alice Fischbacher, bestimmt gewesen wären.

Das Leben war ungerecht!

Spürte er denn nicht durch die dünne Wand hindurch, die ihr Austragshäuserl von seinem Wohnhaus trennte, dass sie diejenige war, die ihm gut tat, die für ihn bestimmt war, die sein Schicksal erfüllen könnte? Sie wäre sogar noch in der Lage, ihm ein Kind zu schenken. Für ihn würde sie selbst dieses Opfer auf sich nehmen, auch wenn Kinder ihr Angst machten. Es sollte Frauen geben, die bis fünfundvierzig schwanger wurden. Sie war gerade mal achtunddreißig.

Und dann verbrachte er seine kostbare Zeit mit einer grauhaarigen Schnepfe, die wer weiß was von ihm wollte.

Sollte sie ganz umsonst diese angstlodernde Hölle des Schuldienstes durchschritten haben? Das konnte nicht sein! Das waren alles Prüfungen gewesen, um ihm ebenbürtig zu sein, und sie hatte alle bestanden.

Er war ein Künstler, und Künstler brauchten sensible Menschen um sich herum. Das hatte sie in Büchern nachgelesen, und darüber tauschte sie sich in dem Internetforum »Hilfe, mein Partner ist ein Künstler« mit Gleichgesinnten aus. Bei ihren anonymen Freunden im Netz hatte sie sich tollkühn darüber beschwert, dass ihr Künstler für seine Katze kochte, nicht aber für sie. Das hatte eine Welle verständnisvoller Einträge nach sich gezogen, an denen Alice sich in dunklen Stunden labte. Das hatte so gut getan!

Diese Fremde war vermutlich eine Maklerin, die ihm sein denkmalgeschütztes Haus abschwatzen wollte. Und mit der hatte er fast fünf Stunden geredet. Alice beschloss, ihren Nachbarn zu warnen. Das war die einzige Lösung, und nachdem sie diesen Entschluss gefasst hatte, ging es ihr besser.

Der Brief, den sie ihm an ihrem Notebook schrieb und in dem sie ihm all ihre Gefühle offenbarte, war zwölfeinhalb Seiten lang. Um drei Uhr morgens kürzte sie ihn zum ersten Mal, trank eine Flasche Wasser und machte sich an den zweiten Kürzungsgang. Dann strich sie erneut, fügte zusammen, löschte überflüssige Formulierungen, und als sie gegen fünf Uhr morgens zu Bett ging, bestand ihre lange Botschaft nur noch aus dem Satz: »Können wir miteinander reden?«

Weniger ist manchmal mehr, dachte Alice, zog sich die Decke über den Kopf und schlief bis zum Mittagsläuten.

# 8. Kapitel

»Wenn das hier ein zünftiger Stammtisch werden soll«, sagte der Wirt, »dann musst du aber auch mal was Vernünftiges trinken.« Mit verächtlicher Geste stellte er Clemens Ortmair das bestellte Kännchen Tee hin. Die anderen vier Herren bekamen ein Bier, wobei der Apotheker sich wie immer für ein leichtes Weißes entschieden hatte. Die Art und Weise, wie der Gastwirt nun das fast alkoholfreie Bier vor den kugeligen Korbinian Huber stellte, ließ erahnen, dass er auch davon nicht viel hielt.

Ein Stammtisch, dachte Clemens Ortmair, hatte ihm gerade noch gefehlt. Ihn interessierte kein einziger dieser eiligst zusammengewürfelten Notgemeinschaft. Was verband sie denn schon miteinander? Fünf gläserne Särge, die ein jeder von ihnen sorgfältig versteckt hielt, obwohl doch klar war, dass gerade in Grafenau die Dinge, die keiner wissen sollte, am ehesten bekannt wurden. Sicher wurde in der Stadt bereits über die fünf Männer geredet, die sich jeden Abend und selbst an diesem Samstag im Hinterzimmer der Brezn zusammenhockten, und garantiert würde es nicht mehr lange dauern, bis auch Ute von der Geschichte erfuhr. Er hätte sich einfach nicht beim Florian melden dürfen. Was war da nur in ihn gefahren?

»Nun schick di«, fuhr der Simbacher den leutseligen Bierverteiler an, »wir haben was Wichtiges zum Besprechen!« Alle warteten, bis der Breznwirt die Tür hinter sich geschlossen hatte.

»Es gibt also was Neues?« Andreas Lindinger fuhr sich über den kahlen Schädel, auf dem sich feine Haarstoppeln gebildet hatten. Rasierte der sich etwa jeden Morgen eine Glatze?, fragte sich Clemens. Sollte er das auch machen? Wirkte so was männlicher? Er würde Ute fragen. Die kannte sich in diesen Dingen aus.

Korbinian Huber nickte. »Ja.«

Alle richteten ihre Blicke auf ihn. »Und?«

»Unsere Väter beziehungsweise Großväter waren mal eng miteinander befreundet«, verkündete der Apotheker und unterlegte diese Aussage mit so viel Dramatik, als handele es sich dabei um das letzte noch zu lüftende Geheimnis der Menschheit. »Ich selbst kann mich sogar noch daran erinnern.«

Herbert Gegenfurtner schüttelte den Lockenkopf und putzte sich die randlose Brille. »So ein Schmarrn! Freundschaften san koane Verwandtschaften. Freind ko ma sich aussuacha! Da muass ma ned an jeden nehma!« Er schob sich die Brille zurecht und zupfte an der gepunkteten Fliege, die er als eine Art Markenzeichen trug. Heute war sie dunkelblau mit hellblauen Sternchen.

»Das mit der Freundschaft stimmt«, meinte Florian Simbacher. »Ich hab auch schon dran gedacht. Mir ist nämlich eingefallen, dass mein Vater immer bei deinem Papa zum Geburtstag eingeladen war, Korbinian. Einmal durft ich mit und musste dann die Brezn auf den Tischen verteilen. Deine Mutter hat wirklich jedem was angeschafft! Einfach mal rumsitzen und nur schauen, so was gab's bei der nicht.«

Korbinian Huber nickte. »So war sie. Ich hab damals garantiert schon Bier zapfen müssen. Nixtun war bei uns verboten. Aber ich hab da noch was anderes gefunden. Schaut mal.« Er griff in seine Tasche und holte fünf DIN-A4-Blätter heraus, die er verdeckt vor sich auf den Tisch legte. »Das waren Zeiten, als es noch Fotoalben gab. Die nahm man in die Hand und konnte drin rumblättern. Und zwar jeder! Da brauchte man keinen Strom und keinen Computer und erst recht kein Passwort und musste auch nicht wie der letzte Depp nach blöden Dateien suchen ...«

»Is scho guat«, unterbrach Herbert Gegenfurtner ihn. »Was solln mir denn oschaun? Ich hob ned so vui Zeit!«

Korbinian Huber hielt ein kleines Foto hoch. »Aus dem Album meiner Mutter.« Das Bild war etwa doppelt so groß wie eine Sonderbriefmarke.

»Da kann man ja nichts drauf erkennen!« Andreas Lindinger fuhr sich zum zweiten Mal über die gepflegte Glatze.

Korbinian Huber grinste. »Ich hab es natürlich eingescannt, vergrößert und für jeden von euch ausgedruckt.« Er umrundete den Tisch und drückte seinen Mitstreitern die Schwarzweißausdrucke des Bildes in die Hand. »Na, was sagt ihr dazu?«

Die Männer studierten die Fotografie. Man sah einen zwischen Schneebergen geparkten Panzer, dessen Nummernschild die Kennung WM sowie eine achtstellige Zahl trug. Vor dem Weiß des Schnees wirkte der Panzerwagen wie ein unglücklich gestrandeter Wal. Daneben hatten sich sechs hochgewachsene Soldaten in Positur gestellt, umringt von asiatisch anmutenden jungen und alten Menschen in zotteligen Pelzen mit Kopftüchern und Fellmützen.

Die Hochgewachsenen trugen dicke gefütterte Wehrmachtsmäntel und Pelzmützen mit Ohrenschonern. Ihre Nasen waren dunkel angelaufen. Sie blickten distanziert in die Kamera und schienen auf das obligatorische: »Bitte lächeln« zu warten, während sich die Dorfgemeinschaft ängstlich und schüchtern um sie scharte.

»Wo ist das denn?«, wollte der Zahnarzt wissen und schob das Bild weiter unter die Tischlampe. »Der ganz rechts außen könnte tatsächlich mein Opa sein.«

»Sieht aus wie Ostfront«, brummte Florian Simbacher. »Mein Vater war dort. Er könnte der links neben dem rauchenden Typen in der Mitte sein. Weiß zufällig einer von euch, wer das ist?«

»Ich wusste nicht mal von dem Foto«, gestand Clemens Ortmair. »Aber der ganz links außen, das ist mein Opa. Es gibt andere Bilder von ihm, und auf denen sieht er genauso aus.«

»Exakt«, sagte Simbacher. »Dein Opa war doch der Verrückte, der zum Schluss nur noch mit seinen Hühnern geredet hat – anstatt mit Menschen.«

»Das ist nicht wahr«, Clemens klang trotzig. »Mit mir hat er schon noch geredet.«

»Da warst du ja auch ein Kind, noch kein richtiger Mensch«, stellte der Apotheker klar und fasste zusammen: »Inzwischen wissen wir, dass die Fünf befreundet waren und auch zusammen an der Front. Und deshalb legt uns ein Vollidiot, den wir vermutlich sogar kennen, gläserne Särge vor die Tür. Weil wir die Nachkommen von denen sind.«

Der Apotheker baute sich hinter Clemens Ortmair und Andreas Lindinger auf und wies mit den Zeigefingern beider Hände auf sie: »Eure Väter sind beide tot.«

Die Jüngsten der zusammengewürfelten Herrenrunde nickten.

»Deswegen wurde in eurem Fall auf die natürliche Nachfolge zurückgegriffen, aufs dritte Glied: Vater, Sohn, Enkel«, dozierte Korbinian Huber. »Der Florian, der Herbert und ich hingegen gehören noch zum zweiten Glied, wir sind Söhne. Wir alle werden bedroht. Darum sitzen wir hier. Vielleicht stehen wir alle auf einer Todesliste. Wegen irgendeiner uralten Familienfehde. Wie bei der Mafia.«

»Sowas gibt's nur in Sizilien«, murmelte der Zahnarzt kopfschüttelnd. »Die haben dann eine Wut aufeinander, die über Generationen weitergegeben wird. Hundert, zweihundert Jahre lang. Und zum Schluss weiß keiner mehr, warum man sich denn so hassen muss und am besten gleich umbringt, sobald man sich über den Weg läuft. Und wenn dann noch ein Romeo auf eine Julia trifft, na dann grüß Gott! Dann ist die Gaudi perfekt!«

»Naa.« Herbert Gegenfurtner schüttelte den Kopf. »Doch ned bei uns im Wald. Da hätten mir doch scho amol was davon hörn müssen.«

Andreas Lindinger nickte. »Von so einem Schmarrn hat mir noch keiner was erzählt.«

Herbert Gegenfurtner drehte sich mit seinen Zeigefingern zwei Löckchen rechts und links über den Schläfen. Die Locken standen ab wie kleine graue Hörnchen und wippten bestätigend, als er feststellte: »I kenn des bloß aus der heiligen Schrift. Da werd von Flüchen g'sprocha, die bis ins siebte Glied wirken, glaub i. Als Kind hob i denkt, dass die Fingerglieder g'moant san und hab immer auf meine Händ Obacht gebn, dass mir koa Finger abfault. Der Wahnsinn!«

»Ist schon gut«, fauchte Korbinian Huber. »Ich hab euch nur mitgeteilt, was mir so durch den Kopf gegangen ist. Brainstorming nennt man das!« Er griff nach seinem Weißbier.

»Meint ihr, es hat was mit dem Krieg zu tun?«, fragte Clemens Ortmaier in die plötzliche Stille hinein. »Ich meine, schon allein wegen dem Bild hier?« Er blickte erneut auf das Foto und zog den Krawattenknoten enger.

»Nein, glaub ich nicht. Im Krieg gelten eigene Gesetze«, wurde er von Florian Simbacher zurechtgewiesen. »In der Liebe und im Krieg, da ist alles erlaubt.«

War das etwa eine Kampfansage? Clemens wusste, dass dieser Simbacher seiner Ute den Hof machte. Was sollte das jetzt heißen? Alles erlaubt? Er lockerte den Knoten seiner Krawatte wieder. Dann umfasste er mit beiden Händen sein Teeglas und vertiefte sich in die Maserung des Holztisches. Ganz ruhig bleiben!

»Also, was machen mir nachad?«, fragte Herbert Gegenfurtner in die Runde. »Mit dem gläsernen Trumm und mit dem, der's uns vor die Tür g'legt hod?«

Super, dachte Korbinian Huber. Sie reden von Dingern, Gebilden, Glasteilen und Objekten, anstatt den Gegenstand beim Namen zu nennen. Warum sagen sie nicht einfach Sarg oder gläserner Sarg oder Schneewittchensarg. Das hätte dann noch was Märchenhaftes …

Er kannte das alles so gut aus seiner Apotheke. Nur die Wenigsten nannten ihre Krankheit beim Namen. Da war von vorübergehendem Unwohlsein, von Unregelmäßigkeiten, Irritationen und Gewächsen die Rede, und wenn jemand starb, so hieß es, er sei von uns gegangen. Als wäre er mal ganz kurz draußen und würde gleich zurückkehren, als sei nichts gewesen.

»Es kann nur einer sein, der überhaupt in der Lage ist, einen Sarg aus Glas zu machen«, sagte Korbinian Huber und genoss die Aufmerksamkeit, die ihm zuteilwurde.

»Du weißt also, wer das ist?« Andreas Lindinger stützte sich mit beiden Ellenbogen auf den Tisch.

»Ich habe eine Vermutung«, gestand der Apotheker und beschloss in diesem Augenblick, dass er den Zahnarzt für sich gewinnen müsse. Der schrieb seinen Patienten rücksichtslos Medikamente auf, die er, Korbinian Huber, nicht vorrätig hatte, sodass die in der Lindinger-Praxis ausgestellten Rezepte bei der Konkurrenz eingelöst wurden. Da müsste man doch was arrangieren können. »Und ich habe auch schon was unternommen, um Klarheit in die Sache zu kriegen.«

»Und was?« Der Zahnarzt schien die Kompetenz des Apothekers anzuzweifeln.

»Ich bin mit einem Staatsanwalt befreundet«, log Korbinian Huber.

»Und was soll der mit den gläsernen Dingern zu tun haben?« Florian Simbacher schüttelte genervt den Kopf.

»Na gut, dann fang ich anders an.« Korbinian Huber ließ sich nicht verunsichern. Sein Blutdruck war wieder normal. »Ich persönlich bin der Meinung, dass nur der Rudolf Handgrödinger diese Objekte herstellen kann. Ihr wisst schon, dieser komische Künstler, der immer alle Preise kriegt und auch in Museen ausgestellt wird, also nicht er selbst, sondern seine Glasteile. Vielleicht wollte der auch deshalb nicht bei unserer GWG mitmachen. Unsere Werbegemeinschaft ist dem nicht edel genug.«

»Soll des heißn, dass mei Sarg auf'm Kunstmarkt richtig vui Wert hod?« Herbert Gegenfurtner hob den Daumen der rechten Hand. »Dann hat's wenigstens sei Guts.«

»Ich vermach meinen dann auch dem Museum«, meinte der Zahnarzt und zeigte seine unverschämt weißen Zähne. »Natürlich nur, wenn der Name des Spenders darauf genannt wird.«

»Besser der Name steht drauf, als dass du selbst da drinnen liegst«, murmelte Korbinian Huber.

»Künstler machen ja manchmal solche Sachen«, meinte Florian Simbacher. »Installation oder wie immer das heißt. Vielleicht sind wir Teil einer solchen Installation. Zufällig ausgesucht, oder weil unsere Häuser in einem bestimmten Winkel zueinander stehen.«

»Des ned, des hob i scho überprüft«, ließ Herbert Gegenfurtner verlauten und fügte hinzu: »Also mir war's liaber, wenn des Trumm koan tieferen Sinn hätt.«

»Diese Glassärge haben aber einen Sinn«, widersprach der Apotheker. »Deshalb hab ich den Staatsanwalt angerufen und…«

Er wurde von Florian Simbacher unterbrochen. »Dieser Handgrödinger, kommt der aus der Familie mit dem geheimen Glasbläserwissen?«

Korbinian Huber nickte.

»Und das Wissen wurde immer an den ältesten Sohn weitergegeben?«

Der Apotheker nickte erneut.

»Seit wann?«

»Keine Ahnung, fünfzehnhundertschlagmichtot. Ich hatte mal eine Visitenkarte von dem, da stand das drauf. Irgendwann hatte ich nämlich die Idee, mir ein Glasfenster mit Wappen von ihm machen zu lassen, aber das war dann doch zu teuer.«

»Und hat der Kinder?«, wollte Florian Simbacher wissen.

»Nein. Der lebt alleine«, sagte Korbinian Huber.

»Vielleicht, dass sein Vater ihm was og'schafft hod, bevor er g'storbn is«, meinte Herbert Gegenfurtner.

Auf einmal erinnerte sich Korbinian Huber an den letzten Besuch des alten Handgrödinger in seiner Apotheke und an dessen Drohung: Ihr werdet's büßn, und zwar ein jeder von euch, i hob alles aufg'schrieben und g'sammelt und die Beweise in meinem Haus versteckt, damit ihr's bloß wisst! Da gibt's dann nix mehr zum Lachen.

Er spürte, wie sein Blutdruck stieg, und sagte: »Was ich eigentlich sagen wollte: mein Freund, der Oberstaatsanwalt, also der Dr. Benno Holdenrieder, der wird uns helfen.«

»Ja, wie denn?« Alle zogen die Stirn kraus.

»Der hat schon jemanden auf ihn angesetzt. Einen Undercover-Ermittler. Genauer gesagt eine Frau. Ich hab sie schon instruiert.«

Herbert Gegenfurtner schüttelte den Kopf, und seine Locken schaukelten. »Du hast s' inschtruiert? Wos hast'n der og'schafft?«

»Dass sie mit dem reden und ihn fragen soll, warum er das macht. Und dann soll sie ihm sagen, dass er damit aufhören soll.«

»Das glaubst du doch wohl selbst nicht!« Florian Simbacher tippte sich gegen die Stirn. »Was ist denn das für eine Frau?«

Na typisch, dachte Clemens Ortmair. Kaum ist von Weibsbildern die Rede, schon horcht er auf, der Depp.

»Eine Hauptkommissarin. Eine Sonderermittlern.«

»Wie alt?«, fragte der Playboy von Grafenau.

»Bestimmt schon über fünfzig«, antwortete der Apotheker. Belustigt und mit leiser Schadenfreude stellten die anderen fest, wie Florian Simbachers Interesse schlagartig nachließ.

»Die soll spitzenmäßig sein in Verhörtechnik und so, die kitzelt alles aus jedem raus. Und die wird unseren Künstler auf die richtige Bahn schieben, und dann hat der Schmarrn ein Ende. Das wollte ich euch sagen. Morgen wissen wir mehr – vielleicht wird das sogar schon unser letztes Gespräch.«

Beim Hinausgehen wandte Clemens sich an den Modehausbesitzer: »Die Ute ist *meine* Frau. Sie hat *mich* geheiratet.«

Florian Simbacher grinste anmaßend. »Ich weiß, ich weiß.«

# 9. Kapitel

Sehr vorsichtig fuhr Franziska Hausmann in dieser Nacht über die Nordumgehung von Grafenau und hielt sich unter exakter Einhaltung der vorgeschriebenen Geschwindigkeit Richtung Frauenau. Wenn sie in eine Kontrolle geriete, wäre es wirklich peinlich. Wahrscheinlich würde sie sich ihren Kollegen gegenüber nicht als Kommissarin outen, sondern behaupten, sie sei eine fidele Hausfrau, die zufälligerweise mal zu tief ins Glas geschaut hatte! Aber sie hatte Glück. Sie wurde nicht gestoppt.

Es war kurz vor zwei, als sie die Tür zu ihrem Apartment in der Urlaubsgemeinde Riedlhütte öffnete. In den Räumen war es warm und gemütlich, fürsorglich hatte Anna eine Flasche Rotwein für ihren Gast bereitgestellt, und das war ein weiterer Grund, warum Franziska sich gleich wie daheim fühlte.

Sie schenkte sich ein Glas ein, setzte sich in den Lehnstuhl, löschte das Licht in ihrem Zimmer und betrachtete durchs Fenster den Sternenhimmel. Der Orion schien ganz nah und alle irdischen Probleme wirkten dadurch plötzlich so klein. Sie dachte an den Glasbläser. Sie hätte ihn gerne geschützt vor der Unbill des Lebens, ihn am liebsten schon als kleines Kind unter ihre Fittiche genommen. Entwickelte sie etwa mütterliche Gefühle für ihn? Das war ihr noch nie passiert. Ob das was mit dem Älterwerden zu tun hatte?

Ob sein Vater ihn beschützt hatte? Es hatte nicht so geklungen. Rudolf Handgrödinger hatte den alten Glasbläsermeister als einen mürrischen und wortkargen Menschen beschrieben, der nichts von dem preisgab, was ihn beschäftigte, und der im Augenblick seines Sterbens alle ungelösten Konflikte und unerledigten Aufgaben seinem einzigen Kind aufgebürdet hatte. Was für ein Erbe!

Bestimmt hatte der Alte seinem Sohn die Geschichte mit den Särgen angeschafft. Sie sah in den Nachthimmel, entdeckte einen Satelliten – oder war es nur ein Flugzeug? – und fragte sich, ob die Handgrödingers möglicherweise mit genau fünf Grafenauer Familien noch ein Hühnchen zu rupfen hatten. Eine Art Erbschuld. Was für ein entsetzliches Wort! Vererbbare Schuld. Ihr wurde kalt. Und weil der Alte seine Aufgabe nicht gelöst hatte, musste das Kind nun fünf Glassärge auf fünf Türschwellen legen? Nein, das war absurd. Sie nahm erneut einen Schluck Rotwein.

Warum hatte sie Rudolf eigentlich nicht gefragt, ob sein Vater auch das ungelöste Problem testamentarisch festgehalten hatte? Es konnte ja wohl nicht sein, dass dessen Nachlass nur aus Rezepturen und raffinierten Anleitungen für die Mischung unterschiedlicher Substanzen bestand, durch die das Glas geheimnisvoll schimmerte und einfacher zu bearbeiten war.

Was für ein Auftrag: Fünf Familien mit fünf gläsernen Särgen in Verwirrung zu stürzen! Denn nur das konnte der Glasbläser gemeint haben, als er verkündete, er habe zwar den letzten Willen seines Vaters erfüllt, der aber sei eine Ungeheuerlichkeit gewesen, ein im Grunde genommen absolut unzumutbarer Auftrag. Da hatte er schon den sechsten oder siebten Ouzo des Abends getrunken, den Kopf zurückgelehnt und erleichtert verkündet: »Gott sei Dank. Nun ist alles vorbei!«

Kurz darauf gestand er ihr erneut, dass er sie für eine Krankenschwester hielt. Sie hatte ihm nicht widersprochen. Denn war es nicht auch ihre Aufgabe, die kranken Auswüchse einer an sich gesunden Gesellschaft im Auge zu behalten?

»Alles erledigt, alles vorbei«, wiederholte sie laut vor sich hin. Es würde keine weiteren Särge mehr geben. Die fünf Adressaten hatten ihr gläsernes Teil bekommen und konnten sich jetzt mit der eigenen Erbschuld auseinandersetzen. Was immer das auch sein mochte. Da würde Lambert Handgrödinger von seinem Aussichtsplatz im Himmel zufrieden auf den Sohn hinabblicken und endlich Ruhe geben.

Franziska goss sich ein zweites Glas Wein ein und beschloss, diese Information nicht nur an den Apotheker, sondern auch an Benno weiterzugeben: Jetzt ist Ruhe. Ich habe mit ihm gesprochen, und er wird das mit den Särgen künftig sein lassen.

Kurz vor dem Einschlafen tauchte das blasse und erschreckte Gesicht jener Frau vor ihr auf, die im Eingang des griechischen Restaurants gestanden hatte und dann wie von der Tarantel gestochen davongerannt war. Ob Rudolf mal mit der zusammen gewesen war?

Es war so still, weit und breit kein Auto, kein Rasenmäher, keine Motorsäge, dass sie erst um die Mittagszeit erwachte. Draußen schien die Sonne. Franziska kochte sich einen Kaffee, setzte sich an den Biedermeierschreibtisch ihres gemieteten Wohnzimmers und tippte Bennos Nummer in ihr Mobiltelefon. Vermutlich lag er an diesem Sonntagmorgen mit Marie im Bett oder schraubte an einem Traktor herum – möglicherweise auch mit Marie. Da hatten sich wirklich die Richtigen gefunden!

Benno hörte sich verschlafen an. »Franziska? Bist du weitergekommen?«

»Ja, Auftrag erledigt.«

»So schnell?«

»Du weißt doch, auf mich ist Verlass. Wie geht's Marie?«

»Bestens, komm doch auf deinem Heimweg bei uns vorbei. Sie wird sich freuen. Dann kannst du mir auch alles erzählen.«

»Ich fahre noch nicht heim. Ich bleib noch ein paar Tage hier.«

»Urlaub von Mann und Haus?« Er lachte, und sie hörte Marie im Hintergrund glücklich glucksen. »Und was war das nun genau, dort im schönen Grafenau?« Es klang wie ein Kinderreim.

»Du weißt doch, wie Künstler so sind.« Franziska versuchte so zu klingen, als wolle sie eine längere Geschichte erzählen, und phantasierte drauflos. »Es ging um eine Art von Installation, wobei die Koordinaten der Dinger« – wieso vermied sie es, Särge zu sagen? – »an ganz bestimmten Punkten zu stehen hatten, wegen der Schwingung oder so.«

»Und das ist jetzt vorbei?«

»Das Werk ist vollendet«, log Franziska. »Es wird keine neuen Objekte geben. Weder dieser noch anderer Art.«

»Ach, du meine Güte – die Welt wird auch immer verrückter! Danke, da hast du mir wirklich einen großen Gefallen getan!« Er klang ungewöhnlich erleichtert.

Nachdenklich sah sie in den winterlichen Wald vor ihrem Fenster. Der Benno und seine Traktoren!

Während der Woche lief Dr. Benno Holdenrieder in grauen Nadelstreifen und mit exakt gebügeltem Hemd und perfekt gebundener Krawatte durchs Land. Am Wochenende hingegen lag er im Blaumann unter den Motoren seiner uralten Schätzchen. Und sobald sie einen kleinen Rülpser von sich gaben oder sich gar anschickten, wieder zu laufen, so war das für den Oberstaatsanwalt wie Weihnachten und Ostern an einem Tag. Und Marie freute sich mit ihm.

Alice Fischbacher hatte die ausgedruckte Notiz für ihren Nachbarn mit grüner Tinte unterschrieben und in einen blassgelben Umschlag gesteckt, den sie nun mit zitternden Händen in den Briefkasten von Rudolf Handgrödinger schob. Dabei hatte sie das Empfinden, ihr Schicksal selbst in die Hand genommen zu haben und eine wichtige Wende einzuläuten.

Am Fenster saß die graue Katze. Er könnte doch mit mir

reden statt mit der, dachte sie mit einem Hauch von Gekränktheit. Ich würde ihm richtige Antworten geben, nicht nur dieses ewige Gemaunze.

Seit gestern hatte sich eine dunkle Wolke von Traurigkeit über sie gesenkt. Es war Sonntag, und sie war allein. Bis oben angefüllt mit Selbstmitleid und Kummer spazierte sie zum Friedhof. Zum Allerheiligentag waren die Gräber geschmückt, mit goldgelben Chrysanthemen bepflanzt und mit weißen Porzellanputten belegt worden. Nur sie war mutterseelenallein. Sie hatte nicht einmal ein Grab, das sie besuchen konnte.

Der Friedhof war wie ein großes Buch, und während der Kies unter ihren Schritten knirschte, las sie in ihm Korrektur. Hier fehlte ein Komma, dort war der Zeichenabstand nicht korrekt eingehalten worden, gelegentlich war dem Steinmetz der Setzhammer abgerutscht. Einige Aussagen waren unnötig und absurd. »Direktor a.D.« Mit seinem Tod hatte sich dieser Direktor ja wohl endgültig von seinem Dienst abgemeldet. Auf Lehrergräbern lagen aufgeschlagene gläserne Bücher, als seien die erlauchten Pädagogen während der Lektüre mal kurz in die Ewigkeit gegangen und könnten jeden Augenblick wieder das Klassenzimmer des Lebens betreten. Alice mochte den Friedhof, weil sie hier Lehrern begegnen konnte, ohne mit Schulkindern in Kontakt kommen zu müssen.

Sobald sie nur das Wort Schule dachte, zog sich alles in ihr zusammen. Schule und Schulkind. Das waren seit jenen Vorfällen vor zwei Jahren Unworte. Sie konzentrierte sich auf den Nachbarn. Der würde ihren Brief lesen und zu ihr kommen, und dann würde sie ihm gestehen, dass sie ihn gestern mit der Frau gesehen hatte und fürsorglich und besorgt anmerken: »Die ist doch nichts für Sie. Die tut Ihnen nicht gut. Außerdem ist sie zu alt.« Leise murmelte sie die Sätze vor sich hin. Alles hörte sich logisch an. Absolut einleuchtend.

»Aber ich«, würde sie dann vorschlagen, »ich bin eine intelligente Frau, und ich verstehe was von Pädagogik.« Und während er sie dann mit ganz anderen Augen sah und langsam begriff, was genau sie damit meinte, würde sie sich ein Herz fassen und sagen: »Ich wäre bereit.«

So stellte sie sich ihr privates Märchen vor, doch an genau diesem Punkt der Geschichte entstand eine dramatische Pause. Alice hatte nämlich keine Idee, wie es weitergehen könnte. Vielleicht würde Rudolf sie spontan küssen, er könnte sich aber auch an die Stirn tippen. Ersteres ersehnte sie, Letzteres fürchtete sie.

Mit Klarheit und Sachlichkeit wollte sie ihm kommen. »Verstehen Sie, das ist zunächst einmal ein Geschäft. Falls Ihnen persönlich so viel Nähe unangenehm ist: Meine Frauenärztin könnte das mit der Schwangerschaft für uns erledigen – natürlich mit Ihrer Unterstützung. Und ich trage dann Ihr Kind aus. Den nächsten kleinen Glasbläser.«

Und ist der erst da, dachte sie, dann wird auch die Liebe zwischen Rudolf und mir wachsen, denn Liebe ist Arbeit, und Arbeit wird immer belohnt. Denn das Leben ist trotz allem gerecht. Und bei einem eigenen Kind wird sich das mit der Angst sicher geben.

Als sie an diesem Punkt ihrer Überlegungen angekommen war, kam die Sonne hervor, was Alice als gutes Zeichen deutete.

Etwa zur gleichen Zeit tippte Franziska Hausmann die Telefonnummer von Korbinian Huber in ihr Handy. Er meldete sich sofort.

»Ich bin gegen Abend in der Stadt«, sagte Franziska, »und dann kann ich Ihnen berichten, wie die Sache ausgegangen ist, nämlich gut.«

»Sie haben dem also die Leviten gelesen? Danke! Dann hab ich also den Richtigen verdächtigt.« Korbinian Huber klang erleichtert.

»Ist Ihnen siebzehn Uhr recht?«, fragte die Kommissarin und erfuhr, dass der Huber sowieso den ganzen Tag im Geschäft sein musste, weil er den sonntäglichen Apothekennotdienst übernommen hatte.

Leviten gelesen hatte sie nicht gerade, dachte sie. Ein wenig stutzte sie angesichts von Hubers Erleichterung darüber, dass er offenbar den Richtigen verdächtigt hatte. War er sich etwa gar nicht sicher gewesen, ob Handgrödinger der Schöpfer der verwirrenden Objekte war?

Sie wählte die Handynummer ihres Mannes, doch der meldete sich nicht. Sie versuchte es auf dem Festnetz, es läutete jedoch ins Leere.

Während der letzten Monate hatte sie ihn einige Male bei heimlichen Telefonaten erwischt und bemerkt, dass er sein Handy mit einem Geheimcode sperrte. Vermutlich hatte er sofort nach ihrer Abreise die andere angerufen und sich von ihr abholen lassen.

Franziska biss sich auf die Lippen. Erneut wählte sie seine Nummer und schickte ihm dann eine SMS: »Alles erledigt. Bis dann.«

Das tat gut. Wenn er das las, würde er in Panik geraten, stündlich mit ihr rechnen und keine Dummheiten machen. Hoffentlich.

Sie ertappte sich bei dem Wunsch, in ihrem Adressbuch nach Alexander Konrads Telefonnummer zu suchen und statt nach Grafenau nach Prag zu fahren. Was Christian konnte, konnte sie schon lange!

Letztendlich jedoch verschloss sie die Tür zu ihrer Ferienwohnung und brach zu einem langen Spaziergang auf. Beim Apotheker würde sie sich heute Abend Johanniskrautdragees besorgen. Das half immer. Vor allem in Zeiten der Verwirrung.

»Hallo!« Anna Oberneder stand breitbeinig in der Tür. »Alles
klar bei Ihnen? Ich hatte ihnen gestern noch ein Fläschchen
Wein hochgebracht.«

»Ja, vielen Dank. Dem habe ich eifrig zugesprochen!« Franziska stellte ihre Wanderstöcke ab und reckte sich. »Vermutlich habe ich deshalb so lange geschlafen. Oder liegt es an der
guten Luft?«

»Es kann nur die gute Luft sein!« Anna lachte. »Außerdem
sind Sie ja hergekommen, um sich zu erholen. Da ist guter
Schlaf schon mal die allerbeste Grundlage. Ach übrigens, ich
habe gestern Abend mit Ihrem Kater Kontakt aufgenommen.
Wenn Sie Zeit und Lust haben, erzähle ich Ihnen, was er mir
und vor allem Ihnen ausrichten lässt.«

Oh Mann, dachte Franziska. Das hat mir ja gerade noch gefehlt, dass mir mein Kater aus dem Jenseits verrät, wie die
Geliebte meines Mannes heißt. Laut sagte sie: »Das passt im
Moment leider nicht so gut. Ich muss noch mal in die Stadt
und mir was aus der Apotheke besorgen.«

»Kein Problem.« Anna Oberneder wühlte in den großen
Taschen ihres grünen Overalls und gab Franziska das Foto des
schwarzweißen Katers zurück. Darauf machte Schiely seinem
Namen alle Ehre und präsentierte sich mit dem schrägsten
Silberblick aller Zeiten. »Ein kluges Kerlchen.«

Nicht klug genug, um zu überleben, dachte Franziska und
erinnerte sich an den Augenblick, als sie ihn tot von der Straße
geborgen hatte. Sie seufzte und steckte das Bild in ihre Handtasche. »Heute Abend gegen neun? Diesmal bringe ich den
Wein mit.«

»Wenn's sein muss.« Anna hob die Hand. »Bis später.«

Der Apotheker wirkte sehr erleichtert. »Das ist die beste Nachricht seit langem! Vielleicht haben Tanjas Gebete ja doch etwas
genutzt!«

Die Kommissarin beschloss, lieber nicht nachzufragen, wer Tanja war und worum sie – offensichtlich im Auftrag des Apothekers – so innig gebetet hatte. Gab es das überhaupt, Leute, die stellvertretend für andere mit Gott sprachen? Benno hatte sie seinerzeit bei ihrem Umzug in die Nähe von Passau gewarnt: »Im Wald gibt's von allem«, und dabei sicher nicht nur seine Traktoren gemeint. Wo es Auftragsbeter gab, gab es sicher auch Auftragskiller.

»Kommen Sie herein, kommen Sie herein.« Korbinian Huber machte Anstalten, sie in sein Labor zu ziehen.

»Ich brauche erst einmal ein Beruhigungsmittel«, murmelte Franziska und sah sich suchend um.

»Hat der Sie so aufgeregt, dieser Typ? Das tut mir leid. Das liegt bei denen in der Familie. Die sind alle so g'spinnert! Was hat er Ihnen denn gesagt? Warum macht der so einen Schmarrn?«

»Meine Güte, so viele Fragen auf einmal.« Die Kommissarin knöpfte sich den Mantel auf. »Ich bin geschäftlich mit ihm in Kontakt gekommen. Das schien mir am unverfänglichsten.«

Korbinian Huber nickte eilfertig. »Und?«

»Ich hab ihn gefragt, ob er auch für mich ein kleines Objekt machen kann.«

»Genial. Sie haben ihm also gar nicht wegen übler Nachrede und Verleumdung gedroht?«

Sie zog die Stirn kraus. »Warum sollte ich? Hat er über jemanden schlecht geredet?«

»Naa, der sagt ja nichts!«

Das, dachte Franziska war so nicht ganz korrekt, aber sie schwieg. Mit ihr hatte Rudolf geredet. Und es war ein gutes Gespräch gewesen.

»Er ist gut im Geschäft, oder?« Franziska sah den Apotheker nachdenklich an.

»Ach, das meinen Sie. Ja, wenn der was macht, ist das alles

gleich Kunst. Und Kunst ist teuer. Was soll denn das Objekt kosten, das er für Sie macht?«

Sie nannte ihm den Preis, und er schnappte nach Luft. »Natürlich hatten wir zusätzlich zu den Spesen an eine Erfolgsprämie gedacht. Aber das ist zu viel.«

Franziska stutzte. Die betroffenen Herren wollten sich die Sache also doch einiges kosten lassen. Dann war mit den Särgen definitiv eine unangenehme Geschichte verbunden.

»Wozu braucht er denn das Geld?«, fuhr Huber fort »Wenn er es wenigstens in sein Haus stecken würde! Das sollten Sie sich mal anschauen, so ein heruntergekommener Kasten.«

»Ich kenne es. Sein Anwesen liegt direkt gegenüber vom Bärenhof.«

»Stimmt. Hat er Ihnen denn was von diesen«, er zögerte kurz, »von diesen Objekten erzählt?«

Sie schüttelte den Kopf. »Er hat nur gesagt, eine Auftragsarbeit sei nun abgeschlossen, und jetzt habe er wieder Zeit für Neues.«

»Auftragsarbeit?« Korbinian Huber wurde blass.

# 10. Kapitel

Rudolf Handgrödinger fragte sich, wieso er so viel von sich erzählt hatte. Das war doch sonst nicht seine Art. Die Einzige, der er vorbehaltlos alles anvertraute, war seine Katze Bella. Seit gestern wusste auch diese Frau Hausmann viel über ihn. So, wie die zugehört hatte, musste sie eine Krankenschwester sein. Krankenschwestern waren engelgleiche Wesen, aber sein Vater Lambert hatte nichts von ihnen wissen wollen und sich geweigert, von jemand anderem als Rudolf gepflegt zu werden. Niemand Fremdes hatte das Haus betreten dürfen, und im Lauf der Zeit waren alle, außer seinem eigenen Kind, Fremde für ihn geworden. Doch Rudolf machte es ihm nie recht, weil niemand es dem Lambert recht machen konnte. Er hätte eine Krankenschwester gebraucht.

In Rudolfs Augen waren Krankenschwestern gütig, freundlich, hilfsbereit, sanftmütig, barmherzig und auf eine geheimnisvolle Art schmerzlindernd. Sie waren das Beste, was einem passieren konnte. Rudolfs Mutter war in den letzten Wochen von einer solchen Lichtgestalt gepflegt worden, die sich damals auch des Kindes angenommen hatte.

Seufzend leerte der Glasbläser seinen Briefkasten, was er am Vortag versäumt hatte, und zückte den Hausschlüssel. Er hatte den ganzen Sonntag in der Manufaktur gearbeitet. Das war sein Privileg: allein und von nichts und niemandem abgelenkt die eigenen Ideen zu verwirklichen.

Wie gut, dass diese Frau Hausmann ihm einen Auftrag gegeben hatte. So würden sie weiter im Gespräch bleiben. Er hätte schon viel früher jemandem begegnen sollen, mit dem er so reden konnte, wie er mit dieser Frau geredet hatte.

Sie hatte ihn erzählen lassen und ihn nicht mit eigenen Geschichten, unnötigen Bestätigungen oder gar Zurechtweisungen unterbrochen, und sie war nicht ein einziges Mal auf die Idee gekommen, ihm gute Ratschläge um die Ohren zu hauen. Einfach nur neugierig war sie auf ihn gewesen. So konnte man also auch miteinander umgehen! Er würde es sich merken.

Wenn sich nur einer in seinem bisherigen Leben die Zeit genommen hätte, so mit ihm zu sprechen, hätte er gelernt, Nein zu sagen und sich dem absurden Vermächtnis seines Vaters zu widersetzen.

Achtlos warf Rudolf die Post auf den Tisch am Fenster, schürte den Ofen ein und entschuldigte sich bei der miauenden Bella für das spätere Heimkommen der letzten Nacht, wohl wissend, dass er all das nur deshalb zu ihr sagte, um sich erneut das Gefühl des Aufgehobenseins in Erinnerung zu rufen.

Bella verzieh ihm. Hauptsache, er kochte für sie.

Während des Abendessens öffnete er den briefmarkenfreien Umschlag, der zwischen zwei Werbezetteln gesteckt hatte. Er kam von seiner Nachbarin Alice Fischbacher. Er hegte den Verdacht, sie würde wegen des Winters und weil die Fenster nicht perfekt schlossen, auf eine Mietminderung bestehen. Vor gut zwei Jahren hatte sie ihren Job verloren, was jeder in Grafenau wusste. Selbst zu ihm war das durchgedrungen. Sie würde an seine Menschlichkeit appellieren, denn warum sonst hätte sie geschrieben: »Können wir miteinander reden?«

Ja, dachte er, reden, warum nicht? Immerhin hatte er erfahren, wie gut das tat.

Sie hörte das Läuten und sprang augenblicklich hoch. In ihrer Aufregung vergaß sie, die Lesebrille abzusetzen, und blinzelte, als sie die Tür öffnete. Tatsächlich: Er stand vor ihr und lächelte schüchtern. Wenn das kein gutes Zeichen war. Ihr Herz klopfte.

»Sie wollen mit mir sprechen? Ist was kaputt? Brauchen Sie Hilfe?«

Diese Melodie war ihr vertraut. Mit der gleichen Sanftheit sprach er auch zu seiner Katze. Alice räusperte sich und hob die Schultern. »Nichts von alledem. Aber kommen Sie doch herein, bitte.«

Er nickte und sah sich in ihrer kleinen Diele um, ein kümmerliches Spiegelkabinett, das Weite vortäuschen sollte, aber Enge offenbarte. Sie hielt den Kopf schief. In den unterschiedlich gefassten Spiegeln, die sie offensichtlich sammelte, war zu sehen, dass ihr mittelblondes Haar mit einer Hornspange am Hinterkopf zusammengebunden war. Rudolf Handgrödinger dachte, dass er noch nie so große Ohren bei einer Frau gesehen hatte. Sie ging voran in ihr Arbeitszimmer und wies auf einen Stuhl. »Setzen Sie sich doch.«

»Gern, aber ich hab nicht viel Zeit«, stellte er klar und erinnerte sich an das Telefonat vom Nachmittag. »Ich muss noch in den Kurpark.«

»In den Kurpark?«, fragte sie mit einem solchen Staunen nach, als habe er ihr verraten, dass er mal kurz zum Mond fliegen müsse.

»Ich bin gebeten worden, an dem Schwimmbad vom Hotel was aus Glas zu machen. Kunst am Bau. So gibt's dann mehr Zuschüsse für den Bauträger.«

»Ja, das neue Hotel…« Sie verfiel in einen lockeren Plauderton. »Die Zeitungen sind voll davon! Und da werden ausgerechnet Sie gefragt! Dann sind Sie ja ein staatlich geförderter Künstler!«

Er sah sie an. Wollte sie ihm damit etwa sagen, dass er doch im Geld schwimme und daher auf eine kleine Mieteinnahme verzichten könne? Ausweichend murmelte er: »Ich muss erst mal einen Zugang zum Ganzen bekommen, schauen, ob die Atmosphäre stimmt, die Sache auf mich wirken lassen.«

»Ja, das ist wichtig, ganz wichtig.« Sie nickte heftig. »Da müssen Sie offen sein für alle Schwingungen. Am besten geht das mit … lassen Sie mich mal überlegen … da gibt es spezielle Tees, ich kann mal schauen, ob ich so einen habe …«

Während sie sich selber plappern hörte, überlegte sie krampfhaft, wie sie es schaffen könnte, dass er sie zu diesem Spaziergang einlud.

Schroff unterbrach er sie: »Was ist los? Warum wollen Sie mich sprechen?«

»Ich muss Sie warnen!«

»Ach was!«

»Da ist gestern eine Frau um unser Haus herumgeschlichen.«

»Ja, und?«

»Die hat in Ihr Fenster geschaut«, verriet Alice mit missbilligender Stimme.

»Wahrscheinlich hat sie mich gesucht.« Rudolf Handgrödinger blieb gelassen.

»Nein, das glaube ich nicht!« Alice schüttelte den Kopf. »Das war garantiert eine Maklerin. Sie wollen doch wohl nicht Ihr Haus verkaufen?«

»Nein, dazu besteht wirklich kein Anlass. Wie sah die Frau denn aus? Vielleicht kenne ich sie.«

In abfälligem Ton beschrieb Alice Fischbacher die Fremde, und Rudolf ahnte, dass es sich nur um Franziska Hausmann handeln konnte.

»Ja, das ist eine Auftraggeberin von mir. Mit der habe ich gestern Abend bereits verhandelt.«

Alice Fischbacher schluckte. »Worüber?«

»Das muss ich Ihnen nicht sagen«, antwortete Rudolf und richtete seinen Blick auf die großen Ohren seines Gegenübers. Als Kind war sie deswegen sicher Fledermaus genannt worden. Kinder konnten so gemein sein!

Demonstrativ sah er auf die Uhr. »Also, worum geht es denn nun?«

»Ich muss Sie vor dieser Frau warnen«, begann Alice Fischbacher erneut. »Die tut Ihnen nicht gut. Das spüre ich. Die bringt Unglück!«

»Ich habe nichts mit dieser Frau zu tun, außer dass wir über einen Auftrag gesprochen haben«, entgegnete Rudolf und ärgerte sich. Das ging seine Nachbarin nun wirklich nichts an. »Neue Wege, neue Formen, neue Materialien«, verriet er und stand auf. »Wenn das alles ist, dann kann ich ja jetzt gehen.«

»Nein«, flüsterte sie mit heiserer Stimme und hielt ihn am Ärmel seines Pullovers fest. »Sie dürfen noch nicht gehen.«

»Warum nicht?«

»Ich muss mit Ihnen sprechen. Jetzt. Sie dürfen diese Frau nicht noch einmal sehen!«

Er riss sich los. Das hatte ihm gerade noch gefehlt. Erst der Vater und nun die!

»Hören Sie zu, ich mache, was ich will!«

»Aber ...« Alice Fischbacher verlegte sich auf eine andere Tonart. »Wir wohnen doch so nah zusammen. Wir sollten uns besser kennenlernen. Wissen Sie, ich bin noch jung. Viel jünger als diese andere. Ich kann Ihnen ein Kind schenken. Dann geht das geheime Wissen der Glasbläser nicht verloren, und wir beide haben jemanden, der uns liebt. Sonst will ich nichts von Ihnen, aber Sie dürfen nicht ...«

Rudolf schüttelte sie ab. »Ich muss jetzt gehen.«

Sie griff zu ihrem letzten Geschütz: »Aber ich liebe Sie. Ich werde alles für Sie tun, aber Sie dürfen nicht ...«

Rudolf Handgrödinger blieb stehen und starrte sie an. Ihre riesigen Ohren waren leuchtend rot angelaufen. Sie weinte. »Sie dürfen mich hier nicht so stehen lassen. Sie müssen mir zuhören. Es geht um Ihre Zukunft!«

»Ich muss gar nichts«, fauchte er sie an. »Höchstens an die

frische Luft. Das könnte Ihnen übrigens auch guttun. Sie sind ja völlig durch den Wind. Wissen Sie was, wir vergessen dieses Gespräch, und ich gehe.« Fluchtartig drehte er sich um, öffnete die Tür zur Straße und stob davon.

Die war ja wahnsinnig!

Beim Zuknallen der Haustür zuckte sie zusammen. Wenig später sah sie ihn mit wehendem Schal an ihrem Fenster vorbeihasten. Er hatte nichts begriffen! Oder hatte sie das, was sie eigentlich sagen wollte, methodisch nicht richtig rübergebracht? Aber hier ging es ja nicht um Pädagogik. Hier ging es um Liebe.

Warum sollte sie weiter vor sich selbst verleugnen, dass sie allabendlich auf sein Heimkommen wartete und auf den Klang seiner Stimme und dass es Zeiten gab, in denen sie sogar auf die Katze eifersüchtig wurde. Und er stand nach dieser Offenbarung einfach auf und ging davon, als wäre nichts geschehen!

Als Alice kopflos in die Diele stürzte, sah sie dort ihr Unglück tausendfach gespiegelt. Es war nicht auszuhalten!

Wenn sie nun tatsächlich noch zwei Tage oder gar eine ganze Woche Urlaub dranhängen wollte, überlegte Franziska, so wäre es am klügsten, als Erstes Klarheit in die Sache zu bringen und Rudolf Handgrödinger direkt nach den Särgen zu fragen. Und auch nach seinem Auftraggeber – falls es außer Lambert Handgrödinger noch einen gab. Dann wäre die Sache vom Tisch.

Sie nahm ein Beruhigungsdragee aus der Huber'schen Spezialedition, schlang sich den Schal ein zweites Mal um den Hals und stapfte mit Rucksack und Wanderstöcken durch Grafenau. Diese Stadt war eindeutig nichts für Highheels. Es gab zu viel Kopfsteinpflaster, Steigungen und Gefälle.

Kurzatmig spazierte sie am Stadtplatz vorbei, arbeitete sich die Hauptstraße hoch und legte am Polizeirevier eine kleine Pause ein. In den Räumen strahlte Flutlicht, Kisten wurden gepackt. Die Kollegen würden in ein neues Gebäude an die Pfarrer-Rankl-Straße ziehen. Das hatte sie im Grafenauer Anzeiger gelesen.

Es ging immer noch bergauf! Was für ein Marsch! Sie war sicher schon eine Viertelstunde unterwegs. An der Bushaltestelle neben dem Friedhof blieb sie stehen und wählte Christians Nummer.

Er war nicht daheim. Und obwohl sie damit gerechnet hatte, war sie gleichermaßen enttäuscht wie wütend. Hatte er nach zwanzig Jahren Ehe wirklich ein so mieses Doppelspiel nötig? Einen derart lächerlichen Verrat! Wie eine teuflische Versuchung tauchte Alexander Konrads Gesicht vor ihrem Inneren auf. Sie hatte immer noch nicht nachgesehen, ob sie seine Telefonnummer nicht doch noch im Handy gespeichert hatte.

Wenn sie schnell fuhr, könnte sie in drei Stunden bei ihm sein. Aber nein! Kopfschüttelnd marschierte sie weiter. Es reichte ja wohl, dass einer von ihnen aus dem Ruder lief.

Das große zweigeschossige Haus an der Waldschmidtstraße wirkte dunkel und abweisend. Hinter keinem der Fenster war Licht. Franziska drückte trotzdem auf das Klingelschild »Handgrödinger« und wartete. Nichts passierte. Sie betrat den kleinen Vorgarten und umrundete das Haus. Müsste der Glasbläser nicht schon längst für seine Katze kochen? Zufrieden saß die graue Bella mit den goldenen Augen hinter dem Küchenfenster und putzte sich das Fell. Sie machte nicht den Eindruck, als sei sie kurz vorm Verhungern. Auch in dem kleinen Anbau, der sich an das Handgrödinger'sche Anwesen schmiegte, war alles dunkel.

Vorgestern hatte hier eine Frau mit Brille unter der Schreibtischlampe gesessen, wie auch Christian über seinen Texten zu brüten pflegte. Schon wieder Christian.

Der Bärenhof auf der gegenüberliegenden Straßenseite erstrahlte in voller Festbeleuchtung, und sobald die Tür geöffnet wurde und sonntäglich gekleidete Raucher auf die Straße kamen, drang mit ihnen laute Musik nach außen. Bestimmt wurde dort drinnen eine Hochzeit gefeiert.

Franziska blieb stehen und starrte auf die erleuchteten Fenster. Heiraten im November. Auch nicht schlecht. Und dann den ganzen Winter über gemeinsam der Kälte trotzen und sich gegenseitig wärmen. Wenn Christian so weitermachte, würde der kommende Winter verdammt kalt werden. Und zwar für sie beide.

Sie schob sich ein weiteres Beruhigungsdragee unter die Zunge und stapfte zurück in die Stadt. Diesmal war es einfacher. Es ging bergab.

Dass sie plötzlich keinen Hunger mehr hatte, wertete sie als positiven Nebeneffekt der Huber'schen Aufhellungs- und Beruhigungspillen. Dennoch zwang sie sich, in der Nähe des Stadtplatzes ein Stück Pizza zu essen. Auf dem Weg in ihre Pension versuchte sie gegen neun Uhr erneut, Rudolf Handgrödinger zu erreichen. Er meldete sich weder auf dem Festnetz noch auf seinem Handy.

Anna Oberneder hatte bereits einen Tee gekocht und Käse und Oliven auf den Tisch gestellt.

»Wie war Ihr Tag? Sie sehen müde aus.«

Franziska rieb sich die Augen. »Dabei habe ich bis Mittag geschlafen.«

»Das ist die Höhenluft. Aber Sie werden sehen, in zwei, drei Tagen haben Sie sich daran gewöhnt, und dann sind Sie munter wie ein Backfisch.«

»Hoffentlich nicht!« Franziska lachte. »Als Backfisch war ich nämlich unausstehlich. Ein pickeliges schlecht gelauntes Monster!«

»Stimmt, ich auch.« Die Heilpraktikerin erinnerte sich. »Backfisch, was für ein schönes Wort. Heute heißen die ja nur noch Teenies, Jungs wie Mädels, alle gleich.« Sie entkorkte die von Franziska mitgebrachte Flasche Wein. »Wollen Sie hören, was Ihr Schiely Ihnen zu sagen hat?«

Franziska sah ihr Gegenüber lange an. Schiely war vor fast einem Jahr überfahren worden. Der konnte schon lange nicht einmal mehr Miau sagen. Sie beschloss, gute Miene zu machen und murmelte tapfer: »Ja.«

»Es geht ihm gut«, begann Anna.

Natürlich, dachte Franziska. Der ist ja auch im Katzenhimmel.

»Er ist im Licht«, erklärte die Katzenflüsterin und fügte hinzu: »Oft nehmen Tiere, die bereits im Licht sind, Kontakt zu uns auf. Vor allem dann, wenn die Beziehung besonders eng war.«

Franziska schluckte. Zu ihrem Kater hatte sie tatsächlich eine sehr enge Verbindung gehabt. Verdammt, was war nur los mit ihr? Das konnte doch gar nicht sein. Hatte sie etwa zu viel von diesen Huber'schen Dragees geschluckt, oder hatte der Apotheker ihr heimlich was anderes untergejubelt? Was war das überhaupt, diese hauseigene Spezialmischung nach jahrhundertealtem Rezept?

»Er lässt Ihnen ausrichten, dass er Sie liebt und dass Sie sich nicht so viele Sorgen machen sollen«, fuhr Anna fort. »Soll ich Ihnen vorlesen, was er mir diktiert hat?«

»Diktiert?« Franziska trank einen Schluck Wein. Das war doch alles nicht zu fassen.

»Es ist nicht so schlimm, dass ich viel alleine war«, las Anna ungebeten vor. »Ich kann ja mental reisen. So war ich oft bei dir. Eigentlich fast immer.«

Die Kommissarin räusperte sich und schüttelte den Kopf. »Immer? Was meint er damit?« Sie wurde rot. War er etwa auch in jener Nacht im Sporthotel dabeigewesen? Hatte er etwa gesehen, wie sie und Alexander Konrad …?

»Tiere können ihre Körper verlassen und sind dann mit denen unterwegs, die sie lieben«, erklärte Anna mit einer Selbstverständlichkeit, als würde sie übers Wetter sprechen. Sie suchte Franziskas Blick. »Das können Sie sich vielleicht nicht so gut vorstellen, oder?«

»Nein, nicht wirklich.«

»Ich passe auf dich auf«, las Anna weiter vor. »Manchmal hast du mir ganz schön viel Liebe gegeben. Erst waren wir tagelang unterwegs, und wenn wir dann endlich heimkamen und ich mich ausruhen wollte, musstest du erneut mit mir schmusen. Als wärst du ganz allein weggewesen.«

Franziska lächelte und beugte sich vor. Tatsächlich hatte Schiely sie manchmal so angesehen, als wollte er zu ihr sagen: Ich bin erschöpft und brauch mal meine Ruhe!

Dieser Satz wiederum erinnerte sie an Christian, und sie beugte sich vor: »Hat er auch was zu meinem Mann gesagt?«

Das wär's ja noch, fuhr es ihr durch den Kopf. Ein Kater aus dem Jenseits rettet im Hier und Jetzt meine Ehe. Wenn ich das irgendwann einmal Marie, Benno oder sogar Christian erzähle …

»Nein.« Anna Oberneder schüttelte den Kopf. »Ich kann ihn aber in einem nächsten Gespräch direkt danach fragen.«

»Lieber nicht.« Franziska schenkte sich Rotwein nach. »Danke, dass Sie das alles mitgeschrieben haben.«

»Die Tiere lieben uns«, sagte Anna. »Und zwar viel mehr, als wir es verdienen.« Sie legte zwei eng beschriebene Blätter zusammen und gab sie ihrem Gast. »Hier können Sie alles nachlesen.«

»Mach ich, danke.« Franziska stopfte die Blätter in ihre große Tasche. Dabei suchte sie nach einem Themenwechsel. »Ich habe mir übrigens das Glasmuseum in Frauenau angesehen.«

111

»Das kenne ich. Hier hat jeder irgendwelche Vorfahren, die was mit dem Glasmachen zu tun hatten. Mein Urgroßvater war Eckigreiber.«

»Eckigreiber?«

»Es gab Eckigreiber und Kugler«, meinte Anna lachend. »Und ich möchte lieber nicht wissen, was Sie sich jetzt darunter vorstellen.«

»Klären Sie mich auf?«

»Eckigreiber haben ebene Flächen geschliffen, Kugler haben Walzen und Linsen hergestellt, und letztendlich haben die Polierer dafür gesorgt, dass die geschliffenen Flächen wieder glänzten.«

»Diese Worte könnten meinen Mann interessieren«, meinte Franziska nachdenklich und spülte ihre Unruhe mit einem Schluck Wein hinunter. »Er sammelt ungewöhnliche Bezeichnungen und Ausdrücke.«

»Und Sie sammeln ungewöhnliche Menschen – das hat mir Ihr Kater verraten.«

Das Telefon klingelte in genau der Sekunde, als sie die Tür ihrer Gastgeberin hinter sich schloss und in das Ferienapartment gehen wollte. Na endlich!, dachte sie und meldete sich, ohne einen Blick auf das Display zu werfen.

»Christian, wo warst du nur so lange?«

»Hier ist Benno.«

»Benno? Ist was passiert?«

»Das kann man wohl sagen.«

Franziska setzte sich auf eine Treppenstufe. Ihr wurde schwarz vor Augen. Wenn Benno um kurz vor Mitternacht bei ihr anrief, konnte das nichts Gutes bedeuten.

»Ist was mit Marie oder mit Christian?«

»Nicht dass ich wüsste.«

»Aber warum rufst du dann so spät bei mir an?«

»Hör mal, du musst sofort als Sonderermittlerin tätig werden. In Grafenau ist jemand umgebracht worden, und ich will,
dass du dir das anschaust.«

»Um diese Uhrzeit?«

»Ich habe den Kollegen schon angekündigt, dass du dazu-
kommst.«

»Das geht aber nicht. Ich habe mindestens zwei Gläser Wein
getrunken.«

Benno ließ sich von solchen Kleinigkeiten nicht ablenken.

»Dann sollen die dich abholen. Gib mir deine Adresse.
Danke nochmal. Du schaffst das schon!«

Na, der hatte gut reden!

# 11. Kapitel

»Ist was passiert? Sie sind ja ganz blass!« Anna Oberneder stand vor ihr.

»Es geht schon, danke.« Franziska erhob sich umständlich von der Treppe. Sie spürte jeden einzelnen Knochen. Und das nur wegen eines kleinen Spaziergangs. »Ich muss noch mal weg.«

»Um diese Zeit? Und wohin? Sie können aber nicht mehr fahren. Wir haben uns fast eine Flasche Wein geteilt!«

»Ich werde abgeholt.«

»Mein Gott.« Ihre Augen weiteten sich. »Wollen Sie vielleicht bei mir warten?«

»Gern, ich pack nur rasch ein paar Sachen zusammen. Dann komme ich gleich.«

In ihrem Apartment versuchte sie erneut, Christian zu erreichen. Ohne Erfolg. Sie kam sich gleichermaßen lächerlich wie gedemütigt vor. Warum tat er ihr das an? Er wusste doch, dass sie sich Sorgen machte, wenn sie ihn nicht erreichte. Er könnte beispielsweise verunglückt am Fuße der Treppe liegen. Sollte sie vorsichtshalber die Nachbarn bitten, nach ihm zu schauen? Oder die Kollegen von der örtlichen Inspektion?

So ein Schmarrn! Sicher war Christian weder gestürzt noch ohnmächtig geworden. Er war einfach nicht da, und im Gegensatz zu ihr ging es ihm vermutlich gerade ziemlich gut. Um wie viel leichter wäre es, überlegte Franziska, wenn ich wüsste, wie die andere aussieht und wie sie tickt.

Aber so, als namenloses Gespenst und mögliche Geliebte ihres Mannes, war die Unbekannte in allem perfekt und besonders in jenen Dingen, an denen Franziska scheiterte.

Über ihr Versagen hätte Christian sicher eine lange Liste erstellen können – sie selbst übrigens auch.

Sie erlegte sich ein Telefonverbot auf. Je öfter sie zu Hause durchklingelte, umso verrückter machte sie sich. Aber während er mit der perfektesten aller Frauen im Bett lag, zufrieden auf sein abgeschaltetes Handy blickte, Prosecco schlürfte und sich rundherum wohlfühlte, musste sie hinaus in die kalte Nacht.

Das machte ihr Unglück wirklich komplett.

Fürsorglich hatte Anna Oberneder Kaffee gekocht. Die hat wenigstens einen vernünftigen Beruf, dachte Franziska, während sie dankbar nach der Tasse griff. Die muss nicht mitten in der Nacht raus. Ich hätte auch was Gescheites lernen sollen. Verkäuferin mit festen Dienstzeiten und freien Wochenenden, Archivarin im Finanzministerium oder ein Handwerk mit goldenem Boden. Dann müsste ich nicht mitten in der Nacht raus, um mir Gewaltverbrechen anzusehen.

Anna war voller Mitgefühl. »Um diese Zeit! Ich könnte mit Ihrem Schutztier Kontakt aufnehmen, wenn Sie wollen. Dann sind Sie nicht so allein.«

»Nein, nein, alles im grünen Bereich.«

Franziska biss sich auf die Lippen und überlegte, mit welcher Lüge sie ihrem Gegenüber die Harmlosigkeit des plötzlichen Aufbruchs verdeutlichen könnte, doch noch bevor sie eine amüsante Geschichte erfinden konnte, war am Ende der Straße das Blaulicht zu sehen. Die Kollegen ließen auch nichts aus.

Anna Oberneder riss die Augen auf. »Polizei? Die wollen doch nicht etwa zu Ihnen?«

»Doch, aber nicht um mich festzunehmen«, erklärte Franziska schnell. »Ich bin eigentlich Kriminalkommissarin. Jetzt ist in Grafenau was passiert, und der Oberstaatsanwalt will, dass ich mir das anschaue. Weil ich ja eh gerade in der Gegend bin. Vor Ort sozusagen.« Sie versuchte ein Lächeln. »So ist das nun mal. Verraten Sie Ihren Vorgesetzten besser nie, wo Sie sind. Die Wohnungsschlüssel hab ich dabei, und meine Kollegen bringen mich heil zurück. Wir sehen uns morgen.«

Als sie die Haustür hinter sich zuzog, nahm sie aus den Augenwinkeln wahr, dass Anna ihr kopfschüttelnd nachblickte. So ganz überzeugt hatte sie ihre Wirtin wohl doch noch nicht.

Der uniformierte Kollege am Steuer des Dienstwagens stellte sich als Polizeimeister Franz Mühlberger vor.

»Tun Sie mir einen Gefallen«, bat Franziska, »und schalten Sie das Blaulicht aus.« Erst dann ließ sie sich auf den Beifahrersitz fallen. Die vielen Beruhigungsdragees, die sie in den vergangenen Stunden geschluckt hatte, sorgten dafür, dass ihr alles eigenartig verwischt vorkam, und sie badete in einer Woge von Gelassenheit. Selbst Christian war aus ihrem Sorgenspektrum herausgefallen. Sehr angenehm das alles!

Franz Mühlberger kaute auf seinem Kaugummi und raste mit quietschenden Reifen und unter Missachtung aller Geschwindigkeitsbeschränkungen so durch die Nacht, als ginge es darum, ein Leben zu retten. Doch dafür war es, wie beide wussten, zu spät.

Franziska sah ihn von der Seite an. »Was ist eigentlich passiert? Der Staatsanwalt sprach von einem Kapitalverbrechen?«

Ihr Chauffeur zog die Stirn kraus. »Mir ham a Leich g'funden.«

»Und wo?«

»Im Kurpark. Auf einer Bank.«

»Aha.«

Ihr Fahrer nickte. Er sah so jung aus. Höchstens Anfang zwanzig. Und er wirkte unendlich müde.

»Dann sind das für Sie nun Überstunden?«, fragte sie, um das Gespräch in Gang zu halten.

»Seit neunzehn Stunden mach ich nun schon Dienst«, gestand Franz Mühlberger. »Aber wenn ich Sie abgeliefert hab, darf ich heimgehen.«

Franziska fühlte sich wie ein sperriges Paket. Abgeliefert, wie sich das anhörte! Auch die gläsernen Särge waren im Morgengrauen bei ungewollten Empfängern abgeliefert worden. Sie nahm ein weiteres Beruhigungsdragee. Das waren tatsächlich Meisterwerke der Pharmazie. Von denen würde sie Nachschub brauchen.

»Wer ist denn jetzt am Fundort?«, fragte sie mit professionellem Unterton. Ihre Worte klebten leicht aneinander.

»Unsere Erstermittler, der Hauptkommissar, zwei Polizeioberwachtmeister und der Zeuge. Und natürlich die Mannschaft von der KTU.«

»Gut.« Sie schwieg und dachte nach. Ein Zeuge? Es dauerte ein wenig länger als sonst, bis sie ihre Frage formuliert hatte. Betont deutlich sprechend wandte sie sich an den Polizeimeisteranwärter: »Es gibt also einen Zeugen, und der hat alles gesehen?«

Ihr Fahrer hob die Schultern. »Naa, der hat nur die Leich g'funden.«

»Wissen Sie, wer der Tote ist?«

»Ja.«

»Und?«

»Mir solln noch nicht drüber reden, hod der Chef g'sagt.«

»Mit anderen vielleicht nicht – aber mit mir schon«, berichtigte Franziska ihn gelassen. »Schließlich bin ich vom Staatsanwalt Dr. Benno Holdenrieder zur Sonderermittlerin in diesem Fall bestellt worden.«

Sie musste innerlich grinsen. Das hörte sich tatsächlich an wie aus einem grottenschlechten Drehbuch. Franz Mühlberger blieb unbeeindruckt und gähnte, ohne sich die Hand vor den Mund zu halten.

»Also, wer ist es?«

»Sie kennen ihn ja eh nicht.«

Da hat er auch wieder recht, dachte Franziska, verschloss die Dose mit den Beruhigungsdragees und verstaute sie in ihrer Tasche. Wenn sie noch mehr davon nahm, würde sie bald nicht mehr klar denken können.

»Gleich san mer da!«, verkündete Mühlberger schließlich und seufzte erleichtert.

Aus Gewohnheit sprühte sie sich eine Prise Odol in den Mund. Den Wein würde man eventuell riechen, die Wohlfühl-tabletten nicht. »Und wer fährt mich dann zurück?«

»Einer von die andren Kollegen.«

»Aber dann ohne Blaulicht, bitte.«

Der Fundort war taghell beleuchtet und mit einem rotwei-ßen Absperrband gesichert. Zwischen Freyunger Straße und Volksfestplatz stand ein Notarztwagen. Franziska sah auf ihre Uhr. Null Uhr dreißig. Ein neuer Tag. Einige wenige Schaulus-tige, allesamt Hundebesitzer auf dem nächtlichen Gassigang mit ihren Lieblingen, flüsterten vertraulich miteinander, wäh-rend sich die Vierbeiner misstrauisch beschnüffelten.

»Wo ist der Hauptkommissar?«, fragte Franziska und hielt ihre Kriminalmarke in die Höhe. Ihre Stimme klang nun nicht mehr ganz so schleppend.

»Xaver?«, rief jemand. »Xaver, komm doch mal, Besuch für dich.«

Der Mann, der sich als Xaver Wimmer vorstellte, war spin-deldürr und steckte in einem Lodenmantel, der ihm um min-destens drei Konfektionsgrößen zu weit war.

»Hauptkommissarin Hausmann«, stellte sie sich vor und fügte leutselig hinzu: »Ich wurde vor einer guten Stunde vom Oberstaatsanwalt zum Sondereinsatz in Grafenau abkommandiert, weil ich zufällig gerade in der Gegend bin. Hat er Ihnen sicher mitgeteilt.«

»Ja, aber wir brauchen Sie nicht«, brummte ihr Gegenüber und wickelte sich enger in seinen knallgelben Schal.

Genauso hatte sie es sich vorgestellt. Franziska verkniff sich ein Grinsen und sah an ihm vorbei. »Was ist passiert?«

»Da liegt ein Toter«, sagte Xaver Wimmer mit vorwurfsvollem Unterton. »Der Notarzt ist schon bei ihm. Er meint, er kann den Totenschein machen, aber mitnehmen kann er die Leich nicht in seinem Krankenwagen, weil ein Krankenwagen nur für Kranke ist und nicht für Tote. Also hab ich jetzt erst mal beim Bestatter eine Bergungswanne angefordert. Und das kann dauern um diese Zeit, und dann auch noch sonntags. Die arbeiten nämlich nur nach Vorschrift. Das ist ein ordentlicher Beruf.« Er seufzte und meinte es offensichtlich ernst, als er ergänzte: »Den hätt ich mir wählen sollen.«

Franziska unterdrückte ein Kichern: »Archivar im Finanzministerium wär auch nicht schlecht.«

»Wie meinen S' denn das?«

»Kennen Sie den Toten?«

»Ja, logisch!« Die graue Strickmütze über dem gelben Schal nickte.

»Darf ich mal?« Ohne eine Antwort abzuwarten, schob sie sich an ihm vorbei und ging auf jenes mit Absperrband eingefasste Quadrat zu, das mit Flutlicht ausgeleuchtet war.

»Meinetwegen.« Xaver Wimmer sah ihr nach und gähnte. »Hätten die mit ihren Hunden nicht woanders spazierengehen können? Erst lassen die die in den Kurpark scheißen, und nun können wir uns deswegen auch noch die Nacht um die Ohren hauen.«

Franziska ging in dem ausgeleuchteten Planquadrat in die Hocke. Den Toten hatte man mit einem Tuch bedeckt. Um das weiße Laken herum waren Schilder mit Nummern aufgestellt.

Die Jungs von der KTU arbeiteten schnell, wortlos und effizient. Einer von ihnen fotografierte und wurde mit Gesten und kurzen Pfiffen von den anderen an die entsprechenden Stellen dirigiert.

Sie wandte sich an einen der Spurensicherer. »Was ist passiert?«

»Erschlagen«, sagte der und wies auf ein Armiereisen, das von seinen Leuten mit der Nummer acht gekennzeichnet worden war. »Der Mörder hat die Tatwaffe netterweise gleich hier liegen lassen. Allerdings trug er schwarze Wollhandschuhe – das nehmen wir zumindest an. Morgen früh kommen die Bauarbeiter. Falls die auch schwarze Wollhandschuhe tragen, haben wir ein echtes Problem.«

»Die tragen doch gelbe Arbeitshandschuhe!« Franziska schüttelte den Kopf.

»Logo, kleiner Scherz am Rande.«

Komisch, jetzt war ihr nicht mehr nach Lachen zumute. Schwer atmend zog sie sich ihre Latexhandschuhe über und hob das Laken an der Stelle, unter der sie das Gesicht des Toten vermutete.

Wie durch einen Nebel hindurch nahm sie das Gesicht von Rudolf Handgrödinger wahr. Jemand hatte ihm die Augen geschlossen. Er wirkte überrascht, aber auch entspannt. Das Armiereisen hatte die obere Hälfte des Kopfes in zwei Teile gespalten.

»Wenigstens war er gleich tot«, stellte der Kollege von der Spurensicherung fest. »Kurz und schnell ist das gegangen. Nicht mal einen Kampf hat's gegeben.«

Eigenartig unbeteiligt betrachtete sie den Toten. Alles war so weit weg. Als wäre sie in Watte gepackt. Das hier hatte nichts mit ihr zu tun.

»Na bitte, man muss nur genug Druck machen, und schon klappt das mit der Bergungswanne«, sagte eine raue Stimme hinter ihr und fügte hinzu: »Packt den Künstler ein.« Es war der frierende Kriminalhauptkommissar Wimmer. »Wo ist der Totenschein?«, rief er laut, reckte sich und winkte dem Notarzt.

Die hundeführenden Zaungäste flüsterten hektisch miteinander. »Ruhe!«, schrie Wimmer. »Habt ihr kein Zuhause? Hier gibt's nichts mehr zu sehen!«

»Ich kann nur eine vorläufige Todesbescheinigung ausstellen«, flüsterte der Notarzt so leise, dass die Zaungäste ihn nicht hörten. »Auf jeden Fall muss der in die Gerichtsmedizin. Und zwar so schnell wie möglich.«

»Das weiß ich auch«, meinte Wimmer. »Ich hab schon mit dem Staatsanwalt gesprochen. Die Leiche wird direkt nach München überführt. Und zwar noch heute Nacht. Habt ihr alles? Bevor wir uns hier den Arsch abfrieren, fahren wir zurück zur Inspektion. Da gibt's auch keine Mithörer.« Er bedachte die nächtlichen Gassigeher mit einem ärgerlichen Blick.

»Neu oder alt?«, fragte eine Spurensichererin, deren Gesicht hinter der übergroßen weißen Plastikkapuze unsichtbar blieb.

»Gute Frage.« Wimmer überlegte einen Augenblick und rief in die Runde: »Lasst uns in die Hauptstraße fahren.«

»Das hat uns gerade noch gefehlt, ausgerechnet jetzt, wo wir umziehen.« Xaver Wimmer zog sich die Wollmütze vom Kopf und feuerte sie auf die Hutablage. Er umrundete gepackte Umzugskisten und vergewisserte sich mit einem kurzen Blick, ob Franziska ihm folgte. In den Räumen stand die Luft, es roch nach Schweiß, staubigen alten Akten und hochgedrehten Heizungen. Die Schreibtische waren leergeräumt, herumstehende Kartons ordentlich beschriftet.

Er winkte die ungebetene Sonderermittlerin in sein Büro. Franziska las auf dem Namensschildchen, dass der unglaublich dünne Xaver Wimmer Hauptkommissar war. Ebenso wie sie. Das müsste ein Gespräch auf Augenhöhe ermöglichen.

»Kann ich bei der Besprechung dabei sein?«, fragte sie.

»Meinetwegen, jetzt, wo Sie eh schon da sind.« Er zog sich den dicken Wollpullover über den Kopf und legte sich den gelben Schal über die Knie. »Bullenhitze hier.«

Franziska grinste. »Besser als hitzige Bullen, oder?«

Zwei Stunden später stieg sie zu einer jungen Kollegin ins Auto, die sie in das Haus mit dem blauen Gockel zurückfahren sollte. Diesmal ohne Blaulicht. Dichter Nebel hing über dem Bayerischen Wald und verschluckte Mond und Sterne.

Im Gegensatz dazu lichtete sich allmählich der Nebel in Franziskas Kopf. Die vergangenen Stunden erschienen ihr immer mehr wie ein absurdes Theaterstück, in dem sie eine mehr als peinliche Rolle gespielt und dummes Zeug von sich gegeben hatte. Einzelne Szenen tauchten vor ihr auf, und ihr wurde abwechselnd heiß und kalt. Sie hätte einfach den Mund halten sollen. Nie wieder würde sie so viele Beruhigungspillen essen.

Mit rotem Kopf erinnerte sie sich an die verstörten Blicke, die der hochgewachsene und dünne Xaver Wimmer ihr zugeworfen hatte. Wahrscheinlich hielt er sie für nicht ganz zurechnungsfähig. Und so hatte sie sich ja wohl auch aufgeführt.

Eigentlich erstaunlich, mit welcher Nonchalance der Grafenauer Hauptkommissar ihre albernen Bemerkungen und ihr seichtes Gekichere übergangen und wie souverän er die anstehenden Aufgaben an seine Mannschaft verteilt hatte. Für Franziska war dabei natürlich kein Auftrag abgefallen. Er hatte sie einfach nicht ernstgenommen.

Garantiert würde der noch vor dem Frühstück Benno anrufen und vom Oberstaatsanwalt wissen wollen, was für eine g'spinnerte Urschel der ihm da aufs Auge gedrückt hatte.

Sie seufzte und putzte sich die Nase. Die junge Polizistin am Steuer fragte besorgt: »Sind Sie erkältet?«

»Ich hoffe nicht.«

Franziska fragte sich, warum sie den Kollegen weder von ihrer Begegnung mit dem Apotheker noch von ihrem Treffen mit Rudolf Handgrödinger berichtet hatte. Korbinian Hubers Pillen waren schuld daran, dass sie sich wie eine schrullige Alte aufgeführt hatte. Wie peinlich. Ganz langsam kehrte die Normalität zurück. Sie fragte wider besseres Wissen: »Heißt der Tote tatsächlich Rudolf Handgrödinger?«

Die Polizeimeisterin nickte. »Das ist wirklich eine schreckliche Geschichte. Zum Glück hat der keine Familie.« Sie merkte offenbar, wie herzlos das klang, denn sie verbesserte sich: »Ich meine, da gibt es niemanden, der um ihn trauert. Höchstens das Museum und die von der Glashütte. Als Mensch war der wohl allen egal.«

Franziska ließ die Scheibe an der Beifahrerseite herunterfahren und schnappte nach Luft. »Rudolf Handgrödinger war aber nicht allein«, sagte sie plötzlich. »Der hat doch eine Katze.«

Ihre Chauffeurin zog sich den Schal enger um den Hals. »Würden Sie bitte das Fenster schließen? Ich krieg Halsweh, wenn es zieht. Was für eine Katze?«

»Der Rudolf hat mit Bella zusammengelebt. So heißt seine Katze.«

»Ach, das Viech kommt dann bestimmt ins Tierheim.« Die Fahrerin gähnte. »Und wenn es ganz viel Glück hat, dann holt einer es wieder da raus. So, da sind wir. Gute Nacht.«

Was für ein frommer Wunsch. Bis gegen drei Uhr nachts kämpfte die Kommissarin mit sich und ihrem Handy, nahm es auf, legte es wieder hin, schaltete es ein und aus, schloss das Ladekabel an und überprüfte im Minutentakt, ob nicht doch eine versteckte Nachricht eingegangen sei. Nein, sie würde nicht bei Christian anrufen. Und schon gar nicht um diese Zeit. Und überhaupt: Nie wieder würde sie bei ihm anrufen und nie wieder in ihrem ganzen Leben darauf warten, dass er sich bei ihr meldete. Sollte er doch machen, was er wollte. Sie waren beide erwachsene Menschen. Und nun wurde es Zeit, dass auch sie sich wie ein erwachsener Mensch benahm. Sie würde auch ohne ihn leben können. Irgendwie. Alles war möglich, solange man noch lebte.

Das Bild des Toten tauchte mit plötzlicher Wucht vor ihr auf. Sie erinnerte sich an den Gang zu Rudolf Handgrödingers Haus und dass sie mit ihm über die gläsernen Särge hatte sprechen wollen. Jetzt war es zu spät.

Sie erinnerte sich auch an sein ouzogetränktes Geständnis, dass es in seinem Haus Gespenster gebe, und fragte sich, immer noch leicht benebelt von den Pillen, was aus solchen Phantomen werden mochte, wenn sie niemanden mehr erschrecken konnten. Würden sie nun zur Nachbarin umziehen? Oder würde Rudolf Handgrödinger sich selbst in einen ruhelosen Geist verwandeln?

Sie hätte den Glasbläser vor dem Apotheker und dessen Bande schützen müssen, dachte Franziska. Sie hatte auf der falschen Seite gestanden, aber sie würde alles wiedergutmachen. Soweit es ging.

## 12. Kapitel

Sie saß auf ihrem ausladenden Doppelbett, starrte das Handy an und dachte, wie so oft in den letzten Jahren, dass diese Dinger wirklich zu den schrecklichsten aller Erfindungen zählten. Wie schön war es doch noch vor zwanzig Jahren gewesen, als man einfach so abtauchen konnte, sich tagelang nicht rührte, um dann mit der Entschuldigung zurückzukehren: »Ich konnte mich nicht melden. Da, wo ich war, gab's kein Telefon.«

Jetzt hatte jeder so ein verdammtes Handy und musste jederzeit erreichbar sein. Auch sie selbst. Und sie wusste, dass sie Benno anrufen sollte, und zwar sofort. Am besten noch, bevor Xaver Wimmer den Staatsanwalt zur Rede stellte und wissen wollte, wer denn bloß diese Verrückte war, die ihn bei seinen Ermittlungen unterstützen sollte.

Gähnend sah sie auf ihre Armbanduhr und erschrak. Es war bereits halb elf. Da hätte sie um einiges früher aufstehen müssen. Auch das noch.

Bei der Erinnerung an die gestrige Nacht schämte sie sich so sehr, dass sie sich am liebsten für immer unsichtbar gemacht und sich in ein ganz großes Funkloch verkrochen hätte – aber selbst die gab's ja kaum noch.

Wie um Himmels willen sollte sie Benno ihren Ausrutscher erklären? Er und Marie wussten, dass sie ziemlich trinkfest war. Und alles auf die Beruhigungstabletten des Apothekers zu schieben war auch keine Lösung. Korbinian Huber hätte sie darüber aufklären müssen, dass die Kombination von Wein mit seiner Hausmischung ohne Umwege in den Wahnsinn führte.

Das Letzte, was Franziska Hausmann sich in der augenblicklichen Lage vorstellen konnte, war eine Zusammenarbeit mit den Kollegen der Polizeiinspektion Grafenau. Zudem hatte Kollege Wimmer in der letzten Nacht bewiesen, dass er ohne sie bestens zurechtkam.

Vermutlich nahm er gerade jetzt mit seiner Mannschaft das schräge Auftreten der angeblich so kompetenten Sonderermittlerin durch und nickte zustimmend, wenn sich die Kollegen kopfschüttelnd mit dem Zeigefinger gegen die Stirn tippten. »Da hat uns der Oberstaatsanwalt ja eine völlig Narrische vorbeigeschickt. Die hält uns mehr auf, als dass sie uns was nutzt!«

Franziska nahm sich vor, ihnen aus dem Weg zu gehen. Noch hatte sie keinen Arbeitsvertrag unterschrieben. Noch war sie ein freier Mensch.

Wieder dachte sie an Rudolf Handgrödingers schüchternes Lächeln, seine traurigen Geständnisse und an das wunderbare Objekt, das er für sie herstellen wollte. Wehmut überflutete ihr Herz. War es nicht ihre Aufgabe, so lange zu bleiben, bis feststand, wer dem Glasbläser das angetan hatte – und vor allem, warum?

Als könne er ihre Gedanken lesen, rief in genau diesem Augenblick Benno bei ihr an. »Wo steckst du denn? Warum bist du nicht in Grafenau bei den Kollegen?«

Er klang ungewöhnlich gereizt. Es war ja auch Montag, und er hatte sich von seiner Marie und von seinen Fendt-Traktoren losreißen müssen. Und dann auch noch dieser Fall in Grafenau.

»Die kommen bestens alleine klar«, behauptete Franziska und bemühte sich, munter zu klingen.

»Woher weißt du das?«

»Immerhin hatte ich heute Nacht die Gelegenheit, den Hauptkommissar nebst Mannschaft zu beobachten. Erinnerst du dich? Du selbst hast mich da hingeschickt.« Wenn er finster drauf war, konnte sie das auch.

Benno schnaufte.

»Die haben alles bestens im Griff. Ich würde denen nur im Weg stehen. Kein Kommissar mag es, wenn ihm ein Außenstehender auf die Finger schaut. Und da spreche ich aus Erfahrung«, legte Franziska nach.

»Das sehe ich aber anders«, widersprach Benno schnell. »Die sind mitten im Umzug und müssten froh sein um jeden Mann.« Er klang ungewöhnlich genervt.

Vermutlich ist ihm ein Traktorschnäppchen durch die Binsen gegangen, dachte Franziska und schoss zurück: »Hast du deinen Ballenpresser nicht gekriegt?«

Er schwieg ungewöhnlich lang, bevor er verzweifelt stöhnte und sagte: »Es war eine alte Mähmaschine, aber das letzte Wort ist noch nicht gesprochen. Außerdem tut das nun wirklich nichts zur Sache.«

»Das stimmt. Aber pass auf, ich bleibe noch ein paar Tage und untersuche den Fall auf meine Art. Ohne die Schützenhilfe der Polizeiinspektion und ohne dich mit Anordnungen und Verfügungen zu nerven. Dann wird der Geschichte quasi von zwei Seiten nachgegangen – und einige Kontakte habe ich ja schon.«

»Damit meinst du den Korbinian Huber?«

»Exakt.«

Benno schien den Kopf zu schütteln. Er hörte sich aber schon ein bisschen freundlicher an. »Auf den musst du ja einen mordsmäßigen Eindruck gemacht haben. Er hat gestern meinen Anrufbeantworter bis zum Anschlag vollgesprochen. Soll ich es dir vorspielen?«

»Bloß nicht.«

»Aber jetzt im Ernst: Du willst tatsächlich Privatdetektivin spielen?«

»Ja«, murmelte sie leise und dachte: Genauso ist es. Doch mit Spiel hatte das nun gar nichts zu tun.

»Ich melde mich dann wieder bei dir«, versprach sie und fügte tröstend hinzu: »Das mit dem Mähdrescher, das wird schon.«

»Das hat dein Mann auch gesagt.«

Sie setzte sich nun sehr gerade hin. »Christian? Was hat der denn damit zu tun?«

»Er war bei Marie und mir in Eckersöd. Wusstest du das nicht? Samstag ist er mit mir rausgefahren. Wir haben ihm einige Objekte gezeigt. Marie und ich suchen doch ein Haus für uns, da sehen sechs Augen mehr als vier. Und gestern haben wir dann auch noch eine Superscheune besucht. Du kannst es dir nicht vorstellen. Selbst Christian war hin und weg! Lauter museumsreife Schätzchen«, schwärmte Benno. »Warum zum Teufel hat dein Mann eigentlich kein Auto?«, fragte er dann.

»Er fährt lieber Fahrrad.«

»Marie und ich hatten das Gefühl, dass es ihm ganz gut tat, mal rauszukommen.«

»Er hätte sich ruhig mal bei mir melden können.« Franziska stellte fest, dass ihre Stimme vorwurfsvoll klang, obwohl sie vor allem erleichtert war. »Ihr hattet also einen schönen Tag«, fasste sie zusammen. »Das freut mich für euch.« Sie sah auf ihre nackten Füße. Bildete sich am großen Zeh etwa schon eine Blase? Sie hatte doch gewusst, dass Wandern nichts für sie war.

»Marie und Christian meinen, dass der Verkäufer schon schwächelt, der von der Fendtmaschine. Ich rufe den Traktorbauern nun alle zwei Stunden an. Dann wird er schon weich.« Sobald Benno über sein Hobby sprach, bekam er gute Laune.

»Und wo ist Christian jetzt?«

»Am Schreibtisch. Ich persönlich hab ihn auf meinem Weg ins Büro an den heimischen Arbeitsplatz gefahren. Sehr diszipliniert, dein Mann. Hut ab.«

»Ja, der steht erst auf, wenn er sein Tagessoll geleistet hat«, bestätigte Franziska. Sie war so erleichtert, dass sie Benno am liebsten seine Lieblingslektüre, einen Fendt-Katalog, in sein Büro geschickt hätte. Aber davon hatte er natürlich schon alle.

Vor Anna Oberneders Praxis standen sieben oder acht Wagen der Premiumklasse und hatten Franziskas Kleinwagen dabei so gut wie zugeparkt. Fluchend manövrierte sie ein paar Minuten hin und her, bevor sie richtig losfahren konnte. Richtig, montags war ja laut Aushang Kleintiersprechstunde – und zwar im wahrsten Sinne des Wortes. Wer weiß, was die Vierbeiner ihren Herrchen und Frauchen so alles erzählten? Franziska schüttelte den Kopf.

Vor ihrer Abfahrt hatte sie der Hauswirtin einen Zettel in den Briefkasten geworfen: »Ich hoffe, ich hab Sie bei meiner Rückkehr nicht geweckt. Wollen wir unser Gespräch gegen Abend fortsetzen?«

Der Himmel über dem Bayerischen Wald war genauso weiß und blau, wie es sich für einen bajuwarischen Himmel gehörte. Fette Elstern flogen durch die Luft, flinke Eichhörnchen rafften Wintervorräte zusammen, aus den Schornsteinen der Häuser stiegen freundliche weiße Rauchwolken. Alles wirkte ungewöhnlich nah, oder nahm sie es erst jetzt so richtig wahr, weil sie Christian hinter seinem Schreibtisch wusste?

Fast wäre die Welt wieder in Ordnung gewesen. Bis auf den Fall Handgrödinger. Als sie daran dachte, wurde ihr erneut schwer ums Herz.

»Oh, ich wollte gerade schließen. Mittagspause.« Korbinian Huber sah auf seine Uhr. »Aber für Sie mache ich natürlich eine Ausnahme. Was darf's denn sein?«

»Ich bin nicht wegen eines Rezeptes gekommen«, sagte Franziska schnell. »Wir müssen miteinander reden. Schließen Sie ruhig ab, dann werden wir nicht gestört.«

»Ich hab's schon gehört.« Er blieb seltsam ungerührt. »Den

Glasbläser hat's erwischt. Ich kann Ihnen gar nicht sagen, wie froh wir darüber sind. Dann kehrt ja endlich wieder Ruhe ein.«

Franziska biss sich auf die Lippen. »Und wenn sich nun dessen Auftraggeber einen neuen Glasbläser suchen, der Sie erpresst?«

»Da gibt's keinen mehr. Der Schmarrn ist vorbei. Das spür ich. Ermitteln Sie etwa in dem Fall?« Korbinian Hubers Stimme klang lauernd.

Sie schüttelte den Kopf. »Nein, nicht direkt. Aber da ich eh gerade ein paar Tage Urlaub mache und den Kriminalkommissar Wimmer kenne, kann der natürlich auf mich zurückgreifen.«

»Das wird ned nötig sein.« Der Apotheker klang selbstbewusst.

»Hoffen wir's.« Sie lächelte ihn an und tat harmlos. »Und das gerade jetzt, wo ich ein Objekt beim Handgrödinger in Auftrag gegeben hatte …«

»Das wird nix mehr.« Der kugelrunde Korbinian Huber hob die Schultern. »Es wär ja eh viel zu teuer gewesen. So ein bisschen Glas blasen und dann solche Preise! Bluatsakra!«

Da taten sich ja Abgründe auf. Sie hatte ihm solche Flüche gar nicht zugetraut.

»Der Glasbläser ist ermordet worden«, betonte die Kommissarin nun und beobachtete den Apotheker genau.

Der wurde eine Spur blasser. »Nicht von mir. Aber selber schuld. Hätt halt keine Särge verteilen sollen. Eh man sich versieht, liegt man selbst in so einem drin.« Einladend wies er auf genau den Stuhl, auf dem sich seine Kunden den Blutdruck messen ließen. »Wollen Sie sich nicht setzen?«

»Mir wäre es lieber, wir gingen in Ihr Büro.«

»Wenn Sie meinen! Kein Problem.« Er ging voran und zog dabei seinen weißen Kittel aus. Darunter trug er einen beigen Pullover mit Kaffeeflecken.

»Ich brauch die Namen der anderen Sargempfänger«, sagte sie betont ruhig. »Die wollten Sie mir neulich schon geben.«

Er hob die Augenbrauen. »Warum?«

»Weil ich mit denen sprechen muss.«

»Dös ist denen g'wiss ned recht.«

»Auch wenn's denen nicht recht ist, muss ich mit ihnen sprechen.«

Er wand sich und versuchte abzulenken. »Verstehn Sie, ich denk eh schon die ganze Zeit, mit Kunst hat das nix zum tun. Der hat das aus reiner Gaudi gemacht. Erst hab ich gedacht, das gibt ein Muster, ein Pentagramm oder so, aber als ich's dann auf dem Stadtplan eingetragen habe – kein System. Rein gar nichts. Kein Kreis, kein Stern, kein gar nix.«

»Kann ich den Stadtplan mal sehen?«

»Damit Sie sehen, wo die Dinger lagen? Naa. Für wie blöd halten Sie mich? Den Plan, also den hab ich schon verbrannt.«

»Die Namen«, wiederholte Franziska streng. »Und die Adressen.«

»Ich muss erst mit denen sprechen, verstehn S'? Und überhaupt, Sie sind nicht offiziell befugt, oder haben Sie eine Verfügung?«

»Sie wissen schon, dass Sie sich damit strafbar machen?« Franziska sah ihn streng an.

Er wurde unsicher und nahm eine Tablette von der Sorte, die er auch ihr verkauft hatte.

»Wie Sie wollen. Hauptkommissar Xaver Wimmer bestellt dann einen jeden von Ihnen einzeln zur Vernehmung auf die Wache. Mir dagegen ginge es vorab nur um ein Gespräch.«

Auf seiner Stirn hatten sich Schweißperlen gebildet. »Gebn S' mir noch a bisserl Zeit.«

Sie sah ihn an, schüttelte den Kopf und wandte sich zum Gehen. »Dann sprech ich eben mit Herrn Wimmer.«

Franziska Hausmann zog ihre Wanderstöcke auseinander und überquerte wie eine geübte Nordic-Walkerin den Stadtplatz. Bis zur alten Polizeidienststelle in der Hauptstraße ging es – zumindest für ihre Verhältnisse – steil bergauf.

Vor dem hellroten dreigeschossigen Klinkerbau standen mehrere große Umzugswagen, Kisten wurden verladen, von den Kollegen war niemand zu sehen.

Sie beschloss, später mit Wimmer zu sprechen. Sollte Korbinian Huber ruhig noch ein wenig schwitzen.

Kurz darauf erreichte sie die Waldschmidtstraße.

Schon von Weitem wirkte das Haus von Rudolf Handgrödinger verwaist. Es strahlte etwas derart Verlassenes aus, als wäre es über Nacht in eine eigene Dimension der Traurigkeit versunken.

Mit hochgezogenen Schultern umrundete Franziska den viereckigen Kasten und sah erneut in dem kleinen Anbau die junge Frau hinter ihrem Schreibtisch sitzen. Ein halb vertrautes Bild schoss ihr durch den Kopf.

War das nicht die, die im Windfang des griechischen Lokals gestanden und sie so eigenartig angestarrt hatte? Oder spielte ihr das Gedächtnis einen Streich, und auch das war eine Nachwirkung der Beruhigungspillen?

Handgrödingers Katze saß hinter dem Fenster. Durchdringend blickte sie nach draußen, als ahne sie, was geschehen war. Franziska suchte ihren Blick, aber Bella wandte den Kopf zur Seite.

Die Kommissarin fragte sich, ob und wann Xaver Wimmer das Haus des Glasbläsers untersuchen würde. Sie hätte es schon längst getan. Vielleicht lagen offen Drohbriefe auf der Anrichte oder zusammengeknüllt in der Schublade des Küchenherdes.

Sie beschloss, an der Tür des Austragshäuserls zu läuten.

Die junge Frau, die ihr öffnete, wirkte verweint.

»Sie wissen es schon?«

Alice Fischbacher klappte ihre Lesebrille zusammen und nickte. »Die Polizei war schon da, um sieben Uhr in der Früh.« Sie putzte sich die Nase.

»Um mit Ihnen zu sprechen?«

»Und um ins Nachbarhaus zu gehen. Die haben die Tür aufgemacht.« Sie suchte Franziskas Blick und fragte: »Mit seinem Schlüssel?«

»Kann schon sein. Was wollten die von Ihnen wissen?« Franziska zückte aus reiner Gewohnheit ihren kleinen Notizblock.

Alice schüttelte den Kopf. »Das geht Sie wirklich nichts an.« Sie machte Anstalten, die Haustür zu schließen.

Schnell schob die Kommissarin ihren Wanderstock dazwischen. »Moment mal!«

»Ich habe keine Zeit für Sie!«

»Oh doch.« Franziska griff nach ihrer Polizeimarke, die wie immer in ihrer Hosentasche steckte. »Ich arbeite für die Staatsanwaltschaft in Passau. Sie sind regelrecht dazu verpflichtet, mir Auskunft zu geben.«

Alice Fischbacher starrte sie an, und ihre Ohren verfärbten sich genauso rot wie die vom vielen Schniefen entzündete Nase.

»Sprechen Sie doch mit Hauptkommissar Wimmer«, sagte Alice nun mit weinerlicher Stimme.

Franziska log. »Zu dem gehe ich als Nächstes.« Sie warf einen Blick in die mit Spiegeln gepflasterte Diele. »Kann ich reinkommen?«

»Nein!«

»Wie Sie wollen. Kümmern Sie sich bitte um Handgrödingers Katze? Sie könnten Sie zu sich nehmen.«

Die Frau legte den Kopf schief und strich sich das Haar zurück. »Das geht nicht. Ich habe eine Katzenallergie.«

»Aber Sie könnten sie füttern.«

»Die haben doch das Haus versiegelt.«

Franziska trat einen Schritt zurück. Tatsächlich! Wie hatte sie das nur übersehen können! Ich werde alt, dachte sie und schüttelte über sich selbst den Kopf.

»Noch eine Frage. War gestern was Besonderes? Irgendwas Ungewöhnliches?«

Alice Fischbacher schüttelte den Kopf. »Er war kurz bei mir, aber dann musste er noch mal fort. Wegen eines möglichen Auftrags. Kunst am Bau, hat er gesagt.«

Unvermittelt begann sie zu heulen.

## 13. Kapitel

Clemens Ortmair fluchte. »Wieso jetzt? Wir hatten uns auf siebzehn Uhr geeinigt. Ich kann nicht so einfach meinen Arbeitsplatz verlassen, wo denkst du hin?«

»Es ist wichtig«, meinte der Apotheker. »Vierzehn Uhr in der Brezn, stell dich nicht so an. Die anderen kommen auch.«

»Da muss ich aber in eine Sitzung!«

»Der Lindinger kommt auch und kann dir ein Attest ausstellen. Akuter Zahnschmerz. Notfall.« Korbinian schnaufte vorwurfsvoll. »Schon klar, dass du nicht selbstständig arbeiten kannst, wenn du bei allem so ein G'schiss machst.«

Das saß. Clemens Ortmair schnappte nach Luft. Irgendwas war mit seiner Lunge. Sie fühlte sich an, als hätte er einen Wattebausch eingeatmet, der die natürliche Sauerstoffzufuhr blockierte. Ihm wurde schummrig vor Augen.

»Also wirklich!« Dass ausgerechnet der Jüngste von ihnen so ein Umstandskrämer war. Nicht zu fassen! Mitgefangen, mitgehangen, dachte Korbinian Huber. Irgendwie saßen sie doch alle im selben Boot – oder, metaphysisch gesehen, im selben Sarg. Ihm schauderte, und er schluckte eine seiner Beruhigungspillen. Davon hatte er in den letzten zwei Tagen ziemlich viele nehmen müssen. Gut, dass er die selber herstellte.

Alle anderen hatten auf Anhieb zugesagt, aber Clemens Ortmair steckte den Kopf in den Sand. So waren die Ortmairs. Unzuverlässig. Immer schon gewesen.

Der Apotheker sah auf die Uhr. Er beschloss, dass Tanja ihn ab halb zwei im Laden zu vertreten hatte. Gut, dass sie erstens auf ihre alten Tage noch Apothekenhelferin geworden war und zweitens als Korbinians Ehefrau gelernt hatte, nicht alles zu hinterfragen.

Ihren lichtreichen Rosenkranz, mit dem sie seit Monaten einen apothekentauglichen und vernünftigen Schwiegersohn herbeibetete, könnte sie sich auch im Hinterzimmer an jenem Marmortisch durch die Finger gleiten lassen, an dem er seine Arzneimittel zubereitete. So fiel sicher auch noch der eine oder andere Segen auf die handgefertigten Salben und Pillen. Man musste sich heutzutage wirklich um alles selber kümmern!

Franziska Hausmann hatte sich bei den freundlichen Damen der Touristeninformation im Rathaus einen Stadtplan besorgt. Nun saß sie in einem Café am Marktplatz und studierte Straßen und Geschäftsanzeigen. Wenn der Huber ihr die Namen seiner Mitstreiter nicht nennen wollte, waren das sicher auch Geschäftsleute und – wie der Apotheker selbst – Mitglieder der Grafenauer Werbegemeinschaft. Sie wandte sich an die Kellnerin: »Darf ich Sie was fragen?«

»Gern.« Die etwa Fünfzigjährige mit dem teigigen Gesicht sah sich um. »Ist eh grad kein Gast da. Zu spät zum Frühstücken und zu früh zum Mittagessen.«

Die Kommissarin blickte auf ihren Ein-Euro-achtzig-Cappuccino und hatte ein schlechtes Gewissen. Der Laden schien nicht gerade zu brummen.

»Was darf's denn sein?«, fragte die Frau und stützte sich mit beiden Händen auf dem Bistrotisch ab.

»Es geht um … Na ja, ich plane, hier ein Geschäft zu eröffnen«, log Franziska und wunderte sich, wie leicht ihr das Schwindeln inzwischen von der Hand ging.

»Etwa ein Café?« Die Frau schien entsetzt.

»Nein, Gebrauchskunst und Töpferwaren.« Insgeheim dankte Franziska ihrem Schutzengel, der ihr diese Eingebung vermutlich geschickt hatte.

»Stimmt, sowas gibt's hier noch nicht.« Die Kellnerin wirkte interessiert.

»Und da frag ich mich, ob es eine Art Werbegemeinschaft gibt, Sie wissen schon, eine Vereinigung von Geschäftsleuten hier im Ort. Ist immer gut, im Vorfeld mit denen zu sprechen.«

Sie nickte. »Da haben S' recht«, sagte sie und schien kurz nachzudenken. »Wissen S' was, die von der GWG, die haben uns neulich sogar angemailt. Kommen S' doch einfach kurz in mein Büro. Dann zeig ich Ihnen das Schreiben von denen. Da steht auch drin, wer schon beigetreten ist. Mir allerdings, mir denken noch drüber nach.«

»Ja, man ist halt doch gebunden, mit den ständigen Sitzungen und Protokollen und so – aber für mich als Investorin wäre es ganz gut, einfach mal unverbindlich mit denen zu sprechen«, meinte Franziska.

Die Grafenauer Werbegemeinschaft umfasste einen fünfköpfigen Vorstand und einundzwanzig weitere Mitglieder. Die Kellnerin, die zugleich die Besitzerin des Cafés war, öffnete bereitwillig die Website der GWG, auf der sich die Porträts der Vorstandsmitglieder öffneten.

Fünf Vorstände, dachte Franziska. Wenn das kein Zufall ist… Sie betrachtete das Foto mit den Vorsitzenden Huber und Simbacher, dem Schriftführer Gegenfurtner, dem Beisitzer Lindinger und dem Kassenwart Bachmaier sehr genau.

»Kennen Sie die?«

Die Besitzerin nickte. »So groß ist die Stadt ja nun auch nicht, dass man sich nicht kennt.« Sie wies mit ringgeschmückter Hand auf den Bildschirm und stellte die Herren vor: »Das da ist der Apotheker, ein ganz ein fleißiger Mann. Und hier ham mir unseren ewigen Stenz, der hat ein Modegeschäft und macht allen Weiberleut den Hof.« Offenbar genoss sie es, die Männer punktgenau zu charakterisieren. »Der da hat eine Drogerie, und nun schaun S' sich mal die Haare von dem an. Der benutzt nämlich immer sein selberg'machtes Shampoo, Volumen hat er das genannt. Aber für unsereinen ist das zu teuer. Oder täten Sie achtzehn Euro für ein Shampoo ausgeben?«

»Wirklich nicht«, meinte Franziska und strich sich über den grauen Pagenkopf.

»Eben. Was zu weit geht, geht zu weit. Wo kämen wir denn dann hin? Aber was hat der Zahnarzt in dieser Werbegemeinschaft zu suchen? Das tät mich schon interessieren.« Sie sah Franziska fragend an und wies auf einen jungen lächelnden Mann mit rasiertem Schädel. »Ein Zahnarzt muss doch nicht Werbung machen! Der braucht doch nur Leut mit Zahnweh. Schaun Sie, das ist der Lindinger Andreas, früher hieß er Schadenhub, hat sich dann aber die Lindinger Linda als Frau geholt. Man sagt, allein wegen dem Namen – na ja, wird halt viel g'redt in Grafenau.«

»Und der da?« Franziska wies auf die fünfte noch namenlose Gestalt.

»Das ist der Chef vom Baumarkt. Bachmaier heißt der. Hat auch schon mal bessere Tage gesehen.« Es war nicht klar, ob sie mit ihrer letzten Bemerkung den Bachmaier oder den Baumarkt meinte.

»Na, dann bin ich ja bestens informiert. Vielen Dank!«

»Am besten reden S' als Erstes mit dem Gegenfurtner Herbert«, bekam sie als Tipp. »Müssen S' ja nicht gleich eins vom dem seine narrisch teuren Haarshampoos kaufen.«

Wenn sie sich ein wenig reckte und leicht zur linken Seite bog, konnte sie von hier aus direkt auf die Drogerie des Herrn Gegenfurtner schauen. Als ahnte er, dass gerade über ihn geredet wurde, trat der weißbekittelte Schriftführer der GWG in genau diesem Moment vor die Tür und beäugte die Dekoration seines Schaufensters. Franziska staunte über dessen dunkelblonde Lockenpracht. Herbert Gegenfurtner war sichtbarer Beweis für die Wirkung seines eigenen Haarwuchs- und Volumenmittels. Unter dem Revers seiner Arbeitskleidung nahm sie ein weißes Hemd und eine rote Fliege mit gelben Punkten wahr.

»Kommen S' gern jederzeit wieder, wenn S' was wissen müssen«, bot die Caféhausbesitzerin an.


Franziska wandte sich leicht zerstreut an den Drogisten und fragte mit gekrauster Stirn: »Können Sie mich bitte zum Thema Katzenfutter beraten?« Sie hatte beschlossen, in einem Verkaufsgespräch den Namen Handgrödinger ganz nebenbei fallen zu lassen. Und dabei genau zu beobachten, wie ihr Gegenüber reagierte.

Der Drogist fixierte sie durch die randlose Brille. »Was frisst Ihre Katze denn sonst so?«

Franziska hob die Schultern und nuschelte: »Ich weiß es nicht. Wir kennen uns noch nicht. Wissen Sie, es handelt sich um Handgrödingers Katze. Ich werde sie wohl zu mir nehmen. Einer muss sich ja drum kümmern.«

»Handgrödingers Katze?« Gut gelaunt strahlte er sie an. »Die aus seinem Gedankenexperiment? Die, die gleichzeitig tot und lebendig sein kann? Na, das möchte ich sehen, wie Sie so eine füttern wollen!« Sein lautes Lachen erfüllte den Raum. »Ute, hast du das gehört?«

»Nein, was denn?« Aus dem Nebenraum kam eine perfekt durchgestylte Frau, die allem Anschein nach als Model für typgerechtes Schminken diente.

»Darf ich?« Sie trat ganz nah an Franziska heran und fixierte sie aus rehbraunen Augen. »Hat man Ihnen schon gesagt, dass Sie eine total trockene Haut haben? Da kann ich Ihnen …«

»Danke, ich brauch keine Cremes, ich will nur Katzenfutter. Und zwar für die seit gestern verwaiste Katze des Rudolf Handgrödinger. Kennen Sie ihn?«

Die beiden nickten, der Drogist besonders intensiv. Gleichzeitig rückte er seine Fliege gerade.

»Klar, wer kennt den nicht? Da sehen Sie mal, so schnell kann's kommen. Gestern noch gesund und munter und heute schon tot.« Er lachte, als sei das der tollste Witz, den er seit Langem gehört hatte. »Und der hat eine Katz g'habt? Also bei uns hat er nie für die einkauft.«

»War ziemlich eingebildet der Typ«, legte die perfekt geschminkte Kosmetikfachverkäuferin nach und wollte neugierig wissen: »Und Sie kümmern sich nun um die Katze?«

Franziska nickte. »Na ja, bevor sie ins Tierheim kommt.«

»Man sagt, dass der für das Viecherl gekocht hat.« Die Verkäuferin tippte sich an die Stirn. »Na ja, es wird viel geredet.« Selbstbewusst suchte sie den Blick ihres Chefs. »Was sagst du denn dazu?«

»Zu der Katz oder zum Toten?« Gegenfurtner schien bestens gelaunt.

»Na ja, erst mal zu der Katze«, meinte die Angestellte und drängte sich an Franziska vorbei zum Regal mit dem Tierbedarf. Ihr Parfüm roch teuer. »Ich kann Ihnen übrigens ein ganz exzellentes Dosenfutter empfehlen«, sagte sie und hielt der Kommissarin ein Gefäß in Form eines stilisierten Katzenkopfes vor die Nase.

In diesem Moment klingelte das Telefon.

Die Angestellte meldete sich formvollendet mit Ute Ortmair. Sie hörte kurz zu und suchte mit ihren Blicken den Lockenkopf. »Für dich, Chef. Der Apotheker. Scheint was Dringendes zu sein!«

Dann tippte sie den Einkauf in die Kasse. Es war genau elf Uhr und zehn Minuten.


Franziska wanderte erneut in die obere Stadt, überquerte den Friedhof und machte mit ihrem ständig einsatzfähigen Handy ein Foto von der erwartungsvoll hinter dem Fenster sitzenden grauen Katzendame Bella. Sie hatte weder mit Christian über die bevorstehende Katzenadoption gesprochen noch ihren Plan an Hauptkommissar Wimmer weitergegeben, wobei Letzteres sicher das kleinste aller Probleme war.

Ohne Vorwarnung fegte ein kalter Wind durch die engen Gassen und nahm ihr fast den Atem. Der Himmel war plötzlich grau und bedeckt, die Frühlingsstimmung des Morgens wie weggeweht. Frierend blieb sie vor einem Sportgeschäft stehen. Der Schriftzug über der Tür informierte darüber, dass der Inhaber Florian Simbacher hieß. Sieh an, dachte Franziska, da haben wir gleich Nummer zwei der ehrenvollen Werbegemeinschaft. Sie warf einen Blick auf die Auslagen im Schaufenster. Dass ein Skianzug so teuer sein konnte, hatte sie nicht einmal geahnt.

»Hallo, schöne Frau, so früh schon unterwegs?«

Franziska zuckte zusammen. Ein Mann hatte die Ladentür geöffnet und sich vor ihr aufgebaut.

»Unsere Saison beginnt erst Ende November«, fuhr er fort. »Deshalb früh. Aber so verfroren, wie Sie aussehen, könnten Sie wirklich eine Mütze brauchen. Wollen Sie nicht reinkommen?«

Sie nickte. Wenn dieser Mann, der zweifelsohne Florian Simbacher war, sie einlud, umso besser.

Sie sah sich in seinem Laden zwischen den frischen Warenlieferungen um. »Dann bin ich vermutlich die erste Kundin der Saison.«

Er strich mit vornehmer Geste sein silbergraues Haar zur Seite. »So ist es. Schauen Sie mal, das hier würde zu Ihren grünen Augen wirklich toll aussehen.« Eh sie sich versah, hatte sie einen Stapel Strickmützen mit passenden Schals vor sich liegen.

»Darf ich?« Er hielt ihr ein sündteures dunkelgrünes Tuch

141

aus Kaschmir und Seide unters Kinn. »Das sieht wunderbar an Ihnen aus. Es macht Ihr Gesicht jung und weich!«

Franziska trat einen Schritt zurück.

»Sind Sie allein unterwegs?« Er blinzelte.

Sie nickte, gespannt, was nun kommen würde.

»Wenn Sie wollen, zeige ich Ihnen die Stadt. Ich kenne mich hier aus, bin sozusagen ein Eingeborener.«

»Danke, nicht nötig.«

Das also war seine Masche, dachte sie, einsame Urlauberinnen anquatschen, ihnen Komplimente machen und nebenbei Ladenhüter an die Frau bringen! Nicht mit ihr.

Sie griff nach einer grauen Wollmütze mit roten Einsprengseln, die aussah, als wäre sie handgestrickt.

»Kann ich die mal probieren?«

»Natürlich.«

»Ihr Laden gefällt mir. Gute Lage und ein wirklich exquisites Angebot.« Sie traute ihm zu, dass er in einem Hinterzimmer teure Dessous vertickte.

Er gab sich bescheiden. »Man tut, was man kann. Wissen Sie, ich werde noch eine Dependance im Venus Wellness eröffnen. Mit exklusiveren Sachen für ausgesuchtere Kunden. Silvester ist Eröffnung. Darf ich Ihnen dann eine Einladung zukommen lassen?«

»Venus Wellness?« Sie gab sich desinteressiert, achtete aber genau auf seine Körpersprache. »Wurde dort nicht gestern ein Toter gefunden?«

Er hob die Schultern: »Ja, aber nur der Handgrödinger Rudolf. Und um den ist es nicht schad!«

Franziska schluckte. »Was wollen Sie denn damit sagen?«

»Da Rudi war scho immer a g'spinnerter Hund!«, rutschte es ihm im tiefsten Dialekt heraus. »Ausgerechnet beim Hotelneubau da drüben hat's den derbröselt.«

Sie gab sich ahnungslos. »Ich dachte, es wäre Mord gewesen?«

»Kann schon sein. Aber tot ist tot, und wir haben jetzt ein Problem weniger.« Er wirkte erleichtert. »Dem weint keiner eine Träne nach. Wirklich ned!«

Franziska dachte an Alice Fischbacher, die so unglücklich gewirkt hatte. Dann ging sie an die Kasse und zahlte die graue Strickmütze. Vierundfünfzig Euro. Ein Schnäppchenladen war das wirklich nicht!

»Beehren Sie mich bald wieder!«, rief Florian Simbacher ihr nach. »Und falls Ihnen das Wandern zu langweilig werden sollte, zeige ich Ihnen gerne die Stadt, aber auch andere Hochgenüsse! Lassen Sie sich überraschen!«

Das hätte ihr gerade noch gefehlt!


Etwa zehn Minuten später stellte sie sich in einen windgeschützten Hauseingang, schob die neue Mütze am linken Ohr nach oben und erledigte mit ihrem verhassten Handy jenen Anruf, den sie schon den ganzen Tag vor sich hergeschoben hatte.

»Polizeiinspektion Grafenau.«

»Hier ist Franziska Hausmann. Verbinden Sie mich doch bitte mit Herrn Wimmer.«

»Tut mir leid, der darf heute nicht mehr gestört werden.« Franziska hatte selten eine derart erschöpfte Stimme gehört.

»Ich kann mir denken, dass er wenig Zeit hat. Aber es geht um den Fall Handgrödinger, und es ist wichtig.«

»Ich kann's ihm ausrichten. Ich schreib's ihm auf.«

Franziska zögerte. Sie hatte kein gutes Gefühl. »Okay«, murmelte sie dann. »Notieren Sie bitte: ›Unbedingt den Apotheker Huber nach den anderen Vieren fragen.‹«

Die Hand der Telefonistin schien genauso müde zu sein wie ihre Stimme. Es dauerte eine Ewigkeit, bis sie sich am anderen Ende zurückmeldete: »Darf ich's Ihnen noch mal vorlesen?«

»Ja, bitte.«

Die Telefonistin las die Notiz vor.

»Perfekt«, meinte Franziska und beendete das Gespräch.

Mit gutem Gewissen betrat sie wenig später den Feinkostladen. Sie ahnte weder, dass die müde Telefonistin in diesem Moment das Fenster öffnete, um etwas frische Luft hereinzulassen, noch dass die Notiz dabei vom Schreibtisch geweht und abends von der Putzkolonne in den Papiermüll geworfen werden würde.


»Mein Mann nennt es Hausmannskost«, sagte Franziska, während sie in ihrer Ferienwohnung eine Palette italienischer Vorspeisen aufbaute und die Weinflasche öffnete.

»Dann ist Ihr Mann sicher auch ein guter Hausmann, bei dem Nachnamen.« Anna Oberneder seufzte demonstrativ. »Meiner hat mit Haushalt nichts im Sinn. Und die beiden Jungs auch nicht. Da hab ich wohl was falsch gemacht.«

Franziska schenkte Wein in zwei Gläser.

»Ich hab schon gehört, warum Sie heute Nacht noch mal ausrücken mussten«, fuhr Anna fort. »Das ist ja wirklich eine schreckliche Geschichte. Also um den Beruf beneid ich Sie nicht. Naa, wirklich ned.«

»Rudolf Handgrödinger«, sagte Franziska. »Kannten Sie ihn?«

Anna nickte. »Ihn und seine Katze. Für unsere Gegend war der richtig berühmt. Aber solche Leute haben oft Neider. Dauernd stand was über ihn in der Zeitung. Wenn der das Glas bearbeitet, bekommt es eine Seele, schrieb mal einer. Und da scheint ja wohl auch was dran gewesen zu sein.«

Franziska dachte an die Skulptur, die er für sie mit wenigen Bleistiftstrichen entworfen hatte. Und obwohl sie das Kunstwerk weder besessen hatte noch jemals besitzen würde, fehlte es ihr schon jetzt.

»Ist der wirklich erschlagen worden?«, wollte Anna wissen.

»Wer sagt das?« Die Kommissarin horchte auf.

»Alle«, murmelte Anna. »Es heißt, er sei hinterrücks erschlagen worden. Wer macht denn sowas?«

»Das würde ich auch gern wissen. Und vor allem, wieso die Nachrichtensperre nicht eingehalten wurde.«

»Einer von den Hunden, mit denen ich heute gesprochen habe, war gestern Abend mit seinem Herrchen dabei«, rechtfertigte Anna Oberneder sich, und Franziska sah kurz auf. Ihr Gegenüber schien es absolut ernst zu meinen.

»Tatsächlich?« Franziskas Augen weiteten sich.

»Der Hund selbst allerdings hat nichts davon gesagt, umso mehr sein Besitzer. Furchtbar ausgesehen haben muss der Rudolf. Wahnsinnig viel Blut. Irgendwann kam die Polizei mit Flutlicht und voller Montur. Und dann durfte der Krankenwagen keine Toten mitnehmen. Wussten Sie das? Für wirklich alles gibt es Vorschriften!«

»Ist der Hund etwa zu Ihnen gebracht worden, weil er den Toten gefunden hat?« Wenn die Oberneder schon mit Tieren sprach, bot sie vielleicht auch tiefenpsychologische Traumabewältigung für Hunde an.

»Nein, nein«, sagte Anna. »Der Labrador hatte sich die linke Hinterpfote verletzt. Die musste ich mir noch mal ansehen. Das Vitello Tonnato ist übrigens köstlich!«

»Danke.« Franziska lächelte. »So gut schafft es nicht mal mein Mann.« Sie zögerte. »Haben Sie vorhin nicht gesagt, der Handgrödinger sei auch des Öfteren mit seiner Katze bei Ihnen gewesen?«

»Ja, mit seiner Bella. Ein besonders kluges Tier. Ich habe mich oft mit ihr unterhalten.«

»Ich würde Bella gern zu mir nehmen. Meinen Sie, das wäre ihr recht?«

Franziska registrierte, dass ihr die Vorstellung, sich ernsthaft mit Tieren unterhalten zu können, einerseits fremd war, andererseits aber durchaus gefiel.

»Sie ist eine Persönlichkeit. Sie stellt Ansprüche«, erwiderte Anna. »Ich könnte mit ihr Kontakt aufnehmen.«

»Ansprüche«, wiederholte Franziska. »Dann passt sie gut zu uns. Mein Mann arbeitet zu Hause. Sie wäre also nie allein.«

Was für eine Lüge, dachte sie im nächsten Moment. Hatte Christian nicht gerade noch unangekündigt Haus und Hof verlassen und sich in die Unerreichbarkeit geflüchtet? Zum Glück ja nur mit dem Oberstaatsanwalt.

»Ich kann sie fragen«, bot Anna Oberneder an. »Bestimmt hab ich noch ein Foto von ihr gespeichert.«

»Ich habe sie heute Nachmittag fotografiert. Sie saß am Fenster.« Die Kommissarin stellte ihr Weinglas ab und reichte das Handy weiter. »Schauen Sie mal.«

»Mein Gott, sie weiß schon alles!« Anna Oberneder schluckte. »Ich müsste eigentlich gleich Kontakt zu ihr aufnehmen. Sie bedarf des Trostes.«

Franziska ließ diesen schönen, etwas altmodisch klingenden Satz auf sich wirken und nickte.

»Dann gehe ich mal.« Die Heilpraktikerin stand auf.

»Aber wir wollten doch den Abend gemeinsam verbringen?«

»Ich komme ja wieder. In spätestens einer Stunde bin ich zurück. Ich brauch das Alleinsein und die Stille meines Arbeitszimmers, um mit Bella Kontakt aufzunehmen.«

»Wie machen Sie das eigentlich? Sie rufen ja wohl nicht einfach bei ihr an?«

»Ich öffne mein Herz, und sie öffnet ihr Herz. Man sieht nur mit dem Herzen gut.«

»Den letzten Satz kenne ich.«

»Er ist aus dem Kleinen Prinzen«, sagte Anna. »Haben Sie eine bestimmte Frage an Bella?«

Franziska wusste nicht, wie sie darauf reagieren sollte, ließ sich dann aber auf das Spiel ein: »Hat sie mich gesehen, und kann sie sich vorstellen, bei uns zu leben?«

»Ich frage sie. Bis später dann.«

Noch bevor Anna die Tür richtig hinter sich geschlossen hatte, nahm Franziska einen großen Schluck Wein und wählte seine Nummer. Er meldete sich sofort. »Na, Gott sei Dank, endlich hören wir uns. Du hast das falsche Handy mitgenommen.«

»Ach was, jetzt bin ich schuld?« Franziska schüttelte den Kopf.

»Du hast das neue Telefon mitgenommen, und die Nummer ist noch nicht bei mir eingespeichert. So konnte ich dich nicht erreichen, als ich mit Benno unterwegs war.«

»Und warum bist du nicht rangegangen, als ich dich angerufen habe?«

»Mein Handy war erstens ausgeschaltet, zweitens in meiner Lederjacke, und drittens lag die in Bennos Kofferraum.«

»Ach so!« Sie schwieg. Das passte zu ihm.

»Alles klar bei dir?« Er klang besorgt.

»Der, den ich beschatten sollte, ist ermordet worden.« Sie wunderte sich über den verzweifelten Klang ihrer Stimme.

»Ich fass es nicht.« Christian schien geschockt.

»Ich muss noch ein wenig bleiben.«

»Soll ich vielleicht kommen?«

Fast hätte sie gesagt: Unbedingt, denn ich bedarf des Trostes, aber sie lehnte dankend ab. »Du hast ja selbst genug zu tun. Übrigens bringe ich wahrscheinlich eine graue Katze mit heim. Sie heißt Bella – und ich hoffe, sie will mit uns leben.«

»Schön, das ist sehr schön.«

Dass er überhaupt nicht widersprach, war eindeutig ein Zeichen seines schlechten Gewissens. Sie hatte es doch gewusst!

»Ich habe mit ihr gesprochen. Sie weiß alles.«

»Ach was.« Franziska wusste im ersten Moment nicht, von wem ihre Vermieterin sprach.

Anna Oberneder nickte. »Bella kennt Sie. Zweimal haben Sie sie schon besucht und übers Fenster Kontakt mit ihr aufgenommen.«

Franziska nickte zuversichtlich. »Ich werde sie spätestens morgen holen. Mein Mann weiß schon Bescheid. Jetzt bleibt nur noch zu hoffen, dass Kollege Wimmer mich auch in das Haus lässt.«

»Das wird er. Bella ist eine äußerst kluge Katze. Die hat sich den Rudolf nicht umsonst ausgesucht.«

»Was haben Sie vorhin gemeint, als Sie gesagt haben, Bella weiß alles?« Franziska schenkte Anna Wein nach.

»Sie hat mir vermittelt, dass ihr Freund Rudolf bereits im Licht ist.«

»Macht sie das traurig?«, fragte Franziska und dachte im nächsten Moment: Oh Gott, warum lass ich mich eigentlich auf so ein Gespräch ein?

»Ja. Aber nicht in dem Maße, wie uns der Tod traurig macht, denn sie bleibt mit seinem Geist verbunden. In diesen Dingen sind die Tiere uns voraus.« Die Heilpraktikerin starrte auf ihre Hände und murmelte: »Sie sind klug und weise – auf ihre Art.«

»Ich freue mich auf Bella. Und sie soll gut auf sich achtgeben und immer nach rechts und links schauen, wenn sie die Straße überquert«, sagte Franziska und wurde ganz wehmütig, als sie an Schiely dachte.

»Das weiß sie schon.« Anna Oberneder beugte sich vor. »Bekomme ich noch Nachschub von dieser wunderbaren Hausmannskost?«

Viel später, als Anna Oberneder schon lange gegangen war, mailte Franziska das Katzenfoto an Christian. Bella sah tatsächlich sehr weise aus. Und entspannt. Als wäre sie mit dem Geist ihres Herrchens in Kontakt und wisse, dass alles gut werden würde.

Der Glasbläser hatte von Geistern gesprochen, die ihm den Schlaf raubten. Das Phantom des mürrischen Vaters mit einer Palette ungelöster Aufgaben und immer wieder jene Gestalt, die erst dann Ruhe finden würde, wenn man ihr einen Namen gab.

In ihrer bildungsbürgerlichen Arroganz hatte sie ihn reden lassen und bei sich gedacht: Was für ein liebenswerter Spinner. Im Nachhinein machte sie sich Vorwürfe, dass sie sich nicht mehr auf ihn eingelassen und seine Wahrnehmungen ernst genommen hatte. Wie viel mehr wüsste sie jetzt, wenn sie nur besser zugehört hätte.

»Bella«, murmelte sie, bevor sie einschlief. »Wenn sein Geist mit dir in Verbindung steht, dann sag mir bitte, was ich machen soll.«

## 14. Kapitel

Auf Clemens Ortmair hatte das Hinterzimmer des Wirtshauses Zur Brezn schon immer so gewirkt, als hätte ein Kulissenbauer es eigens für die Verfilmung eines Mafiadramas aus den zwanziger Jahren ausstaffiert. Mit Plüsch, Leder und einem überdimensionierten Kronleuchter.

Als er den kleinen Raum betrat, saßen die anderen vier schon mit finsteren Mienen um den runden Tisch.

»Hock di nieder!«, rief Korbinian Huber. Offensichtlich hatte er nun das Sagen.

Clemens ließ sich auf einen Stuhl fallen, lockerte die dunkelblau gemusterte Krawatte und öffnete den obersten Knopf seines gestärkten weißen Hemdes. Er hatte es sich in der Früh extra für die heutige Sitzung angezogen – die er gerade schwänzte.

»Nachdem das eine Problem gelöst ist«, begann der Apotheker, »hat sich ein neues aufgetan.«

»Welches Problem ist denn gelöst?« Clemens hatte keine Ahnung.

»Den gläsernen Sargtischler hat's erwischt, den Künstler, den aufg'blasnen«, klärte Herbert Gegenfurtner ihn auf. »Der Handgrödinger Rudolf is erschlogn worn.«

»Wenn das keiner von uns war, ist das auch nicht unser Problem.«

Die Mienen der anderen verfinsterten sich. Clemens begriff, dass ihm solche Scherze nicht zustanden.

»Ich bin heilfroh, dass der nun nix mehr zum Sagen hat!«, gestand Florian Simbacher nach einem Moment des Schweigens. »So ein Spinner. Denn der war's ja wohl, der einem jeden von uns das gläserne Trumm vor die Tür gelegt hat. Der will einfach nicht, dass das hier ein Urlaubsparadies wird! Und jeder weiß, dass wir hier im Wald an einer Imageschwäche leiden! Kaum arbeiten wir in unserer GWG Vorschläge aus, dann setzt der Künstler sich hin und erzählt den Schreiberlingen von der Zeitung ungefragt was von Nachhaltigkeit und dass er deshalb gegen Schneekanonen ist. Weil er nämlich über seine depperte Kunst nix zum Sagen und auch sonst von nix eine Ahnung hat. Denn wie soll man Urlaubsgäste anlocken, wenn man nicht innovativ ist? Das ist doch das A und O vom Tourismus.«

Die drei anderen Vorstandsmitglieder der GWG nickten feierlich. Nur Clemens fühlte sich ausgeschlossen.

Der Apotheker räusperte sich und verkündete: »Männer, die Sache ist noch nicht ausgestanden. Leider!«

»Doch, doch«, widersprach Andreas Lindinger und strich sich über die frisch rasierte Glatze. »Wer sonst sollte die Särge gemacht haben? Das war eindeutig dem seine Handschrift. Ich war gestern im Glasmuseum in Frauenau und hab mir dem seine Werke angeschaut. Der hat ja für seine komischen Einsprengsel und Materialien einen Preis nach dem anderen abgesahnt. Das war sein Markenzeichen. Und in meiner Glaskiste ist auch so was. Die kam von dem! Aber sowas von eindeutig!« Er nickte nachdenklich. »Vielleicht werden die richtig wertvoll, jetzt, da der Künstler nicht mehr unter uns weilt.«

Herbert Gegenfurtner fuhr sich mit fünf Fingern durch seine prächtige Lockenmähne. »Mog sei, dass des sogar des Immitsch vo unserer Stadt hebt.«

»Der Vater dieses Künstlers«, unterbrach Korbinian Huber ihn barsch, »hat mir kurz vor seinem Tod gedroht, dass uns Fünfen noch das Lachen vergehen wird. Er hat angeblich alles schriftlich festgehalten.« Genau genommen hatte der Handgrödinger Lambert ausschließlich ihm gedroht, aber das ging die anderen ja nichts an.

»Ach, der hat doch so viel Schmarrn erzählt«, meinte Herbert Gegenfurtner und drehte an seiner gepunkteten Fliege. »Lass dir von deiner Tanja lieber mal deine Sorgen wegbeten.«

Alle bis auf Clemens nickten. Aber auch der hatte schon vernommen, dass die Apothekersfrau einen besonders guten Draht nach oben hatte.

Korbinian Huber ließ sich nicht beirren. »Der hat irgendwas aufgeschrieben, was uns alle betrifft und uns in Teufels Küche bringt. Scheint was mit unseren Familien zum Tun zu haben.«

»Ja, und?« Der Zahnarzt sah fragend in die Runde.

»Jeder schaut bis morgen um fünfe seine Familienfotos durch und sucht nach Bildern, auf denen unsere Eltern oder Großeltern zu sehen sind. Alle miteinand.« Huber sah auf die Uhr. »Ich muss gleich wieder los. Meine Tanja steht allein im Laden.«

Der Zahnarzt zog die Stirn kraus. »So ein Schwachsinn. Wir haben doch nichts gemacht, schon gar nicht als Gruppe. Wir kennen uns doch eigentlich nur von der Werbegemeinschaft.« Er wies auf Clemens. »Und der da ist da nicht mal dabei. Vergiss es! Die Sache ist vom Tisch. Ein für allemal!«

Vehement schüttelte Korbinian Huber den Kopf, und jetzt war es der Drogist, der ihm beistand. »Wenn der alte Handgrödinger das so gesagt hat, dann ist da was dran.«

Florian Simbachers graue Augen verengten sich. »Das müsste dann aber was sein, was für uns alle existenzbedrohend ist.« Er blickte in die Runde. »Also wenn ihr mich fragt, ich kann mir nicht vorstellen, was das sein könnte.«

»Ich auch nicht.« Herbert Gegenfurtner schüttelte den Lockenkopf.

Korbinian Huber klang gestresst. »Männer, ich will wirklich nicht jeden Augenblick damit rechnen müssen, dass meine Welt zusammenbricht, nur weil zufällig irgendeiner ein Stück Papier findet, das uns erpressbar macht. Ich will selber wissen, was da draufsteht. Und dann werf ich es höchstpersönlich ins Feuer!«

»Meine Güte, was kann da denn schon draufstehen?« Der Zahnarzt stellte seine leere Kaffeetasse klappernd auf den Unterteller zurück. »Und überhaupt, wie willst du an den Zettel rankommen?«

»Ganz einfach!« Der Apotheker sah in die Gesichter seiner Mitstreiter und verkündete selbstbewusst: »Wir kaufen das Haus.«

»Jetzt spinnst du aber total!« Florian Simbacher schüttelte den Kopf. »Wer will denn schon darin wohnen, in diesem Kasten ohne Heizung, ohne Badezimmer. Außerdem steht das Teil garantiert unter Denkmalschutz. Das kannst du nicht einfach so abreißen.«

»Wir kaufen es, entkernen es und durchsuchen es sorgfältig«, setzte Korbinian seine Überlegungen fort und putzte sich mit einem Stofftaschentuch die Nase. »Und dann tun wir eine gute Tat und geben es für Asylanten frei. Das bringt der GWG Pluspunkte und der Stadt eine gute Presse.«

»Kaufen? Von wem denn? Wem gehört denn das Haus jetzt?« Andreas Lindinger schüttelte den Kopf. »Das ist doch alles Schwachsinn!«

»Es gibt keine Erben.« Zum ersten Mal an diesem Abend huschte etwas wie ein Lächeln über Korbinian Hubers Gesicht. Aber es war kein fröhliches Lächeln. »Das Amtsgericht wird einen Erbenermittler bestellen, und der sucht dann nach Erben – vergeblich.«

»Und dann?«

»Dann erbt der Staat. Vielleicht lässt er es ja über den Verwalter meistbietend versteigern. Viel wert ist der alte Kasten eh nicht.«

»Aber die Lage…« Andreas Lindinger hatte Blut geleckt. »Die Lage ist echt super. Ich könnte da eine Praxis einrichten und selbst in den ersten Stock ziehen. Damit wäre auch mein Parkplatzproblem gelöst.« Er überlegte laut. »Und die Ärztebank gibt mir für den Umbau sicher einen Kredit.«

»Meinetwegen«, unterbrach Korbinian Huber ihn. »Wir als GWG entkernen es gemeinsam, und anschließend kannst du es ja übernehmen. Dann lassen wir das halt mit den Asylanten.«

»Ich hab mit eurem Werbekram nix zum tun.« Clemens Ortmair schüttelte den Kopf. »Ich kann da nicht mitmachen. Und Zeit hab ich auch nicht.«

»Aber du hast eine schöne Frau«, fuhr Florian Simbacher ihm über den Mund. »Dann soll die halt was für uns tun, den Erbenermittler bezirzen oder dem Chef vom Amtsgericht schöne Augen machen. Das wär auch noch ein Weg, und wir müssten uns nicht mal die Finger schmutzig machen.«

Clemens Ortmair stieß fast sein Teeglas um. »Ihr spinnt ja.«

»Hast wohl gedacht, du seist raus aus dem Ganzen, nur weil du nicht zur GWG gehörst? Nein, mein Lieber!«, rief Simbacher. »Das hier hat mit der Werbegemeinschaft schon lang nichts mehr zu tun. Dafür aber hocken wir alle, um es mal ganz drastisch zu sagen, im gleichen Sarg.«

»Nun werdet bloß nicht hysterisch!«, meinte der Zahnarzt und stand auf. »Ich muss zurück in die Sprechstunde.«

»Wir sind die Ruhe selbst.« Der Apotheker schraubte das vor ihm stehende Blechdöschen auf und warf zwei rosafarbene Tabletten ein. »Und morgen kommt ein jeder mit seinen Fotos hier an. Verstanden?«

Genau das war der Augenblick, an dem Clemens Ortmair zum ersten Mal eiskalte Angst verspürte.


Die Katzentasche war rot, hatte zwei Plexiglasfenster mit runden Luftlöchern und war innen standesgemäß mit schwarzem Plüsch ausgekleidet. »Für Bella«, stand auf dem gelben Klebezettel, den die Heilpraktikerin darangeheftet hatte. »Katzenklo ist auch vorhanden. Ich freue mich.«

Franziska war während ihres Frühstücks vom diensthabenden Wetterfrosch des Morgenmagazins vorgewarnt worden, dass es bald schneien würde, vielleicht sogar noch heute. Gut, dass Christian ihr Auto rechtzeitig mit Winterreifen hatte bestücken lassen.

Augenblicklich dachte sie an die graue Katze in dem dunklen und garantiert sehr kalten Haus in der Waldschmidtstraße. Da musste was passieren! Seit Sonntagabend hatte die nichts mehr zu Fressen bekommen. Und heute war Dienstag. Sie griff nach ihrem Handy und rief die Polizeistation in Grafenau an.

Die Telefonistin erklärte ihr höflich, dass Xaver Wimmer leider immer noch nicht zu sprechen sei. Für niemanden.

Das wollen wir doch mal sehen, dachte Franziska. Ihr Mann sprach in solchen Fällen immer von »den richtigen Hausnummern«, die letztendlich doch alle Türen öffneten, und so zog auch sie diesen Joker aus der Tasche und gab mit strenger Stimme bekannt: »Ich bin Franziska Hausmann. Oberstaatsanwalt Dr. Holdenrieder aus Passau hat mich beauftragt. Ich muss dringend mit dem Hauptkommissar sprechen. Wo kann ich ihn erreichen, wenn er schon sein Handy ausgeschaltet hat?«

Am anderen Ende der Leitung wurde es still. Dann kam ein Räuspern. »Ja, wenn das so ist. Moment mal. Ich schau kurz.«

Wenig später wurde sie durchgestellt.

»Xaver Wimmer? Was kann ich für Sie tun?«

Sie sah ihn fast vor sich, mit seiner runden Brille, dem glattrasierten Gesicht, seinem strähnigen mittelblonden Haar und der harmlosen Ausstrahlung eines zu schnell in die Höhe geschossenen Ministranten. Dabei hatte er seine Mannschaft verdammt gut im Griff und schien bestens strukturiert zu sein.

»Ich bin's, Franziska Hausmann. Ich muss mit Ihnen sprechen. Ich habe den Toten gekannt.«

»Was, und damit kommen Sie mir erst jetzt? Solche Kollegen lob ich mir!« Er klang ärgerlich.

»Handgrödinger und ich haben über ein Projekt gesprochen«, stellte sie klar, »rein geschäftlich. Ein Weihnachtsgeschenk für meinen Mann. Übrigens würde ich gern Handgrödingers Katze zu mir nehmen. Kann ich sie heute holen? Das Haus ist versiegelt.«

»Sind Sie sich sicher mit der Katze? Wir haben da kein Tier gesehen. Sonst hätten wir sie natürlich sofort ins Heim gebracht.«

Franziska fragte sich, ob Bella das so arrangiert haben konnte, und schüttelte im nächsten Moment über sich selbst den Kopf.

»Gestern saß sie aber am Fenster«, sagte sie laut.

Er schien kurz nachzudenken. »Wo sind Sie jetzt?«

Sie nannte ihm ihre Adresse.

»Zwölf Uhr dreißig bei mir? Ich hab jetzt noch eine Pressekonferenz. Danach begleite ich Sie in das Haus an der Waldschmidtstraße. Und Sie erzählen mir alles.«

Franziska warf einen Blick auf die Uhr, bog in die Freyunger Straße ein und parkte am Volksfestplatz. Hier ungefähr musste Rudolf Handgrödinger seinem Mörder begegnet sein. Tief durchatmend und unter Einsatz ihrer Nordic-Walking-Stöcke wanderte sie die Straße entlang.

Das Venus Wellness sollte zum ersten Januar eröffnet werden. Das Haupthaus mit seinen Restaurants, Bars und Luxuszimmern war schon so gut wie fertiggestellt, ein gläserner Wintergarten würde es mit dem Wellnessbereich verbinden, an dem gerade wie wild geschuftet wurde.

Nach der wunderbaren Stille ihrer Ferienwohnung in Riedlhütte waren das plötzliche Gewusel und der Lärm von Presslufthammern, Betonmischmaschinen und geblafften Befehlen kaum zu ertragen.

Franziska wünschte sich eine Wollmütze mit Ohrenschützern und schloss kurz die Augen. Alles in ihr war fluchtbereit. Sie wollte nicht einmal stehenbleiben, um das Panoramabild der geplanten Anlage nebst seiner riesigen Parkanlage auf sich wirken zu lassen. Der Grafenauer Anzeiger hatte die Anlage als »Leuchtturmprojekt des Tourismus« gelobt.

Auf dem Stausee hatte sich eine dünne Haut gebildet. Die Fläche wirkte wie brüchiges Glas. Dunkle und schwere Wolken spiegelten sich darin. Das Außenthermometer des Wagens zeigte vier Grad unter Null.

Xaver Wimmer reichte ihr kurz die Hand, zog sich seine Pelzmütze über die Ohren und zurrte den knallgelben Schal fester. »Kommen Sie!« Forsch schritt er voran.

Franziska trug ihre dreiteiligen Wanderstöcke im Rucksack. Neben dem Hauptkommissar wie eine Nordic-Walkerin durch die Hauptstraße zu stiefeln, wäre ihr doch zu peinlich gewesen.

»Sie hätten mir sagen müssen, dass Sie ihn kannten«, brummte der dünne Mann an ihrer Seite. »Das hätte vieles verändert.«

»Ich hab gerade mal einen Abend lang mit ihm gesprochen«, rechtfertigte sie sich.

»Das ist verdammt viel. Ich wüsste niemanden in Grafenau, dem das sonst noch gelungen wäre. Der Handgrödinger hatte keine Freunde.« Xaver Wimmer legte an Tempo zu, und Franziska hatte Schwierigkeiten mitzuhalten.

»Aber viele Neider«, ergänzte sie atemlos.

Abrupt blieb der Mann vor ihr stehen. »Mord aus Neid? Nein. Ich kann mir nicht vorstellen, dass ein Künstler einen anderen umbringt, um selbst besser dazustehen. Nein, davon habe ich noch nie gehört.«

»Ich auch nicht«, meinte Franziska. »Aber möglich ist alles.

In unserem Job werden wir doch mit den ungeheuerlichsten Dingen konfrontiert.«

»Da haben Sie recht.« Er nahm seine Wanderung wieder auf.

»Gibt es eigentlich so was wie eine Rangliste der Glasbläsermeister?«, fragte Franziska und holte tief Luft.

»Da müsste ich mich bei der Innung erkundigen. Soweit ich weiß, hat jeder von denen seine eigene Mischung, seine Tricks und Kniffe und sein eigenes gläsernes Geheimnis. Was hat der Ihnen denn so erzählt?«

»Wir haben über ein Objekt gesprochen, das ich bei ihm in Auftrag geben wollte. Ein Weihnachtsgeschenk für meinen Mann.« Noch während sie diese Sätze atemlos hervorbrachte, fragte sie sich, warum sie das Ganze so klein redete.

»Kunst für Sie? Also wirklich, der hat ja wohl auf allen Hochzeiten getanzt. Für den Thermenpark vom Venus Wellness sollte er Kunst am Bau machen.«

Die Straße wurde steiler, und Franziska kam an ihre Grenzen. Mit seinen 609 Metern über dem Meeresspiegel galt Grafenau als Luftkurort, sie aber hatte hier mehr Atemschwierigkeiten als zu Hause. Dabei rauchte sie schon seit Jahren nicht mehr.

Japsend wandte sie sich an den durchtrainierten Hauptkommissar: »Wollte er deshalb einen nächtlichen Spaziergang machen?«

»Was weiß ich, kann schon sein.«

Beide schwiegen eine Weile.

»Sagen Sie mal Herr Kollege, gibt's eigentlich schon Neuigkeiten aus der Gerichtsmedizin?«

Er nickte und sah sich um. Sie waren die einzigen Spaziergänger weit und breit. »Sogar einiges, was die Sache allerdings nur komplizierter macht.«

»Nämlich?«

»Zum einen: Als man ihn von hinten erschlug, saß er auf einer Bank. Und zum anderen: An dem Armiereisen wurden Fasern von schwarzer Wolle gefunden, wie man sie eigentlich nur zum Sockenstricken verwendet.«

»Er saß? Bei der Kälte? Hat er seinen Angreifer vielleicht gekannt? Und war er möglicherweise mit ihm verabredet?«

Xaver Wimmer nickte. »Bestimmt, hier kennt jeder jeden. Aber die Parkbank bringt all unsere Berechnungen zur Größe des Täters durcheinander. Er kann zwischen eins fünfzig und zwei Metern groß sein.«

»Also könnte es auch eine Frau getan haben!«

»Frauen morden ja immer nur mit Gift. Sie kennen doch das Klischee.«

Inzwischen hatten sie das Haus erreicht.

»Apropos Gift.« Franziska schluckte. »Verzeihen Sie bitte meinen Auftritt von vorgestern. Es ging mir nicht gut, ich hatte Beruhigungstabletten genommen und dazu ein wenig Alkohol getrunken. Da hab ich mich wohl etwas daneben benommen.«

»Passt scho. Kein Problem.« Er gab ihr den Schlüssel. »Wollen Sie als Erste eintreten?«

## 15. Kapitel

Das Haus war kalt und klamm und roch modrig. Kein Wunder, wenn in diesen Mauern Geister hausten. Wenn nicht hier, wo sonst? Franziska stand neben dem spindeldürren Xaver Wimmer in einem dunklen Flur und fror. In der Hand hielt sie eine Schachtel mit Trockenfutter. Die schüttelte sie wie eine Rassel.

Von oben her hörten sie ein leises Tapp-tapp-tapp, dann sahen sie die Katze auf sich zukommen. Sehr hoheitsvoll, sehr elegant und sehr gefasst – wenn man so was von Katzen sagen konnte, aber seit ihrem Gespräch mit Anna Oberneder nahm Franziska Tiere anders wahr, auch wenn sie das vor sich selbst noch nicht so richtig zugeben wollte.

»Da ist ja das Viecherl!« Xaver Wimmer staunte. »Ich hab meine Leute noch mal gefragt. Als wir gestern hier waren, hat niemand was von der Katz gesehen oder gehört. Nehmen Sie sie nun gleich mit?«

Franziska wand sich. »Das geht nicht. Die Katzentasche ist noch in meinem Auto auf dem Polizeiparkplatz. Da müsst ich erst hinlaufen.«

»Naa, Sie bleiben hier. Ich bestell jemanden her, der Ihren Schlüssel holt, die Tasche bringt und uns beide dann wieder zurückfährt. In der Zwischenzeit sehen wir uns ein bisschen um, und Sie erzählen mir alles, was Sie wissen.«

Die Kommissarin füllte Trockenfutter in eine Schale und murmelte aus der Hocke heraus: »Gestern hab ich übrigens noch mal bei Ihnen angerufen.«

Er nickte geistesabwesend.

»Und Sie unternehmen da auch was?«

»Wo denken Sie hin! Bei mir weiß ein jeder, was er zu tun hat.« Er klang eingeschnappt.

»Sorry, ich wollte Sie nicht belehren.« Sie sah der Katze beim Fressen zu.

»Unsere Nerven liegen blank«, stöhnte Wimmer. »Nicht nur dass wir gerade umziehen, ich hab auch noch keine Idee, wo ich bei diesem Fall hier ansetzen soll.«

Franziska biss sich auf die Lippen. Wenn sie jetzt noch einmal mit den Namen der Sargempfänger anfing, wäre Wimmer garantiert endgültig eingeschnappt. Aber ihre Zuversicht wollte sie unbedingt weitergeben und versprach: »Ich bin überzeugt davon, dass Sie heute Abend schon den ersten roten Faden in der Hand halten.«

»Ihr Wort in Gottes Ohr.« Er befreite sich aus seinem knallgelben Schal. »Ich geh dann mal durchs Haus.«

Sie wäre gern mitgegangen. Häuser und Wohnungen von Opfern erzählten ureigene Geschichten, und Franziska war darin geübt, diese wahrzunehmen und ihren inneren Bildern zu vertrauen. Aber so wie Wimmer nun vor ihr stand, mit gekreuzten Armen und abweisendem Blick, begriff sie: Er wollte allein sein. Sie verstand ihn. An seiner Stelle hätte sie sich ebenso verhalten.

»Gut, dann mache ich mich derweil mit der Katze vertraut.«

»Und das Viech sich mit Ihnen.« Mit ausladenden Schritten durchmaß der Grafenauer Kommissar die großen und fast leeren Räume des Erdgeschosses und verschwand in den ersten Stock. Sie hörte ihn dort oben poltern.

Etwa zehn Minuten später kam er zurück, stellte sich mitten in die Küche und fragte, eher sich selbst als seine Kollegin: »Wie kann man nur so leben? Der hatte doch Geld genug!«

Franziska sah ihn an und hob die Schultern. »Vielleicht war er es nicht anders gewöhnt?«

»Ach, man sieht doch, wie andere eingerichtet sind und

wohnen. Übrigens, unter uns: Wir haben seine Bankdaten gecheckt. Und da gibt es ein Vermögen im höheren sechsstelli-
gen Bereich. Der hatte es einfach so auf seinem Konto liegen,
anstatt es zu investieren. Mit den Angestellten der Sparkasse
hat er auch nicht reden wollen! Die haben ihm oft genug angeboten, das Geld vernünftig anzulegen. Nur mit Ihnen hat er
gesprochen. Eigenartig, oder?«

Ich wollte ihm ja auch nichts verkaufen, dachte Franziska
und sagte: »Vielleicht hat er auch auf ein neues Haus gespart?
Davon allerdings hat er mir nichts erzählt.«

»Das kann ich mir nun wirklich nicht vorstellen.« Xaver
Wimmer schüttelte den Kopf. »Wissen Sie, die Handgrödingers
leben seit 1531 hier. Da geht man nicht weg. Da ändert man
nur.« Er wies auf die Holz- und Kohleöfen: »Hätt sich doch
gut eine Zentralheizung einbauen können. Sparen musste der
wirklich nicht! Und dann diese kleinen Fenster! Da kommt
ja kaum Licht ins Haus!« Er seufzte. »Kein Wunder, dass er
selbst auch immer so finster drauf war.«

Die Katze schlabberte Wasser aus dem frisch gefüllten Napf.

Ein Kollege klingelte und nahm Franziskas Autoschlüssel
mit.

»Sollen wir noch mal zusammen durchs Haus gehen?«
Xaver Wimmer hatte offensichtlich Franziskas Interesse bemerkt.

»Gerne.«

Fünf der acht Zimmer wirkten unbewohnt und unberührt.
Staub lag auf Stühlen, Tischen und Schränken, Spinnweben
verdunkelten die Fensterscheiben.

»Ihre Leute haben hier noch gar nicht gesucht?«

»Nein, das kommt noch. Heute ist erst mal seine Werkstatt
in Frauenau dran. Die Kollegen sind schon auf dem Weg. Wir
haben uns zunächst auf die bewohnten Räume konzentriert,
sein Wohnzimmer, sein Schlafzimmer und die Küche. Da hat

er sich ja wohl am meisten aufgehalten. Alle anderen Bereiche scheint er seit dem Tod des Vaters nicht mehr betreten zu haben.«

»Wann war das?«

»Wann der Lambert gestorben ist?« Er dachte kurz nach. »Das muss diesen Sommer gewesen sein. Die vom Bärenhof gegenüber haben den Rudolf übrigens jeden Abend kochen sehen. Für sich ganz allein! Der ist nie zu denen zum Essen gegangen. Dabei hätten die ihm jederzeit ein Abo angeboten. Also wenn ich nicht verheiratet wär, hätte ich das angenommen.«

»Und, haben Sie in den bewohnten Räumen was gefunden?«

»Wie man's nimmt. Auf dem Küchentisch lag ein bedruckter Zettel, der per Hand unterschrieben war.«

»Kann ich den mal sehen?«

Er schüttelte den Kopf. »Der ist schon in der Spurensicherung.«

»Was stand da drauf?«

Er schien kurz nachzudenken. Dann sagte er: »›Können wir miteinander reden?‹«

Sie zog die Stirn kraus. »Wir reden doch miteinander.«

»Diese Frage stand auf dem Zettel«, stellte er klar.

Die Katze Bella hatte sich einen Meter rechts von Franziska niedergelassen und beäugte sie konzentriert.

»Wer hat den Zettel geschrieben?«

»Seine Nachbarin.« Wimmer wies auf die Wand, an deren Außenseite das Austragshäuserl klebte.

»Worüber wollte sie wohl mit ihm reden?«

Er hob die Schultern. »Vermutlich über ihre Wohnung. Sie ist ja … sie war ja seine Mieterin.«

»Sie haben die Nachbarin gar nicht danach gefragt?« Franziska stellte fest, dass ihre Stimme vorwurfsvoll klang. »Sie war doch offenbar die Letzte, die mit ihm gesprochen hat.«

»*Noch* nicht gefragt«, verbesserte er sie. »Aber jetzt will ich erst einmal was von Ihnen wissen: Was hat Ihnen der Handgrödinger Rudolf denn alles erzählt? Ist Ihnen noch was eingefallen?«

Sie hob hilflos die Schultern. Er würde mit dem, woran sie sich von ihrem Gespräch noch erinnerte, nichts anfangen können.

Daher verschwieg sie ihm, dass Rudolf Handgrödinger sich in diesem Haus keineswegs daheim gefühlt hatte, so als hätte es hier keinen Platz für ihn gegeben. Alle Räume seien von Gespenstern bewohnt und mit ihnen besetzt, hatte er ihr gestanden, und sie hatte ihn reden lassen, ohne wirklich hinzuhören. Fast allnächtlich hatten sich die Geister bei ihm eingestellt und ihn mit unerfüllbaren Forderungen konfrontiert. Xaver Wimmer würde sich das alles anhören und in seiner sachlichen und lakonischen Art auf den Punkt bringen: Ich wusste ja, dass der spinnt.

Aber ganz so einfach war das nicht.

»Künstler sind oft sehr einsam«, sagte Franziska nach einer Weile. »Ungefähr das ist bei mir hängen geblieben von diesem Abend. Wir haben über Formen und Farben gesprochen.«

»Das ist nicht viel.« Sein Blick war ein einziger Vorwurf.

»Ich würde gerne mit der Nachbarin reden«, lenkte Franziska ab. »Wäre das okay für Sie?«

»Wenn sie da ist. Wir können es ja mal probieren.« Xaver Wimmer wand sich. Es war ihm anzusehen, dass er sich in dem großen alten Haus nicht wohlfühlte, aber auch keine Lust hatte, ausgerechnet gemeinsam mit Franziska die Nachbarin aufzusuchen.

»Wir könnten auch hier auf die Katzentasche warten«, schlug sie daher vor und sah auf die Uhr. »Der Kollege müsste ja eigentlich jeden Augenblick kommen.«

»Lieber nebenan. Dann reden wir halt mit der, aber vorsichtig. Sie ist krank. Da muss man Rücksicht nehmen.« Er stand schon an der Haustür.

»Bis gleich, Bella.«

»Miau«, machte die Katze und verengte ihre Augen zu schmalen Schlitzen.

»Ich bin erst achtunddreißig. Das kann doch nicht alles sein!« So antwortete Alice Fischbacher auf die Frage, worüber sie mit ihrem Nachbarn hatte sprechen wollen, und Franziska nahm wahr, dass diese Antwort ihren Kollegen reichlich aus dem Konzept brachte.

»Aber was hat denn der Glasbläser mit Ihrem Alter zu tun?«

»Nichts.« Sie zuckte zusammen.

Abwartend stand Franziska hinter Xaver Wimmer und ließ die Szene auf sich wirken. Inzwischen war sie fest davon überzeugt, dass sie Alice vor drei Tagen in der Tür des griechischen Restaurants gesehen hatte.

»Dürfen wir eintreten?«, fragte sie nun und kroch tiefer in ihren Steppmantel. In der winddurchpeitschten Straße schien es von Minute zu Minute kälter zu werden.

»Meinetwegen.« Alice trat einen Schritt zur Seite.

Xaver Wimmer griff zu seinem Mobiltelefon und gab seinen neuen Standort an die Kollegen weiter. Die Frau vor ihnen riss die Augen auf, und Franziska ahnte, dass sie mit dem Schlimmsten rechnete.

»Nur weil Sie seine Nachbarin sind, nehmen wir Sie nicht gleich fest«, versuchte sie zu scherzen, aber die kleine Frau vor ihr zitterte umso mehr.

In ihrer mit Spiegeln gepflasterten Diele bat sie ihre Besucher, sich die Schuhe auszuziehen.

»So lange bleiben wir nicht«, beruhigte Xaver Wimmer sie und fragte noch einmal: »Also, was wollten Sie mit Ihrem Nachbarn besprechen?«

»Nichts Besonderes. Über den Winter, und wie wir das mit dem Schneeräumen regeln.«

Franziska roch es förmlich, dass sie log. Wie unbeabsichtigt schob sie mit ihrem Ellenbogen eine angelehnte Tür etwas weiter auf und warf einen Blick in den Raum. An der Stirnwand des Wohnzimmers stand ein Schwedenofen, hinter dessen feuerfester Glasscheibe sorgfältig aufeinandergeschichtete Holzscheite loderten. Eine Woge gemütlicher Wärme schwappte in die Diele. Auf einem braunen Ledersofa lag ein Stillleben mit Stricknadeln, Wollknäueln und Zeitungen, auf dem Couchtisch stapelten sich Bücherberge. Am Fuße des Sofas standen eine leere Weinflasche und ein bauchiges Glas.

»Nur über das Schneeräumen?«, hakte der Haupkommissar ungläubig nach. »Und deswegen schreiben Sie ihm einen Brief?«

Alice nickte. »In den letzten Jahren hat das immer sein Vater gemacht. Jeden Morgen um sechs. Aber der ist ja im Sommer gestorben. Da muss eine Lösung her.« Sie sah in den grauen Himmel und stöhnte.

»Überlegen Sie noch mal. Vielleicht ist ihnen ja während des Gesprächs etwas aufgefallen. Melden Sie sich dann bei uns?« Wimmer reichte ihr seine Karte.

Sie nickte und streifte Franziska mit einem missbilligenden Blick.

»Ich nehme übrigens heute die Katze mit zu mir«, sagte Franziska schnell. »Nur dass Sie sich keine Sorgen machen.«

»Das hätte ich sowieso nicht getan!«

Im nächsten Moment kam ein Wagen mit Blaulicht um die Friedhofsecke gedonnert und hielt mit quietschenden Reifen vor dem Anbau.

»Polizeimeister Mühlberger, Sie lernen es auch nicht mehr!«, rief Xaver Wimmer, als er die Tür geöffnet hatte. »Dies ist kein

Notfall! Blaulicht gilt nur, wenn Gefahr in Verzug ist! Wann kapieren Sie das endlich?«

Der Mühlberger Franz lächelte Franziska schüchtern an und gestand: »Aber es macht so viel Spaß.«

Ohne Protest ließ Bella sich in der Katzentasche nieder. Franziska staunte. Anna Oberneder hatte in allem Recht gehabt: Bella schien wirklich zu wissen, dass mit dem heutigen Tag ein neuer Lebensabschnitt für sie begann.

Mit zusammengebissenen Zähnen sah Alice Fischbacher ihnen nach. Der Uniformierte spielte Chauffeur, neben ihm hatte sich der Kommissar breitgemacht, und die resolute Frau saß mit der Katze auf der Rückbank des Polizeiwagens.

Alle bekamen, was sie wollten. Nur bei ihr ging alles schief. Bis sie achtundachtzig war – so alt wurden Frauen heutzutage –, hatte sie fünfzig Jahre vor sich, die genauso ablaufen würden wie das vergangene Jahr: in großer Stille, mit dem Klappern der Stricknadeln vor einem abendlichen Fernsehprogramm und der regelmäßigen Lieferung von Druckfahnen zu Sachbüchern, die sie nicht interessierten.

In der Wohnung nebenan war es schon immer still gewesen, aber die Stille, die jetzt von dort herüberwuchs, war unerträglich. Sie fasste den Entschluss, möglichst bald wegzuziehen und irgendwo anders ganz neu anzufangen. Doch wie sollte sie das mit ihrer winzigen Rente von sechshundertdreißig Euro bewerkstelligen?

»Das sind schlechte Nachrichten. Ich spüre es.« Hauptkommissar Wimmer suchte in der Manteltasche nach seinem Handy.

Franziska, die im Fond des Wagens saß, verstand ihn so gut. Auch sie wusste oft schon beim Klingeln des Telefons, ob es ihr gleich gute oder schlechte Infos überbringen würde.

Wimmers Handyton allerdings klang in ihren Ohren ganz neutral.

»Ja?« Er meldete sich und gab dem Kollegen per Handzeichen zu verstehen, etwas langsamer zu fahren.

»Nein!«, murmelte er dann und Augenblicke später: »Lassen Sie bitte alles so, wie es ist, wir sind auf dem Weg. Ist die KTU schon verständigt? Gut. Na wenigstens das.« Er seufzte demonstrativ. »Uns bleibt auch nichts erspart!«

»Ist was passiert?« Franziska klang besorgt.

»Das kann man wohl sagen.« Wimmer wandte sich sachlich an Franz Mühlberger: »Wir setzen Frau Hausmann mit der Katze bei ihrem Wagen ab und fahren zur Baustelle von dem Hotel. Man könnt fast meinen, da ruht kein Segen drauf!«

»Warum?« Die Kommissarin beugte sich vor.

»Die haben beim Aushub zum Swimmingpool ein Skelett gefunden. Keine Leiche, sondern ein Skelett. Das liegt da mindestens schon sechzig bis siebzig Jahre rum. Und ausgerechnet jetzt wird's gefunden. So eine Sauerei aber auch!«

Natürlich fuhr sie mit Bella den kleinen Umweg über die Freyunger Straße bis zur B533 und verhielt sich dabei genauso wie jene Leute, die ihr bei den Ermittlungen immer im Weg standen und über die sie selbst dann maßlos schimpfte. In Höhe des Mühlstiegs staute sich der Verkehr, der Volksfestparkplatz war hoffnungslos überfüllt. Anscheinend hatte sich der Skelettfund in Windeseile herumgesprochen. Inmitten des leichten Nieselregens standen zwei- bis dreihundert Personen und verfolgten die Aktivitäten der Kriminalpolizei.

Unter dem kalten Licht von Flutlichtstrahlern wurde gerade eine Bergungswanne in den vorgefahrenen Leichenwagen verfrachtet, und Franziska, die im Stau steckte und nur im Schritttempo fahren konnte, hörte durch das offene Beifahrerfenster, wie jemand sagte: »Mit dem seiner Ruh ist's nun auch vorbei!«

Endlich hatte sie die Zufahrt zur Bundesstraße erreicht, gab Gas und orientierte sich am Frauenberger Kreisverkehr Richtung Riedlhütte. Ihre Ferienwohnung lag knapp hundertfünfzig Höhenmeter oberhalb von Grafenau, und je weiter sie vorankam, desto mehr ging der Regen in Schnee über.

Als sie etwa eine Viertelstunde später vor Anna Oberneders Haus parkte, war die Landschaft mit weißem Pulverschnee überzuckert, und die Sonne kam durch.

»Dann wollen wir mal«, sagte Franziska zu Bella und hob die Katzentasche aus dem Wagen. »Wir werden es sicher gut miteinander haben.«


Florian Simbacher hatte seinen Laden abgeschlossen und ein Schild in die Tür gehängt: »Bei Bedarf bitte klingeln.« Heute würde garantiert niemand kommen. Für Touristen war es noch zu früh, und fast alle Grafenauer waren zum Venusberg gerannt. Da war mal wieder was gefunden worden. Vermutlich was kultig Keltisches. Dieser Stamm hatte sich ja überall herumgetrieben, wovon auch das benachbarte Keltendorf Gabreta zeugte, das bereits im achten Jahrhundert gegründet worden war. Garantiert sind alle Niederbayern legitime Nachfahren der legendären Kelten, dachte der Simbacher und fragte sich, ob das nicht auch mal ein Thema für eine Werbekampagne der GWG sein könnte? Doch das Wort Nachfahren ließ ihn kurz zusammenzucken.

Noch immer wirkten die Worte des Apothekers wie ein Gift in ihm nach: Schaut die Fotos durch, und bringt alles mit, was auf eine Verbindung schließen lässt.

Zu allem Übel hatte vorhin auch noch ausgerechnet der Gegenfurtner Herbert bei ihm angerufen und gestanden: »Ich will keinen Stress und schau mir deswegen die Bilder alle durch. Was ist denn schon dabei? Wir werden garantiert nix finden, und dann is a Ruh.« Der Gegenfurtner war nämlich konfliktscheu.

»Das glaubst doch wohl selber nicht«, hatte Florian geantwortet. »Wenn der Huber mal angestochen ist, gibt der nie und nimmer a Ruh. Ich kenn den.«

Und so saß er nun an seinem Schreibtisch und starrte missmutig auf die vier in braunes Kunstleder gebundenen Fotoalben seiner Eltern und Großeltern. Wieso hatte er die eigentlich gerettet? Da war er doch noch ein Kind gewesen und hatte nix für den alten Schmarrn übrig gehabt. Und dennoch hatte er die Alben fix beiseite geschafft, als die Mutter alles in Kisten packte, was sie beim Johannisfeuer verbrennen wollte, um den Vater auszulöschen, wie sie es nannte. Auslöschen, dachte er nun, und zwar ausgerechnet in einem Feuer!

Damals hatte er die Bücher mit den Bildern, die in durchsichtigen Fotoecken mit selbstklebender Rückseite steckten, auf dem Dachboden versteckt. Bis heute hatte er nicht mehr an sie gedacht. Als hätte er es geahnt.

Es tat weh, all die Menschen zu betrachten, die es schon so lange nicht mehr gab. Ein jeder von ihnen hatte sein kurzes Gastspiel auf Erden gehabt, kluge oder auch unvernünftige Dinge getan und dann wieder abtreten müssen. Einer nach dem anderen. Florian Simbacher seufzte und merkte, dass ihn das Blättern in diesen Alben melancholisch stimmte.

Er wunderte sich über die Mode von damals, wohl wissend, dass die in leichten Variationen regelmäßig wiederkommen würde. Wild gemusterte Kleider mit ausladenden und wadenlangen Faltenröcken für die Frauen, Trenchcoats und breitkrempige Hüte für die Herren.

Und dann seine Eltern: Anfang dreißig mussten die gewesen sein, als sie sich neckisch lächelnd an Brückengeländern und vor dicken Baumstämmen fotografieren ließen. Bestimmt hatte der Vater in die Rückseite dieser Bäume ein Herz geritzt – oder sogar seinen Slogan: »Sport und Chic auf einen Blick!« Damals hatte noch keiner geahnt, dass das Wort »Blick« in Zeiten des Internets durch »Klick« ersetzt werden würde. Die Simbachers waren halt schon immer innovativ gewesen.

Nachdenklich blätterte er weiter und hatte ganz kurz das Empfinden, etwas Verbotenes zu tun, als würde er seine Eltern im Schwimmbad, am Stausee oder gar im Bett heimlich beobachten. Diese Bilder waren lang vor seiner Zeit entstanden und schienen ihm dennoch eigenartig vertraut.

Wie mochten die beiden miteinander umgegangen sein, als sie frisch verliebt waren? Sein spröder Vater und die ungelenke Mutter? Möglicherweise hatte seine Geburt die Eltern auseinanderdriften lassen, und er fühlte sich eigenartig schuldig.

Die alten Fotos entführten ihn in eine Zeit, als die beiden noch einiges verbunden haben musste, sonst gäbe es ihn ja gar nicht. Ihr Lächeln der frühen fünfziger Jahre holte ihn jetzt ein, ein halbes Jahrhundert später.

Das Bild der fünf Frauen lag ganz hinten im Album und musste in einem Fotostudio entstanden sein. Die Simbacher Helene war die zweite von rechts. Er erkannte sie sofort, bestimmt auch deshalb, weil sie als Einzige nicht lächelte. Sie waren alle identisch gekleidet. Kopfschüttelnd suchte er nach einer Lupe.

»Ja, Zefix«, entfuhr es ihm kurz darauf. Neben seiner Mutter, ganz rechts außen, stand die damals noch sehr junge Frau Ortmair, die, deren Mann sich in seiner letzten Stunde von seinem Lieblingshahn verabschiedet hatte. Im Zentrum des Bildes thronte Herbert Gegenfurtners Mama, erkennbar an ihrer prachtvollen Lockenmähne. Dicht neben ihr stand die Mutter des Apothekers, und in deren Arm wiederum hatte sich die Großmutter des Zahnarztes eingehakt. Auch sie strahlte wie ein Honigkuchenpferd. Nur Helene Simbacher schaute finster, und Florian hegte den Verdacht, dass sie deshalb so schlecht drauf war, weil sie in einer Nacht- und Nebelaktion diese fünf Oberteile hatte nähen müssen. Aber wer hatte ihr das bloß angeschafft? Und warum?

## 16. Kapitel

An diesem Nachmittag trat Götz Baumgartner auf den Plan und nahm die Sache in die Hand.

Zusammen mit seinem in dicke Pelze gehüllten Architekten war er per Privatjet auf dem Elsenthal Grafe Airport gelandet und hatte sich von dort direkt zur Baustelle des Venus Wellness fahren lassen.

Der Hotelinvestor war ein großer schlanker Mann um die Fünfzig mit markanter Nase und energischem Kinn, der es gewohnt war, dass alles auf sein Kommando hörte. Bei diesem Neubau jedoch liefen die Dinge aus dem Ruder. Und das ging ihm gewaltig gegen den Strich.

Resolut kämpfte er sich nun durch die Polizeiabsperrung und baute sich selbstbewusst neben dem Grafenauer Hauptkommissar auf. »Die Bauarbeiten müssen unverzüglich weitergehen«, erklärte er resolut. »Wir wollen und wir werden Silvester eröffnen. Deshalb werden Sie augenblicklich das Feld räumen!«

Gelassen schüttelte Xaver Wimmer den Kopf und legte sich den gelben Schal ein weiteres Mal um den Hals. »Wir bleiben genauso lange hier, wie wir bleiben müssen. Schließlich gibt es zwei Tote.«

»Das stimmt nicht«, widersprach Baumgartner. »Es handelte sich um einen Toten, und der ist ja schon weggeschafft, das da unten war ja nur ein Skelett.«

»Auch das Skelett war mal ein Mensch«, stellte der Hauptkommissar klar. »Wenn unsere Arbeit erledigt ist, können Sie weiterbauen. Vorher nicht.«

Götz Baumgartner schnappte nach Luft. »Was fällt Ihnen

ein! Das lass ich mir nicht bieten! Welcher Staatsanwaltschaft sind Sie unterstellt? Ich werde mich über Sie beschweren.«

»Passau«, antwortete Wimmer kurz und bündig und wandte ihm den Rücken zu.

»Damit kommen Sie nicht durch!« Baumgartners Stimme kippte. »Den Holdenrieder kenne ich nämlich. Den ruf ich gleich mal an!«

»Tun Sie das.« Wimmer ließ sich nicht einschüchtern. »Noch hab ich hier das Sagen. Und falls der Oberstaatsanwalt nach dem Skelett fragen sollte, so richten Sie ihm doch bitte aus, dass es bereits auf dem Weg nach München ist. Er soll schon mal eine Obduktion anordnen.«

Mit hochrotem Kopf befahl der Hotelinvestor seinem Chauffeur, ihn direkt zum Rathaus zu bringen. »Da muss halt der Bürgermeister ein Machtwort sprechen. Schließlich bin ich der größte Investor hier im Wald.«

Etwa zur gleichen Zeit saß Clemens Ortmair bei seiner Mutter Cäcilia am Küchentisch. Da er zur Speditionssitzung auf jeden Fall zu spät gekommen wäre, hatte er spontan beschlossen, gleich den ganzen Nachmittag zu schwänzen und mit der Mama zu reden. Die tröstete ihn trotz ihres ständigen Klagens am nachhaltigsten.

Vor ihm stand ein Teller mit selbstgebackenen Vanillekipferln. Die Mutter schenkte ihm Kaffee nach und jammerte gleich los: »Mein Gott, du wirst ja immer dünner. Ich hab's ja gleich gewusst, die Ute kocht nicht ordentlich. Du hättest dir eine Frau nehmen sollen, die auch was vom Haushalt versteht und nicht nur gut aussieht.«

»Ute kann kochen!«, widersprach Clemens. »Das weißt du genau.«

Die Mutter seufzte. »Die ist zu schön für dich. Pass auf, dass die dir nicht eines Tages Hörner aufsetzt!«

Clemens schüttelte den Kopf und fragte sich, warum all seine Gespräche mit der Mutter unweigerlich an diesem Punkt landeten. »Du kannst dir also nicht vorstellen, dass Ute mich liebt?«, fragte er leise und spürte, dass dieser Gedanke ihn schmerzte.

»Nein!« Cäcilia Ortmair schüttelte den Kopf. »Solche Weiber kenn ich. Die lieben nur sich selbst.«

Die beiden Frauen hatten sich noch nie leiden können und machten auch keinen Hehl aus ihrer gegenseitigen Abneigung. Das ging so weit, dass Clemens Ortmair schon vor Monaten dazu übergegangen war, seine Mutter heimlich zu besuchen, um diesbezüglichen Diskussionen mit Ute aus dem Weg zu gehen, die ihn für ein Muttersöhnchen hielt.

»Sie hat nun die Chance, im Venus Wellness die Filiale vom Gegenfurtner seiner Drogerie zu leiten. Ganz selbstständig, als Geschäftsführerin«, verriet er seiner Mutter nicht ohne Stolz. »Ich red ihr da natürlich zu. Sie soll Karriere machen.«

»Genau, wenn du es schon nicht so weit bringst!« Cäcilie Ortmair schnaufte. »Und sobald sie da schafft, wird sie sich einen Scheich an Land ziehen und dich verlassen. Erzähl mir nix!«

Clemens schwieg und fragte sich, was genau seine Mutter mit den Scheichs meinen mochte. Er selbst hatte noch nie einen Scheich in Grafenau herumlaufen sehen. Doch für Cäcilia Ortmair waren sie eine Riesenbedrohung, denn denen schien sie alles zuzutrauen.

»Dann hoffen wir mal, dass sie das Hotel bald eröffnen können«, meinte Clemens' Mutter nach einer Weile in versöhnlicherem Ton. »Jetzt haben sie da ja schon wieder eine Leiche gefunden.«

»Da musst du dich verhört haben!« Clemens schüttelte den Kopf. »Das kann nicht sein.«

»Doch!« In der Stimme seiner Mutter schwang verhalte-

175

ner Triumph mit. »Die Nachbarin hat's mir vorhin zugerufen. Die ist nämlich gleich mit ihrem Mann da hing'laufen.« Sie seufzte demonstrativ.

Clemens schwieg. Noch eine Leiche – hörte das denn gar nicht auf? Ob er auch deswegen wieder in die Brezn musste? Er griff mit zitternden Händen nach der Kaffeetasse.

»Erst der Glasbläser und jetzt ein Skelett«, fasste seine Mutter mit Grabesstimme zusammen. »Auf diesem Hotel ruht kein Segen, ich sag's dir. Lass deine Ute besser nicht da hingehen!«

Er sah sie lange an und schüttelte den Kopf. Da hatten die Nachbarn ihr garantiert mal wieder einen Bären aufgebunden. Die nahmen auch alles für bare Münze!

»Hast du eigentlich noch Fotoalben von früher?«, lenkte er ab und kam damit auf das eigentliche Anliegen seines Besuches zurück.

Seine Mutter sah ihn streng an. »Warum?«

»Ich wollt einfach mal schauen, wie wir früher ausgesehen haben«, schwindelte er. »Opa und Oma, du und Papa als junges Paar und ich als Kind, als Baby. Nur so.«

»Du als Kind?« Sie starrte ihn an, erbleichte, stürzte auf ihn zu und umarmte ihn. »Sag bloß, die Ute ist schwanger? Das ist ja ein Ding! Werde ich Oma? Das sind ja mal gute Nachrichten, mein Bub! Und das zur Weihnachtszeit! Wart, da mach ich uns doch gleich einen Sekt auf.«

Er beschloss, die Dinge besser nicht klarzustellen.


»Warum denn nur die Bilder von deinem Vater?«, wollte sie eine halbe Stunde später wissen. »Glaubst du, dass sich das Erbgut der Ortmairs besser durchsetzt als das von meiner Familie?«

Er sagte ihr nichts vom Auftrag des Apothekers und murmelte ausweichend: »Lass mich doch erst mal diese hier durch-

schauen. Eins nach dem anderen.« Vor wenigen Augenbli-
cken war ihm die Verlobungskarte seiner Eltern in die Hand
gerutscht. Sie war aus weißem Büttenpapier und zeigte das
Paar auf einem ovalen Schwarzweißporträt, das mit stilisierten Gänseblümchen eingefasst war. Er hielt die Karte hoch.
»Kannst du dich daran noch erinnern?«

Sie blickte kurz auf. »Lang ist's her«, murmelte sie nur und
suchte in der Schublade nach weiteren Alben. »Hier ist noch
eins von deinem Vater als Kind – und von deinen Großeltern.
Mein Gott, der Alte und seine Hühner. Weißt du noch, wie er
gestorben ist?«

»Hör mir bloß mit den Hühnern auf! Das scheint ja inzwischen ein jeder im Ort zu wissen!«

»Ich weiß auch nicht, wer das damals unters Volk getragen
hat. Aber g'spinnert war er schon, der Alte – und dann mit dieser viel zu jungen zweiten Frau. Weißt schon, dass die Rosina
nun auch ins Seniorenheim ziehen will, oder? Dabei ist sie
noch so fit, und wer soll das alles bezahlen? Aber dein Papa
war genau wie sein Vater, auch er hat am liebsten nur mit seinen Hennen geredet.«

Hätte er ihr sagen sollen, dass er sich deshalb so eine wie
Ute ausgesucht hatte? Die wunderschön war, nichts von Hüh-
nerzucht verstand und auch nichts davon wissen wollte?

Noch während er darüber nachdachte, fiel ihm das Foto in
die Hände. Es rutschte einfach so aus dem dunkelroten Kunst-
lederalbum mit der geflochtenen Kordel heraus. Darauf waren
fünf Mittzwanziger vor einem geklinkerten Haus mit großen
Fenstern zu sehen. Alle trugen Anzüge und Krawatten und
standen mit Schulterschluss nebeneinander.

»Wer sind denn die?«

Umständlich richtete Cäcilia sich auf und sah ihm über die
Schulter. »Ach Gottchen. Wo hast du das denn gefunden?« Sie
schob sich die Brille auf die Nasenspitze und sah lange auf das

Foto. »Meine Schwiegermutter, also deine Oma, die Rosina, hat sie die Fünferbande genannt, weil sie absolut unzertrennlich waren und alles gemeinsam gemacht haben. Selbst im Krieg. Waren immer in der gleichen Garnison und am gleichen Einsatzort oder Schauplatz oder wie immer das heißt. Aber später, als endlich wieder Friede war, haben sie sich dann doch auseinandergelebt. Nix hält ewig. Und warum sollte es grad bei denen anders sein?« Sie seufzte.

»Wer ist wer?«, fragte er und unterdrückte seine brennende Neugier.

»Lass mich nachdenken.« Sie zog die Stirn kraus und fuhr mit dem Zeigefinger über das Foto. »Dein Opa ist der da ganz links. Er hatte immer schon so wenig Haare, und die wenigen sind ihm dann zum Schluss auch noch ausgegangen!«

»Stimmt, den erkenn ich«, murmelte Clemens.

»Der in der Mitte«, überlegte sie nun laut, »schau mal der mit dem geraden Scheitel und dem dunklen Haar, das könnte der Vater vom jetzigen Apotheker sein. Später ist er dann ganz plötzlich grau geworden. So grau, wie der Huber Korbinian heute schon ist. Aber immer einen Witz auf den Lippen. Trotz allem! Weil Lachen ja die beste Medizin sein soll. Selbst wenn man schon lang nix mehr zum Lachen hat.« Sie schüttelte den Kopf.

»Verstehe, und der?«

»Also da rechts von deinem Opa, das kann nur der Gegenfurtner sein.« Ihr rund gefeilter Fingernagel wies auf einen Lockenkopf. »Das liegt bei denen in der Familie. Und dann hat er eine Frau geheiratet, die noch mehr Haare hatte als er selbst. Das Ergebnis davon sieht man heutzutage im weißen Kittel durch die Drogerie stolzieren.« Sie kniff die Augen zusammen. »Was sagt eigentlich deine Ute dazu? Verkauft er deswegen mehr von seinem teuren Haarwuchsmittel? Macht er das wirklich alles selbst, im eignen Labor?« Sie fasste sich an

ihren dünnen Knoten. »Kann die mir nicht mal eins davon besorgen? Ich fürchte, ich hab Haarausfall.«

»Keine Ahnung.« Clemens, den die Frisur seiner Mutter
am allerwenigsten interessierte, zeigte auf den kleinen Mann
rechts außen. »Wer ist das denn?«

»Dös sieht man doch. Aufg'mandelt wie ein Pfau. Dös is der
Vater vom Simbacher Florian, selbsternannter Modekönig von
Grafenau. Seine Frau hat die ganze Näharbeit gemacht, aber er
hod den großen Max markiert. Dabei hod's in dem tief drinnen
gar ned so guat ausg'sehn. Hod ma aber erst später g'wusst.
Naa, dös war koane gute Ehe. Die hod sich echt die Finger blu-
tig g'näht, bis in die frühen Morgenstunden hinein. Arme
Sau! Und dann hod der sich ja auch noch davong'macht.« Sie
schluckte und schwieg.

Clemens nickte. Sicher war das der Grund, warum der
Florian nie geheiratet hatte. Seine Eltern hatten ihm kein
Glück vorgelebt, nicht mal ein bisschen Geborgenheit. Den-
noch hatte er kein Mitgefühl mit Florian.

»Ach, du meine Güte, schau mal, dös ist der Opa von uns-
rem Zahnarzt. Der Tierdoktor Schadenhub, der unsern Hund
kastriert hat. Dem sein Sohn war ein ziemlicher Hallodri, ist in
die Stadt gegangen und hat dort seinem Namen alle Ehre gemacht. Nämlich andern Schaden zugefügt. Eine Straftat nach
der andern. Aber sein Enkel macht's nun wieder gut. So ist
es ja oft, wenn eine Generation ausrutscht. Warst eigentlich
schon mal bei dem in der Praxis? Lindinger heißt der jetzt,
oder?«

Clemens verdrehte die Augen. Ständig lenkte seine Mutter
ab. »Kann ich das Bild haben?«, erkundigte er sich.

»Wozu?«

»Weiß auch nicht, gefällt mir eben.«

Sie schüttelte den Kopf. »Du bist mir schon ein komisches
Kind. Meinetwegen.«

»Dein Mann hat mir grad mitgeteilt, dass es dich gar nicht mehr heimwärts zieht.« Benno Holdenrieders Stimme klang betont jovial. Franziska setzte sich innerlich zur Wehr. Sie kannte ihn. Wenn er in diesen Tonfall verfiel, wollte er was von ihr.

»Ich häng noch ein paar Urlaubstage dran, bevor der Ernst des Lebens beginnt«, antwortete sie freundlich. »Hier beginnt es grad zu schneien, und morgen brech ich zu einem ganz langen Spaziergang auf.«

»Du musst mir einen Gefallen tun.«

Sie hatte es gewusst.

»Und danach kannst du so lange spazieren gehen, wie du willst.«

»Wenn du die Grafenauer Polizei meinst«, sagte sie schnell, »da halte ich mich raus. Hauptkommissar Wimmer hat meine Handynummer und kann mich anrufen, sobald er mich braucht. Aufdrängen werde ich mich nicht. Außerdem haben wir uns heute früh noch gesehen. Er hat alles bestens im Griff.«

Sie erinnerte sich daran, wie sehr es sie selbst nervte, wenn sich angebliche Experten von außen einmischten und ihr erzählen wollten, was sie zu tun und zu lassen habe. »Glaub mir, Benno, da läuft nichts schief.«

»Darum geht's gar nicht«, versicherte er ihr schnell. »Götz Baumgartner hat mich angerufen.«

»Muss man den kennen?«

Sie setzte sich auf das Sofa und schob ihre Hand in Richtung Katze. Vorsichtig schnupperte Bella an ihren Fingerspitzen.

»Der Baumgartner investiert ziemlich groß in Grafenau.«

»Soll er doch. Aber was hat das mit mir zu tun?«

»Lass mich mal bitte ausreden. Der Baumgartner baut das Venus Wellness und bringt damit eine neue Attraktion in den Bayerischen Wald.«

Sie nickte. »Kenn ich. Gegenüber vom Kurpark. Dort, wo heute ein Skelett gefunden wurde.«

»Skelett hin oder her, es muss zügig weitergebaut werden.«

»Ach was?« Bella legte ihren Kopf auf Franziskas Hand. Benno hörte sich so aufgeregt an wie kurz vor einem Traktorkauf. Sie begriff, dass er wohl ziemlich unter Druck stand.

»Und deswegen baue ich auf dich!«

»Ich bin keine Architektin.« Sie beschloss, es ihm nicht zu leicht zu machen. Marie ließ ihm viel zu viel durchgehen.

»Franziska, wenn du dort als direkt von mir eingesetzte Sonderermittlerin auftauchst, macht das Ganze nach außen hin den Eindruck, als würde die Geschichte von höchster Stelle forciert!«

»Ich werde mich dem Wimmer nicht aufdrängen!«, wiederholte sie. »Wie gesagt, er weiß, wo ich bin und wie er mich erreichen kann!«

Benno Holdenrieder seufzte genervt.

»Woher kennst du den eigentlich, diesen Baumgartner?«, fragte Franziska lauernd. »Hat er dir etwa einen Traktor geschenkt?«

Er lachte. »Meine Liebe, das geht zu weit! Auch wenn er den aus seiner Portokasse bezahlen könnte.«

»Noch bin ich in meinem Sabbatical«, erinnerte sie ihn.

»Das stimmt.« Er machte eine kurze Pause. »Ich kenne ihn nicht gut«, fuhr er dann fort. »Die erste Frau vom Baumgartner hat mit meiner zweiten Frau Golf gespielt. So sind wir uns begegnet. Ist auch schon Ewigkeiten her. Aber der vergisst eben keinen, der ihm noch mal nützlich sein kann. Und jetzt hat er mich angerufen.«

»Erst der Apotheker und nun der. Wie vielen Leuten musst du denn sonst noch einen Gefallen tun?«, fragte Franziska.

»Komm, bleib sachlich. Biete den Kollegen von der Grafenauer Polizei doch noch mal deine Hilfe an. Bitte.«

Sie wich aus. »Gibt es schon Neuigkeiten zu dem Skelett?«

»Die aus München sagen, dass es sich um einen Mann zwischen dreißig und vierzig handelt. Die Auffindungssituation lässt darauf schließen, dass er von vorn erschlagen, nackt in einen Kartoffelsack gesteckt und dann dort vergraben wurde.« Er hielt kurz inne. »Würde der Baumgartner nicht gerade in dem Planquadrat seinen riesigen Pool haben wollen, wäre die Geschichte garantiert niemals ans Licht gekommen.«

»Erschlagen?«, fragte Franziska.

»Als Tatwaffe könnte eine Axt infrage kommen. Oder ein Spaten. Irgendwas mit scharfer Schneide. Aber wie gesagt, die beschäftigen sich erst seit knapp einer Stunde mit dem.«

»Wie lang hat er wohl dort gelegen?« Franziska streichelte Bella, die daraufhin ein, zwei Sekunden lang schnurrte.

»Sechzig, siebzig Jahre.«

Die Kommissarin rechnete nach: »Also seit Kriegsende oder noch früher. Dann brauchen wir mit den Vermisstenmeldungen aus der Zeit erst gar nicht anzufangen.«

»So sehe ich das auch. Komm, Mädel, gib dir einen Ruck, und schau noch mal nach dem Rechten!«

»Ich überleg's mir.«

Mit merkwürdig schlechtem Gewissen schlich er sich in die Runde. Ute wusste von nichts. Und noch nie hatte er Geheimnisse vor ihr gehabt – na ja, er verschwieg ihr die Besuche bei seiner Mutter, aber das war eine andere Kategorie. Diese blöde Geschichte musste ein Ende haben. Keinesfalls hatte er vor, jeden Abend in diese mafiaähnliche Hinterstube einzukehren.

Diesmal war er nicht der Letzte. Ausgerechnet Florian Simbacher stürzte nach ihm in den Raum, schloss mit Nachdruck die Tür und setzte sich zu den Wartenden an den runden Tisch.

Korbinian Huber kam gleich zur Sache. »Seid ihr fündig geworden? Jeder von euch müsste so ein Schätzchen entdeckt haben.« Vorbildhaft hielt er das Foto aus dem Album seiner

Mutter hoch. »Ich hatte euch von dem ja schon eine Kopie gemacht.«

Andreas Lindinger schüttelte den Kopf. »Hab leider keine Alben gefunden.«

Herbert Gegenfurtner nickte. »Ich hab keine Zeit gehabt zum Suchen. Grad heute nicht.«

»Das kann ich mir gut vorstellen, weil du ja wegen diesem komischen Skelettfund zum Kurpark rennen musstest«, murmelte Florian Simbacher, aber niemand schien ihn zu hören. »Ich hab's genau gesehen. Die Ute war derweil allein im G'schäft.« Aus den Augenwinkeln fixierte er Clemens. Der schluckte.

Simbacher öffnete seine lederne Aktentasche und verkündete: »Mir ist ein interessantes Frauenporträt aus den fünfziger Jahren in die Finger gefallen.«

»Zeig her.« Korbinian Huber riss ihm das Foto fast aus der Hand.

»Ich nehme an, das sind unsere Mütter, respektive Großmütter. Was meint ihr?« Florian Simbacher nahm einen großen Schluck von seinem Weißbier.

»Warum hast du nicht gleich fünf Kopien davon gemacht?« Der Apotheker klang vorwurfsvoll.

»Meine Güte, so wichtig ist es nun auch wieder nicht«, brauste der bestgekleidete Mann Grafenaus auf, straffte sich und fragte um einiges versöhnlicher: »Du erkennst sie auch?«

»Logo, wir alle kennen die!« Korbinian Huber hielt sich das Bild so vor die Brust, dass alle sahen, auf wen er zeigte, während er die Namen der fünf Frauen aufzählte.

»Meine Mutter ist schon verstorben«, seufzte der Apotheker, »Leider. Denn sonst könnt ich sie fragen. Und dann wüssten wir auch, was das alles soll.«

»Sehen aus wie dicke Freundinnen«, meinte Clemens, der die zweite Frau seines Großvaters nur als missmutige und ständig jammernde Figur in Erinnerung hatte. Dabei war sie um einiges jünger als seine Mutter. Auf diesem Bild jedoch, inmitten der vier anderen, wirkte sie fröhlich und aufgedreht.

»Lachen ist die beste Medizin«, kommentierte Florian Simbacher bitter. »Allein meine Mutter hat sich nicht dran gehalten. Ich nehme an, die musste damals die Blusen für alle anderen nähen. Mein Vater hat der immer so einen Schmarrn angeschafft, dass sie bloß nicht rastet und dann rostet. Und dann saß sie bis um vier in der Nacht an ihrer Maschine.«

»Immerhin haben wir schon mal ein Indiz. Unsere Mütter respektive Großmütter waren miteinander bekannt. Ich frag mich nur, wieso ich das nicht gewusst hab. Die waren so nah beieinander, dass die sich sogar für den Fotografen das gleiche Oberteil angezogen haben.« Der Apotheker hörte sich an, als wäre allein ihm dieser unglaubliche Zusammenhang klar geworden, und sah beifallheischend in die Runde.

Insgeheim ärgerte er sich über Florians Kommentar zur Medizin des Lachens. Der Wandbehang mit den goldenen Lettern galt in seiner Familie als Heiligtum. Seitdem er dort hing, war es mit den Hubers nur aufwärts gegangen. Gestern Abend beispielsweise hatte ein nach vielen Jahren wieder aufgetauchter Freund seiner Tochter davor gestanden und fröhlich gelacht. Dieser junge Mann studierte Pharmazie und hatte sich ohne Umwege einen Platz in Korbinians Herz erobert. Auch Tanjas Gebete hatten offenbar gegriffen. Die Erinnerung an den potenziellen Schwiegersohn stimmte ihn unvermittelt versöhnlich.

»Und bei dir?« Korbinian Huber, der selbst ernannte Vorsitzende im Breznstüberl, nahm Clemens Ortmair ins Visier.

»Daheim hab ich nichts gefunden, aber meine Mutter hatte noch ein paar ganz alte Alben.«

»Hast du der etwa von uns erzählt?«

Clemens schüttelte den Kopf. Er wusste, dass seine Mutter nichts für sich behalten konnte.

»Dann ist ja gut. Zeig her.« Er betrachtete das Foto. »Hier haben wir also den eindeutigen Beweis, dass unsere Großväter und Väter eng miteinander befreundet waren.«

»Fünferbande«, meinte Clemens und nickte. »So hat meine Oma Rosina sie jedenfalls genannt, sagt die Mama. Unzertrennlich waren die.«

»Das wüsste ich aber!« Herbert Gegenfurtner brauste auf. »Mein Vater hat nie ein Wort darüber verloren.«

»Wir wissen vieles nicht«, versuchte der Apotheker die Wogen zu glätten. »Beispielsweise nicht, warum uns der Sauhund die Särge vor die Tür gelegt hat. Ausgerechnet uns Fünfen.«

Alle schwiegen einen Augenblick.

»Mein Opa hat mir nichts von seinen besten Freunden erzählt«, murmelte Andreas Lindinger, »und der hat dauernd von früher geredet. Je älter er wurde, desto mehr!«

»Mein Vater auch nicht«, stimmte Korbinian Huber zu und suchte die Blicke der anderen, die ebenfalls den Kopf schüttelten.

»Die hatten dann ja auch was anderes im Kopf«, versuchte Florian Simbacher eine Ehrenrettung. »Der Krieg war vorbei, und es wurde wieder aufgebaut. Unser Geschäft beispielsweise …«

»Ja, schon gut«, unterbrach Korbinian Huber ihn rigoros. »Es bleibt festzuhalten, dass zwischen den fünf Paaren eine enge Bindung bestand. Das gilt für die Herren ebenso wie für die Damen.«

»Und was soll der Quatsch? Freundschaften werden nicht vererbt!« Dem Zahnarzt war genau anzusehen, dass er keinen Wert auf eine engere Beziehung zu seinen vier Tischgenossen legte.

»Der Sarg könnte ein Zeichen für eine gestorbene Freundschaft sein«, bot Clemens Ortmair an und sah, wie sich der

Arbeitgeber seiner Frau ins volle Haar fasste und genervt die Augen verdrehte.

»Das mit dem Zeichen seh ich auch so.« Ausnahmsweise sprang Korbinian Huber dem Jüngsten in der Runde bei. »Wir haben was miteinander zu tun, und wir müssen gemeinsam was erledigen. Der Schlüssel dazu liegt im Haus von Rudolf Handgrödinger. Das ist der Ansatz.«

»Und wie soll das gehen?«, wollte der Zahnarzt wissen.

»Ich hab heut mit dem Nachlassgericht gesprochen, und ich hab auch schon eine Idee.«

## 17. Kapitel

»Was soll ich?« Ute Ortmair betrachtete ihre Fingernägel, die sie sich als Vorgeschmack aufs Weihnachtsfest im Nagelstudio hatte silbern lackieren und mit goldenen Sternchen bekleben lassen. Sie schüttelte den Kopf. »Naa, wirklich nicht. Und wieso ausgerechnet ich?«

»Weil du mei Ang'stellte bist und ich grad koan andern für die Aufgab hob.«

»Du hast mich als Kosmetikfachverkäuferin eingestellt«, erinnerte sie ihn, »und nicht dafür, dass ich im Dreck anderer Leut herumwühl.«

Der Drogist begriff, dass er allein mit Anweisungen nicht weiterkam, und schwenkte um auf Anerkennung und Lob. »Du woasst ja selba, wia's is. So a Inventur geht halt amol schneller, wann da oane o'sagt und da andere notiert. Und da hob i glei an di denkt. Du bist halt spitzenmäßig beim Inventarisieren. Und des Weihnachtsg'schäft geht frühestens in zwoa Wocha an. Also kannst du dem doch a bisserl zur Hand gehn, wenn der dös Haus durchschaut.«

»Unser Lager durchzuschauen ist ja wohl was anderes, als im Dreck anderer Leute zu wühlen. Nein!«

»San doch bloß a paar Tag, und der zahlt dir auch einen Sonderbonus«, lockte ihr weißbekittelter Chef.

Sie schüttelte den Kopf. »Nein. Und meinem Mann wird das auch nicht gefallen. Ich bin doch kein Auto, das man mal eben verleiht. Echt, wo sind wir denn, auf dem Sklavenmarkt? Also wirklich nicht!«

»Frag deinen Mann, ja, mach das!« Herbert Gegenfurtner hatte sein Ziel erreicht.

Dass ausgerechnet der Simbacher gestern auf diese Idee gekommen war, passte ihm zwar gar nicht, aber dessen Vorschlag war trotz allem genial gewesen. So ein hinterfotziger Hund aber auch, dieser Florian!, dachte Gegenfurtner.

Angefangen hatte es damit, dass der Apotheker ihnen einen Vortrag über das Erbrecht gehalten hatte und seine langen Ausführungen mit der Erkenntnis enden ließ, dass mit Rudolf Handgrödinger der letzte seines Stammes von ihnen gegangen sei. Es gebe somit niemanden, der einen Anspruch auf das Haus an der Waldschmidtstraße anmelden werde. Und als er das verkündete, grinste er siegesgewiss und sah aufmunternd in die Runde. »Meine Herren, hier müssen wir aktiv werden.«

Clemens Ortmair hatte keine Ahnung, was er damit meinte. Er wollte nur noch heim.

Das Nachlassgericht, fuhr Korbinian Huber fort, werde einen Erbenermittler einsetzen, der dann das ganze Haus sichten und in dem Saustall nach dem Testament suchen müsse – und dabei alles auflisten, was in dem Haus an der Waldschmidtstraße zu finden war.

»Und das ist unsere Chance. Wir brauchen jemanden, der dem Ermittler zur Hand geht und dabei nach den Papieren sucht, die für uns interessant sind«, hatte er im Brustton der Überzeugung erklärt.

»Was muss der denn können?«, fragte Andreas Lindinger interessiert.

»Nichts Besonderes. Aber er sollte sich unbedingt mit dem Ermittler verstehen. Sein Vertrauen gewinnen. Selbstständig arbeiten dürfen.«

»Dachtest du dabei etwa an einen von uns?« Der Zahnarzt wiegte den Kopf. »Ich hab für sowas keine Zeit und will mir auch gar nicht vorstellen, was die Leute dann reden würden. Also auf mich kannst du nicht bauen.«

Korbinian Huber verneinte. »Nein, an keinen von uns, wo

denkst du hin? Wir sollten dem eine junge und attraktive Frau zur Seite stellen. Ich kenn den, der fährt auf so was ab.«

»Dafür kommt ja wohl nur eine infrage«, hatte Florian Simbacher fast triumphierend ausgerufen und mit dem Zeigefinger auf Clemens gewiesen. »Nämlich die Ortmair Ute!«

»Das lasse ich nicht zu«, sagte Clemens und stand auf. »Mir reicht's, macht euern Schmarrn allein!«

Aber so leicht kam er ihnen nicht davon.

Als hätten sie sich abgesprochen, waren sie zu viert über ihn hergefallen und hatten ihn nach allen Regeln der Kunst bearbeitet, wobei der Apotheker die gewichtigsten Argumente vorzutragen wusste.

»Du willst doch wohl nicht, dass unsere Namen für immer und ewig in den Dreck gezogen werden? Und selbst wenn es dir egal sein sollte, denk an deine Eltern und an deine künftigen Kinder. Das bleibt an denen allen hängen, wie der Gockel auf dem Totenbett deines Opas an dir hängengeblieben ist. Nur noch viel schlimmer. Du musst dir das bildlich so vorstellen: Der Handgrödinger hat in seinem Haus einen Mistkübel versteckt, den er über unsere Familien ausgießen will, und zwar in beide Richtungen, in die Vergangenheit und in die Zukunft. Von der Gegenwart ganz zu schweigen. Daher müssen wir den vorher selber finden und verschwinden lassen.«

Clemens dachte an den mit winzigen Kreuzstichen auf Stramin gestickten Stammbaum der Ortmairs, der bei seinen Eltern in der Diele hing, gerade mal zwei Generationen zurückreichte und seine Äste erwartungsvoll in die Zukunft streckte. Er stellte sich vor, jemand würde mit lehmverschmierten Schuhen darüberlaufen. Seine Mutter bekäme einen Herzanfall. Garantiert.

»Und was soll das für ein Dreck sein?« Er hatte keine Idee.

»Ein Riesenskandal! Aufgeschrieben hat er den akribisch, der Sauhund, der damische, weil er Schande über uns alle bringen will«, donnerte Korbinian Huber nun so laut und drohend, dass diese Worte auch im großen Gastraum zu hören sein mussten. Glücklicherweise hielt sich zu dieser frühen Abendstunde noch niemand dort auf.

Und obwohl sich kein einziger von ihnen vorstellen konnte, was für ein Skandal das sein könnte, waren alle ganz plötzlich sehr blass geworden.

»Ja, wenn des a so is, dem miass'n mir zuvorkemma.« Herbert Gegenfurtner fand als Erster seine Stimme wieder. Ihm war mit Erschrecken klar geworden, dass er seinen Urgroßeltern, den Großeltern, seinen Eltern und auch sich selbst alles zutraute. Sogar das Ungeheuerlichste! Das hätte er nicht von sich gedacht. Und obwohl er persönlich sich noch nichts hatte zuschulden kommen lassen, fühlte er sich nun für die saubere Weste aller Gegenfurtner verantwortlich. Er traf eine Entscheidung: »Die Ute is ja mei Ang'stellte. I stell sie dem Ermittler für a paar Tag zur Verfügung. Sie soll eahm zur Hand gehn. Wenn ihr euch finanziell beteiligts, kann i ihr an Sonderbonus bietn. Mit Speck fängt man Mäuse.« Er wandte sich an Clemens: »Das gilt logischerweise nicht für dich. Du bist schließlich nur Angestellter. Es reicht, wenn du einfach zustimmst. Schließlich leihst du uns ja deine Frau.«

»Sie wird das nicht machen!« Clemens gab sich Mühe, den gezielt unter die Gürtellinie gesetzten Schlag zu verdauen. Alle anderen waren selbstständig und erfolgreich, er hingegen war nur ein Angestellter, und in den Augen dieser Großkopferten von Grafenau war seine Frau käuflich. Cäcilia Ortmair hatte recht. Aus ihm würde nie was werden …

»Du bist ihr Ehemann und wirst sie dazu überreden. Auf dich wird sie hören!« Der Apotheker gab sich zuversichtlich.

Clemens schüttelte den Kopf. »Das glaube ich nicht.«

Herbert Gegenfurtner schnappte nach Luft. »Ja Herrschaftszeiten, wer hod denn bei euch daheim was zum Sagn? Es hoaßt doch: Die Frau sei dem Manne untertan – aber bei die Ortmairs ist's ja wohl grad andersrum. Hob i mir fei schon öfters denkt, dass du's deiner Frau ganz schee leicht machst.«

»Hey, lasst uns sachlich bleiben«, ging der Zahnarzt dazwischen. »Kennt einer von euch diesen Ermittler überhaupt? Vielleicht ist es ja auch eine Frau!«

Korbinian Huber wehrte ab: »Das ist keine Frau. Das ist ein g'standener Mann aus Freyung. Ein Spezialist, ich kenn den. Der war schon öfter hier – kommt halt immer wieder mal vor, dass einer wegstirbt ohne Nachkommen. Der wird vom Amtsgericht geschickt. Specht heißt der. Bodo Specht. Er hat mir mal seine Visitenkarte gegeben. Die hab ich schon mal mitgebracht.« Er ließ das Kärtchen von Hand zu Hand gehen und wandte sich an den Drogisten: »Angerufen hab ich den auch schon und werd ihn später treffen. Weißt was, komm einfach mit. Dann kannst du von deiner Fachverkäuferin erzählen, und dann wissen schon mal zwei von uns, mit wem wir es zu tun haben.«

Anschließend hatten sie zu viert den Clemens bearbeitet. Der würde nicht mehr einknicken, da war sich Gegenfurtner mehr als sicher.


Empört rief Ute Ortmair nun von der Arbeit aus bei ihrem Mann an und beschwerte sich, dass sie von ihrem Chef als Putzfrau oder sogar Räumkommando für eine Messie-Wohnung missbraucht werden solle. Noch mehr aber regte sie sich darüber auf, dass Clemens offenbar davon gewusst, ihr gegenüber aber kein Wort davon erwähnt hatte.

»Bitte tu mir den Gefallen, Ute«, bat Clemens und gestand ihr mit hörbar schlechtem Gewissen, dass der Vorschlag tatsächlich von ihm kam.

»Aber warum? Ich verstehe es nicht. Was soll das?«

»Es hat was mit meinem Job zu tun.«

»Mit deiner Spedition? Versteh ich nicht.«

»Es könnte sein, dass im Handgrödingerhaus wichtige Dokumente versteckt sind – und die sollten nicht in falsche Hände geraten. Ich wäre heilfroh, wenn du dich darum kümmern würdest und mir die Papiere erst mal zeigen könntest, bevor der Erbenermittler sie in die Finger kriegt.«

»Wieso?«

Und an dem Punkt servierte er ihr mit verschwörerischem Raunen genau die Lüge, die die anderen vier sich gestern für ihn ausgedacht hatten: »Ich habe eindeutige Hinweise darauf, dass unser Handgrödinger nicht nur Glas geblasen, sondern auch Crystal Meth verschoben hat. Und zwar mithilfe unserer Spedition. Schön eingepackt in seine streng gesicherten Kunstpakete. Wenn ich es bin, der diesen Skandal verhindert, dann hab ich bei meinem Boss einen Stein im Brett.«

Ute hatte lange geschwiegen und dann ein »okay« gemurmelt. Sehr leise hatte sie hinzugefügt: »Ich mach das aber nur für dich.«

Seine Ute. Mit dieser Lüge hatte er sich mit den anderen gemein gemacht. Er fühlte sich wie ein Verräter.


An jedem zweiten Donnerstag fuhr Alice Fischbacher mit dem Bus um zehn Uhr fünfzehn nach Zwiesel, um einzukaufen. Es gab dort einen Second-Hand-Laden, in dem sie Stammkundin war. Sie fuhr so weit, damit niemand sah, wo sie einkaufte, und sie hatte es gelernt, den verständnisvollen und mitleidigen Blicken der Verkäuferinnen auszuweichen.

»Na ja, das kann man gut daheim auftragen, dann bleiben die anderen Sachen geschont«, ließ sie ganz nebenbei fallen, wenn ihr etwas gefiel, und probierte Röcke, Hosen, Pullover und Jacken in den Preisklassen von zwei bis fünf Euro. In Wirklichkeit aber trug sie daheim Kleider auf, die weitaus fadenscheiniger waren als das frisch Erworbene.

Heute hatte sie ein absolutes Schnäppchen gemacht. Eine Webpelzjacke für fünf Euro. Unter der wirkte die abgewetzte Jeans wie ein Designerstück. Alice Fischbacher hatte sich das edle Stück gleich angezogen und fühlte sich so attraktiv und stark und unverwundbar wie lange nicht mehr. Als sie in Grafenau aus dem Bus stieg, lief ihr eine ihrer einstigen Schülerinnen über den Weg. Sie konnte sie sogar anlächeln.

Es ging voran. Sie hatte Entschlüsse gefasst, von denen sie bereits einige umgesetzt hatte, und sie verspürte Zuversicht. Selbst ihr kleines Leben hielt noch Überraschungen bereit. Sie würde von hier wegziehen, sich ein neues Zuhause suchen und von vorn anfangen! Ein neues Leben!

Zärtlichen Küssen gleich legten sich Schneeflocken auf ihre Augenlider, ihre Stirn und ihre Wangen, als unterstützten sie ihre Pläne. Sie atmete tief durch und wusste: Alles wird gut.

In dieser Stimmung bog sie in die Waldschmidtstraße ein, öffnete auf der Suche nach dem Schlüssel ihre gigantische, noch aus Schulzeiten stammende Tasche und lief in etwas wollweich Flauschiges hinein. Es nahm ihr den Atem, jedoch auf angenehme Art. Denn es duftete, leicht, zuversichtlich und erdig zugleich.

»Hoppla«, sagte eine Männerstimme, die freundlich und gemütlich klang, und das Wollweich-Flauschige trat einen Schritt zur Seite.

»Verzeihen Sie, ich hab Sie einfach nicht gesehen!« Alice Fischbacher spürte, dass sie rot wurde.

»Kein Problem.« Er lachte, und inmitten eines schwarzen Vollbarts blitzte eine Menge strahlend weißer Zähne. Es schienen weitaus mehr zu sein als bei anderen Menschen.

Sie sah ihn an wie eine Erscheinung.

»Sind Sie die Nachbarin?«

»Von wem?« Alice war heilfroh, dass sie die neue Jacke trug. Die machte sie stark und verwegen.

»Ich dachte nur, weil Sie ausgerechnet hier nach einem Schlüssel suchen«, sagte er und öffnete ganz selbstverständlich die Tür des Hauses von Rudolf Handgrödinger. »Ich werde in der nächsten Zeit hier zugange sein. Dann sehen wir uns sicher öfter.«

Sie schluckte. »Dürfen Sie da denn überhaupt rein? Ich dachte, die Polizei…«

»Ach, die ist heilfroh, dass ich alles gründlich durchschaue. Sozusagen im Auftrag der Staatsgewalt. Wollen Sie die Verfügung sehen?« Er zwinkerte ihr zu. »Möglicherweise finde ich in den Papieren einen Hinweis darauf, warum der Glasbläser so gewaltsam zu Tode gekommen ist.«

Ihr Herz blieb fast stehen. »Ja, das ist eine wirklich schreckliche Sache.«

»Kannten Sie ihn gut?« In seinem Blick lag Anteilnahme.

»Wie man sich so kennt, wir haben uns gegrüßt, wenn wir uns gesehen haben, aber nicht viel mehr«, schoss es aus ihr heraus.

Seit Monaten hatte sie nicht mehr so viel gesprochen – ausgenommen mit Rudolf Handgrödinger, dem sie vor wenigen Tagen ihr Herz ausgeschüttet hatte. Aber das war ein Monolog gewesen. Kein Dialog, und was sie da gesagt hatte, ging niemanden was an. Jetzt wusste sie, wie es richtig war: Sätze mussten hin- und herfliegen. Das tat gut. Das war das Leben.

Er reichte ihr die Hand: »Bodo Specht.«

Sie räusperte sich. »Alice, Alice Fischbacher.«

»Na dann such ich mal nach der letztwilligen Verfügung. Man sieht sich! Auf gute Nachbarschaft.« Er öffnete die knarzende Eingangstür.

Das Wort Verfügung klang in ihr nach und wiederholte sich so lange in ihrem Kopf, bis es sich auf Vergnügung reimte, sie hoffnungsvoll stimmte und sie andächtig auf die Geräusche im Haupthaus lauschen ließ. Ein normaler Mensch.

Wenn sie es recht überlegte, so waren die beiden Handgrödingers ganz schön schräg gewesen. Vor dem Alten hatte sie richtig Angst gehabt. Das war nun vorbei.

Und vorbei waren damit dann hoffentlich auch die Besuche dieser Frau aus Passau, die mit Rudolfs Katze abgezogen war, und die Auftritte des Hauptkommissars. Der bodenständige Herr Bodo war nun nebenan. Er würde sich und sie schützen. Keine Polizei mehr im Haus! Alles würde gut. Endlich. Nach so langer Zeit.

Sie schminkte sich vor ihrem Badezimmerspiegel, steckte sich das dünne Haar hoch und legte ihre Perlenohrringe an. Ein Verlagsbote würde heute noch ein Paket mit Druckfahnen vorbeibringen. Die würde sie ausnahmsweise draußen vor der Tür in Empfang nehmen, dabei den Kopf heben, in den Himmel sehen, sich Schneeflocken aufs Haupt fallen lassen und sich dabei so drehen, dass der neue Nachbar ihr Profil sah. Sie war achtunddreißig Jahre jung, und das Leben lag vor ihr.

Franziska ging nicht spazieren. War es nicht viel wichtiger, sich mit Bella vertraut zu machen? Gemeinsam lagen sie auf dem Sofa, mindestens zwei Kissenbreiten voneinander entfernt. Franziska las die Tageszeitung. Das Feuilleton bestand hauptsächlich aus einem Nachruf auf den großen Glasbläsermeister, im Regionalteil wurde berichtet, dass die Polizei bei ihren Ermittlungen noch nicht vorangekommen sei. Die graue Katze sah den fallenden Schneeflocken zu und wirkte dabei sehr entspannt.

Wenn Tiere wirklich so klug waren, wie die Oberneder behauptete, dann wusste Bella womöglich, wer ihrem Herrchen das angetan hatte. War es ethisch vertretbar, sie danach zu fragen? Franziska stellte sich vor, wie sie auf Hauptkommissar Wimmer zuging und ihm anvertraute: »Von Handgrödingers Katze weiß ich übrigens, dass XY den Glasbläser erschlagen

195

hat.« Die in der Inspektion würden sich den Bauch halten vor Lachen. Dennoch ließ der Gedanke sie nicht los.

»Bella«, fragte sie leise. »Weißt du, was passiert ist?« Die Katze wandte den Kopf und schloss die Augen. »Sollen wir Frau Oberneder deswegen konsultieren?«

Bella gähnte.


Keiner der Bauarbeiter an der Freyunger Straße besaß schwarze Strickhandschuhe aus Sockenwolle, und wenn einer so etwas besessen hätte, wäre es ein Leichtes gewesen, sie zu verbrennen. Jetzt bei der Kälte bullerte in jedem Haus ein Holzofen – ein Handgriff, Klappe auf, und weg mit den Handschuhen. Hauptkommissar Wimmer machte sich da keine Illusionen.

Nein, er konnte sich nicht vorstellen, dass die Bauarbeiter des Fünf-Sterne-Hotels, von denen keiner aus Grafenau stammte, etwas mit dem Tod des Handgrödinger zu tun hatten.

»Das Nachlassgericht hat einen Erbenermittler eingesetzt, der das Haus inventarisiert«, erklärte er seiner Mannschaft. »Das Verbrechen am Handgrödinger ist auf der Baustelle passiert – wenn irgendwo Spuren sind, dann da. Durchkämmt bitte noch mal alles.«

»Wir sind schon dabei«, versicherte ihm Karl Stockmann, der Chef der Grafenauer Spurensicherung. »Ich fahr gleich auch noch mal raus – aber jetzt, wo es auch noch zu schneien beginnt, wird das von Stunde zu Stunde schwieriger.«

»Was macht denn dieser Erbenermittler in dem Haus?«, wollte jene Polizeimeisterin wissen, die Franziska in der Nacht zum Montag in die Ferienwohnung zurückgebracht hatte.

»Was Erbenermittler so machen«, erklärte Xaver Wimmer mit Engelsgeduld. »Er sucht nach Papieren, Briefen, dem letzten Willen und Hinweisen auf mögliche Verwandte. Die haben übrigens den Bodo Specht aus Freyung damit beauftragt.«

»Oh, den kenne ich«, meinte Stockmann. »Der übersieht

nichts. Auf den können wir uns verlassen. Er hat nebenbei auch noch ein Detektivbüro. Vielleicht findet er ja auch noch einen Erben. Wär doch schad um das alte Haus.«

»Ach, das glaubst du doch selber nicht!« Der Hauptkommissar winkte müde ab.

»Was ist denn nun mit unserem Skelett?«, mischte sich Polizeimeister Mühlberger ein.

»Da habe ich gerade die ersten Fakten von den Gerichtsmedizinern in München bekommen. Es handelt sich um einen dreißig- bis vierzigjährigen Mann, der vor sechzig bis siebzig Jahren ums Leben gekommen ist. Möglicherweise kann die Zeit noch klarer eingegrenzt werden. Hoffen wir mal.« Wimmer seufzte. »Offensichtlich wurde ihm von vorn der Schädel gespalten. Mit einer Axt oder einem axtähnlichen Gerät. Anschließend hat man ihn nackt in einen Kartoffelsack gesteckt und in die Erde versenkt. Nicht zu fassen. Und das bei uns in Grafenau.«

»Wir sollten die Vermisstenfälle von 1945 bis 1955 überprüfen«, regte Karl Stockmann an. »Meine Leute kannst du aber nicht dafür einteilen. Die stellen grad die Hotelbaustelle auf den Kopf.«

Wimmer nickte. »Ich weiß. Aber ausgerechnet jetzt erweist sich das Archiv als Zusatzproblem. Es steckt momentan in schätzungsweise siebzig bis achtzig Umzugskisten, und bei uns hat ja noch nie jemand was weggeworfen.«

»Dann muss eben einer von uns das ganze G'lump durchschauen.« Polizeimeister Mühlberger sah aufmunternd in die Runde. Alle blickten zu Boden.

Wimmer ballte die rechte Hand zur Faust. »Für Januar und Februar hab ich einen Praktikanten vom LKA angefordert, der die aktuellen Akten ins Archiv stellt, einscannt und elektronisch erfasst. Das hätten wir schon viel früher machen sollen.«

»Kannst du den nicht jetzt schon herbeordern?«, schlug

Karl Stockmann vor. »Oder jemand anderen, der das entsprechende Computerprogramm kennt? Bis sich nämlich einer von uns in die Archivsoftware eingearbeitet hat, vergehen Tage.«

»Du kennst das Programm?«

»Nur als Benutzer, nicht als Programmierer. Und das sind ja zwei völlig verschiedene Paar Stiefel.«

»Wen wir zur Not noch dransetzen könnten, wäre der Mühlberger Franz.« Stockmann suchte den Blick des Polizeimeisters, der jedoch reagierte mit einem heftigen Kopfschütteln. »Ihr jungen Leute kommt ja von Haus aus besser mit der neuen Technik klar«, fuhr der Spurenermittler unerbittlich fort. »Andererseits brauch ich den Mühlberger im aktuellen Fall, weil...«

Xaver Wimmer winkte ab. »Ist schon gut. Irgendwie kriegen wir das schon gelöst. Eins nach dem anderen. Internen Stress brauchen wir nicht auch noch.«

## 18. Kapitel

Clemens hatte den ganzen Donnerstag Bauchschmerzen, und ihm war übel. Zu allem Überfluss rief auch noch der Lindinger an, um sich schadenfroh zu vergewissern: »Denkst du schon an unser Treffen?«

Treffen – dieses kleine Wort genügte, um Clemens daran zu erinnern, dass er um siebzehn Uhr im Hinterzimmer der Brezn zu erscheinen hatte. Auch das ärgerte ihn maßlos. Treffen hatte sich in früheren Zeiten so verheißungsvoll, so vielversprechend angehört. Seit einer Woche war es nur noch eine Bedrohung.

»Ute ist erst heute Mittag in das Haus an der Waldschmidtstraße gegangen. Da kann es noch nichts Neues geben«, versuchte er sich herauszuwinden, aber der Lindinger blieb stur und spielte sich oberlehrerhaft auf. »Es geht nicht um deine Ute. Es geht nicht immer nur um dich. Du wirst heute Abend kommen, genau wie die anderen auch. Wir müssen zusammenhalten in dieser schwierigen Zeit.«

Clemens Ortmair fragte sich, warum er immer noch dort mitmachte und was genau an der Zeit schwierig war. Schwierig für ihn waren allein die vier anderen. Er fühlte sich in dieser Runde überhaupt nicht wohl. Aber genau das war sein Dilemma: Er wollte immer perfekt funktionieren, und er konnte nicht Nein sagen. Beides ergänzte sich auf bedrückende Weise.

»Ist was passiert?«, wollte er wissen und ärgerte sich über den angstvollen Ton in seiner Stimme.

»Darüber sprech ich nicht am Telefon. Man sieht sich.« Der Zahnarzt legte auf, und Clemens Ortmair hatte das schreckliche Gefühl, dieser Viererbande aus der Grafenauer Werbegemeinschaft hilflos ausgeliefert zu sein.

Zu allem Unglück hing jetzt auch noch seine Ute mit drin. Auf was hatte er sich da nur wieder eingelassen!

Alice Fischbacher übte vor dem Spiegel. »Hallo, Herr Nachbar, wie wär's mit einem Kaffee?« Das klang eigenartig schief, und auch ihr Lächeln stimmte nicht. Sie kniff die Augen zusammen und fuhr fort: »Ich könnte Ihnen den Kaffee natürlich auch in einer Thermoskanne vorbeibringen. Nehmen Sie Milch und Zucker?«

Was würde er dann von ihr denken? Dass sie sich zu fein war, um mit ihm an einem Tisch zu sitzen? Wenn er wüsste!

»Herr Oberermittler und Detektiv«, versuchte sie es erneut mit einem scherzhaften Unterton. »Eine Tasse Kaffee gefällig?« Auch das klang komisch. Stimmig würde allein die pure Wahrheit klingen: »Ich würde gern mit Ihnen zusammensitzen und plaudern.« Aber so etwas sagte man nur zu jemandem, den man lange kannte. Und mit diesem Mann war sie noch nicht vertraut. Das war die Krux.

Während sie noch nach einer Lösung suchte, vermeinte sie seine Stimme zu hören. »Wie wär's mit einem Kaffee im Bärenhof? Ich lade Sie ein.«

Ihr Herz klopfte, und sie strich sich vor dem Spiegel das Haar zurück. Sah sie ordentlich aus? Steckten die Perlen in den Ohrläppchen? So viele Fragen.

Beherzt öffnete sie die Tür, doch bevor sie ihr: »Ja gerne, eine wunderbare Idee«, hervorbringen konnte, entdeckte sie die andere. Sie kannte sie vom Drogeriemarkt. Selbst mit ihren rosafarbenen Haushaltshandschuhen und dem breiten Stirnband sah sie perfekt aus.

»Superidee«, sagte die Frau gerade, und Bodo lächelte. Alice schluckte. Dieser Schmerz war ihr vertraut. Ein sehr spitzer und sehr langer Speer – aber das hieß noch lange nicht, dass sie sich an ihn gewöhnen würde. Unbemerkt von den beiden zog sie sich in ihre Diele zurück und schloss die Tür hinter sich.

»Wollt's des Stüberl ned glei ganz reserviern? Ihr seids ja eh jed'n Tag da.« Leutselig stellte der Wirt vom Gasthaus Zur Brezn vier Bier und einen grünen Tee auf den Tisch. »Da fragt ma sich scho, was dös wird. A neuer Verein? Oder wird's am End a neue Partei?«

»Ein Verein gegen Neugierde und Geschwätzigkeit«, fuhr ihm der Apotheker über den Mund.

»Ich hätt eher g'moant fürs Sammeln von Witzen«, reagierte der Kneipenbesitzer gekonnt. »Die kannst ja dann in deinem Laden als Medizin verkaufa.« Mit einem »Hawe-de-Ehre« zog er sich leicht eingeschnappt zurück.

Andreas Lindinger blickte auf die Uhr oberhalb des Türrahmens. »Leute, lasst es uns schnell machen. Ich habe heute Nachmittag erfahren, dass wir morgen in der Zeitung stehen.«

»Was?« Alle vier starrten ihn an. »Wieso das denn?«

»Die suchen nach Familien, die vom Glasbläser beschenkt wurden. Da soll es ein Gerücht geben.«

»Wer sagt das?«

»Der Xaver Wimmer hat das den Presseleuten gesteckt. Und einer von den Presseleuten hatte Zahnschmerzen und kam zu mir. Gut, dass die Welt so klein ist.«

Alle starrten schweigend auf den Tisch.

»Wer außer uns weiß noch von den Särgen?«, fragte der Lindinger schließlich. Dabei hörte er sich unnachgiebig streng an.

»Vielleicht hat ja noch oaner so a Trumm kriagt. Oaner, den mir ned kenna«, bot Herbert Gegenfurtner als Lösung an und griff hilfesuchend nach seiner gepunkteten Fliege.

»Das kann nicht sein!« Korbinian Huber schüttelte den Kopf.

»Und wieso nicht?«, konterte Florian Simbacher aufmüpfig.

»Wegen der Fotos. Es gab nur die fünf Freunde! Und später dann die fünf Frauen von den fünf Freunden.« Der Apotheker wandte sich dem teetrinkenden Clemens zu. »Hat deine Mutter nicht von der Fünferbande gesprochen?« Dabei verlieh er dem Wort Fünf eine ganz besondere Betonung.

»Die Großmutter«, stellte Clemens klar.

»Egal, auf jeden Fall fünf.« Korbinians Miene wurde streng. »Wer von euch hat doch daheim geredet? Frau und Kinder eingeweiht, ihnen etwa den Sarg gezeigt?«

Wie auf Kommando schüttelten die vier anderen den Kopf, und der Apotheker schien erleichtert. »Es wird so viel geredet«, seufzte er. »Wenn das morgen in der Zeitung steht, dann melden wir uns einfach nicht. Und wenn sich keiner meldet, dann werden sich die von der Polizei schon denken können, dass das wieder mal alles nur dummes Geschwätz ist.« Er sah fragend in die Runde. »Was meint ihr?«

»Und wenn sich doch einer meldet?« Florian Simbacher grinste teuflisch.

»Dann müssen wir den halt mit in unser Boot holen«, sagte der Apotheker schnell und versicherte den anderen: »Aber es wird sich keiner melden.«

Boot, dachte Clemens Ortmair. Das war der richtige Ausdruck. Sie alle saßen in einem Boot und rasten in den Untergang. Er hätte es niemals zulassen dürfen, dass seine Ute in diese Geschichte mit hineingezogen wurde. Die würde dann auch mit untergehen. Das war nicht fair. Sie gehörte auf einen großen Luxusdampfer mit Kapitänsdinner bei Kerzenlicht und nicht in das winzige Beiboot, in dem er nun mit den vier Großkopferten saß, nichts zu sagen hatte und erst recht nicht steuern durfte.

»Dazu sind Sie doch nicht in den Wald gekommen, um hier neben einer Katze auf dem Sofa zu sitzen!« Die sportliche und durchtrainierte Anna Oberneder konnte es nicht fassen.

Franziska Hausmann hob die Schultern. »Warum eigentlich nicht? Hier mit der Zeitung und einigen Büchern zu sitzen, während es draußen schneit – das erinnert mich sehr an meine Kindheit. Nachmittage lang nichts anderes tun als zu lesen, das hieß für mich Freiheit.«

»Das verstehe ich gut.« Anna Oberneder nahm Bella in Augenschein. »Die ist ja schon ganz vertraut mit Ihnen. Sie hat Sie angenommen.«

»Ist es nicht umgekehrt?«, widersprach Franziska schnell. »Hab nicht ich sie zu mir geholt?«

»Das wollen wir Menschen gerne glauben«, sagte Anna ernst. »In Wirklichkeit aber suchen die Tiere uns aus.«

»Beneidenswert.« Franziska schob ihre Hand Richtung Katze, und die legte ihre Pfote darauf.

Anna sah zu und nickte zufrieden. Dann wies sie auf die aufgeschlagene Zeitung: »Ist das nicht ein Wahnsinn, was die da in ihren Nachrufen schreiben? Ich hab zwar gewusst, dass er ein Künstler ist, aber dass der zur Weltklasse gehört haben soll, davon hat keiner hier was geahnt.«

»Neulich im Glasmuseum habe ich einige seiner Arbeiten gesehen«, erzählte Franziska. »Ich kenn mich zwar nicht so aus, aber die Skulpturen haben mich eigenartig berührt. Gleichzeitig filigran und fest. Wissen Sie, ich musste unvermittelt denken: So schwer ist es also, leicht zu sein. Das hat mich erstaunt. Darum geht es ja letztendlich wohl auch bei der Kunst. Dass sie etwas in uns auslöst. Er war ein ungewöhnlicher Mann. Und ganz schön einsam. Ohne Gleichgesinnte um sich.« Sie suchte Annas Blick und fragte, noch bevor sie darüber nachdenken konnte: »Was glauben Sie? Weiß Bella, wer ihm das angetan hat?«

»Ich denke schon.«

»Wollen Sie sie fragen?« Franziska wurde rot. Was war mit ihr los? Sie glaubte doch nicht wirklich daran.

»Ich kann sie fragen, aber sie wird mir keinen Namen nennen«, antwortete Anna Oberneder ernst. »Tiere nehmen uns über unser Sein wahr – nicht über Namen und Stand – was weitaus ehrlicher ist.«


»Tut mir wirklich leid«, murmelte Clemens kleinlaut, als Ute die Tür öffnete und ihren Mantel an die Garderobe hängte. »Ist es sehr schlimm für dich da in dem Haus? Es wäre fei wirklich eine ganz große Hilfe, wenn du was finden tätst.«

»Ist schon okay.« Sie gab ihm einen Kuss. »Wenn ich dir damit helfen kann, mach ich das doch gerne.«

»Ist es sehr dreckig da?«

»Wart, ich muss erst mal duschen. Dann erzähl ich dir alles.« Wenig später saßen sie bei einem Glas Weißbier beisammen.

»Staub und Spinnweben«, erklärte Ute. »Du kennst ja das Haus. Es ist viel zu groß für nur einen allein, und der Handgrödinger hat nur in drei der Zimmer und in der Küche gelebt. Der Rest konnte also in Ruhe vor sich hinmodern. Und kalt ist es dort. Saukalt. Aber Spaß macht's zum Glück auch ein bisschen. Ich denk mir halt: Ute und die Detektive.« Stirnrunzelnd sah sie ihn an: »Sag mal, wonach soll ich denn jetzt genau suchen?«

Clemens wurde rot. Würde sein Lügengerüst standhalten? Noch nie hatte er seiner Ute die Unwahrheit gesagt. Zutiefst beschämt hörte er sich reden: »Weißt was, bring einfach alles mit, was du an Papieren findest. Ich schau es dann schon durch. Damit musst du dich nicht auch noch belasten. Schieb es ungelesen in deine Tasche. Wenn ich dieses depperte Blatt mit den Aufzeichnungen über das Zeug und die Verwicklung mit unserer Spedition gefunden hab, hat sich die Sache erledigt, und du kannst da wieder aufhören. Weißt, dies verflixte Dokument hat ja mit den Handgrödingers eh nix zum tun – und wenn es rechtzeitig verschwindet, so ist allen Beteiligten damit gedient. So muss man das sehen.« Er seufzte. Fast glaubte er selbst daran.

»Wenn du das deinem Chef mitbringen kannst, kriegst du sicher eine Gehaltserhöhung«, freute Ute sich. »Die werden dir sowas von dankbar sein!«

Er log. »Natürlich, das ist ja wohl das Mindeste. Also davon gehe ich schon aus. Ganz gewiss!«

Sie strahlte. »Dann kann ich mir doch irgendwann ein eigenes Kosmetikstudio leisten. Vielleicht sogar im Venus Wellness. Du müsstest mich halt die ersten paar Monate unterstützen, bis es von selber läuft.« Sie geriet ins Schwärmen.

»Aber nur für Frauen«, sagte er schnell, da ihm die Vorstellung, seine Ute könne andere Männer – möglicherweise sogar Scheiche – berühren, ihnen die Augenbrauen zupfen oder gar mit weichen Fingerspitzen Cremes auf die Gesichter verteilen, zuwider war.

»Wo denkst du hin!« Sie kuschelte sich zu ihm aufs Sofa.


Wenigstens das, stellte Alice erleichtert fest. Wenigstens verschwand die andere abends. Wie angenehm still es nebenan wurde, wenn Bodo alleine dort arbeitete. Zudem schaltete er dann seine kleine Musikanlage ein und füllte die Räume mit Sonaten und Fugen aus der Barockzeit. Vermutlich brauchte er das, um Ordnung zu schaffen, dachte Alice, die irgendwann in einem ihrer vielen zu korrigierenden Manuskripte gelesen hatte, dass das gesamte Werk Johann Sebastian Bachs einer mathematischen Ordnung unterlag.

Sie würde diese Stunde zur schönsten Zeit des Tages ernennen. Abends zwischen sechs und sieben mit Bach'schen Fugen aus dem Nebenhaus. Die Blondine war zuvor hochhackig und hochnäsig davongestöckelt, die Dunkelheit war hereingebrochen, und nebenan wusste sie jemanden, der alles im Griff hatte.

Rudolf beispielsweise hatte längst nicht alles unter Kontrolle gehabt, dachte sie nun mit einem Anflug von Wehmut und goss sich Tee auf. Dem hatten seine Geister zugesetzt. Er hätte Musik hören sollen, anstatt mit der Katze zu reden, und vor allem hätte er ihr zuhören müssen. Dann wäre alles gut geworden. Dann wären sie jetzt ein Paar, sie würde ihrer beider Leben managen, und es gäbe eine hoffnungsvolle Zukunft.

Von nebenan erklangen jetzt die Goldberg-Variationen. Alice legte ein dickes Holzscheit in ihren Schwedenofen, setzte sich zwischen unzählige Wollknäuel in allen Farbschattierungen und mehreren angefangenen Strickstrümpfen und Fäustlingen auf ihr Sofa und hörte zu. Es war ein Moment, in dem sie sich fast glücklich fühlte. Viele solcher Momente hatte es in ihrem Leben nicht gegeben.

Aber dann wurde es nebenan still, Bodo Specht packte seine Sachen zusammen. Sie sah ihn die Straße überqueren und setzte sich an ihren Schreibtisch. Bald darauf entdeckte sie sein Profil im gegenüberliegenden Fenster des Bärenhofs. Dort saß er und aß zu Abend. Wenigstens war er allein. Neben ihm lag offenbar sein Smartphone, auf das er eintippte. Dann telefonierte er. Alice Fischbacher fragte sich, ob er sie anrufen würde, wenn er ihre Nummer hätte. Sollte sie die ihm morgen zustecken? Sie in Handgrödingers Briefkasten werfen? Würde er den überhaupt leeren?

Seit sie ihn, vor nicht einmal vier Stunden, mit der Drogeriefrau am gleichen Tisch hatte lachen und Kaffee trinken sehen, war ihr Mut gesunken, war die vielversprechende Zuversicht des hellen Nachmittags in sich zusammengefallen wie ein zu früh aus dem Ofen genommenes Käsesoufflé. Zurück blieben ein schaler Geschmack im Mund und Bitternis auf der Seele. Niemand hielt es mit ihr aus. Sie selbst kam ja auch nicht mit sich klar. In dieser Welt gab es einfach keinen Platz für sie. Niemand sagte: »Hallo, Alice. Genau auf dich hab ich gewartet. Und schau, hier gehörst du hin.« Sie wurde einfach übersehen. Nur die Geister der Toten nahmen Kontakt zu ihr auf.

Mit hochgezogenen Schultern schlich sie wieder zu ihrem Sofa, legte sich das Strickzeug in den Schoß und schaltete den Fernseher ein.

Doch der Gedanke an Bodo Specht ließ sie nicht los. Ganz im Gegenteil – ihre Gedanken kreisten immer schneller. Vielleicht könnte sie ja doch … Denn wenn sie sich gar keine Hoffnungen machte und nichts erwartete, würde sie auch nicht enttäuscht werden können. Diesen Gedanken wie ein Mantra vor sich hindenkend, straffte Alice sich und schlüpfte in die Fünf-Euro-Webpelzjacke aus dem Second-Hand-Laden.

Obwohl sie sich allein dadurch schon ein wenig aufgewertet fühlte, vermied sie es, sich im Spiegel zu betrachten. Gegen die Ausstrahlung der Drogeriemarktschönheit kam sie ja ohnehin nicht an. Andererseits: Dieser Erbenermittler war so nett, und er hatte nebenan so angenehme Musik gespielt, dass sie ihm ihre wichtigsten Informationen nicht vorenthalten durfte. Und was nutzte die schönste Frau der Welt, wenn es ihr an Empathie und Seele mangelte?

Also schoss Alice an diesem Donnerstagabend gegen halb acht todesmutig über die Straße und betrat zum ersten Mal in ihrem Leben jenes Lokal, in dessen Fenster sie Abend für Abend von ihrem Schreibtisch aus sehen konnte und an dessen Tischen fast immer nur Paare saßen.

Er entdeckte sie sofort. »Hallo, schöne Nachbarin«, sagte er und winkte ihr zu. »Wollen Sie sich nicht zu mir setzen?«

Das war mehr, als sie erhofft hatte.

Steif näherte sie sich seinem Tisch.

»Ich hoffe, wir machen nicht allzu viel Lärm«, entschuldigte er sich. »Aber bei solchen Aktionen ist manchmal auch Möbelrücken angesagt.«

»Kein Problem.« Sie räusperte sich.

»Irgendwas ist komisch mit dem Haus«, zog er sie ins Vertrauen. »Mit einem Mal sind alle Leute ganz scharf auf den alten Kasten. Ich hab mich schon gefragt, ob die Handgrödingers da Goldbarren eingemauert haben.« Er sah ihr frontal in die Augen und lächelte. »Haben Sie eine Ahnung, was da sein kann?«

Alice schüttelte den Kopf.

Er legte seine Hand auf die ihre. »Mein Gott, wie unhöflich! Entschuldigen Sie, darf ich Sie auf ein Glas Wein einladen oder auf ein Bier?«

»Weißwein«, sagte sie schnell. »Aber trocken.«

Er gab der breithüftigen Bedienung ein Zeichen, woraufhin diese die Bestellung aufnahm. Kurz darauf brachte sie das Gewünschte.

»Das habe ich übrigens schon mehrmals erlebt«, gestand er und prostete Alice zu. »Jahrelang kümmert sich keiner um eine Wohnung, ein Haus oder gar ein Grundstück, und dann kommt plötzlich eine ganze Meute und fetzt sich deswegen. Der Mensch ist komisch. Wenn einer was hat, wollen die anderen es auch.«

»Wer hat denn jetzt das Haus?«, fragte sie.

Er hob die Schultern. »Das Testament habe ich immer noch nicht gefunden. Aber es scheint keine Erben zu geben. Irgendwie auch tragisch, oder? Auf einen Onkel in Amerika brauchen wir ja wohl nicht zu hoffen.«

Sie sah auf die von Laternen erhellte Straße und auf das Fenster, hinter dem ihr Schreibtisch stand. Neben dem großen Haus wirkte das Austragshäuserl, in dem sie wohnte, klein, ärmlich und ziemlich heruntergekommen. Klar, dass man mit jemandem, der in einer solchen Hütte wohnte, nichts zu tun haben wollte. Das hatte Rudolf sicher auch gedacht und sie deshalb von sich gestoßen.

»Hat der eigentlich manchmal Besuch bekommen?«, fragte der Erbenermittler und bestellte noch mal Wein und Bier nach.

Alice schüttelte den Kopf und nahm einen großen Schluck Weißwein. »Nein«, murmelte sie schüchtern. »Vor ein paar Tagen war eine Frau dort, die ist um das Haus herumgeschlichen und hat durch die Fenster geschaut. Bei mir geklingelt hat sie auch. Hausmann hieß die.«

»Ach ja, Franziska Hausmann. Ich weiß, wen sie meinen. Die war heute auch da. Sie ist weder verwandt noch verschwägert mit den Handgrödingers, dafür hat sie seine Katze in Obhut genommen.«

»Was suchen Sie da eigentlich?«, fragte Alice vorsichtig.

»Nichts Bestimmtes. Wir machen eine Art Bestandsaufnahme für das Nachlassgericht. Irgendwann wird das Haus versteigert und das Inventar verkauft. Die Erlöse fließen ans Finanzamt. Allerdings kann dieser Fall noch für die Dauer von dreißig Jahren angefochten werden. Was meinen Sie? Meldet sich ein Erbberechtigter? Wie stehen die Chancen?«

»Ich glaube nicht.« Alice schüttelte den Kopf. »Der war eigentlich immer allein. Und außerdem hatte der seine Geister.«

Bodo Specht horchte auf. »Geister, was wollen Sie denn damit sagen?«

Alice war inzwischen beim zweiten Glas Weißwein angekommen. Sie hatte nichts gegessen und fühlte sich eigenartig beschwingt. »Na ja, der hat immer mit den Geistern gesprochen. Ich habe es genau gehört. Also ein bisserl unheimlich war mir das schon.«

Er nickte. »Das kann ich mir gut vorstellen.«

Der Wein hatte sie mutig gemacht. Oder war es seine Gegenwart? Sie lächelte ihn an, nahm noch einen Schluck und verkündete: »Wetten dass ...?«

Bodo Specht runzelte auf unnachahmliche Art die Stirn und strich sich mit den Fingern sein dichtes mittelblondes Haar zurück. »Wetten dass ...? Was meinen Sie damit?«

Alice Fischbacher straffte sich. »Ich meine damit, dass genau jetzt die Geisterstunde ist.« Als winkten die Gespenster bereits erwartungsvoll aus dem Haus auf der anderen Straßenseite, lehnte sie sich ans Fenster, hob die Hand vor die Stirn und starrte auf das Anwesen. »Wenn wir rübergehen, werden wir sie sehen.«

Bodos Augen waren in ein Geflecht von Lachfältchen eingebettet, die sich nun noch weiter verästelten. »Tatsächlich?«

Alice nickte und sah auf ihre Uhr. »Um diese Zeit sind sie fast immer gekommen.«

»Na dann.« Er stand auf, schob sich den Schlüsselanhänger um den kleinen Finger und ließ ihn verheißungsvoll kreisen. »Dann wollen wir mal, oder?« Geübt suchte er den Blick der hüftschwenkenden Kellnerin und zahlte. »Kommen Sie?«

»Nichts lieber als das«, verkündete Alice und erschrak vor sich selbst. Sie hatte eindeutig zu viel getrunken.

Eindeutig war aber auch, dass sie sich rundherum wohlfühlte. Und das war seit Ewigkeiten nicht mehr der Fall gewesen. Mit zurückgelegtem Kopf stellte sie sich unter eine Straßenlaterne und sah in den dicht fallenden Schnee.

»Alles Unikate«, murmelte sie und fügte mit einem Anflug von Bitterkeit hinzu: »Klar, dass der liebe Gott sich um nichts anderes kümmern kann, wenn er jede Schneeflocke einzeln zusammensetzt.«

»Wie meinen Sie das?« Bodo reichte ihr den Arm. »Nicht, dass Sie mir noch ausrutschen.«

Sie kicherte. »Mit gefallenen Mädchen können Sie wohl nicht so viel anfangen?«, sagte sie und bemerkte, dass er ganz kurz den Kopf schüttelte. Später erst würde sie begreifen, dass genau das der Moment gewesen war, an dem sie wieder nüchtern geworden war. Gott sei Dank! Wer weiß, was sie sonst noch alles vor sich hingeplappert hätte. Glück war gefährlich, lebensgefährlich!

Bodo Specht steckte den Schlüssel ins Schloss des großen Holzportals und öffnete die Tür. »Es ist kalt hier drinnen. Ich habe den Küchenofen ausgehen lassen. Ich wusste ja nicht, dass heut Nacht noch eine Hausbegehung ansteht.«

»Dann behalte ich meine Jacke lieber noch an«, stellte Alice klar, die sich in ihrer Fünf-Euro-Webpelzjacke unverwundbar fühlte. Das war nicht nur eine Jacke, das war ein Panzer, mit dem sie den Katastrophen der Welt trotzte.

Bodo gab ihr recht. »Nicht, dass Sie sich noch erkälten. Was meinen Sie? In welchem Zimmer sind die Gespenster?«

Alice hob die Schultern. »Die können doch durch Türen gehen. Sie sind überall und nirgends.«

»Und jeder kann sie sehen?«

»Das weiß ich nicht genau.« Ihre Stimme klang plötzlich ganz klein.

Bodo griff nach ihrer Hand. »Sie müssen keine Angst haben. Aber verraten Sie mir eins. Haben Sie wirklich in Ihrer Wohnung drüben fremde Stimmen gehört?«

Alice nickte. »Mehr als eine.« In Erinnerung daran überkam sie ein Frösteln. Als müsse er sie beschützen, legte er ihr den Arm um die Schultern und sie kuschelte sich an ihn. So also fühlte es sich an, einen Mann neben sich zu haben. Er roch herb und ein wenig nach Schweiß, und Alice beschloss, für alle Zeiten den Begriff Seligkeit mit diesem Geruch gleichzusetzen. Sie atmete tief ein.

»Was haben die denn so gesagt?«, unterbrach er ihren wohligen Seufzer.

Nachdenklich ging sie in sich. »Also, mit dem einen hat er

Englisch gesprochen. Ziemlich wütend hat er da gewirkt. Ich habe es genau gehört. Please go! I can't help you anymore! Shut up finally!«

»Nach Begeisterung hört sich das ja nicht gerade an«, pflichtete Bodo ihr bei, und Alice hatte das Empfinden, als wisse der Erbenermittler genau, was in ihr vorging. Nie zuvor hatte sie sich so angenommen gefühlt.

»Gelegentlich kam auch eine Frau, aber nicht so oft«, verriet sie dann. »Die hat nächtelang gehustet und nach Luft geschnappt. Das war wirklich grauenvoll. Als ich es zum ersten Mal gehört habe, bin ich mit einer Flasche Holundersaft rüber und hab zum Rudolf gesagt: 'Das ist für Ihre Besucherin. Es hilft gegen Husten.'«

»Und dann?« Bodo suchte ihren Blick.

Alice wurde rot. »Anstatt dankbar zu sein, hat er mich beschimpft. ›Wieso lauschen Sie? Was fällt Ihnen ein? Hier ist niemand. Ich bin allein im Haus. Nur die Katze und ich. Und zwar immer. Merken Sie sich das!‹«

»Und dann?« Bodo Specht erwies sich als Aufmerksamkeit in Person.

»Dann bin ich wieder gegangen«, gestand sie. »Was hätte ich tun sollen? Den Holundersaft hab ich auch wieder mitgenommen. Den hätt er eh nicht brauchen können. Aber das weiß ich erst jetzt. Geister trinken nämlich nicht. Weder Heißes noch Kaltes. Aber damals wusste ich ja noch nicht, dass bei ihm Gespenster ein- und ausgehen.«

»Geister haben keinen Stoffwechsel, soweit ich weiß«, sagte Bodo. »Haben Sie die jemals sprechen hören?«

»Die Gespenster?«

Er nickte und biss genüsslich in den Apfel, den er sich am Empfangstresen des Bärenhofs eingesteckt hatte.

Alice zuckte bei dem Geräusch zusammen und schüttelte sich.

»Sorry, aber ich kann das nicht hören, da krieg ich immer Gänsehaut!«, gestand sie flüsternd.

»Okay, dann eben nicht.« Gehorsam öffnete er das Fenster zum Garten und warf den angebissenen Apfel in die Nacht.

»Was haben die Gespenster denn so gesagt?« Um seine Augen entstand wieder dieses Delta aus Lachfältchen.

Alice hob die Schultern. »Ich hab doch nur Rudolfs Antworten gehört. Dem Amerikaner hat er befohlen, abzuhauen, und der Frau mit dem Husten, damit aufzuhören. Hat natürlich alles nichts genutzt.«

»Kann ich mir denken.«

Sie griff nach seiner Hand. »Sie kennen sich aus mit Gespenstern?«

»Logo.«

»Wissen Sie, nachdem der Alte gestorben war, gab es endlich mal ein paar Wochen Ruhe. Aber dann waren sie plötzlich zu dritt, fast jede Nacht. Die hustende Frau, der fordernde Amerikaner und Rudolfs Vater, der Handgrödinger Lambert. Hätt ich mir schon denken können, dass der keine Ruhe findet. Ich hab sie genau gehört. Das war ein Geschrei da nebenan. Einmal hab ich die ganze Nacht nicht schlafen können.«

Bodo nickte verständnisvoll. »Das kann ich mir vorstellen. Diese unruhigen Geister aber auch!«

»Sie sagen es! Mein Gott!« Alices Herz klopfte. Sie hatte jemanden gefunden, der ihr zuhörte, der nicht über sie lachte, der Rücksicht nahm und der ihr zuliebe sogar einen halbgegessenen Apfel aus dem Fenster warf – weil sie das Geräusch nicht hören konnte. Vielleicht sollte sie doch nicht fortziehen oder wenn, dann ganz in seine Nähe.

Kurz legte er ihr die Hand auf die Schulter. »Wissen Sie, ich kenne mich aus mit Geistern.«

»Dann werden sie sich uns gewiss bald zeigen«, meinte Alice zuversichtlich.

»Was hat der Alte denn so gesagt?«, wollte Bodo nun wissen.

Sie dachte nach, holte Luft und sagte dann atemlos: »Ich hab nichts von dem verstanden, was der alte Lambert gesagt hat, aber der Rudolf, der hat seinen Vater, wobei es ja eigentlich nur der Geist vom Vater war, den hat er so angeschrien, wie ich es noch nie gehört habe.«

»Wirklich?« Bodo war ganz Ohr.

»Warum, verdammt noch mal, hast du das nicht selbst erledigt?« zitierte Alice.

»Was denn erledigt?«

»Wenn ich das wüsste!«

Lange standen sie in der kalten Küche und sahen sich an.

»Vielleicht«, gab Bodo zu bedenken und warf verstohlen einen Blick auf seine Armbanduhr, »vielleicht war das ja auch nur ein Selbstgespräch. Könnte doch sein, oder? Das machen Leute oft, wenn sie viel allein sind. Manchmal sogar mit verstellten Stimmen.«

»Nein, niemals!«, Alice schüttelte vehement den Kopf. »Es waren Geister im Haus. Ich weiß es!«

»Und wieso sehen wir die nicht? Ich hör ja nicht mal was.« Bodo blieb skeptisch.

»Sie müssen sich erst mit uns vertraut machen«, behauptete Alice. »So ist es doch fast immer. So ist es doch mit allem.«

»Aha.«

»Aber morgen kommen sie bestimmt«, versprach sie kühn. »Morgen Abend. Sollen wir dann noch mal herkommen?«

»Wenn ich dann noch hier bin, gern.«

Sie riss die Augen auf. »Sie wollen weg?«

»Es kann gut sein, dass wir morgen fertig werden.« Er öffnete die Haustür und hob die Hand: »Gute Nacht, schöne Nachbarin.«

Korbinian hatte seine Frau nicht kommen hören, und nun legte sie ohne Vorwarnung ihre Hände auf seinen Kopf, um dann mit den Fingerspitzen über seine Stirn zu fahren, seine Augenbrauen zu streifen und am Jochbein haltzumachen.

»Wovor hast du Angst?«, wollte sie wissen.

Offenbar hatte Tanja wieder mal ihre haptische Phase. Wenn sie mit den Händen sah, sah sie mehr. Und das gefiel ihm im Moment gar nicht.

»Ich habe keine Angst«, log er.

Sie schüttelte sanft den Kopf. »Doch, ich spüre es.«

Er schob sie von sich. »Was soll der Quatsch? Du bist schon seit vierzig Jahren nicht mehr blind. Also hör auf, mit den Händen sehen zu wollen. Das ist vorbei.«

Sie sah ihn nachdenklich an. »Was ist los? Vielleicht kann ich dir helfen?«

»Nichts!« Er straffte sich.

»Hat es was mit der Apotheke zu tun?« Sie blieb hartnäckig.

»Nein!«, rief er. »Was macht denn unser zukünftiger Schwiegersohn? Darüber solltest du dir Sorgen machen.«

»Die kommen sich schon näher«, murmelte Tanja. »Es ist besser, wenn deine Tochter ihn sich selbst erobert. Dann ist er ihr mehr wert. Wenn er ihr einfach so in den Schoß fällt, wird sie ihn nicht wirklich zu schätzen wissen.«

»Hauptsache, der Michael studiert brav weiter Pharmazie. Der Rest ist mir wurscht«, sagte Korbinian Huber, der sich ärgerte, wenn Tanja von »seiner Tochter« sprach, als wäre Karin nicht in ihrem Bauch gewachsen.

»Aber du willst doch auch, dass sie glücklich wird. So unglücklich, wie du selber gerade bist. Es ist ja kaum auszuhalten!« Nun strich sie ihm mit den Fingern über Schultern und Nacken.

Er stand auf und schüttelte sie ab. »Lass das! Geh lieber beten.«

»Um dein Problem zu lösen?« Sie hob die Augenbrauen.

»Ja. Ich brauche nur einen klugen Gedanken. Aber den brauch ich sofort.« Rigoros schob er sie aus dem Zimmer. »Jetzt hör mir auf und geh in deine Küche, da ist ja auch der Herrgottswinkel!«

## 19. Kapitel

Den ganzen Vormittag schon hatte sie es nebenan rumoren gehört. Dauernd fuhren Autos vor, Türen klapperten, und auch die Kosmetikfachverkäuferin war wieder aufgeschlagen und flatterte schnatternd durchs Haus von Rudolf Handgrödinger. Alice hatte sie um neun Uhr morgens in einem strahlend weißen Kittel antreten sehen. Im selben Moment war Bodo Specht gegenüber aus der Tür des Bärenhofs getreten, hatte sich über seinen schwarzen Bart gestrichen und vergnügt gerufen: »Warum in die Ferne schweifen, sieh, die Ute ist schon da!«

Alle hatten es gehört, die ganze Straße, und Alices Hände ballten sich auf der kalten Platte ihres Schreibtisches zu Fäusten. Ute hieß die also. Es war immer gut, die Namen jener zu kennen, die man nicht mochte.

Zwei Stunden später schon war Utes Kittel zerknittert und verdreckt, Spinnennetze hingen wie schwarze Würstchen aus ihren Taschen und am Revers des Kragens, aber all das konnte der Schönheit dieser blonden und ein wenig zu lauten Frau mit dem perfekt geschminkten Gesicht nichts anhaben. Immer wieder stürzte sie aus dem Haus, um die Mülltonnen zu füllen, die sie, absichtlich oder nicht, direkt vor Alices Fenster gezogen hatte.

»Ute, meine Gute!«, hörte sie Bodo dann rufen und Alice zuckte zusammen. Auf ihren Namen reimte sich nur mies, fies, Kies und Grieß. Zur Not auch noch der Imperativ von lesen: Lies! Und genau das machte sie ja auch. Vor ihr lagen die Korrekturfahnen eines Jahresberichts von einem Logistikunternehmen. Statistiken über Transporte von hier nach dort, von

Süd nach Nord, von Ost nach West. Ständig war alles in Bewegung. Sie dachte an ihren Umzug, von dem sie nur wusste, dass er bald stattfinden musste. Sie würde ein neues Leben beginnen. Bald. Das Leben hier mit dem ganzen Ute-Gegurre war nicht mehr auszuhalten. Statt eines Honorars für die Korrekturarbeiten würde sie ihre Auftraggeber bitten, ihr den Umzug zu organisieren. Sobald sie das beschlossen hatte, ging es ihr besser.

Rigoros stopfte sie sich Watte in die Ohren, zog die Vorhänge zu, knipste die Schreibtischlampe an und begann konzentriert zu lesen. Es ging doch nichts über Stille.

Gegen zwölf Uhr mittags blickte sie das nächste Mal auf und zog den Vorhang beiseite. Die sonst so ruhige Seitenstraße war mit Autos zugepflastert. Im Fenster des Bärenhofes hing jedoch kein Schild, das auf eine geschlossene Veranstaltung hinwies. Dem beim Morgenkaffee hastig durchgeblätterten Grafenauer Anzeiger hatte sie auch nichts von einer größeren Beerdigung mit anschließender Trauerfeier im gegenüberliegenden Gasthaus entnehmen können.

Behutsam entfernte Alice Fischbacher die Watte aus ihren Ohren und tatsächlich: Aus dem Nachbarhaus drangen unerträglicher Lärm und Geschrei. Sie ging zum Lauschen in die kalte Diele. Still und hundertfach gespiegelt stand sie dort und unterschied mehrere Stimmen, die wild aufeinander einredeten. Die meisten waren männlich, nur eine war weiblich und gehörte dieser Ute. Klar, dass sich so eine in alles einmischen musste!

»Ihr könnt hier noch nicht vermessen, was soll der Schmarrn?«, hörte sie Bodo sagen.

»Meine Güte, sei doch nicht so kleinlich«, fiel ihm jemand ins Wort. »Wir werden das Haus sowieso kaufen.«

Alice erschrak.

»Kaufen und abreißen, was?«, setzte Bodo dagegen. »Dann

braucht ihr es doch gar nicht zu vermessen. Aber eins sag ich euch: So einfach geht das nicht mehr. Auch im Bayerischen Wald greift der Denkmalschutz.«

»Soweit kommt's noch«, fiel Ute ein. »Da kann ja ein jeder kommen! Aber nicht mit uns. Mir machen hier nix als unsere Arbeit und unsere Listen, und mir wollen dabei nicht gestört werden.«

»Man wird doch wohl mal das depperte Grundstück ausmessen dürfen«, entgegnete eine Stimme, die Alice vertraut war. Sie hörte sich ganz nach ihrem Apotheker an.

»Dann geht halt zum Katasteramt«, schlug der Erbenermittler vor, »da liegen die Pläne zum Einsehen rum. Aber lasst uns in Ruhe. In einer Woche sind wir mit dem Gröbsten durch, und dann könnt ihr euch das Haus meinetwegen unter den Weihnachtsbaum legen. Am besten in Kleinteilen!« Bodo hörte sich richtig wütend an. Sicher auch deshalb, weil diese Leute seine Zweisamkeit mit Ute störten.

Alice biss sich auf die Lippen. Das geschah ihm ganz recht!

Ein weiteres Auto fuhr vor. Alices Weisheitszahn links oben reagierte beim Öffnen der Fahrertür mit einem heftigen Pochen. Ihr Zahnarzt! Was machte der denn hier? Wollte der etwa auch dort einziehen? Was war denn an dem Haus nur so besonders? Sie hätte sich doch nicht ihre Ohren zustopfen sollen, so erfuhr sie ja nichts! Allerdings ging sie das alles eigentlich gar nichts an. Sie würde ja ohnehin von hier wegziehen. Und zwar so schnell wie möglich. Mit einem Zahnarzt und einem Apotheker Tür an Tür zu wohnen, wäre ja eh die Hölle. Der eine würde sie tagtäglich an ihren Weisheitszahn, der andere an ihre Kopfschmerzen und die vor Kurzem abgesetzten Psychopillen erinnern. Und beides brauchte sie nicht.

Am Freitag setzte sich Franziska brav um zehn Uhr in ihr Auto und fuhr nach St. Oswald. Wenn sie heute auf den Lusen stieg, wäre dieses Thema für alle Zeiten vom Tisch.

Den ganzen Abend hatte Anna Oberneder ihr dermaßen begeistert vom Bayerischen Wald vorgeschwärmt und dem Lusen, dem dritthöchsten Berg der Gegend, dass sie versprochen hatte, heute einen Ausflug dahin zu machen. Bella bräuchte auch mal einen Tag Ruhe nach all der Aufregung, hatte die Heilpraktikerin verkündet und versprochen, regelmäßig nach der Katze zu sehen.

Franziska blickte in den grauen Himmel und fragte sich, warum sie sich eigentlich auf den Weg machte, obwohl sie viel lieber den ganzen Tag mit Bella an ihrer Seite auf dem Sofa gelegen und jene zwei Romane gelesen hätte, die ihr von der Buchhändlerin in Grafenau empfohlen worden waren.

Wenigstens war sie warm angezogen und trug, neben ihren zusammenklappbaren Stöcken, auch eine Brotzeit im Rucksack. Wenn ich das geschafft habe, bleibe ich aber wirklich mal einen ganzen Tag auf dem Sofa liegen, versprach sie sich selbst, während sie ihr Auto auf einem Wanderparkplatz im Bergdorf Waldhäuser abstellte.

Der mit einem grünen Dreieck markierte Wanderweg führte an der Kleinen Ohe entlang und wurde, gerade als sie sich über die unerwartete Leichtigkeit freute, mühsam und anstrengend. Steine, Wurzeln und Schmelzwasser machten aus dem anfänglichen Spaziergang eine Wanderung, die Konzentration und Aufmerksamkeit einforderte.

Sie erreichte die Martinsklause, einen kleinen Stausee, und wurde von den grünen Dreiecken Richtung »Teufelsloch« gewiesen, das sich als eine Felsschlucht herausstellte, unter der sich die Kleine Ohe ihren unterirdischen Weg suchte. Hier hielt sie inne und fragte sich erneut, welcher Teufel sie geritten haben mochte, dass sie diesen Weg auf sich nahm.

Unmittelbar hinter einer Schutzhütte führte ein schmaler Steg schnörkellos und direkt zu einer holprigen Steintreppe, die mit ihren fünfhundert Stufen der Bezeichnung Himmelsleiter alle Ehre machte: Das Gipfelkreuz des Lusen war schon von Weitem sichtbar. Franziska verspürte so etwas wie Stolz auf ihr Durchhaltevermögen. Vermutlich war es dieses Gefühl, das ihr dabei half, auch die letzten steinigen Meter zu schaffen. Aber es lohnte sich: Der Blick bis nach Tschechien und hinein ins niederbayerische Tiefland war einfach grandios. Ganz weit im Osten vermeinte sie sogar Prag zu sehen.

Die Sonne schien. Der Himmel war blau. Was wollte man mehr? Erschöpft und glücklich schraubte sie die Thermoskanne auf und trank heißen Tee. Eintausenddreihundertdreiundsiebzig Meter über dem Meeresspiegel! Sie stand inmitten eines riesigen Feldes von Granitblöcken, die von grünlichgelben Flechten überzogen, jetzt jedoch so gut wie ganz von Schnee bedeckt waren. Wie in einer anderen Welt.

Auf ihrem Abstieg verdichtete sich der Nebel und Franziska fragte sich, warum sie dort oben nicht über den Fall Handgrödinger nachgedacht hatte. In unmittelbarer Nähe des Gipfelkreuzes war ihr alles so klar und einleuchtend erschienen. Möglicherweise hätte sie sogar eine Antwort auf die Frage gefunden, die sie am meisten beschäftigte: Warum musste der Glasbläser sterben? Je mehr sie nun in den Nebel eintauchte, desto undurchsichtiger erschien ihr die ganze Sache. Da konnte doch ein kleiner Ausflug zum Haus an der Waldschmidtstraße nicht schaden.

Das Handy klingelte, während sie das Grafenauer Ortsschild passierte. Franziska fuhr an den Straßenrand und hielt in einer Parkbucht. Ihr Wagen verfügte über keine Freisprechanlage, und überhaupt hasste sie es, während des Fahrens zu telefonieren. Darunter litt nicht nur die Qualität der Gespräche, sondern auch der gesamte Straßenverkehr.

»Wimmer, Xaver«, meldete sich eine offiziell klingende Stimme. »Hätten Sie mal Zeit vorbeizukommen?«

»Ja, gern. Ich bin eh grad in Ihrer Nähe«, erklärte sie.

Während sie das Handy wieder einsteckte, spürte sie das vertraute Kribbeln in den Fingerspitzen. Ein Zeichen, dass die Dinge voranschritten. Was mochte er herausgefunden haben? Hatte Anna Oberneder mit Bella gesprochen und die Andeutungen der Katze an die Polizei weitergegeben? Im nächsten Moment tippte sie sich an die Stirn. Sie wurde schon wieder albern, was an der Adrenalinausschüttung liegen mochte, die das Bergsteigen mit sich brachte.

Sie verließ die Parklücke und fädelte sich erneut in den leicht stockenden Feierabendverkehr ein. In einer halben Stunde würde es ganz dunkel sein – aber in sich spürte sie weiterhin das helle Licht und die Klarheit vom Gipfel des Lusen. Irgendwann würde sie mit ihrem Mann dort oben stehen. Egal, ob er wollte oder nicht! Unvermittelt musste sie lächeln.

In dem neuen Polizeigebäude an der Pfarrer-Rankl-Straße herrschte genau jene Unruhe und Heimatlosigkeit, die Franziska von den vielen Umzügen in ihrem eigenen Leben bestens vertraut war. Sie ließ sich am Empfang den Weg zu Xaver Wimmer erklären, der nun in einem großen Büro mit gläserner Fensterfront residierte, die vor dem Dunkel der Stadt wie ein Spiegel wirkte. Blitzartig dachte sie an das Spiegelkabinett der Nachbarin von Rudolf Handgrödinger. Im Gegensatz zu deren winziger Diele war Wimmers Zimmer ein Palast.

»Jetzt bin ich aber wirklich neugierig«, gestand sie und gab dem Grafenauer Kollegen die Hand.

»Hoffentlich machen Sie sich keine falschen Hoffnungen«, meinte er, während sie Platz nahmen. »Ich habe Herrn Stockmann in seiner Eigenschaft als obersten Spurensicherer dazugebeten. Ich finde, er sollte mitentscheiden, ob wir überhaupt weiter ermitteln sollen, und wenn ja, wie.«

Franziska wurde blass und schluckte. »Sie wollen den Fall Handgrödinger etwa auf sich beruhen lassen? Einfach so? Wir wissen doch beide, dass es Mord war.«

»Es geht nicht um den Glasbläser, es geht um den Skelettfund«, stellte Wimmer klar. »Und die Frage ist, ob wir weitere Untersuchungen einleiten, um den Todeszeitpunkt genauer zu bestimmen, oder ob wir die Sache auf sich beruhen lassen sollten. Angenommen, wir deklarieren den von vorn gespaltenen Schädel als Totschlag. Damit ist die Geschichte nach zwanzig Jahren verjährt. Und der hat da ja mindestens fünfzig Jahre gelegen. Wenn nicht mehr! Nach Adam Riese also doppelt und dreifach verjährt.«

»Für mich ist das ein Mord. Und Mord verjährt nicht.« Franziska klang strenger als gewollt. »Immerhin war da eine Axt im Spiel, und die trägt einer nicht so zufällig mit sich herum, um damit zufällig, quasi aus Versehen, einem anderen den Schädel zu spalten. Nein, wirklich nicht. Von Fahrlässigkeit kann da keine Rede sein!«

Wimmer wiegte nachdenklich den Kopf und seufzte. »Da muss ich Ihnen recht geben. Aber auch unsere Kapazitäten sind begrenzt.«

»Was wollen Sie denn damit sagen?«

»Gleich.« Er sah auf die Uhr. »Wo bleibt der denn bloß? Sitzt grad mal ein Stockwerk tiefer und braucht länger als Sie, um in mein Büro zu gelangen. Dabei sind Sie durch die ganze Stadt gefahren. Ja Kruzitürken.«

Franziska registrierte ihre eigene Enttäuschung. Xaver Wimmer hatte sie gar nicht wegen des Handgrödinger-Falles angerufen, sondern wollte lediglich von ihr wissen, wie sie die Prioritäten setzen würde. Aber gerade dem toten Glasbläser fühlte sie sich irgendwie verpflichtet. Er hatte ihr seine Geschichte ans Herz gelegt, und sie hatte ihn nicht retten können. Das schmerzte.

In diesem Moment trat ein hochgewachsener Mann um die sechzig ins Zimmer. Er hatte einen weißen Haarkranz und ein Gesicht, das gleichzeitig flach und kantig wirkte. »Um was soll ich mich denn noch alles kümmern?«, fragte er anstelle einer Begrüßung und hakte ungeduldig nach: »Was ist denn jetzt schon wieder?«

»Wir haben Besuch«, wies Wimmer ihn zurecht. »Darf ich vorstellen? Hauptkommissarin Hausmann, bis Monatsende noch außer Dienst – oder?« Er sah Franziska fragend an.

Die nickte. »Ab dem ersten Dezember ist es vorbei mit der Urlaubszeit.«

»Stockmann, Karl Stockmann«, stellte sich der Spurensicherer vor und ließ sich in den cremefarbenen Sessel fallen, der dem von Franziska direkt gegenüberstand. »Also, was ist? Immerhin ist Freitag, und ich brauch meinen Feierabend.«

»Es geht um den Skelettfund in der großen Baugrube am Hotelneubau.« Wimmer machte es sich auf dem dreisitzigen Sofa bequem.

»Den haben wir doch nach München geschafft«, konterte der Spurensicherer.

»Exakt.« Wimmer nickte. »Und von München ist nun auch eine Antwort eingegangen. Erste Information: Die Leiche muss vor dem Oktober 1957 dort verscharrt worden sein.«

»Also vor gut sechzig Jahren.« Karl Stockmann runzelte die hohe Stirn und ließ fünf gleichmäßige Falten erkennen, die Franziska an die Linien eines Notenblattes denken ließen. Sollten dort allerdings jemals Tonzeichen für ein Musikstück aufscheinen, so wäre das garantiert in Moll. Aber noch zeigte sich auf Stockmanns Stirn nicht ein einziger Pickel, der als Note hätte durchgehen können. »Woher wollen die in Minga das so genau wissen?«

»Das hat was mit der Kernspaltung zu tun«, erklärte der Hauptkommissar und warf einen Blick auf die ausgedruckte Mail in seiner Hand. »Wenn ich die Kollegen von der Gerichtsmedizin richtig verstehe, fand der erste nukleare Unfall, ein Brand in der britischen Wiederaufbereitungsanlage Windscale, im Oktober 1957 statt. Bei diesem GAU wurde radioaktives Material freigesetzt, das über die Nahrung in unsere Körper gelangte und seitdem im Knochengewebe nachzuweisen ist.« Er hob das Blatt und zitierte: »›Die energiereiche Betastrahlung des Isotops Strontium beschädigt Zellen in Knochen und Knochenmark.‹ Fazit ist: Unsere männliche Fundsache hatte kein Strontium im Skelett. Daher muss er vor 1957 begraben worden sein.«

»Dafür hatte er aber ein Mordstrumm von Axt oder so im Schädel«, stellte Stockmann ungerührt klar. Er beugte sich vor. »Und was hat das jetzt mit mir zu tun?«

»Es gibt einen weiteren Weg, um den genauen Todeszeitpunkt zu klären. Die Frage ist, ob wir den beschreiten wollen.«

Mein Gott, dachte Franziska. Beschreiten – was für ein altmodisches Wort. Warum redete der so geschwollen? Offensichtlich war aber genau das die Tonlage, auf die Kollege Stockmann positiv reagierte. Dessen Stirnfalten glätteten sich, er stützte beide Ellenbogen auf die Knie, legte den Kopf auf die gefalteten Hände und suchte Wimmers Blick. »Lass wissen, welchen Weg?«

»Ich sag's mal so: den der biologischen Spurensuche.«

»Aha«, meinte Stockmann und machte ein Gesicht, als wisse er genau, um was es ginge.

»Wir müssen den Fundort der Leiche noch mal ganz genau unter die Lupe nehmen«, fuhr Xaver Wimmer fort. »Und das kann nicht nur einer von deinen Leuten so nebenbei erledigen, dafür brauchen wir ein ganzes Team!«

»Schon klar.« Stockmann nickte.

»Wie tief genau war der Tote eingegraben?«

»Nicht ganz zwei Meter.«

Wimmer wandte sich an Franziska. »Wissen Sie, mir ist da eine Idee gekommen. Bevor die im vergangenen Sommer mit ihren Bauarbeiten zu dem Luxusschuppen begonnen haben, stand dort, wo nun der Außenpool ausgeschachtet wird, eine riesige Eibe. Es hat sogar ein Bürgerbegehren gegen das Fällen dieses Baumes gegeben, der an die siebzig Jahre alt sein musste.«

Er hielt kurz inne und murmelte mit einer abwehrenden Handbewegung: »Nun gut, dazu findet sich sicher noch einiges im Zeitungsarchiv. Aber mein Gedanke ist: Es könnten sich winzige Wurzelverästelungen genau dieser Eibe mit dem Skelett vermischt haben oder zumindest in dessen Nähe gewesen sein. Wenn wir da weiterkommen, müsste uns ein Botaniker aufs Jahr genau sagen können, wann genau unser Opfer dort eingegraben wurde.«

»Es sei denn, die Eibe ist ein Flachwurzler«, warf Franziska ein und fügte gleich hinzu: »Ich kenne mich aber nicht so aus mit Bäumen.«

»Ist sie nicht!« Stockmanns Stimme hatte was Triumphierendes. »Und überhaupt, ich hab ja gleich gesagt, dass es völlig falsch war, das Knochengerüst von jedem Sandkörnchen zu befreien«, verkündete er nun besserwisserisch. »Als hätten die in München noch nie Erde gesehen. Auf mich hört ja keiner. Aber ich hab mir schon gedacht, dass so was kommt, denn es kommt ja immer was nach, und deshalb habe ich die Erde aufgehoben. Der schwarze Plastiksack liegt in der neuen Asservatenkammer – als erstes Fundstück nach dem Umzug.«

Wimmer atmete auf und suchte Franziskas Blick. »Da haben wir ja endlich mal eine gute Nachricht. Dann ab ins Labor damit.«

Förmlich reichte er seinem Spurensicherer die Hand. »Das war klug von dir. Kümmerst du dich nun auch darum?«

»Ja logo, wer denn sonst?«


Dieser Karl Stockmann hätte auch Bestatter sein können, überlegte Franziska, als sie den Parkplatz der Polizeiinspektion verließ. Ernsthaftigkeit und Trauer umwehten ihn im gleichen Maße wie aufdringliche Genauigkeit und Pedanterie. Bei dem wusste man seine Toten in guten Händen. So gesehen hatte sich Kollege Wimmer damit einen wirklich kompetenten Mann an Land gezogen.

Meine Güte, mit welchen Kollegen würde sie es wohl ab dem 1. Dezember zu tun haben? Seufzend bog sie in die Waldschmidtstraße ein.

Im Laternenlicht musste sie feststellen, dass hier kein Platz für ihr Auto war. Die sonst so leere Waldschmidtstraße hatte sich in einen Parkplatz für Wagen der Premiumklasse verwandelt. Sie wich auf den Friedhofsparkplatz aus, legte die wenigen Schritte zum Glasbläserhaus zurück und vernahm schon von Weitem eine vertraute Stimme.

»Natürlich kommt eine Gedenktafel an die Hausfassade: ›Glasbläsermeister Rudolf Handgrödinger‹ und dazu seine Lebensdaten. So kann ein jeder lesen, was unsere Stadt für wunderbare Söhne hervorbringt.« Beim Näherkommen erkannte sie den Redner. Es war der Apotheker. Er selbst hielt sich offensichtlich auch für einen zwar noch unterschätzten, aber nichtsdestotrotz durchaus erwähnenswerten Sohn dieser Stadt.

Korbinian Huber erkannte sie und zuckte kurz zusammen. Sie begriff: Niemand sollte wissen, dass sie sich schon begegnet waren. Wie in einem schlechten Theaterstück schrie er lauthals: »Sind Sie etwa auch an diesem Haus interessiert? Hat sich das denn so schnell rumgesprochen?«

Franziska nickte halbherzig.

»Das können Sie gleich wieder vergessen«, stellte der Apotheker klar. »Sie kommen nicht aus Grafenau, und unsere Gemeinde wird dieses Gebäude keinen Immobilienhaien in die Hände spielen.«

Der war ja total finster drauf. Die Kommissarin sah ihn lange an und fragte betont harmlos: »Was ist denn eigentlich hier los?«

»Das würde ich auch gern wissen!« Der vollbärtige Mann, der aus dem Haus trat, schüttelte genervt den Kopf. »Also wirklich! Hier geht's ja zu wie auf dem Stachus!« Er fixierte Franziska mit einem müden Blick. »Was wollen Sie denn?«

»Mit Ihnen reden.« Sie zückte ihre Kriminalmarke, die er betont ausgiebig studierte.

»Ja mei, die Frau Hausmann schon wieder.« Er lächelte. Anschließend murmelte er mit strengem Blick in Richtung des Apothekers: »Ja, wenn das so ist, dann kommen Sie doch bitte mit hinein.«

Korbinian Huber machte Anstalten, ihnen zu folgen, doch der Bärtige schob ihn beiseite: »Sorry, aber Frau Hausmann ist eine Kollegin, mit der ich Details besprechen muss, und Sie sind nur ein Besucher.« Mit der Bemerkung: »Man sieht sich«, schloss er die Tür von innen, lehnte sich dagegen und holte tief Luft. »Keine Ahnung, was mit denen allen ist. Irgendwas stimmt da nicht.«

»Denen allen?«, hakte Franziska nach.

»Ja, die ganzen Großkopferten sind heute schon aufgeschlagen. Zahnarzt, Apotheker, Drogeriebesitzer und der Chef des Modehauses. Jeder will hier einziehen. Als wäre die Hütte eine Goldgrube.«

»Ist sie das denn?«

Er hob die Schultern. »Für mich sieht's eher nach Saustall aus.«

## 20. Kapitel

Er fühlte sich unglaublich mies dabei, aber es ging nicht anders. Während Ute im ersten Stock ein Wannenbad nahm und das ganze Treppenhaus mit intensivem Lavendelduft füllte, kniete Clemens auf dem gekachelten Dielenboden und durchwühlte systematisch ihre Tasche.

Ute gehörte zu dem Typus Frauen, die ständig mit gigantischen Handtaschen unterwegs waren und dadurch den Anschein erweckten, auf der Flucht zu sein. Genau das hatte er auch gedacht, als er sie kennenlernte. Ihren ganzen Hausstand schien sie damals in dieser riesigen Tasche mit sich herumzutragen, die eher einem überdimensionierten Stück Handgepäck als einer Damenhandtasche glich. Aber noch nie war er auf den Gedanken gekommen, das Geheimnis ihrer täglichen Fracht zu lüften. Bis jetzt.

Obwohl er und seine Frau allein im Haus waren, vermeinte er die erwartungsvollen Blicke der vier anderen in seinem Nacken zu spüren. Fast hörbar waren das angespannte Stöhnen des kugelrunden Apothekers und die Schnappatmung des Simbacher Florian zu vernehmen, der zudem dazu neigte, in Momenten der Aufregung durch die zusammengebissenen Zähne Zischlaute zu erzeugen. Eine schreckliche Angewohnheit, ebenso nervig wie die Eigenart des Zahnarztes, seine blütenweißen Hände so lange zu kneten, bis die Knöchel knackten. Am allerschlimmsten aber war das wohlwollende Gottvaterlächeln des lockenköpfigen Drogeriemarktbesitzers und dessen Aufforderung: »Nun mach schon, Burschi, was sein muss, muss sein.«

Aber musste es wirklich sein?

In der grauen Ledertasche mit den glitzernden Swarovski-Applikationen steckten zwischen Schminktäschchen, Handy, Handcreme und einer Schachtel mit Kleenextüchern zwei Klarsichthüllen. Sie enthielten gelbliche Blätter, die nach Staub und Rauch und Mäusedreck stanken. Hoffentlich überdeckte dieser Duft nicht die aus dem Bad quellende Lavendelwolke, dachte Clemens.

Wenn er nur wüsste, wonach genau er suchen musste. »Nach einer Sache, die uns alle bedroht«, hatte Korbinian Huber gesagt und dabei so autoritär um sich geblickt, dass niemand zu fragen wagte.

Na, der machte es sich leicht! Genaueres wusste er offensichtlich auch nicht. Clemens biss sich auf die Lippen. Und was, wenn sie alle nur Opfer einer Wahnvorstellung des Apothekers wären? Das wäre zu schön, um wahr zu sein.

Flach atmend überflog er die kaum lesbaren handschriftlichen Notizen in der ersten Hülle. Hier schien es sich überwiegend um Rezepturen und Zusammensetzungen verschiedener Rohmaterialien zur Glasherstellung zu handeln, schwer entzifferbar waren Worte wie Quarzsand, Pottasche, Feldspat, Dolomit und Schmelzpunkt zu erkennen, und ungeduldig griff er nach der nächsten Hülle.

Die enthielt doch tatsächlich das Testament des alten Handgrödinger. Donnerwetter! Unglaublich, dass seine Ute das dem Erbenermittler hatte abluchsen können! Oder wusste der emsige Herr Specht vielleicht gar nichts davon? Ihm wurde heiß und kalt. Na ja, morgen früh würde sie es ihm ja zurückbringen. Insofern war eigentlich nichts dabei. Weitaus schlimmer war, dass er ohne Utes Wissen in ihrer Tasche herumwühlte. Unverzeihlich!

Staunend las er die mit dunkler Tinte geschriebenen Zeilen: »Hiermit vermache ich alles meinem einzigen Sohn Rudolf. Möge er Hab und Gut sowie das Wissen der Familie in Ehren halten und jene Sache in Ordnung bringen, die ich nicht in Angriff genommen habe. Es tut mir leid. Grafenau im Sommer...« Die Jahreszahl war bis zur Unleserlichkeit verwischt, und Clemens hatte das untrügliche Gefühl, der Verfasser dieser Zeilen habe bei der Formulierung seines Letzten Willens geweint. Bestimmt war eine Träne auf das Schriftstück gefallen.

Er konnte sich an den alten Handgrödinger erinnern. Gebeugt und auf seinen Spazierstock gestützt, war der durch die Straßen gelaufen, und ständig hatte ihm ein Tropfen unter der Nase gehangen. Die Kinder hatten ihm »Dreibein« nachgerufen. Daraufhin war er erstarrt, hatte sich sehr langsam umgedreht und plötzlich aufs Schrecklichste geflucht. Das strähnige Haar hing ihm in langen Fransen bis mitten ins Gesicht.

Was mochte das für eine Sache sein, die der alte Handgrödinger nicht mehr in Angriff genommen hatte? Und wer kümmerte sich nun darum, jetzt da niemand mehr lebte? Vielleicht all die, die einen gläsernen Sarg bei sich versteckten? Clemens vermeinte, einen jener legendären Handgrödinger-Flüche zu hören, die er sich als Kind nicht einmal nachzuflüstern getraut hatte, und zuckte zusammen. Verdammt noch mal, jetzt klapperten auch noch seine Zähne!

Steif erhob er sich vom Fliesenboden, schob sämtliche Papiere in Utes Tasche zurück und schlich mit hochgezogenen Schultern ins Wohnzimmer. Gegen dieses komische Gefühl half nur ein Obstler. Gut, dass sowas in der Hausbar stand!

Als sie in einem karierten Flanellschlafanzug die Treppe herunterkam, das Haar noch feucht und umgeben von einer Lavendelwolke, hatte er bereits sechs Obstler getrunken und schwankte leicht. Aber das Zähneklappern und das Zittern hatten nachgelassen. Wenigstens das. Er fühlte sich eigenartig verwegen.

»Was macht ihr eigentlich da, den ganzen Tag zusammen in dem Haus?«

»Inventarisierung, was sonst?« Sie sah ihn kopfschüttelnd an. »Hast du etwa getrunken? Das machst du doch nie!«

»Einmal ist immer das erste Mal«, antwortete er, und seine Stimme klang nicht ganz so fest wie sonst.

»Warum?«

»Weil es mir Spaß macht«, prostete er ihr zu und schenkte sich ein weiteres Glas ein. »Unsereiner will nämlich auch mal ein bisschen Spaß haben. Nicht nur du. Und ich frag mich logischerweise auch, warum du immer so gut gelaunt bist, wenn du aus diesem Dreckloch kommst. Und warum du immer als Erstes duschen oder baden musst. Habt Ihr was miteinander? Klopft der Specht an dir rum? Tack, tack, tack? Musst du dir seine Flaumfederchen abwaschen? Oder noch was Schlimmeres?«

Sie schüttelte den Kopf. »Du spinnst ja total! Wer hat mir denn zugeredet, dass ich dem Bodo helfe beim Inventarisieren? Und jetzt kommst du mir so!«

Er schlug mit der flachen Hand auf den Tisch und jammerte: »Aber du findest ja nichts!«

»Also wirklich, ich bin grad mal zwei Tage da. Was meinst du, wie viel Zeug da rumliegt? Außerdem hab ich keine Ahnung, wonach genau ich suchen soll. Ich kann doch nicht alles an Ort und Stelle durchlesen, dann werden wir ja niemals fertig. Und dann soll auch noch alles heimlich passieren! Weißt du überhaupt, was für Zeug sich in so einem Haus ansammelt, fünfhundert Jahre ist das ja sicher schon alt. Und da hat keiner jemals irgendwas weggeschmissen!« Kopfschüttelnd dachte sie nach und fügte hinzu: »Früher gab's ja auch keine Papiercontainer.«

»Das, was ich brauche, ist höchstens dreißig Jahre alt«, stellte Clemens trotzig klar.

»Leider steht auf den Papieren nicht drauf, wie alt sie sind«, entgegnete Ute schnippisch. »Und jetzt hörst du auf zu trinken, und zwar sofort!« Sie nahm die Schnapsflasche vom Tisch und trug sie in die Küche. »Heut hab ich übrigens ein paar Papiere mitgebracht. Sollen wir die schnell zusammen durchschauen?« Sie klang nach Versöhnung.

»Naa, lass mal, kann ich auch alleine«, sagte er schnell. »Gib mal her.« Als sie ihm mit spitzen Fingern die zwei Klarsichthüllen in die Hand drückte, gipfelte seine Verwegenheit in der Frage: »So wenig? Kannst du nicht mal ein bisschen mehr bringen? So wird das ja nie was! Und ich dachte, auf dich ist Verlass!«

»Ach, lass mich doch in Ruhe!«

Daraufhin starrte er den ganzen Abend auf die handgeschriebenen Handgrödinger'schen Quarzsandrezepturen, während Ute neben ihm saß, eine Quizsendung sah und alle Antworten wusste. Seine Frau war nicht nur schön, sondern auch klug. Er sollte wachsam sein. Aber gerade das machte die Sache nicht gerade einfacher.

Seufzend fragte er sich, wohin sie den Obstler verräumt haben mochte. Ausgerechnet jetzt, wo der ihm so gut schmeckte.

# 21. Kapitel

Florians Blick fiel immer wieder auf die Abzüge der beiden alten Fotos, die der Apotheker auch noch auf DIN-A-Vier vergrößert hatte. Wie ein Appell zum Grübeln lagen sie vor ihm auf dem Couchtisch und lenkten ihn vom Fernsehprogramm ab. Als hielten sie eine Aufgabe für ihn bereit. Er schaffte es einfach nicht, sie vom Tisch zu wischen.

Da war etwas gewesen, aber was? Er wühlte in seinen Erinnerungen. Bilder tauchten vor ihm auf, von denen er nicht mehr wusste, ob er sie selbst gesehen oder nur von ihnen gehört hatte. Die Anfangsjahre des Unternehmens beispielsweise konnte er nur vom Hörensagen kennen. Sein Vater, der das Geschäft Mitte der Fünfzigerjahre gegründet hatte, war schon weit über vierzig gewesen, als Florian zur Welt kam.

Helene Simbacher war eine begnadete Schneiderin gewesen. Florian kannte sie nur an der Nähmaschine und hatte sich in späteren Jahren manchmal gefragt, wie sie es geschafft haben mochte, ihn zwischen all ihren Näharbeiten auch noch auf die Welt zu bringen. Für ihn gehörten sie und die alte Singer zusammen wie siamesische Zwillinge. Die Mütter anderer Kinder standen am Herd und buken Plätzchen, halfen ihnen bei den Schulaufgaben und wussten so geschickt mit Pflaster und Salben zu hantieren, dass auch der Schmerz verschwand. Seine Mama aber saß an der mechanischen Nähmaschine mit dem quietschenden Fußpedal. Er hörte es beim Einschlafen, und er wurde davon wach. Alle Erinnerungen an seine Mutter waren untrennbar und für immer mit diesem Geräusch verbunden.

All das hatten sein Vater und seine Mutter nur seinetwegen

auf sich genommen, damit er, der kleine Florian, irgendwann das beste Sportgeschäft in Grafenau besitzen und reich und glücklich sein würde. So wurde es ihm jeden Sonntag beim Mittagessen vorgebetet. Keiner der Erwachsenen hatte ihn jemals gefragt, ob er das auch wollte.

Seufzend schaltete Florian Simbacher den Fernseher aus, schenkte sich ein Glas Rotwein ein und bedauerte es, dass die Feriensaison noch nicht begonnen hatte. Während der Haupturlaubszeit hatte er immer eine Gefährtin neben sich und würde gar nicht auf die Idee kommen, sich mit alten Geschichten und vergilbten Fotos zu befassen. Jetzt aber lagen diese Abzüge vor ihm, und er konnte sie nicht einfach beiseitelegen.

Das irritierte ihn am meisten. Was passierte da mit ihm? Woher kamen all die Fragen? War er – dem Plan seiner Eltern entsprechend – reich und glücklich geworden? Und nach welchen Kriterien wurde so etwas gemessen? Gab es dafür Waagschalen oder Messlatten? Er schüttelte über sich selbst den Kopf und nahm erneut einen Schluck Wein.

Sechs Männer im Schnee. Die hatten doch erst recht nichts mit ihm zu tun! Fünf Unteroffiziere und ein Hauptmann. Niemand würde ihm oder den anderen vorwerfen können, dass sie, die Söhne und Enkel dieser fünf an der Ostfront zusammengewachsenen Soldaten, nicht so dicke miteinander waren wie die kriegserprobten Väter und Großväter. Jetzt waren andere Zeiten, und es herrschten andere Sitten.

Auf dem Foto stand Simbacher senior links neben dem rauchenden Oberleutnant und wirkte noch so jung! Florian rechnete nach. Sein Vater musste damals gerade mal zwanzig gewesen sein. Viel zu jung für den Krieg. Aber gab es überhaupt irgendein kriegsgerechtes Alter? Der dunkle Panzer vor dem Weiß der Schneeberge ließ erkennen, dass dieses Bild an der sogenannten Ostfront entstanden sein musste. Florian Simbacher senior hatte nie von dieser Zeit erzählt, und sein

Sohn fragte sich, warum er selbst von den Geschichten des Vaters nichts hatte wissen wollen. Jetzt war es zu spät.

Kopfschüttelnd schob er das Bild zur Seite und konzentrierte sich auf das grobkörnige Schwarzweißfoto der fünf Frauen in den gleichen Blusen. Woher zum Teufel wusste er so genau, dass die Hemden grün gewesen waren? Olivgrün mit hölzernen Knebelknöpfen.

Nachdenklich stand er auf und trat ans Fenster. Draußen schneite es. Wenn er die Augen zusammenkniff, vermeinte er weit weg hinter dem Friedhof im Haus vom Handgrödinger Licht zu sehen. Aber das konnte ja wohl nicht sein. Der Clemens hatte ihnen allen berichtet, dass der Erbenermittler im Bärenhof untergekommen sei. Um diese Zeit würde der hoffentlich schon schlafen. Oder sollte dieser Herr Specht etwa eine Nachtschicht einlegen, um seine Schätze vor Ute zu verbergen?

Bei dem Wort Nachtschicht zuckte Florian Simbacher plötzlich zusammen und erinnerte sich an jene schrecklichen Wochen im Sommer 1978, die dem Tod seines Vaters gefolgt waren. Er war damals vierzehn Jahre alt gewesen, pickelig und aus reiner Gewohnheit so sehr mit sich selbst beschäftigt und um sich selbst kreisend gewesen, dass er die Vorzeichen nicht erkannt hatte und daher auch nichts hatte verhindern können.

Helene Simbacher hatte von Haus aus nichts gesehen. Sie verbrachte ihre Tage damit, auf das Füßchen ihrer Nähmaschine zu starren und zugeschnittene Stoffteile ratternd zusammenzunähen. In seiner Erinnerung hatte sie sich zum ersten Mal am helllichten Tag von ihrem Arbeitsplatz entfernt, als die Polizei vor der Tür stand. Später tat sie so, als wäre das alles nicht passiert, wenn sie nicht aufgestanden wäre. »Ich hätte die Tür nicht öffnen sollen«, hatte sie gesagt, als sei das Unglück erst dadurch ins Haus gekommen.

»Schwermut«, diagnostizierte sie sachlich und bot den beiden Herren von der Polizei sogar einen Kaffee an.

Florian war aus seinem Zimmer gekommen, und das Wort Schwermut hatte sich an diesem Nachmittag wie ein dunkles Cape um seine Schultern gelegt. Er begriff: Das Leben des Vaters war zu schwer geworden, ihm war der Mut abhanden gekommen, sich den Anforderungen des Schicksals zu stellen.

Wie ferngesteuert ließ sich die Mutter von den Beamten berichten, dass Florian Simbacher, Besitzer des Modehauses und hochdekorierter Kriegsveteran, Ehemann einer begnadeten Näherin und Vater eines vielversprechenden Sohnes, sich am Ufer der Kleinen Ohe, weitab von erschlossenen Wohngebieten, mithilfe einer Waffe aus dem Leben entfernt hatte.

Als die Uniformierten gegangen waren, war es in dem Haus plötzlich sehr, sehr still geworden. Vermutlich, so dachte Florian nun, war das der erste Tag in seinem Leben gewesen, an dem ihn nicht das surrende Geräusch der inzwischen elektrischen Nähmaschine begleitet hatte.

»Das liegt nur an diesem ganzen alten G'lump«, hatte die sonst so sanftmütige Mutter in den Tagen darauf festgestellt und ganz plötzlich ohne Vorwarnung laut und wütend geschrien: »Nichts wie weg damit! Weg damit für immer!«

Wie eine Furie war sie durchs Haus geschossen und hatte alles, was mit dem Vater zu tun hatte und an ihn erinnern könnte, aus Schränken und Schubladen gerissen und in Pappkartons gepackt: Briefe, einzelne Fotos, Skizzenblöcke mit Modezeichnungen, Zeugnisse, Zertifikate und Zeitungsausschnitte, Journale und Krawatten.

Florian hätte nicht sagen können, warum er ausgerechnet die Fotoalben retten musste. Er hatte bis dato nicht einmal hineingeschaut, aber als die Mutter zu wüten begann, versteckte er sie auf dem Dachboden. Alle vier.

Helene Simbacher verkündete ungewohnt energisch: »Das

alles wird beim Johannisfeuer in der nächsten Woche verbrannt. Und bis dahin schaun wir es nicht mehr an. Da ruht kein Segen drauf!«

Auch an das Feuer erinnerte er sich noch genau und an sein schlechtes Gewissen, als er neben der Mutter stand, die die Hinterlassenschaften des Vaters den Flammen übereignete. Es war schon sehr spät, und sie standen als Einzige noch um den Scheiterhaufen herum. Es regnete. Helene war kurz vor Mitternacht heimgerannt und dann mit dem Wagen zurückgekommen, in dessen Kofferraum weiteres »Zeug« lag, wie sie es nannte. »Bringen wir es hinter uns, legen wir eine Nachtschicht ein!«

Für Florian war während dieser Nachtschicht am Johannisfeuer der Vater für immer aus seinen Erinnerungen gelöscht worden – das wurde ihm jetzt erst so richtig bewusst. Seitdem hatte er nicht mehr an ihn gedacht – bis vor einigen Tagen.

Die grüne Bluse fiel ihm wieder ein. Seine Mutter hatte sie in der Hand gehabt und in die Flammen geworfen.

»Warum machst du das? Die gehört ihm doch gar nicht? Das ist doch deine?«, hatte er wissen wollen.

»Ich hab sie aber nie gemocht!«, hatte sie gezischt.

Als wäre es gestern gewesen, sah er die Bluse mit den hölzernen Knebelknöpfen und den handgehäkelten Schlaufen in der knisternden Glut landen und auflodern. Sie war in einem Stil genäht, der keiner Mode entsprach. Wer mochte sich dieses altmodische Design ausgedacht haben?

Nachdenklich ging Florian zurück zu seiner Couch und betrachtete erneut das Bild von den Soldaten an der Ostfront. Die Männer waren von einer Gruppe gedrungener Menschen mit asiatisch anmutenden Gesichtszügen und langen Zöpfen umgeben. Die Frauen der Dorfgemeinschaft trugen Jacken, die auf die gleiche Art geschlossen waren wie die grünen Blusen der fünf Grafenauerinnen auf dem Schwarzweißfoto.

Mitten in der Nacht erwachte Clemens Ortmair, und sein Kopf dröhnte. Neben ihm lag die schönste aller Frauen, und er begriff, was er insgeheim seit Langem ahnte: Er hatte sie nicht verdient. Sie war zu schön und zu klug. Für so einen wie ihn, der nichts Eigenes auf den Weg brachte, sondern immer nur gut funktionierte und Befehle anderer ausführte, war es absolut anmaßend, vom Schicksal ein solches Geschenk anzunehmen. Wer weiß, wie lange sie, die schöne Ute, noch bei ihm bleiben würde? Mit verhaltener Ehrfurcht betrachtete er sie, und sein Herz wurde schwer.

Benebelt schleppte er sich ins Bad, spritzte sich eine Handvoll kalten Wassers in Gesicht und Nacken und umhüllte seinen Kopf mit einem nassen Handtuch.

Aus dem Spiegelbild starrte ihm ein turbanbewehrter Faschingsscheich entgegen. Die Mutter hatte recht, wie immer. Sicher würde Ute ihn verlassen und sich im Venus Wellness einen echten Scheich angeln, denn sie war zu perfekt für ihn. Die Tränen schossen ihm in die Augen. Das durfte doch alles nicht wahr sein!

Er war nur ein Werkzeug. Für alle anderen nichts als ein Werkzeug. Angefangen hatte es bereits in der Kindheit, als er dem sterbenden Großvater den Hahn ans Bett brachte, anstatt wie Eltern, Geschwister und andere Verwandte ehrfürchtig in der Tür zu stehen und Abschied zu nehmen. Der Alte hatte ihn darum gebeten, und ohne auch nur eine Sekunde nachzudenken, war Clemens losgeschossen und hatte das Federvieh auf dem Hühnerhof eingefangen und ins Sterbezimmer getragen.

Und die vier Herren aus dem Hinterzimmer des Breznwirtes brauchten sich nur anzusehen, stumm zu nicken und ihm zu befehlen: »Lass deine Frau das für uns erledigen.« Und schon schickte er Ute in den Ring und plünderte auch noch ihre Handtasche. Er war ein durch und durch schlechter Mensch. Dafür schämte er sich.

Auf der Küchenanrichte, direkt neben der Spüle, entdeckte er den Obstler, nahm sich ein Wasserglas vom Regal und füllte es zur Hälfte mit der Medizin des Vergessens.

Gegen zehn Uhr abends klopfte Anna Oberneder an die Apartmenttür ihres einzigen Gastes. »Alles klar bei Ihnen? Sie waren auf dem Lusen? Ich hab mir echt Sorgen gemacht. Gut, dass Sie heil zurück sind!«

Franziska öffnete die Tür. »Na, Sie sind gut! Erst schicken Sie mich auf Ihren Hausberg, und dann tut es Ihnen leid. Aber es hat sich gelohnt. Danke für den Tipp, und danke, dass Sie auf Bella aufgepasst haben.«

»Ehrlich gesagt bin ich wegen Bella hier«, gestand die Heilpraktikerin für Tiere und lehnte sich in die Türfüllung.

Franziska erschrak. »Ist sie krank?«

»Nein, nein. Ich hatte sie ja den ganzen Nachmittag bei mir, damit sie nicht so allein ist, und gegen siebzehn Uhr ist sie plötzlich ganz unruhig geworden. Als würde sie sich große Sorgen machen, als läge ihr etwas auf dem Herzen. Um siebzehn Uhr war es ja schon dunkel, und ich hatte plötzlich Angst, dass Sie sich da oben verlaufen haben könnten.«

»Da war ich schon lange wieder unten!« Franziska lachte. »Zum Glück!«

»Aber um siebzehn Uhr war Bella bei Ihnen, mental«, behauptete Anna Oberneder und fragte fast inquisitorisch nach: »Wo waren Sie da?«

Die Kommissarin stutzte. Was war das denn für eine Nummer? Sie kniff die Augen zusammen und fixierte ihre Gastgeberin. »Lassen Sie mich nachdenken.« Absichtlich zögerte sie ihre Antwort hinaus und log dann: »Ich bin in die Stadt gefahren, habe einen Kaffee getrunken, einen kleinen Spaziergang gemacht und später einen bayerischen Schweinsbraten zu mir genommen. Richtig zünftig. Wie es sich nach einem lebensgefährlichen Aufstieg ziemt.« Sie sagte nichts von ihrem Gespräch mit dem Kollegen Wimmer, nichts von ihrem Besuch im Hause Handgrödinger und auch nichts von ihrem langen Spaziergang durch die Stadt.

»Komisch.« Anna zog die Stirn kraus.

»Was meinen Sie damit?«

»Wissen Sie noch, wo Sie gegen siebzehn Uhr waren?«

Franziska schüttelte den Kopf. »Wenn ich Urlaub habe, schaue ich nicht auf die Uhr. Das gehört dazu.«

»Naja, vielleicht hat sie ja auch nur schlecht geträumt«, bot die Heilpraktikerin als Erklärung an und ging vor der Katze in die Knie. »Meine süße Maus, hast du unruhig geschlafen?« Bella gähnte, setzte sich auf und schien Franziskas Besucherin anzustarren.

»Es wird Ihnen schon noch einfallen, das teilt sie mir gerade mit«, verkündete Anna Oberneder zuversichtlich. »Na, dann lass ich Sie mal allein.« Seufzend stand sie auf.

»Wie wäre es mit einem Glas Wein?« Franziska entkorkte eine Flasche.

»Nein danke, es war ein anstrengender Tag. Für Sie ja wohl auch. Gute Nacht.«

Eigentlich hatte Franziska ihren Mann anrufen wollen, aber jetzt ließ sie sich erst einmal aufs Sofa fallen und beobachtete die Katze, die neben ihr im Sessel lag. Sie spürte, dass die Andeutungen und Vermutungen der Heilpraktikerin sie unruhig machten, und das ärgerte sie. »Siebzehn Uhr«, murmelte sie vor sich hin. »Wo war ich denn da?«

Und dann fiel es ihr wieder ein: Zu genau der Zeit war sie im Haus von Rudolf Handgrödinger gewesen und hatte mit Bodo Specht und der Kosmetikerin aus dem Drogeriemarkt gesprochen. Was hatte die da eigentlich zu suchen? Fragend suchte sie Bellas Blick. Aber die hatte die Augen schon wieder geschlossen.

Sie sah auf die Uhr. Fast elf Uhr abends. Christian könnte ja auch mal bei ihr anrufen. Immer waren es die Frauen, die Kontakt hielten. Sie selbst war da keine Ausnahme. Ob er wohl noch am Schreibtisch saß, auf die gleiche Art und Weise über seine Manuskripte gebeugt wie die einstige Nachbarin des Rudolf Handgrödinger? Wo war die eigentlich vorhin gewesen? Sie hatte sie gar nicht gesehen.

Mit dem großen Zeh des rechten Fußes strich Franziska über Bellas Bauch. Die Katze öffnete die Augen, reckte sich und sprang vom Sessel auf die Couch. Neben Franziskas Ellenbogen blieb sie sitzen, reckte den Kopf und sah ihrem neuen Frauchen tief in die Augen.

»Erzähl mir mal was«, scherzte Franziska und nahm einen Schluck Wein.

Zehn Minuten später saß sie kerzengerade auf dem Sofa und wusste: Da stimmte etwas nicht. Irgendwas war da faul. Warum wollten so viele ganz plötzlich in das Haus?

Morgen würde sie als Erstes Xaver Wimmer anrufen.

## 22. Kapitel

»Ach, Sie sind's, Frau Hausmann. Was verschafft mir die
Ehre?« Hauptkommissar Wimmer bemühte sich um einen
munteren Ton, doch seine Stimme klang erschöpft. Franziska
ahnte: Bis zur Aufklärung des Handgrödinger-Falles würde es
für ihn keine freien Wochenenden geben.

»Ich frag jetzt lieber nicht, ob es schon etwas Neues gibt«,
eröffnete sie das Gespräch, »aber verraten Sie mir doch bitte,
was ausgerechnet die schöne Frau aus der Drogerie im Haus
von Handgrödinger zu suchen hat. Haben Sie die da etwa hingeschickt?«

»Die Frau Ortmair?« Xaver Wimmer schien erstaunt.
»Nichts hat die da zu suchen! Wie kommen Sie denn darauf?
Und vor allen Dingen, was sollte die da? Da haben Sie sich be-
stimmt geirrt.«

»Ich bin gestern dort vorbeigefahren und habe gesehen, dass
sie gemeinsam mit dem Erbenermittler den Nachlass sichtet,
scheint ja vielseitig begabt zu sein, die Gute«, erklärte Franziska
süffisant.

Der Grafenauer Hauptkommissar schwieg einen Augenblick. »Sind sie sich da ganz sicher?«

»Absolut.« Franziska nickte und fügte hinzu: »Scheint
überhaupt sehr begehrt zu sein, dieses Anwesen an der Waldschmidtstraße.«

»Wie soll ich das verstehen?«

»Da war nicht nur die junge durchgestylte Frau, da waren
auch der Apotheker, der Zahnarzt und jener Herr, bei dem ich
vor einigen Tagen eine ziemlich teure Wollmütze erstanden
habe.«

»Was, der Simbacher? Und was wollten die alle dort? Das ist ja quasi der gesamte Vorstand unserer GWG!« Xaver Wimmer klang eher empört als überrascht. »Diese Herren haben doch mit dem Handgrödinger gar nichts zu tun. Und warum sollte ausgerechnet die Ortmair Ute dem Erbenermittler zur Hand gehen? Ist die vielleicht mit dem verwandt oder befreundet?«

»Sehen Sie, genau diese Fragen habe ich mir auch gestellt.« Der Hauptkommissar schien nach Luft zu schnappen. »Da stimmt was nicht. Ich werde der Sache nachgehen.« Schon etwas freundlicher wollte er dann wissen: »Kommen Sie eigentlich noch mal in die Stadt?«

»Gerne, wenn Sie wollen. Wir könnten uns beispielsweise heute zum Mittagessen treffen.«

»Ich weiß nicht, ob ich für so was Zeit habe.«

Genauso sah er aus, dachte Franziska. Wie ein Hungerhaken. Sie fiel ihm ins Wort und stellte klar: »Sie nehmen sich die Zeit, und wir fachsimpeln ein wenig. Ich hole Sie dann gegen halb eins ab. Stichwort Erfahrungsaustausch.«

Ihm zu gestehen, dass der Fall sie beschäftigte, weil sie sich dem Glasbläser so nahe gefühlt hatte, verkniff sie sich gerade noch. Xaver Wimmer sollte bloß nicht denken, dass sie neugierig war. Ihre Anteilnahme an den aktuellen Ermittlungen entsprang einem rein professionellen Interesse. Außerdem würde sie ab dem 1. Dezember wieder eine von ihnen sein. Und bis dahin waren es nur noch wenige Wochen.


»Was soll ich?« Ute Ortmair riss ihre rehbraunen Augen auf. »Hier verschwinden? Also wirklich! Was fällt Ihnen ein? Herr Specht hat mich gebeten, ihm zu helfen, und das mache ich nun auch. Sie haben mir gar nichts zu sagen!«

»Sie sind nicht befugt«, stellte der hochgewachsene Mann vor ihr klar und nahm sich mit einer höflichen Geste die Pelzmütze vom Kopf. »Oder wollen Sie etwa behaupten, dass Sie eine Erbenermittlerin sind? Das wüsst ich aber! Ich kenn nämlich alle Erbenermittler der Region. Also, wir kümmern uns jetzt darum.« Mit einer sanften Handbewegung schob er Ute beiseite.

»Was heißt hier ›wir‹, und was heißt ›nicht befugt‹?«, fragte Frau Ortmair empört.

»Wir, das sind die kriminaltechnischen Untersucher – mein Team und ich.« Er reichte ihr die Hand. »Karl Stockmann. Polizeiinspektion Grafenau, Hauptkommissar. Wir hätten uns gleich darum kümmern sollen. War von Anfang an meine Meinung!« Dann musterte er sie von oben bis unten. »Danke. Sie brauchen wir hier nicht mehr.«

Ute schnappte erneut nach Luft: Noch nie war ihr jemand so unverschämt gekommen. Sie erinnerte sich an die vielen Krimis, die sie sonntags zusammen mit Clemens auf der Couch gesehen hatte, und fragte kühn: »Haben Sie denn einen Durchsuchungsbeschluss?«

»Natürlich«, antwortete Stockmann und stieg erstaunlich behände in einen weißen Overall.

»Seit Tagen ackere ich hier wie deppert rum, und nun kommen Sie und schicken mich heim. So geht es nicht!« Sie trat in den Hausflur und rief laut: »Bodo, kommst du mal?«

»Genau, den Herrn Specht wollte ich auch noch sprechen.« Stockmann winkte in Richtung eines Kleinbusses, dem zwei Frauen und zwei Männer entstiegen. »Bringt gleich das ganze Besteck mit«, rief er ihnen zu. »Und zieht euch die Schutzanzüge an. Man kann nie wissen.«

»Das geht nicht!« Ute stampfte mit ihren roten Stiefeln auf. »Wir haben am Donnerstag angefangen und befinden uns mitten im Prozess.« Ihr Herz klopfte, und sie fragte sich, warum sie sich so aufregte – aber dieser Typ kam ihr heute gerade recht.

Es gab Tage, die waren wie ein Griff ins Klo, und dieser

Samstag erwies sich als ein solcher. Erst hatte Clemens nicht wach werden wollen, und als sie in der Küche die leere Flasche Obstler entdeckte, war sie ganz plötzlich auf den Gedanken gekommen, möglicherweise mit einem versteckten Alkoholiker verheiratet zu sein. Das würde auch sein komisches Verhalten in den letzten Tagen erklären. Auf dem Weg zum Handgrödingerhaus war sie zudem in Höhe des Friedhofes ausgerutscht und hatte sich dabei nicht nur den Knöchel an der Bordsteinkante angehauen, sondern sich auch noch einen Riss am Schaft des rechten Stiefels zugezogen – und jetzt dieser Stockmann: Der hatte ihr gerade noch gefehlt!

Sachlich blickte er mit seinem kantigen Gesicht auf sie hinab und wiederholte mit messerscharfer Stimme: »Mitten im Prozess. Dann passen Sie bloß auf, dass Sie nicht einen Prozess wegen unerlaubter Einmischung an der Hacke haben«, und schob sie zum drittenmal innerhalb von fünf Minuten wie einen lästigen Gegenstand zur Seite.

In diesem Augenblick vernahm sie Bodos Schritte hinter sich und triumphierte innerlich. Na, der würde es diesem Stockmann zeigen! So ging es ja wirklich nicht.

Stattdessen aber fielen sich die beiden Männer um den Hals. Die Welt war ein Tollhaus.


Alice Fischbacher legte ihre Druckfahnen beiseite. Nebenan war es einfach zu laut! So konnte man nicht arbeiten! Diese Ute war eine echte Nervensäge. Am besten wäre es, sie würde verschwinden, damit Bodo Specht in Ruhe seine Aufgaben erledigen und dazu seine wunderbare Musik hören konnte. Klar, dass die Kosmetikfachverkäuferin für Bach'sche Fugen und Zwischentöne kein Gefühl hatte.

Sie blickte hoch. Direkt vor dem Bärenhof stand ein VW-Bus mit offenen Türen. Davor zwängten sich vier Personen in weiße Overalls.

Mit einem Mal hörte sie Ute noch wütender als zuvor auf-
schreien und verspürte tatsächlich sowas wie Schadenfreude.
Das geschah der ganz recht! Neugierig legte sie sich ihre Woll-
decke um die Schultern und schlich zum Lauschen in die Diele.

»Dann passen Sie bloß auf, dass Sie nicht einen Prozess
wegen unerlaubter Einmischung an der Hacke haben«, verkündete eine Männerstimme mit verhaltenem Zorn, und Alice
frohlockte. Kurz darauf nahm sie wahr, wie sich zwei Herren
aufs herzlichste begrüßten. Einer davon war Bodo.

»Wir lösen euch jetzt ab«, sagte die fremde Männerstimme.

»Wie das?«, wollte Bodo wissen.

»Spurensicherung. Der Fall ist weiterhin ungeklärt, und ich
bin mir sicher, dass wir hier noch wichtige Hinweise finden.
Glücklicherweise konnte ich nun auch den Kollegen Wimmer
davon überzeugen. Gut Ding braucht eben manchmal Weile.«

»Wir inventarisieren doch nur alles. Wir nehmen nichts mit.
Und wenn mir was aufgefallen wäre, hätt ich euch sofort be-
nachrichtigt.« Bodos Stimme klang beruhigend. »Du kennst
mich doch!«

»Aber die da«, sagte der Fremde, und Alice stellte sich vor,
wie er mit spitzem Zeigefinger auf Ute wies. »Was macht die
denn hier?«

»Mein Gott, sie geht mir beim Auflisten zur Hand.« Jetzt
nahm Bodo diese eingeschlichene Hilfskraft auch noch in
Schutz! Männer, dachte Alice, auf jedes schöne Gesicht fielen
sie herein. Es war nicht zu fassen!

»Auf jeden Fall übernehmen wir das jetzt. Das ist auch ganz
im Sinne des Oberstaatsanwaltes!« Der Fremde klang so, als
dulde er keinen Widerspruch. »Aber du kannst natürlich weiter dabei sein. Wir kommen ja aus der gleichen Schule, dir
kann ich vertrauen.« Alice hielt den Atem an. Sag ja, dachte
sie, sag ja. Dabei verkrampfte sie sich innerlich.

»Da muss ich erst einmal mit meinem Büro telefonieren«,

antwortete Bodo nachdenklich. »Und wenn ich euch helfe, brauche ich dafür einen offiziellen Auftrag. Denn eine Spurensicherung ist ja wohl was anderes als eine Erbenermittlung.«

»Kein Problem. Wir können jeden Mann gebrauchen«, hörte sie den Fremden antworten. »Vor allem Leute wie dich, die so genau und ordentlich arbeiten.«

Ha, dachte Alice schadenfroh. Das war ein eindeutiger Schlag gegen Ute die Gute. Erneut lauschte sie auf Bodos Stimme: »Lass mich erst mal in Passau anrufen.«

Passau. Alice erstarrte. Mit ihrer Minirente würde sie sich niemals eine Wohnung in Passau leisten können. »Und was ist mit unseren Geistern?«, flüsterte sie in ihrer verspiegelten Diele vor sich hin. »Wir sind doch mit denen verabredet!«

Nebenan wurde es still. Kurz darauf sah sie Ute Ortmair mit gesenktem Kopf an ihrem Fenster vorbeigehen und verspürte einen leisen Triumph.


»Rudolf Handgrödinger, wer war das eigentlich?«, begann Franziska Hausmann ihr Gespräch mit Xaver Wimmer.

Der blickte kurz von der Speisekarte auf. »Ehrlich gesagt, das wüsste ich auch gerne. Er ist durchs Leben gegangen, ohne zwischenmenschliche Spuren zu hinterlassen. Was von ihm bleibt, sind gläserne Objekte. So etwas habe ich noch nie erlebt.«

»Keine Freunde?«

Der Kommissar schüttelte den Kopf. »Er ging nie aus, hatte keine Freundin und tüftelte in seiner Glasmanufaktur in Frauenau vor sich hin. Angeblich hat er mit kaum jemandem gesprochen, und wenn, dann nur das Nötigste. Hinzu kommt, dass er bis vor einem halben Jahr mit seinem Vater zusammen in dem Haus gelebt hat. Und der Handgrödinger Lambert war nicht leicht zu haben. Er ist heuer im August verstorben.«

Franziska nickte. »Ich weiß.« Sie biss sich kurz auf die Unterlippe, beschloss dann aber doch, den Kommissar einzuweihen: »Sie wissen ja, dass ich Rudolf Handgrödinger gekannt habe. Wir haben lange miteinander geredet. Und zwar nicht nur geschäftlich.«

Xaver Wimmer wurde blass. »Und wieso erfahre ich das erst jetzt?«

»Es hat nichts mit seinem gewaltsamen Tod zu tun«, versicherte sie schnell.

Gereizt schüttelte er den Kopf. »Das können Sie doch gar nicht beurteilen, und das wissen Sie auch. Gerade Sie!«

»Glauben Sie mir, ich weiß, wovon ich spreche. Wäre mir irgendetwas eigenartig vorgekommen, so hätte ich es Ihnen als Erstes erzählt.«

»Er hat mit niemandem hier im Ort gesprochen und so gut wie gar nicht mit seinen Kollegen«, regte Xaver Wimmer sich weiter auf. »Warum ausgerechnet mit Ihnen? Also das wüsste ich gern!«

»Vielleicht weil ich fremd bin«, bot Franziska an. »Den Kontakt mit ihm habe ich aufgenommen, um bei ihm ein Weihnachtsgeschenk für meinen Mann in Auftrag zu geben. Aber das wissen Sie ja schon. Mein Mann sammelt nämlich Glaskunst.« Sie fragte sich, warum sie ihn jetzt auch noch angelogen hatte.

»Aha, und was schenken Sie ihm jetzt? Das Kunstwerk hat er ja wohl nicht mehr fertigbekommen, oder?« Wimmers Stimme klang eigenartig aggressiv.

»Jetzt bekommt er eine Katze. Und zwar die vom Handgrödinger.«

»Sie haben sich also nicht nur geschäftlich mit ihm unterhalten«, stellte Wimmer nach einer Weile klar und gab der Bedienung ein Zeichen.

»Und worum ging es in dem Gespräch?«, fragte er, nachdem er formvollendet ihre und seine Bestellung aufgegeben hatte.

Da war also doch was dran, dachte Franziska unvermittelt, Grafenau ist nicht umsonst von der Knigge-Akademie als höflichste Stadt Deutschlands ausgezeichnet worden.

»Um Krankenschwestern«, sagte sie dann.

Wimmer riss die Augen auf und schüttelte den Kopf. »Das ist nicht Ihr Ernst!«

»Doch.« Sie nickte.

»Und warum?«

»Er dachte, ich sei eine.«

»War er etwa krank?«

Franziska schüttelte den Kopf. Sie fragte sich, ob sie dem Kommissar erzählen sollte, dass sie auf Wunsch des Apothekers und auf Vermittlung des Staatsanwalts mit Handgrödinger Kontakt aufgenommen hatte, ließ es dann aber aus einem Bauchgefühl heraus sein. Das würde nur noch mehr Verwirrung stiften. Wimmer hatte ihr ja auch nicht erzählt, ob und wann er den Apotheker Huber nach den anderen Vieren gefragt hatte – und um welche Herren es sich handelte. Dabei war die Information klar und deutlich gewesen, und die Telefonistin hatte ihr die Nachricht sogar noch mal vorgelesen. Absolut unzweideutig. Wenn der sich bedeckt hielt, konnte sie das auch. Und überhaupt: Nicht einmal bedankt hatte er sich für diesen Tipp!

Stattdessen beugte sie sich vor und flüsterte: »Ich glaube, er hatte eine Freundin. Zumindest jedoch gibt es eine Frau, die ihn gern mochte.«

»Wie kommen Sie darauf?«

»Als ich mich mit ihm traf, stand sie plötzlich in dem Lokal, in dem wir uns verabredet hatten, schaute kurz um sich und rannte wieder fort. Ich kann mich erinnern, dass ich von ihm wissen wollte, ob er gestalkt würde. Das hat er verneint.«

Wimmer war ganz Ohr und beugte sich nun auch über den Tisch, um möglichen Lauschangriffen von den Nachbartischen vorzubeugen. »Kennen Sie die Frau? Zufälle gibt es immer.«

»Klar kenn ich die. Es ist seine Nachbarin. Alice Fischbacher. Haben Sie mit der schon gesprochen?«

Er nickte. »Als Erstes. Aber die weiß nichts und hat auch nichts gehört. Dass sie mit dem eine Beziehung hatte, hat sie uns auch nicht verraten. Das hätt sie doch sagen können, die arme Frau.« Der Kommissar griff zum Telefon. »Da soll der Stockmann gleich mal rübergehen und sie zur Rede stellen.«

»Stopp!« Franziska hob die Hand. »Ich habe nicht gesagt, dass zwischen den beiden etwas war. Es hatte eher den Anschein, als wünschte sie sich das. Zumindest hatte ich das Gefühl. Und außerdem – was soll sie schon gehört haben? Der Mord hat ja nicht in seinem Haus stattgefunden.« Sie zögerte ein wenig, doch dann fragte sie ihn doch: »Sind Sie eigentlich schon weitergekommen mit Ihren Ermittlungen?«

»Nicht wirklich«, gestand er. »Wir wissen, dass die Handschuhe von Hand gestrickt wurden – allerdings mit Strumpfgarn. Aber was meinen Sie, wie viele Leute hier ihre Socken selber stricken? Außerdem hat Kollege Stockmann herausgefunden, dass auf den Winter- und Weihnachtsbasaren hier im Bayerischen Wald handgestrickte Socken grad ein Renner sind. Insofern können wir davon ausgehen, dass in jedem Haushalt irgendjemand am Ofen sitzt und mit Stricknadeln klappert. Socken, Handschuhe, Schals, alles, was man im Winter so trägt. Keine Ahnung, wie wir da weiterkommen sollen. Wir können ja wohl nicht alle Besitzer von schwarzen Wollhandschuhen vorladen – außerdem hat der Täter die garantiert als Erstes entsorgt.« Seufzend stocherte er in dem duftenden Gulasch, das vor ihm auf dem Tisch stand.

Franziska hatte sich einen Fitnesssalat bestellt, der mit einer Stange Baguette und einem Viertelpfund Butter angeliefert worden war und so übersichtlich wirkte, dass sie jetzt schon wusste: Satt werden würde sie davon keinesfalls!

Wimmer blies auf das dampfende Fleischstück auf seiner

Gabel. »Ich weiß wirklich nicht, wie wir da weiterkommen sollen. Der Täter muss sich von hinten an sein Opfer herangeschlichen haben, während Handgrödinger auf dieser Bank saß. Hätte der Glasbläser aufrecht gestanden, hätten wir zumindest einen Anhaltspunkt, wie groß der Mörder sein könnte. Aber so ...« Er schob sich das Gulaschstück in den Mund, kaute einen Moment und fuhr fort: »Da kommt praktisch jeder in Frage. Angefangen bei einem Meter zwanzig bis hin zu zwei Meter zehn. Keine Chance.«

»Und das Umfeld des Toten gibt auch keine Hinweise?« Franziska strich sich Butter auf ihr Baguette und griff nach dem Salzstreuer.

»Sie sagen es. Der Rudolf war mit keinem verfeindet, aber auch mit niemandem befreundet. Hätte jemand seinen Vater erschlagen, so würde ich das zur Not sogar verstehen, denn der alte Handgrödinger war ein Streithammel sondergleichen, dem konnte es keiner recht machen. Der eckte überall an. Vielleicht ist der Sohn ja grad deshalb so sanft und unauffällig gewesen.«

»Und nun?«, fragte sie.

»Wir werden uns jetzt erst einmal auf das Handgrödingerhaus konzentrieren. Es ist doch verdächtig, dass sich ganz plötzlich so viele dafür interessieren«, weihte er sie ein. »Der Oberstaatsanwalt sieht das übrigens genauso. Wir haben problemlos einen Durchsuchungsbeschluss gekriegt.«

Franziska hob die Augenbrauen. »Dr. Benno Holdenrieder?«

Ihr Gegenüber nickte. »Kennen Sie ihn?«

»Mein Mann war Anfang der Woche mit ihm unterwegs. Sieht so aus, als hätte er sich da einen weiteren alten Mähdrescher der Marke Fendt zugelegt.«

Xaver Wimmer lächelte zum ersten Mal in ihrer Gegenwart und nickte. »Wenn das so ist, dann kennen Sie ihn ja ziemlich gut. Ihn und sein Hobby. Gut, dass er nun im Donautal nach einer neuen Hofstelle sucht. Wenn das so weitergeht, braucht er wirklich mehr Platz für seine Traktoren.«

»Es darf dort allerdings niemals eine Überschwemmung geben«, bemerkte Franziska.

»Wie ich den kenne, wird der die Scheunen für seine Museumsstücke gleich auf Stelzen bauen«, meinte der Kommissar. »Aber dass sich so viele für das Handgrödingerhaus interessieren, macht mich wirklich stutzig.«

Franziska nickte. »Könnte sich in dem Haus irgendetwas befinden, was den Täter verraten würde?«

»Das kann nicht sein! Das ist zu weit hergeholt und würde bedeuten, dass der Apotheker, der Zahnarzt oder gar unser ewiger Stenz was mit dem Glasbläser zu tun gehabt hätten. Haben Sie aber nicht, die haben nicht mal Kunst bei dem gekauft!«

»Aber irgendetwas muss dort sein.« Franziska ließ nicht locker.

»Die Spurensicherung ist jetzt im Haus. Und wenn einer was findet, dann ist es der Stockmann mit seinem Team!«

»Sie sind sich ganz sicher, dass der Erbenermittler nichts hat mitgehen lassen?«

»Niemals!« Vehement schüttelte er den Kopf. »Das ist ein ganz ein zuverlässiger Mann. Stockmann und er haben früher viel zusammengearbeitet. Aber dann hat der Herr Specht sich als Erbenermittler selbstständig gemacht. Schichtdienst ist nun mal nicht jedermanns Sache«, fügte er als Erklärung hinzu.

»Was hat eigentlich die junge Frau damit zu tun, die offenbar dort mitarbeitet? Ist die vielleicht mit dem verwandt oder verschwägert?«

»Ich weiß es nicht. Aber heute Nachmittag werde ich mich darum kümmern. Außerdem hat Stockmann sie schon weggeschickt.«

»Halten Sie mich bitte auf dem Laufenden?«

Er nickte.

Erst als der Kaffee vor ihnen stand, fragte sie nach dem Skelett. »Gibt es da schon irgendwas Neues?«

Er nickte, und so etwas wie ein Strahlen huschte über sein Gesicht. »Stellen Sie sich vor, unser Herr Stockmann hat tatsächlich einen Botaniker gefunden, der sich ausgerechnet auf die Wurzelbildung von Eiben spezialisiert hat. Was es alles gibt!«

»Und?« Franziska beugte sich vor.

»Wir haben herausgefunden, dass die Wurzeln der Eibe die Handknochen des Toten weggedrückt haben. Damit kann der Zeitpunkt seines Todes noch genauer bestimmt werden als allein mit der Radiokohlenstoffdatierung, die den Zeitpunkt der Bestattung auf das Jahr 1945 eingrenzte.«

Franziska nickte ungeduldig.

»Die Wurzelbildung der Eibe spezifiziert ihn auf den Frühsommer genau dieses Jahres.«

Gedankenversunken ließ er sechs Stückchen Zucker in seine Kaffeetasse fallen, und die Kommissarin fragte sich, wie er es geschafft haben mochte, so schlank zu bleiben.

»Wissen Sie, ich bin heilfroh, dass ich den Zeitraum jetzt so klar eingrenzen kann.«

»Bis 1945 hatten wir Krieg«, gab Franziska zu bedenken. »In dieser Zeit sind viele Menschen verschwunden.«

»Aber danach«, triumphierte er. »Danach wurde wieder alles akribisch genau festgehalten, und ich habe zwei Polizeihauptmeister als Sonderermittler an die Vermisstenlisten von damals gesetzt.« Er betonte den Dienstgrad seiner Untergebenen mit so viel Nachdruck, als beweise allein das besonderes Expertentum. »Was für ein Glück im Unglück, dass keiner Zeit hatte, das Archiv zu sichten und verjährte Akten zu vernichten. Alles noch da. Und alles wird nun durchgecheckt. Da kann gar nichts mehr durchs sogenannte Raster fallen.«

Er trank seinen Kaffee aus und wechselte das Thema: »Erklären Sie mir bitte noch, welche Beziehung der junge Handgrödinger ausgerechnet zu Krankenschwestern hatte? Soweit ich weiß, war der nämlich nie ernsthaft krank.«

»Darüber habe ich viel nachgedacht«, antwortete sie ehrlich. »Inzwischen glaube ich, dass er Krankenschwestern mit Verständnis und Zuwendung gleichsetzte. Er hat sie mystifiziert.«

»Sein Alter konnte ihm ja auch weder das eine noch das andere geben. Man kriegt nie das, was man braucht.« Bevor Xaver Wimmer diese kryptische Anmerkung erklären konnte, klingelte sein Handy, und er sah auf das Display. »Sorry, aber da kommt grad eine SMS vom Stockmann. Ich muss los.«

## 23. Kapitel

Tanja Huber stand mit geschlossenen Augen hinter ihrem Mann und fuhr mit den Fingern durch die Luft. »Was ist mit dir los?«, fragte sie. »Deine Aura ist ja total zerfetzt!«

Abrupt drehte er sich nach ihr um. »Verdammt noch mal, mach die Augen wieder auf. Deine Eltern haben dich nicht für viel Geld operieren lassen, damit du weiterhin die Blinde spielst.«

»So seh ich aber mehr«, widersprach sie. »Du bist ja total gestresst.«

»Weil du mich nervst, mit deinen Ahnungen, deiner Aura und deinem ewigen Beten!« Dann ging er zum Angriff über: »Was ist denn nun mit dem versprochenen Schwiegersohn für unsere Schweineprinzessin? Wie entwickeln sich die Dinge? Wird Zeit, dass mich mal einer ablöst.«

»Nenn sie nicht immer Schweineprinzessin«, ermahnte Tanja mit sanfter Stimme.

»Sie ist es doch, die dauernd von den Schweinen spricht«, fauchte er wütend und setzte noch eins drauf: »Du hast ihr das eingeredet und ihr immer nur rosafarbene Plüschschweine zum Spielen gegeben.«

»Wie soll sich denn jemals einer in unsere Nähe trauen, wenn du so schlechte Vibrations hast. Wir müssen erst mal deine Aura putzen.«

»Putz du erst mal das Haus, und mach verdammt nochmal die Augen wieder auf«, fuhr er sie an. »Wenn du nur einmal richtig hinschauen würdest, könntest du sehen, was das hier für ein Saustall ist. Aber nein, meine Gnädige läuft lieber mit geschlossenen Augen durch die Gegend und macht sich zum

Gespött der Leute.« Er wuchtete sich aus dem Sessel und schob sie zur Seite.

»Wo gehst du hin?« Sie öffnete die Augen.

»Ich muss an die frische Luft. Hast du das etwa nicht in meiner Aura gelesen?«

Während er durch den Ort ging, schimpfte er halblaut vor sich hin. Weiberleut! Die waren doch alle gleich! Warum war ausgerechnet er mit zwei solchen Frauen gestraft worden? Die eine betete von früh bis spät und hielt sich mehr in der Kirche als daheim auf, die andere schwärmte von quiekenden Schweinen und behauptete, die seien ebenso intelligent wie Menschen. Da war es kein Wunder, dass seine Tochter keinen Mann fand. Schließlich lief sie immer in viel zu weiten Hosen, übergroßen Pullovern und ausgelatschten Schuhen herum, band sich das Haar zu einem Pferdeschwanz und wollte unbedingt Schweinebäuerin werden. Wie konnte man nur auf einen derart hirnrissigen Gedanken kommen! Hätte sie sich nur mal so elegant gekleidet wie die Frau vom Ortmair!

Korbinian Huber versuchte sich zu beruhigen, doch das fiel ihm im Moment nicht leicht. Schließlich lagen seine Nerven seit einigen Wochen blank. Begonnen hatte das ganze Elend mit diesem sechzig Zentimeter langen Fundstück, wie er es insgeheim nannte, da er sich das andere Wort, jenes, das Florian, Clemens, Andreas und Herbert im Hinterzimmer des Breznwirtes so bedenkenlos aussprachen, nicht einmal zu denken traute. Doch auch jetzt raste es in Großbuchstaben durch seinen Kopf: SARG.

Er hatte das gläserne und grünlich schimmernde Ding an jenem Samstagmorgen um sechs Uhr früh in der Hand gehabt und sofort gewusst, dass er es verstecken musste. Nicht nur vor Frau, Tochter und sämtlichen Nachbarn, sondern vor allem vor sich selbst.

Dem Objekt haftete etwas absolut Bedrohliches an. Garantiert war es vom Glasbläser geschaffen worden. Nur einer wie der verfügte über die Fähigkeit, eine derart finstere Magie in seine Kunst einfließen zu lassen. Warum aber weigerten sich die anderen weiterhin, das Ausmaß der kommenden Katastrophen überhaupt in Betracht zu ziehen? Wo er, Korbinian Huber, so voll von schrecklichen Ahnungen war. Und seine Vorahnungen hatten ihn selten getrogen.

Inzwischen hatten die vier anderen Empfänger des Glasobjektes ihm sogar noch zu verstehen gegeben, dass sie die täglichen Treffen im Gasthaus Zur Brezn als lästig empfanden. Angeblich würde er als Einziger alles unnötig aufbauschen. Das Objekt sei nichts als ein Scherz gewesen.

Auf seinem Kopf, unterhalb des Filzhutes, bildeten sich Schweißperlen.

Die hatten doch überhaupt keine Ahnung! Dieser gläserne Gegenstand würde sie alle ins Unglück reißen, Korbinian Huber spürte es, aber auf ihn hörte ja keiner. Nicht einmal seine zwei Frauen.

»Also, was habt ihr gefunden?« Xaver Wimmer stand in dem eiskalten Haus der Glasbläserdynastie und zog den Mantel enger um sich. »Hier ist es ja noch frostiger als draußen, und da hat es schon minus zehn Grad.«

»Wir schwitzen in unseren Overalls«, behauptete Karl Stockmann trotz seiner roten Nase. »Außerdem will ich erst die Brennkammern der Öfen in den Schlaf- und Wohnräumen untersuchen, bevor da ein neues Feuer entfacht wird. In der Küche hat Spechts attraktive Assistentin ja so heftig eingeheizt, dass die sich gar nicht mehr warm anziehen musste. Falls da was versteckt war, hat es sich in Rauch aufgelöst.«

»Wo steckt die Frau Ortmair denn jetzt?«

»Ich hab sie heimgeschickt.« Er grinste. »So wie die rumstöckelt, das lenkt meine Männer nur ab.«

»Und Bodo Specht?«

»Ich hoffe, der wird uns unterstützen. Er weiß, wie wir arbeiten und worauf es mir ankommt. Ich hab ihm für die Wochenendschicht einen Dienstvertrag angeboten. Im Moment ist er drüben im Hotel und telefoniert mit seinem Büro.«

Der Hauptkommissar nickte. »Meinst du, ihr seid bis morgen durch?«

»Wenn wir dranbleiben können, schon.«

Xaver Wimmer hielt sein Handy hoch. »Was sollte die SMS? Was genau habt ihr gefunden?«

»Komm mit, ich zeig es dir.« Der Spurenermittler reichte dem Kommissar zwei hellblaue Plastiküberzieher: »Pack aber vorher deine Stiefel ein.«

Gemeinsam stiegen sie eine unglaublich enge Treppe hoch, die von keiner Glühbirne erleuchtet wurde. Xaver Wimmer zählte neunzehn lebensgefährliche Stufen.

»Die konnten es sich noch leisten, die Zimmer einfach leer stehen zu lassen. Das ist natürlich jetzt unser Glück«, erklärte Karl Stockmann und hielt auf dem obersten Treppenabsatz inne. »Hier haben wir, so nehme ich an, den Raum, in dem einst Heidelinde Handgrödinger starb, die Mutter vom Rudolf.«

»Meine Güte, das ist doch schon Ewigkeiten her«, erinnerte sich Xaver Wimmer. »Ich war damals grad eingeschult worden, als die schreckliche Geschichte die Runde machte.«

»Ich hatte ein paar Tage davor meinen Dienst bei der Polizei angetreten«, nickte Karl Stockmann. »Die haben versucht, die Leiche von der Handgrödingerin ausgerechnet diese Treppe hinunterzuschaffen. Und einem von den Feuerwehrleuten ist die Tote dann ja auch volle Kanne in den Nacken gerutscht. Das hätt dem fast das Genick gebrochen – war aber glücklicherweise dann doch nur die Schulter.«

»Meine Güte, was haben wir uns gefürchtet.« Xaver Wimmer schüttelte sich demonstrativ. »Für uns Kinder hatte das absolutes Gänsehautpotenzial. Deshalb sind auch die tapfersten von uns nach der Schule direkt in die Waldschmidtstraße marschiert, haben mutprobenmäßig vor dem Horrorhaus gestanden und mit Todesverachtung auf die verschlossenen Fenster gestarrt.«

»Und ich hab euch weggescheucht.« Karl Stockmann lächelte.

»Was hatte eigentlich die Feuerwehr damals hier zu suchen?«

»Der Bestattungsunternehmer hatte bei der Feuerwehr einen Kranwagen angefordert, um die Tote durch das Fenster aus dem Haus zu hieven. Aber die Fenster waren zu klein für die Hundert-Kilo-Frau. Schau mal!« Stockmann öffnete die Tür zum ehemaligen Sterbezimmer der Handgrödingerin.

Xaver Wimmer begriff sofort, was er meinte. »Das sind ja keine Fenster, das sind Schießscharten. Da pass ja nicht mal ich durch.«

»Genau, und das will was heißen.« Der oberste Spurenermittler maß seinen spindeldürren Kollegen von oben bis unten. »Insofern blieb doch nur die Treppe übrig. Aber erst mussten sie warten, bis sich die Leichenstarre wieder gelöst hatte. Und das hat gut anderthalb Tage gedauert. Schau dir mal die enge Treppe an – und dann stell dir ein unförmiges Gewicht von hundert Kilo vor. Die konnten die Tote nicht auf eine Trage schnallen, mit der wären sie nämlich nicht ums Eck gekommen. So haben sie sie in Tücher gewickelt und verschnürt.«

»Und du meinst tatsächlich, dass das Zimmer seitdem nicht mehr betreten wurde?«

Karl Stockmann nickte. »Sieht ganz so aus. Schau dich doch mal um. Die hatten genug Platz und haben alles so gelassen, wie es war. Unser Glück ist, dass Bodos knackige Assistentin sich hier noch nicht reingetraut hat. War ihr wohl zu dreckig! Aber dafür sind nun meine Damen fündig geworden.«

Er wies auf zwei untersetzte Frauen in weißen Overalls, die im ebenso staubigen und offensichtlich unbewohnten Nachbarzimmer einen Schrank auseinandernahmen.

»War mein Vorschlag«, reagierte er auf Wimmers Stirnrunzeln. »Denn in diesem Schrank hier, der übrigens ganz leer war, haben wir eine doppelte Rückwand entdeckt. Weil wir so gründlich sind.«

Der Hauptkommissar kroch halb ins Schrankinnere hinein, tastete die Wand ab, lauschte und murmelte nach einer Weile: »Tatsächlich. Ein geniales Versteck.«

»Und was meinst du, was wir dahinter gefunden haben?«

»Ein Geheimfach?«

»Exakt. Ein Geheimfach.« Der Kriminaltechniker klang stolz. »Und schau mal, in dem Loch war das hier verborgen!« Theatralisch öffnete er eine kleine Holzschachtel und zog aus knisterndem Pergamentpapier ein grünes Stück Stoff von der Größe eines Taschentuchs hervor. »Das war da drin! Nur das!«

»Und was soll das sein?« Xaver Wimmer streifte sich Latexhandschuhe über und griff nach dem Gewebestück.

»Fallschirmseide«, wusste Stockmann. »Nur warum um Himmels willen versteckt man Fallschirmseide?«

»Keine Ahnung. Mich darfst du das nicht fragen.« Der Kommissar nahm den Stofffetzen erneut in Augenschein. »Grüne Fallschirmseide. Ist so was denn wertvoll?«

»Nee.« Stockmann schüttelte den Kopf. »Kurz nach dem Krieg, als wir gar nichts hatten, da haben sich manche Mäntel oder Jacken daraus geschneidert. Ist immerhin wasserabweisend, das Material. Aber so wertvoll, dass man sie verstecken müsste, nee, so wertvoll ist diese Seide nicht. Und dann auch noch so wenig! Das reicht ja nicht mal für eine Puppenjacke.«

Xaver Wimmer wunderte sich. Nie hätte er gedacht, dass ausgerechnet der Karl sich mit Puppenkleidung auskannte. »Und sonst war nichts in der Schachtel?«

Stockmann schüttelte seinen kantigen Kopf: »Gar nichts. Leider!«

»Und wenn etwas darin gewesen wäre, und jemand hätte es später herausgenommen? Beispielsweise ein Zettelchen, das uns alles erklärt?«

»Das wär zu schön, um wahr zu sein, oder? Aber wenn es so gewesen sein sollte, dann kriege ich es auch raus.« Behutsam ließ er das Kistlein samt Inhalt in einer Plastiktüte verschwinden. »Das wird akribisch untersucht. Darauf kannst du dich verlassen.«

»Wenn die Seide als solche keinen materiellen Wert hat, dann vielleicht einen ideellen«, dachte der Kommissar laut vor sich hin.

»Als spezielle Erinnerung für Heidelinde, im Gedenken an heimliche Glücksmomente, von denen der Handgrödinger Lambert besser nichts wissen sollte. Und das kann dann ja nur eine Liebschaft gewesen sein«, schlussfolgerte Karl Stockmann kühn und dachte an die Hundert-Kilo-Frau, die er als Jugendlicher so oft vor dem Haus gesehen hatte. Fast täglich hatte sie auf einer Bank in der Waldschmidtstraße gesessen und ihr Gesicht in die Sonne gehalten.

»Genau.« Xaver nickte. »Eine Liebschaft zu einem Fallschirmspringer – das Problem ist nur, dass es hier in Grafenau vor dreißig Jahren noch keine Fallschirmspringer gab. Das ist erst viel später wieder in Mode gekommen.«

»Und von den Handgrödingern können wir niemanden mehr befragen. Der Rudolf war der letzte seines Stammes. Meine Güte, wie sich das anhört, als würde gleich ein ganzer Wald gefällt!«

»Es sei denn, wir finden irgendwo noch Tagebücher.«

»Wer schreibt denn heut noch Tagebücher? Und wenn das eine geheime Liebschaft war, dann hat sie das bestimmt keinem Bücherl anvertraut.«

»Stimmt.« Wimmer sah auf die Uhr. »Steht sonst noch was an?«

»Du wirst über alles informiert«, beruhigte Karl Stockmann ihn. »Hast du etwa noch einen Termin? In dieser Sache?«

Xaver Wimmer nickte. »Du weißt doch, wir sind immer im Dienst. Ich hab die Ortmair Ute um sechzehn Uhr zu mir bestellt.«

»Dann frag die doch gleich mal, wieso die dem Erbenermittler geholfen hat.«

»Was sagt denn dein Bodo dazu? Ihr seid doch so dicke. Hat der eine Erklärung? Hast du ihn gefragt?«

»Ja logo, als Erstes.« Stockmann zog sich die Latexhandschuhe glatt. »Bodo sagt, die Hilfskraft sei ihm vom Drogisten angedient worden. Der habe sie ihm als Spezialistin im Inventarisieren vorgestellt. Was Herr Specht übrigens bestätigt hat. Voll des Lobes war der über die schöne Ute. Macht ja auch mehr Spaß zu zweit als allein – wie alles im Leben.«

»Und die hat sich freiwillig in ein so kaltes Drecksloch begeben? Nein, da stimmt was nicht. Aber genau das finde ich noch heraus.« Er hob die Hand. »Servus, Karl.«

Im nächsten Moment wäre er fast die dunkle Treppe hinuntergestürzt. »Installiert da mal ein Flutlicht! Ist ja lebensgefährlich hier.«

»Lebt ja auch keiner mehr«, antwortete Stockmann ungerührt.


Sie kam mit ihrem Mann, dem ein hilfloses Grinsen ins Gesicht geschrieben stand, und er roch es fast, dass beide Angst hatten.

»Na, dann wollen wir mal.« Xaver Wimmer legte sich einen Schreibblock auf die übereinandergeschlagenen Beine. »Sie haben sich eigenmächtig in die Nachlassaufstellung des Handgrödingerhauses eingemischt. Warum?«

»Weil mein Chef mich geschickt hat«, antwortete Ute, auf deren Stirn winzige Schweißperlen glänzten.

»Ach was, und wenn Ihr Chef sagt: ›Spring vor den Zug!‹, dann machen Sie das auch? Ohne nachzufragen?« Der Hauptkommissar nahm aus dem Augenwinkel wahr, wie Clemens Ortmair nach Luft schnappte und sich auf die Lippe biss.

»Ich wollte nur helfen.« Ute zog ein Papiertuch aus ihrer riesigen grauen Tasche und wischte sich die Stirn.

»Helfen, ganz selbstlos?« Der Kommissar beugte sich vor. »Das nehme ich Ihnen nicht ab. Sie wollten da was mitgehen lassen. Und zwar Heidelindes Kassette mit dem Familienschmuck, den die Handgrödingers seit dem 16. Jahrhundert besitzen.«

»Was?« Ute Ortmair wurde blass und sah hilfesuchend zu ihrem Mann. Der senkte den Kopf. »Ist so was in dem Haus? Schmuck?«

Weichei, dachte Wimmer, fixierte Clemens Ortmair und begann in Oberlehrermanier einen Vortrag zu halten. »Wie Sie wissen, werden Erbenermittler vom Nachlassgericht ausgewählt und bestellt. Grundvoraussetzung für diese Tätigkeit ist ein polizeiliches Führungszeugnis und ein lupenreiner Leumund. Erbenermittler sind daher zum größten Teil Steuerrechtler, Juristen und sozial engagierte Betreuer. Bodo Specht kommt aus dem Polizeidienst, genauer gesagt aus der kriminaltechnischen Untersuchung. Er hat eine Zusatzausbildung zum Berufsbetreuer gemacht und wurde in diesem Fall ordnungsgemäß zur Auflistung, Sicherung und Verwaltung des Handgrödinger'schen Vermögens eingesetzt. Er ist somit ein Mann, der unser aller Vertrauen genießt.« Der Kommissar hielt kurz inne, wandte sich an Ute und blaffte los: »Und Sie schleichen sich einfach da ein. Was genau haben Sie mitgehen lassen?«

Ute zuckte zusammen und hob stolz den Kopf. »Alles was

ich mitgenommen habe, hab ich am nächsten Tag wieder zurückgebracht.«

»Aha. Da kommen wir der Sache ja schon näher. Zum Beispiel?«

Clemens Ortmair lief rot an, zitterte und hielt sich an der Stuhllehne fest.

»Die Rezepte für die Glaszusammenstellung«, sagte seine Frau ein bisschen zu schnell.

»Und was noch?«

Hilfesuchend wandte sie sich an Clemens, der noch immer nach unten sah und hektisch schnaufte.

Wimmer öffnete die Schublade seines Schreibtisches und legte vorsichtshalber schon mal eine Plastiktüte auf den Tisch. Falls der Clemens anfing zu hyperventilieren, würde er ihm die Tüte über den Kopf ziehen. So hatte er es im Erste-Hilfe-Kurs gelernt.

»Jetzt reg dich mal ab«, sagte Ute Ortmair zu ihrem Mann. »Die kriegen es ja doch raus.« Dann blickte sie dem Kommissar direkt in die Augen. »Das Testament hab ich auch gefunden. Aber ich hab es heute früh wieder zurückgelegt.«

Wimmer schluckte. »Ich fass es nicht! Wohin?«

Selbstbewusst hob sie den Kopf. »Ins Küchenbüfett.«

»Moment mal.« Der Kommissar griff zu seinem Handy und drückte eine Kurzwahltaste. »Karl, schau doch bitte mal in der Küche nach. Dort im Schrank müsste das Testament liegen. Rufst du mich zurück, wenn ihr es gefunden habt?«

Dann wandte er sich wieder an Ute: »Was fällt Ihnen ein, ein so wichtiges Dokument einfach mitgehen zu lassen?«

»Ich habe es nur mit heimgenommen, um es Clemens zu zeigen. Da im Haus hatte ich halt keine Zeit, alles zu lesen.«

»Was hat Ihr Mann denn mit dem Handgrödinger-Testament zu tun? Ja, wo sind wir denn!« Xaver Wimmer stöhnte laut und griff sich an den Kopf.

»Der Clemens hat gesagt, dass ich die Papiere mit heimnehmen soll, weil …« Sie verstummte.

»Weil was?«, hakte Wimmer nach.

Clemens Ortmair starrte noch immer mit rotem Kopf auf den Boden.

»Es ist so«, holte Ute aus. »Der Opa vom Clemens, also dem hat die Spedition ja früher gehört. Und meinem Mann ist jetzt ein Gerücht zu Ohren gekommen …«

»In der Spedition wird nämlich gemunkelt, dass der Handgrödinger Rudolf nicht nur Glas geblasen, sondern auch grenzüberschreitend Crystal Meth verschoben hat – und zwar ab und zu auch mithilfe unserer Spedition«, presste Clemens hervor und atmete wieder hektisch.

»Aber was hat das mit Ihnen zu tun? Die Spedition gehört Ihrer Familie doch schon lange nicht mehr.«

»Es wirft ein schlechtes Licht auf meinen Namen«, murmelte Clemens halbherzig. »Mit dem blöden Gockel und meinem Opa hat das alles angefangen. Seitdem wird über uns geredet. Und zwar nie was Gutes.« Er seufzte. »Ich wollte doch nur, dass Ute die entsprechenden Papiere zur Seite schafft. Solche Unterlagen haben ja auch nix mit dem Nachlass zu tun.«

»Außerdem wollte er einen Skandal verhindern«, unterstützte Ute ihren Mann. »Dann hätten die mehr Achtung vor ihm in seinem Job. Den nimmt ja keiner richtig ernst.«

Der Ortmair sah wirklich so aus, als könnte er mehr Achtung gebrauchen, dachte Xaver Wimmer und nahm Ute Ortmair ins Visier. »Sie hätten also ohne Weiteres jeden Tag Papiere aus dem Haus geschleppt und Ihrem Mann vorgelegt? War Herr Specht darüber informiert?«

»Natürlich nicht«, sprang Clemens seiner Frau bei. »Außerdem hätte sie die Unterlagen doch am nächsten Morgen wieder zurückgebracht.«

»Bis auf das Speditionsdokument, oder?«

In diesem Augenblick summte Wimmers Telefon. Auf dem Display erschien eine Nachricht von Karl Stockmann: »Testament in Sicherheit.«

Wenigstens das.

## 24. Kapitel

Schweigend gingen sie nebeneinander her bis zur Rosenauer Straße. Dort war Utes Wagen geparkt.

»Schmuck seit dem 16. Jahrhundert«, murmelte sie mit glänzenden Augen, während ihr Mann sich ans Steuer setzte. »So was haben wir leider nicht gefunden. Den hätte mir der Bodo sicher gezeigt.« Sie seufzte und schnallte sich auf dem Beifahrersitz an.

Clemens fuhr den Sitz zurück und betrachtete seine Frau von der Seite. Ute war zu schön für ihn. Eindeutig. Seine Mutter hatte recht. Er spürte, wie sich sein Magen verkrampfte und ihm erneut Schweißtropfen auf die Stirn traten.

Besorgt griff sie nach seiner Hand. »Ist was? Warum bist du so blass? Glaub mir, der kann uns gar nichts, dieser Kommissar. Ich hab nichts Verbotenes gemacht, sondern nur einem Mitmenschen geholfen. Reine Nächstenliebe.«

»Nichts ist. Was soll schon sein?« Er zog seine Hand zurück.

»Du bist irgendwie komisch.«

»Es passt mir halt nicht, dass wir in den Fängen der Polizei gelandet sind«, antwortete er schließlich.

»Ja, so ein Schmarrn aber auch. In den Fängen der Polizei, das ist doch lächerlich.«

»Du hättest mich ruhig ein bisschen besser verteidigen können«, ging er zum Gegenangriff über. »Vor allem hättest du dem Wimmer nicht gleich erzählen sollen, dass mich in meinem Job keiner ernst nimmt. Das geht den gar nichts an. Und so schlimm ist es da ja nun auch wieder nicht.«

Dann schwieg er. Zwei lange Minuten.

»Vielleicht ist ja auch gar nichts Verdächtiges in dem Haus«, murmelte er dann kleinlaut. »Kann doch sein, dass ich mir das alles nur einbilde. Warum sollte ausgerechnet der Handgrödinger Crystal Meth verschoben haben? Hat der doch gar nicht nötig gehabt. Die anderen …« Er biss sich auf die Lippe.

»Die anderen?« Ute zog die Stirn kraus. »Was meinst du damit?«

»Ach, die anderen Papiere«, versuchte er sich herauszuwinden und fuhr mit Schwung in die geöffnete Garage ihres Hauses.

In der kalten Diele baute sie sich vor ihm auf und stützte die Hände auf ihre schmalen Hüften: »Wir müssen miteinander reden. Also unterbrich mich nicht!«

Clemens Ortmair zuckte zusammen. Genauso klang auch seine Mutter Cäcilia, bevor sie ihm detailliert nachwies, dass er der größte Depp auf dem Erdengrund war.

Sein »Ich will aber nicht«, überhörte Ute geflissentlich, packte ihn an den Schultern und schob ihn ins Wohnzimmer. »Setz dich.«

Er ließ sich aufs Sofa fallen. Als sie einen kleinen Augenblick nicht achtgab, stand er auf, stürzte ins Bad und schloss sich dort ein. Genauso hatte er es auch als kleiner Junge gemacht. In seinem Leben schien sich alles zu wiederholen.


»›Hiermit vermache ich alles meinem einzigen Sohn Rudolf. Möge er Hab und Gut sowie das Wissen der Familie in Ehren halten und jene Sache in Ordnung bringen, die ich nicht in Angriff genommen habe. Es tut mir leid‹«, las Karl Stockmann dem Kollegen Wimmer am Telefon vor. »Hast du eine Ahnung, was mit ›jene Sache‹ gemeint sein kann?«

»Nein, aber garantiert hat der Rudolf die Aufgabe vor seinem Tod nicht mehr gelöst. Sonst hätten wir doch davon gehört, oder?«

»Hoffentlich findet er trotzdem seinen Seelenfrieden, auch

wenn er mit unerledigten Dingen von uns gehen musste«, murmelte Karl Stockmann mit ungewohnter Empathie.

Xaver Wimmer hielt kurz inne. »Hör mal, vielleicht hat er ja doch noch was erledigt. Hast du mir nicht erzählt, dass er nachts mit eigenartigen Lasten durch die Stadt gelaufen sein soll?«

»Ja mei…« Der Spurensicherer klang skeptisch. »Du weißt ja, es wird viel geredet, wenn der Tag lang ist. Vor allem bei so einem plötzlichen und gewaltsamen Tod. Da machen sich die Leut gern wichtig. Und das eine sag ich dir, wenn ich ihn gesehen hätt, dann hätt ich ihn doch gefragt, was er macht und wo der hinwill. Aber wenn du willst, geh ich der Sache nach und frag noch mal rum.«

»Tu das.«

»Und der Rudolf selbst – der hat mit niemandem geredet, der hatte gar keine Freunde?« Aus Stockmanns Stimme war eine Mischung aus Mitleid und Unglaube zu hören.

»Doch, doch, mit der Frau Hausmann hat er gesprochen, einen Tag vor seinem Tod. Aber der ist nichts Besonderes aufgefallen.«

»Weißt du, worüber die gesprochen haben?«

»Sie sagt, über Krankenschwestern.«

»Was? Wieso das denn?« Stockmann klang irritiert.

»Keine Ahnung – aber sie kommt später noch mal hier vorbei. Wenn ihr was eingefallen ist, lässt sie es uns wissen. Davon bin ich überzeugt. Übrigens schick ich gleich einen Kollegen mit Drogenhunden zu euch.«

»Hierher? Naa, des braucht's wirklich ned.«

»Doch! Der Ortmair Clemens hat vorhin behauptet, dass der Handgrödinger Rudolf Crystal Meth geschmuggelt haben soll.«

»So ein Schmarrn, der Depp gibt auch alles ungefragt weiter, was man dem so zuträgt. Und jetzt will er dir wohl auch noch weismachen, dass er deshalb seine Frau in das Haus geschickt hat? Die schöne Ute als Undercover-Ermittlerin, als Mata Hari des Bayerischen Waldes?«

»Sicher ist sicher«, meinte Xaver Wimmer und beendete das Gespräch.

Mit dem Polizeiaufgebot nebenan und den ständig vorfahrenden Wagen wurde alles noch hektischer und lauter. Alice Fischbacher war fast bereit, der schönen, mit den Absätzen klappernden Ute nachzutrauern. Die nämlich war abends wenigstens wieder verschwunden.

Jetzt bellte auch noch ein Hund, und das am Sonntagmorgen. Wie sollte jemand da in Ruhe arbeiten können? Sie trat ans Fenster. Bodo Specht war leider nirgends zu sehen. Das Außenthermometer zeigte acht Grad minus. Der Schnee auf der Straße war zu einem grauen, sehr unfreundlich wirkenden Belag festgefroren. Der kläffende Hund war ein großer Labrador, der ein Ledergeschirr um Hals und Bauch trug und es offenbar kaum noch erwarten konnte, ins Haus zu stürzen.

»Gemach, gemach«, sagte der Mann im weißen Overall, der sich bei ihr als Karl Stockmann vorgestellt hatte, und reichte dem Hundeführer hellblaue Überzieher. Alice fragte sich, ob der Labrador wohl auch blaue Plastikstrümpfchen anziehen musste, bevor er das Haus betrat, und ohne dass sie es wollte, huschte ein Lächeln über ihr Gesicht.

»Zu Ihnen komm ich auch noch«, rief der hochgewachsene Mann und trat ans Fenster des Austragshäuserls. »Da gibt's noch eine Frage.« Er sah auf seine Uhr. »In einer Stunde?«

Alices Lächeln erstarb. Sie nickte und wusste im gleichen Augenblick, dass sie sich heute nicht mehr auf ihre Arbeit würde konzentrieren können. Was der wohl von ihr wollte? Mit zitternden Knien setzte sie sich auf ihr Sofa und strickte in panischem Eifer an einem Fausthandschuh weiter.

Als Franziskas Handy an diesem Sonntagvormittag läutete, suchte sie sich rasch einen Parkplatz. Es war Christian.

»Wie geht es der Katze?«, fragte er als Erstes, und Franziska merkte, dass sie von Bella zu schwärmen begann, als wäre es ein kluges und hochbegabtes Kind.

Abrupt hielt sie inne. Das ging nun doch zu weit. »Warum rufst du an, ist was passiert?«

»Ich wollte einfach deine Stimme hören«, sagte ihr Mann. »Wann kommst du zurück?«

»Spätestens Mitte nächster Woche.«

»Wir könnten uns am Mittwoch bei deiner Freundin Marie in Eckersöd treffen«, schlug er vor. »Sie hat Benno, dich und mich eingeladen. Ich würde mit Benno anreisen und mit dir und Bella zurückfahren. Benno macht ein paar Tage frei. Flitterurlaub, wenn du verstehst, was ich meine.«

»Dann wird das wohl doch noch was mit den beiden.« Franziska merkte, dass sie sich freute. »Nach all der Zeit!«

»Ich sag's doch, auf jeden Topf passt ein Deckel.« Ihr Mann lachte. »Zumal die sich ja auch in Sachen Landmaschinen bestens ergänzen.«

»Hoffentlich gerät diese Beziehung dann nicht unter die Räder der Traktoren.«

»Marie will zu ihm ziehen«, verriet Christian.

»Die will ihren schönen Schmankerlhof und ihr Stubencafé aufgeben?«

»Für unseren Benno schon.« Christian schien zu nicken.

»Dann sollten wir uns unbedingt dort treffen, wer weiß, wie lange wir sie noch in Eckersöd besuchen können.«

»Ganz deiner Meinung.«

»Ich freu mich, dich zu sehen«, sagte Franziska.

»Ja, ich mich auch, du fehlst mir«, murmelte Christian, dem sonst nicht so leicht solche Bekenntnisse über die Lippen kamen, und Franziska dachte an das Beziehungsrezept ihrer

Freundin Marie: Abstand hält am längsten. Wo sie recht hatte, hatte sie recht. Und nun wollte Marie den räumlichen Abstand zu Benno verringern. Ganz schön mutig!

Kaum hatte sie das Handy eingesteckt, summte es erneut. Auf dem Display erschien die Nummer des Grafenauer Hauptkommissars.

»Gibt's was Neues, Herr Kollege?«, meldete sie sich gutgelaunt. »Alle Verbrechen restlos geklärt, alle Gangster eingebuchtet?« Im nächsten Moment schämte sie sich ein wenig, weil sie grundlos albern wurde, sobald sie nur ein bisschen glücklich war.

»Nein, natürlich nicht«, antwortete Xaver Wimmer griesgrämig. »Könnten Sie eventuell noch mal hier rumkommen? Falls nicht, müssten wir uns telefonisch austauschen. Ein Gespräch unter Kollegen soll ja manchmal was bringen.« Doch es hörte sich nicht so an, als würde er wirklich daran glauben.

»Kein Problem. Ich bin zwar grad auf dem Weg nach Schönberg, aber diesen Ausflug kann ich auch auf später verschieben.«

»Schönberg, das Meran des Bayerischen Waldes«, zitierte der Kommissar aus der Touristenwerbung. »Dort ist es wirklich wunderschön. Ich geh da zum Wandern hin, wenn ich einen klaren Kopf brauche.«

»Dann böte es sich doch an, dass ich vor unserem Gespräch erst mal dort haltmache«, schlug Franziska vor und hätte sich am liebsten auf die Zunge gebissen.

»Nein, nein, erst zu mir«, sagte Xaver Wimmer bestimmt.

Franziska verkniff sich ein »Aye, aye, Sir!« und sagte stattdessen: »Okay, bis gleich.« Offensichtlich stieg ihr der Urlaub zu Kopf.

Sie verließ den Parkplatz in Richtung Grafenau, setzte den linken Blinker und hängte sich in Schrittgeschwindigkeit hinter ein orange leuchtendes Fahrzeug des Winterdienstes, das grauen Splitt auf der Bundesstraße verteilte.

Fast gleichzeitig wurde auf der Gegenfahrbahn eine Lichthupe betätigt, und ein dunkelroter Wagen schoss an ihr vorbei. Der Fahrer des roten Wagens stieg Sekundenbruchteile später voll in die Bremsen, setzte den rechten Blinker und schlitterte mit quietschenden Reifen auf jenen geschützten Parkplatz, den sie gerade verlassen hatte. Kopfschüttelnd beobachtete Franziska die Szene im Rückspiegel und registrierte, dass ein hektischer Lichthuper in einem silbergrauen Mercedes dem dunkelroten Wagen gefolgt war und mit verkehrswidriger Geschwindigkeit und schrillen Bremsgeräuschen ebenfalls auf den Parkplatz fuhr.

Das sah nach Streit aus. Die Kommissarin beschloss, sich als Schlichterin anzubieten, und musste unwillkürlich lächeln. Falls die beiden nicht handgreiflich würden, hätte sie als Zuhörerin immerhin die Chance, einem gepflegten Streitgespräch unter den höflichsten Menschen Deutschlands beizuwohnen.

Also wendete sie bei nächster Gelegenheit, fuhr zurück und bog zum zweiten Mal an diesem Tag auf den von außen nicht einsehbaren Parkplatz ein.

Die beiden Wagen standen nun eng beieinander, der rote wies in ihre Richtung, der silbergraue hatte ihr sein Heck zugekehrt. Beide Männer hatten die Scheiben an ihrer Fahrerseite heruntergelassen und schienen leise miteinander zu sprechen. Die Motoren liefen, weiße Wolken dampften aus dem jeweiligen Auspuff. Franziska erkannte die Fahrer und zuckte erstaunt zusammen: Es handelte sich um den Apotheker und den Besitzer des Sportmodenhauses, die mittlerweile mit fuchtelnden Armen aufeinander einredeten.

Spontan zog sie sich die neue Wollmütze tiefer ins Gesicht, schlug den Mantelkragen hoch und fuhr langsam und betont desinteressiert an den stehenden Wagen vorbei, um den Parkplatz in Richtung Grafenau wieder zu verlassen. Vielleicht konnte Hauptkommissar Wimmer ihr verraten, was die beiden Geschäftsleute miteinander zu tun hatten und warum sie sich heimlich und konspirativ an einem Sonntagvormittag trafen. Da stimmte doch was nicht.

»So, da bin ich. Sie haben es aber gemütlich hier!« In seinem weißen keimfreien Anzug und den blauen Überziehern betrat Karl Stockmann ungebeten das Wohnzimmer von Alice Fischbacher. Wie er so neben dem Ofen stand und sich die Hände rieb, ähnelte er einem riesigen Schneemann. Alice legte schnell noch ein Stück Holz nach, in der aberwitzigen Hoffnung, er würde wegschmelzen, und von ihm bliebe nichts übrig als eine große Pfütze. Die hätte sie dann besonders sorgfältig weggewischt. Aber er löste sich nicht auf.

»Es geht um den Samstagabend der vergangenen Woche«, begann Karl Stockmann. »Können Sie sich an den erinnern?«

Alice schüttelte den Kopf. »Wieso?«

»Das war der 5. November.« Alice trat an ihren Schreibtisch. Draußen vor dem Fenster stieg der Labrador wieder in den Kastenwagen. Er trug keine blauen Strümpfe an den vier Pfoten.

Sie fuhr ihren Computer hoch und öffnete mit wenigen Klicks einen komfortablen Terminkalender. Der oberste Spurensicherer, der sich seit geraumer Zeit als alterssichtig bezeichnete, erkannte auch ohne Brille, dass auf den nebeneinander stehenden Monatsübersichten für November und Dezember nicht ein einziger Termin eingetragen war. Er fragte sich, warum sie so demonstrativ dieses Programm aufrief. Vermutlich wollte sie Zeit gewinnen.

»Nirgends war ich«, sagte Alice. »Da ist nichts eingetragen.«

»Man hat Sie aber gesehen«, behauptete Stockmann, dem

es fast leid tat, diesen Satz nun so vorwurfsvoll in den Raum stellen zu müssen.

Alice riss die Augen auf. »Mich? Wo?«

»In dem griechischen Lokal Ilektra. Hier in Grafenau.«

Er schwieg und registrierte, wie die Hände seines Gegenübers zu zittern begannen. Als die Stille unerträglich zu werden drohte, schob er eine Erklärung nach. »Ihr Nachbar hatte sich dort genau einen Tag vor seinem Tod mit einer Kundin verabredet. Diese Kundin wiederum beschrieb uns eine Frau, die in der Tür gestanden und Herrn Handgrödinger angestarrt hat. Angeblich hat sie ihn nur angesehen und ist dann ohne ein Wort verschwunden. Wir nehmen an, dass Sie es waren.« Er wartete.

Sie schluckte und hob resigniert die Schultern. »Ja, das stimmt.«

Stockmann runzelte die Augenbrauen. »Können Sie mir das erklären?«

Alice schüttelte den Kopf und wies mit einer fahrigen Bewegung auf den leeren und erwartungsvoll blinkenden Terminkalender. »Ich hatte keine Verabredung mit ihm.«

»Aber er hatte eine Verabredung mit einer anderen?« Der Spurenermittler fügte mitfühlend hinzu: »Das stelle ich mir ziemlich verletzend vor. Da wohnt man Tür an Tür und kommt sich näher, und dann geht der auf einmal mit einer anderen aus. Wo er doch sonst nie ausgegangen ist. Auch das nämlich haben wir ermittelt.«

»Wir sind uns nicht nähergekommen«, stellte Alice ungewöhnlich schnell klar. Ihr nachgeschobenes »leider« war kaum zu hören.

»Was war denn los an jenem Samstag?«, fragte Stockmann erneut. »Ist Ihnen etwas aufgefallen? Ist Ihnen möglicherweise jemand gefolgt, eine Person, die wiederum den Herrn Handgrödinger observiert hat?«

Alice schüttelte den Kopf. »Da war keiner, wirklich nicht«. Sie begann zu weinen.

»Werden Sie hier wohnen bleiben?«, fragte Karl Stockmann.

Sie hob die Schultern und murmelte leise: »Vielleicht ziehe ich nach Passau.«

## 25. Kapitel

Die halbe Nacht von Samstag auf Sonntag hatte der Apotheker wachgelegen und innerlich vor Aufregung gebebt. So zumindest kam es ihm vor. Denn seine Tochter Karin war erneut mit diesem jungen Mann aufgetaucht, dem es nichts ausmachte, dass die junge Dame so wenig auf ihr Äußeres achtete und gewisse Vierbeiner lieber hatte als Menschen. Michael war ein höflicher und wohlerzogener Bursche und fachsimpelte gern über die Wirkung von Homöopathie bei Tieren, insbesondere bei Schweinen. Wenn Karin sprach, hing er an ihren Lippen und hatte sich – das war das größte aller Wunder – an der Passauer Universität für Pharmazie und Chemie eingeschrieben, ohne eine Apotheke im Hintergrund zu haben. Dieser Kandidat hatte zwar sakrisch lange auf sich warten lassen, aber jetzt war er da.

Während Tanja rechts neben ihm lag und verhalten schnarchte, erschöpft vom vielen wunderbringenden Beten und sicher auch vom abendlichen Rotwein, gab er sich seinen Zukunftsträumen hin. Sobald seine Karin verheiratet wäre, würde er die Apotheke an diesen Michael übergeben, der machte einen guten und soliden Eindruck und würde bestimmt alles in Korbinians Sinne weiterführen.

Wenn es unbedingt sein musste, konnte seine Tochter ja im Hinterhof ihre rosafarbenen Hausschweine züchten, homöopathisch behandeln und den angeblich so klugen Ferkelchen Kunststückchen beibringen. Hauptsache, sie heiratete keinen Schweinebaron! Das war seit knapp zwanzig Jahren seine größte Befürchtung. Aber nun würde alles gut werden.

Und wenn seine Schweineprinzessin mit ihrem Pharmaprinzen erst einmal eigene Kinder hätte, würde sie vernünftig werden, er kannte sie. Pragmatisch würde sie Abschied von ihren rosafarbenen Genossen nehmen, und gegen ein würziges Spanferkel war ja letztendlich auch nichts einzuwenden. An ihm sollte es nicht liegen, wenn die Schweinepopulation auf dem Hinterhof schrumpfte und ins Bratrohr wanderte.

Er selbst würde endlich Zeit haben und von morgens bis abends nur das tun, was ihm Spaß machte. Beispielsweise Science-Fiction-Abenteuer in Computerspielen erleben und nach dem Besiegen finsterer Mächte zu einem entspannten Spaziergang in die Stadt aufbrechen, um dort im Café Fox einen gepflegten Espresso zu sich zu nehmen.

Natürlich würde er auch mit seinen Enkeln spielen. Und er würde ihnen wunderschöne braune flauschige Teddybären schenken. Sein eigenes heißgeliebtes Plüschtier war ihm unter sehr seltsamen Umständen abhanden gekommen, die er bis heute nicht ganz verstanden hatte.

Korbinian Huber war damals vier, höchstens fünf Jahre alt gewesen, auf jeden Fall war er noch nicht zur Schule gegangen. Und wie immer, wenn er daran zurückdachte, hörte er auch jetzt wieder das plötzliche Zischen und spürte die harte Hand seines Vaters im Gesicht. Dieser Schlag war so fest gewesen, dass der kleine Korbinian im ersten Moment davon überzeugt gewesen war, sein Kopf würde davonrollen, und deshalb schützend die Arme gehoben hatte, um sich selbst am Schopf zu fassen und festzuhalten. Doch der Kopf blieb dran. Nur die Nase blutete so heftig, dass er tagelang mit gerollten Wattebällchen in den Nasenlöchern herumlaufen musste. Dabei wusste Korbinian Huber bis heute nicht, was er Böses getan hatte.

Begonnen hatte jener anfangs so heile und helle Nachmittag, den der kleine Korbinian niemals vergessen würde, mit dem Besuch von Helene Simbacher. Damals hatte es den Florian, der etwa zehn Jahre jünger war als Korbinian Huber, noch gar nicht gegeben, und damals hatte die Schneiderin auch noch gelächelt und war guter Dinge gewesen. Das Papier, in dem das, was sie mit sich trug, eingewickelt war, knisterte bei jeder Bewegung, und sie legte das große flache Paket mit eigenartigem Stolz auf den Tisch.

»Es hat für fünf gereicht!«

»Und alle gleich?«, hatte Korbinians Mutter wissen wollen.

»Sowieso«, hatte die Simbacherin gesagt und dem kleinen Korbinian zugelächelt. Dann war sie verheißungsvoll nickend in ihre riesige Handtasche hineingekrochen. Als sie wieder daraus auftauchte, hielt sie ein Stück grünen Stoff in der Hand. »Schau mal, Korbinian, das ist für dich. Echte Fallschirmseide. Magst du damit spielen?«

Er hatte sofort danach gegriffen. »Wozu braucht man das?«

»Wenn man vom Himmel fällt«, erklärte die Schneiderin. »Dann ist das wie ein schützender Schirm, und man schlägt sich weder das Knie auf, noch verstaucht man sich den kleinen Finger. Man landet sanft. Als würde man von einem Schutzengel getragen.«

»Deshalb Fallschirm«, hatte die Mutter genickt, ihm über den Kopf gestrichen und eine Bluse aus demselben Material aus dem Knisterpapier genommen. »Die ist wunderschön, darin sollten wir uns mal als Fünflinge fotografieren lassen.«

»Gerne.« Die Simbacherin hatte einen roten Kopf bekommen und verlegen geschluckt.

Korbinian hatte das mit dem Fallschirm noch immer nicht ganz verstanden. »Wie geht das genau?«, hatte er die Simbacher Helene gefragt.

»Warte kurz.«

Die Modehausbesitzergattin verschwand erneut bis zu den Schultern in ihrer Tasche und tauchte mit einer Nadel und einer Rolle Garn wieder auf, von der sie vier lange Fäden abschnitt, die sie an den Ecken des grünen Stoffes verknotete.

»Weißt du was, Junge? Hol mal deinen Teddy. Den lassen wir fliegen, der freut sich. Was meinst du?«

Er war losgerannt.

Kurz darauf hing sein Teddy in den Seilen, über sich den handtuchgroßen Schirm. Seine vier Pfoten waren mit einer Schnur verbunden, und die Knopfaugen des Plüschtiers leuchteten erwartungsvoll.

»Wollen wir?«

Gemeinsam mit der Mutter waren sie in den zweiten Stock des Hauses gestiegen und auf den Balkon jenes Gästezimmers getreten, in dem in diesem Moment der Pharmaziestudent und die Schweineprinzessin schliefen.

Es war ein großer Augenblick gewesen, als der kleine Korbinian seinen Teddy in den blauen Himmel warf und mit seiner Mutter und der Simbacherin beobachten durfte, wie er sanft und taumelnd zu Boden schwebte.

War es dummer Zufall gewesen oder gar Schicksal? Wer wusste das schon? Auf jeden Fall war ausgerechnet in diesem Augenblick Korbinian Huber senior aus seiner erdgeschossigen Apotheke ins Freie getreten, und so landete der braune Teddybär auf der weißbekittelten Schulter des Vaters und löste damit die erste Katastrophe im bisher so friedlichen Leben des kleinen Korbinian aus.

»Was machst du da?«, schrie der Vater, und seine Stimme schien vor Entsetzen zu kippen. »Bist du des Wahnsinns! Du hörst sofort auf mit dem Schmarrn!«

»Mein Gott, das Kind spielt doch nur«, hatte die Mutter vom Balkon beschwichtigt und kopfschüttelnd auf ihren Mann hinabgesehen.

Doch der hatte seinem Sohn, der inzwischen auf der Suche nach seinem Kuscheltier nach unten gelaufen war, eine Watschn gegeben, die sich gewaschen hatte, bevor er mit finsterster Miene den Teddy einschließlich Fallschirm erst unter dem weißen Kittel versteckt und ihn dann für immer hatte verschwinden lassen. Der kleine Korbinian sollte sich sein Lebtag nicht mehr trauen, nach dem einen und dem anderen zu fragen. Und schon gar nicht nach dem Warum.

Grün war der Fallschirm gewesen, ebenso grün wie die Bluse der Mutter. Beides aus dem gleichen Stoff und beides genäht von Helene Simbacher. Die hatte damals noch so laut lachen können, dass die Leute auf der Straße stehenblieben, sich von ihrer Heiterkeit anstecken ließen und lächelnd weitergingen. Plötzlich stockte Korbinian Huber der Atem, und seine letzte Begegnung mit Lambert Handgrödinger in der Apotheke stand ihm wieder vor Augen. Er spürte, wie seine verdrängt geglaubte Not ganz plötzlich wieder präsent war.

Er steckte die Füße aus dem Bett. Zu gern hätte er Tanja geweckt, geschüttelt und ihr aufgetragen, die ganze Geschichte wegzubeten. Aber dann hätte er sie einweihen müssen. Und die fünf Herren aus dem Hinterstüberl des Breznwirtes hatten sich geschworen, niemandem von den gläsernen Objekten zu erzählen, insbesondere nicht den Frauen, denn die tratschten nun einmal für ihr Leben gern.

Aber schön wäre es doch, dachte er wehmütig, während er ins Badezimmer schlich, wenn Tanja das alles wegbeten könnte, so wie sie den Pharmazeuten herbeigebetet hatte. Wenn sie die gläsernen Särge mit der gleichen Leichtigkeit verschwinden lassen könnte, wie sie die Falten aus seinen Kitteln wegbügelte oder Schneepfützen mit dem Putzlumpen entfernte.

Es war sechs Uhr am Sonntagmorgen, und eine große Dunkelheit lag nicht nur auf der Stadt, sondern lastete auch auf der Seele des Apothekers. Da halfen weder das Badezimmerlicht noch der Gedanke an seine Schweineprinzessin, die neben dem Pharmaprinzen im Gästebett lag.

Korbinian Huber rasierte sich, schlich in die Küche und wählte die Nummer des Florian Simbacher.

»Horch mal, wir müssen uns dringend treffen. Höchste Wichtigkeit. Niemand darf uns sehen. Um halb elf auf dem Parkplatz an der Bundesstraße 533.«

Xaver Wimmer kam gleich zur Sache. »Sie können doch nicht nur über Krankenschwestern gesprochen haben! Was stand sonst noch auf dem Programm?«

Franziska hängte in aller Ruhe ihren Mantel an die Garderobe, zog sich die graue Wollmütze vom Kopf und fuhr sich durchs Haar. »Seine Kunst natürlich, weil ich ja ein Objekt in Auftrag gegeben habe.« Sie legte die Stirn in Falten und strich sie mit der flachen Hand wieder glatt. Eine ungute Angewohnheit. »Und dann haben wir noch über Katzen geredet. Dabei habe ich zum Beispiel erfahren, dass Bella jeden Tag frisch bekocht wird. Bei mir aber voraussichtlich nicht.« Sie trat an den Besucherstuhl. »Darf ich?«

Wimmer nickte ungeduldig. »Diese Informationen bringen uns keinen Schritt weiter. Und sonst? Denken Sie nach!«

Franziska hob die Schultern. Es war eine interessante Erfahrung, auf dieser Seite des Tisches zu sitzen und vom Kommissar als Zeugin befragt zu werden. Obwohl sie sich keiner Schuld bewusst war, fühlte sie sich eigenartig klein. Mit fester Stimme sagte sie: »Ich hab ihn gefragt, ob er Familie hat.«

»Hat er nicht«, stellte Xaver Wimmer klar.

Franziska nickte. »Ja, aber er hat gemeint, dass es so auch besser sei.«

»Warum?« Nun war ihr Gegenüber ganz Ohr.

»Das habe ich ihn auch gefragt und dabei auf seine Visitenkarte geschaut. Glasbläserdynastie seit 1531. Ich wollte von ihm wissen, ob es denn nicht schade sei, wenn er nichts an die nächste Generation weitergebe und mit ihm alles aussterbe.«

»Alles stirbt nicht aus«, fuhr Xaver Wimmer dazwischen. »Wir haben die Rezepturen und das Testament gefunden. Das über Generationen gehortete Familienwissen geht nicht verloren. Wir werden es ans Glasmuseum in Frauenau weitergeben.«

»Da bin ich aber froh. Und was stand nun in dem Testament?«, erkundigte sich Franziska. Sie merkte, dass sie neugierig wurde.

»Dass der Sohnemann eine Angelegenheit erledigen soll, die der Vater nicht geschafft hat. Was immer damit gemeint ist.« Lauernd suchte er ihren Blick. »Was könnte das sein? Haben Sie eine Ahnung? Hat er darüber gesprochen?«

»Er hat mir nicht alles erzählt. Vermutlich hatte er Angst, dass ich ihn für verrückt halten könnte, auch wenn er mich für eine verständnisvolle Krankenschwester hielt. Aber er hat von Gespenstern gesprochen«, verriet Franziska und traute sich kaum, hochzublicken. Wahrscheinlich tippte sich der Kommissar schon genervt an die Stirn.

Aber Xaver Wimmer blieb ruhig. »Davon gibt's viel bei uns im Bayerischen Wald. Also, was ist mit den Geistern des Glasbläsers?«

»Ich weiß es nicht.« Sie sah ihn lange an. »Ich wollte noch einmal mit ihm darüber sprechen. Aber da war es schon zu spät.«

»Er muss an dem Abend mit Ihnen ziemlich viel getrunken haben«, meinte Wimmer und verzog den Mund. »Wir haben uns vom Inhaber des Restaurants den Beleg geben lassen. Acht Ouzos. Und Sie waren ja mit dem Wagen da. Zudem war Rudolf nichts gewöhnt, da hätt er sich doch mal verplappern können. Hat er das?«

»Worauf wollen Sie hinaus? Er hat mir verraten, dass er mit seiner Katze spricht und Gespenster sieht. Ansonsten haben wir uns über Kunst ausgetauscht.«

Wimmers Augen verengten sich. »Etwa über Glas – und vielleicht auch über Crystal? Hat er Ihnen nicht doch was von Drogen erzählt?«

Sie schüttelte den Kopf. »Drogen? Hier?«

»Gerade hier«, belehrte er sie. »Wir haben 260 Grenzkilometer zwischen Tschechien und Bayern zu überwachen und unser gemeinsamer Staatsanwalt stellt fast jeden Tag einen Haftbefehl in Sachen Crystal aus. Crystal Meth. Das kommt aus Tschechien und geht hier über die Grenze. Die Schmuggler beliefern ganz Deutschland.«

»Nein«, murmelte Franziska verunsichert. »Davon hat nicht mal Benno Holdenrieder mir erzählt. Allerdings haben wir uns im letzten Jahr auch nur privat getroffen. Ich hatte eine Auszeit.«

»Ja, dann … Privat hat er ja nur noch seine Traktoren und Landmaschinen im Kopf.«

Und Marie, dachte Franziska, behielt das aber lieber für sich.

»Übrigens ist vorhin etwas Eigenartiges geschehen, als ich mit Ihnen telefoniert habe«, sagte sie dann. »Der Apotheker und der Modehausbesitzer haben sich an der Bundesstraße getroffen. Auf mich wirkte das wie eine verschwörerische Zusammenkunft. Was kann das bedeuten?«

»An der Bundesstraße. Wo denn?« Wimmer wurde hellhörig.

Sie beschrieb ihm den Parkplatz, und er griff gleich zum Telefon. »Ich schick eine Streife vorbei.«

Sie sah ihm an, dass er ihr nicht glaubte.


»Erinnerst du dich an das Bild mit unseren Müttern in den gleichen Blusen?«, begann Korbinian Huber, noch bevor die Scheibe an der Fahrerseite seines Wagens ganz heruntergefahren war.

Florian Simbacher öffnete seinen Sicherheitsgurt. »Ja spinnst du jetzt total? Deswegen bestellst du mich her?«

»Jetzt horch einmal!«

Florian Simbacher verdrehte die Augen und sah demonstrativ auf seine goldene Armbanduhr. »Aber mach's kurz!«

»Da gibt es einen Zusammenhang. Nur die Söhne, und wenn kein Sohn mehr da war, die erstgeborenen Enkel dieser fünf Frauen, nur die haben ein Geschenk vom Glasbläser bekommen. Wenn du verstehst, was ich meine.«

»Na klar, diesen depperten grünen Sarg. Ja, und?«

»Die Blusen waren auch grün«, erklärte der Apotheker.

»Was für ein Schmarrn. Woher willst du das denn wissen? Das Foto ist doch schwarzweiß.« Simbacher biss sich auf die Unterlippe. Er erinnerte sich genau, wie seine Mutter die grüne Bluse ins Feuer geworfen hatte.

Huber sah draußen auf der Bundesstraße den orangefarbenen Winterdienst vorbeifahren und fragte sich einen kurzen Moment, ob die ihn hören konnten. Er beschloss, sich selbst eine erhöhte Dosis seiner Pillen zu verordnen.

»Ich sehe da aber einen zwingenden Zusammenhang«, sagte Korbinian Huber. »Ich kann mich sogar noch an den Tag erinnern, als meine Mutter diese Bluse bekommen hat. Und deine Mutter hat sie genäht.« Es klang wie ein Vorwurf.

»Meine Mutter hat immer genäht«, sagte Florian Simbacher. Augenblicklich begann es in seinem Kopf zu surren, als wären zwischen seinen Ohren Hunderte von elektrischen Nähmaschinen aufgestellt. Vehement schüttelte er sich. Das Rattern blieb.

»Ein bisschen von dem Stoffrest hab ich damals in den Fingern gehabt. Daher weiß ich, dass es grün war«, erklärte Korbinian.

»Ja, bist du jetzt völlig damisch geworden? Um mir das zu erzählen, bestellst du mich in die Wildnis?«

»Das ist keine Wildnis, das ist der Bayerische Wald«, sagte Korbinian Huber und murmelte verschwörerisch: »Wir müssen was tun!«

## 26. Kapitel

Dieser Stockmann hatte sie geschafft. Schlimmer als eine Klasse kreischender Schulkinder mit quietschenden Kreiden an verschmierten Schiefertafeln. Und fast so unerträglich wie ein hoher Piepton, auf den Stille folgte. Alice zitterte am ganzen Körper. Sie hatte eiskalte Füße.

Draußen fuhr ein orangefarbener Wagen des Straßendienstes mit rotierendem Licht durch die Waldschmidtstraße und verteilte Splitt oder andere Dinge gegen Glatteis. Wenn selbst auf Nebenstraßen gestreut wurde, dachte Alice, würde es wohl weiteren Schnee geben. Und ohne Vorwarnung schoss ihr dabei durch den Kopf, dass der Handgrödinger Rudolf es nun gut hatte. Er musste nicht mehr frieren. Er musste nicht mehr Schnee räumen. Der war vor der bitteren Kälte gegangen und sicher schon im ewigen Licht.

Alice Fischbacher stellte sich so nah an ihren Schwedenofen, dass ihr Rücken die Glasscheibe berührte und die grüne Cordhose fast Feuer fing. Als sie einen Schritt in den Raum trat und ihre Handflächen auf den heißen Stoff legte, schnellten diese so reflexartig zurück, als hätte sie auf eine Herdplatte gefasst.

Wenn er tot war, dachte sie mit einem Mal, könnte er doch auch als Geist erscheinen. Das alte Anwesen war ja offensichtlich ein beliebter Tummelplatz für Geister. Vor allem in den letzten Tagen. Nacht für Nacht was Neues. Heute früh um vier beispielsweise hatte es sich so angehört, als fiele jemand die Treppe herunter und erschlüge dabei weitere Personen. Flüche und Schreie! Dabei hatte sie genau gesehen, wie Bodo Specht, der als Letzter gegangen war, die Haustür hinter sich geschlossen und den Schlüssel mehrfach umgedreht hatte. Da war nie-

mand mehr nebenan. Und dennoch hatte der Lärm sie geweckt.

Innerhalb der letzten zehn Minuten war es vor ihrem Fenster dunkel geworden. Der Winter war keine schöne Jahreszeit.
Nirgends. Außer auf Teneriffa. Aber Alice Fischbacher wusste,
dass sie niemals in ihrem Leben bis nach Teneriffa, auf die
Frühlingsinsel, kommen würde. Dafür war es zu spät.

Als es ganz dunkel war, schlüpfte sie in ihre Webpelzjacke,
tupfte sich Parfüm hinter die Ohrläppchen und legte sich die
Perlenkette um. Warum sollte so eine wie sie, die den ganzen
Tag am Schreibtisch saß, nicht zu einem abendlichen Spazier-
gang aufbrechen und dabei ganz zufällig an den erleuchteten
Fenstern des Bärenhofes vorbeiflanieren? Wenn Bodo noch in
Grafenau war, würde er dort sitzen und sein abendliches Weiß-
bier trinken.

Tatsächlich, da saß er, und ihr Herz klopfte noch lauter als
seine Hand, mit der er von innen gegen die Scheibe schlug. Mit
einer Geste lud er sie zu sich ein. Sie zierte sich für den Bruchteil einer Sekunde, weil es sich so gehörte, gab dann aber nach.

Er wies auf den Stuhl, der seinem Platz direkt gegenüberstand. »Wieder Weißwein – so wie neulich?«

Sie nickte und hängte ihre Jacke erst über einen Bügel und
dann an den Garderobenhaken.

»Wir haben ja heute wieder ein Rendezvous mit den
Geistern, oder?«, knüpfte er lächelnd an den gemeinsamen
Abend an.

Sie schluckte. Er hatte es nicht vergessen! Das war ein Zeichen!

»Heute war ja ganz schön was los nebenan«, sagte sie. »Ich
musste mir beim Arbeiten die Ohren zuhalten.«

»Das tut mir leid.« Er gab sich betont zerknirscht.

Sie legte den Kopf schief und versuchte ein keckes Lächeln:
»Warum ist eigentlich der Hund vorbeigekommen?«

»Die haben nach Drogen gesucht.«

»Und, haben sie was gefunden?«

Er schüttelte den Kopf. »Natürlich nicht.«

»Bevor Sie am Donnerstagabend mit mir da hineingegangen sind«, gestand Alice, »war ich noch nie in dem Haus.«

»Da haben Sie nichts verpasst. Es ist riesig und winzig zugleich, als hätte jede Generation ihre eigenen kleinen Zimmerchen und Zwischentreppchen angebaut. Total verschachtelt. Wie ein Irrgarten. Die Kollegen haben beispielsweise heute einen Raum gefunden, in dem nur gläserne Masken hingen.«

»Echt? Kann ich die mal sehen?«

Er nickte. »Wir sind ja sowieso dort verabredet. Ich hoffe, dass die Geister heute nicht so schüchtern sein werden.«

Er strahlte sie an, und sie beschloss, ihm zu vertrauen.


In dem alten Haus war es nicht nur dunkel, sondern auch kalt und zugig.

»Und nun?«, fragte Bodo Specht, rieb sich frierend die Hände und sah zum Lichtschalter.

»Nein, kein Licht«, sagte sie schnell.

»Wie Sie meinen. Dann wird es aber schwierig in diesem Labyrinth.«

»Wir können ja erst mal warten«, bot sie an.

»Meinetwegen.«

Durch das Küchenfenster fiel der Schein der Straßenlaterne und warf lange Schatten. Der Erbenermittler schob sich seinen Wollschal vor den Mund und atmete durch die Nase aus. Dabei entstand eine kleine Wolke. In diesem unvermittelten Nebelhauch vermeinte Alice, die Manifestation eines Geistes zu erkennen – aber sie schwieg.

»Wie lange sollen wir warten?«, fragte Bodo, dessen Stimme klang, als verstecke er ein Lächeln.

»Ich weiß es nicht«, flüsterte Alice. »Eine halbe Stunde?«

»Und wenn wir eine Kerze anzünden?«, wisperte er.

»Das ist nicht gut, das vertreibt sie«, schoss es aus ihr heraus, und sie fragte sich, woher sie dieses Wissen haben mochte.

Er räusperte sich. »In den Filmen, die ich kenne, beginnen immer Kerzen zu flackern, wenn ein Gespenst vorbeikommt.«

»Filme und das wirkliche Leben haben nichts miteinander gemein«, belehrte sie ihn.

»Ach so.« Er schwieg.

Nach einer halben Stunde in der frostigen Stille hatte Alice das Gefühl, ihre Füße seien zwei eisige Stümpfe und jeder einzelne Finger habe sich in einen Eiszapfen verwandelt und könne klirrend zerbrechen. Ohne Finger würde sie weder schreiben, korrigieren noch stricken können. Und genau das waren die einzigen Dinge, die sie halbwegs beherrschte.

Dennoch blieb sie still neben Bodo Specht stehen, denn in ihrem Herzen herrschten Wärme und Licht. Ihrer beider Augen hatten sich an die Dunkelheit gewöhnt.

»Da kommt nichts mehr«, flüsterte Bodo. »Ich muss mich bewegen. Kommen Sie mit?«

Sie nickte und schrie im gleichen Moment: »Nein, bloß nicht, machen Sie kein Licht an! Bitte!«

Gehorsam zog er seine Hand vom Schalter zurück. »Aber die Treppe können wir in dieser Dunkelheit nicht hochsteigen. Die ist lebensgefährlich.«

»Haben Sie keine Taschenlampe?«

»Doch, schon.« Bodo nickte.

»Wenn wir das Deckenlicht anmachen, verschwinden sie definitiv«, behauptete Alice und fand, dass das überzeugend klang.

»Dann lieber nicht«, pflichtete er ihr bei und zog mit klammen Fingern eine Stablampe aus seiner Manteltasche. »Sollen wir?«

»Gerne.« Sie wäre ihm barfuß gefolgt. Und zwar überall hin.

Sie schritten durch einen langen gefliesten Flur, von dem linkerhand mehrere Türen abzugehen schienen, und erreichten eine steile dunkle Holztreppe mit ausgetretenen Stufen.

»Die Räume hier unten haben wir schon nachlasstechnisch gecheckt«, erklärte Bodo, während der Scheinwerferkegel über den Boden huschte. »Ich denke mir, wenn überhaupt Geister zu finden sind, dann in den Zimmern da oben. Wie sehen Sie das?«

»Das sehe ich genauso.«

»Passen Sie auf. Die Treppe ist wahnsinnig steil. Auf der wurde schon mal einer von einer Toten erschlagen, hat Kollege Stockmann erzählt.«

Augenblicklich dachte Alice an das Geschrei der letzten Nacht. »Ich weiß. Ich habe es gehört.«

Er schüttelte den Kopf.

»Gehen Sie vor«, sagte Bodo, und erneut hörte sich seine Stimme an, als würde er lächeln. »Ich leuchte Ihnen. Bitte halten Sie sich gut fest.«

Es waren insgesamt sechsunddreißig Stufen. An der neunzehnten Stufe gab es einen kleinen Absatz, und die Treppe machte eine Biegung nach rechts. Links vom Absatz eröffnete sich ein dunkler Flur. Sie blieb stehen und sah auf die hölzernen Dielen des Ganges.

»Da bin ich«, sagte er und stand so nah hinter ihr, dass sie sich nur einen Zentimeter hätte zurückfallen lassen müssen, um sich anzulehnen. »Wir müssen noch eins höher.« Der Strahl seiner Taschenlampe wies auf die nächsten siebzehn Stufen. »Haben Sie jemals ein dermaßen verbautes Haus gesehen? Da braucht man ja fast eine Landkarte, um sich zurechtzufinden. Und von außen ist es nur ein unförmiger Kasten.«

Sie nickte, hielt sich an dem Treppengeländer fest und klagte: »Die Stufen werden ja immer schmaler und kürzer.«

»Das stimmt. Und wissen Sie was? Ich bin davon überzeugt, dass die Handgrödingers seit Jahren weder den ersten noch den zweiten Stock ihres Hauses betreten haben. Unter uns gesagt, das hätt ich auch nicht gemacht.«

Inzwischen standen sie auf einer ausladenden halbrunden Plattform, von der drei gleich aussehende Türen abgingen.

»Wo führen die wohl hin?«, murmelte Alice.

Bodo hob die Schultern. »Keine Ahnung. Der Hund war heut als Erster hier und hat alles abgeschnüffelt. Natürlich mit seinem Hundeführer. Aber Drogen sind hier definitiv nicht versteckt. Aber vielleicht kleine Gespenster?« Er klang erwartungsvoll.

»Sie werden sich schon zeigen«, versicherte Alice. »Schließlich habe ich sie oft genug gehört.«

»Vielleicht sind es nur Hörgeister und keine Sehgeister«, gab Bodo zu bedenken.

Sie schwieg einen Moment und suchte in der Dunkelheit seinen Blick. »Sie nehmen mich nicht ernst.«

»Doch, doch«, versicherte er. »Und wie!«

Das Maskenzimmer erwies sich als winziger Raum mit zwei Sprossenfenstern, von denen eines nach Westen und das andere nach Süden zeigte. Selbst in der grauen Dämmerung des Straßenlichtes erkannte Alice, dass die Fensterhöhlungen mit dicken Spinnweben überzogen waren. Ein engmaschiger staubbedeckter Vorhang, der das Licht der Straßenlaterne filterte. An der hölzernen Decke des Zimmers steckten halbrunde Haken, von denen, mit dünnen Fäden befestigt, Hunderte von gläsernen Gesichtern herabhingen.

Alice erschrak.

Es waren vielfarbige ovale Scheiben von der Größe eines menschlichen Kopfes. Eine jede davon zeigte eine andere Miene; wirklich freundlich war keine einzige. Im plötzlichen Luftzug der geöffneten Tür gerieten die Scheibengesichter in

Schwingung und klirrten beunruhigend gegeneinander. Es hörte sich an wie ein düsteres Kichern.

»Schaurig schön, oder?«, flüsterte Bodo Specht.

Alice nickte.

»Sind Geister da?«, fragte Bodo, der seine Taschenlampe ausgeschaltet hatte, sobald sie wieder auf ebenem Boden standen. »Sehen Sie was, fühlen Sie was?«

Alice biss sich auf die Lippe. Sie sah und spürte nichts, aber sie hütete sich, das zuzugeben. »Der Rudolf ist ganz nah«, log sie, und ein Zittern ging durch ihren Körper. »Der weiß noch gar nicht, dass er tot ist.«

»Das kann ich mir gut vorstellen«, flüsterte Bodo. »Ging ja auch verdammt schnell bei dem. Sitzt auf einer Bank, denkt sich nichts Böses, und schon ist es vorbei. Sagt er was?«

Alice tat, als lausche sie. Es war unfair, Bodo anzulügen, aber wenn sie ihm gestand, dass sie fast ebenso wenige Geister sah und hörte wie er, würde er sie nicht mehr als Geisterexpertin sehen und den Kontakt abbrechen. Sie sah und spürte andere Dinge, vor allem seitdem sie die Medikamente nicht mehr nahm, aber um ihm das anzuvertrauen, kannte sie ihn zu wenig.

Nun starrte sie auf die schaukelnden Glasgesichter und hatte das Empfinden, dass ihr jedes einzelne stumme und vorwurfsvolle Schreie entgegenschleuderte. Aber was hätte sie machen sollen?

»Was tun, was tun!«, fluchte Florian Simbacher und reihte sich mit seinem Wagen wieder in den Verkehr ein. Der Huber machte es sich ganz schön leicht. Man konnte doch nichts tun, außer sich erneut im Hinterstüberl der Brezn zu treffen. Allmählich wurde ihm das lästig. Und jetzt bekam das Ganze auch noch eine absurde Note: Fünf erwachsene Männer trafen sich, um sich über die Blusen ihrer Mütter oder Großmütter auszutauschen. Da brauchte der unwirsche Wirt nur sein Ohr an die Tür zu halten, ein wenig zu lauschen – und schon hätte er guten Grund, die Fünferbande in die Geschlossene nach Mainkofen einweisen zu lassen.

Die Straßen waren total vereist. Aus Umweltschutzgründen wurde schon lange kein Salz mehr gestreut. Früher war wirklich alles besser gewesen! Man hatte weißes Salz auf die Fahrbahn verteilt, und der Schnee war im Handumdrehen geschmolzen.

Während Florian äußerst konzentriert im Schritttempo fuhr und auf genügend Abstand zu seinem Vordermann achtete, erinnerte er sich an jene Juninacht, in der er allein mit seiner Mutter vor dem schon weit heruntergebrannten Johannisfeuer gestanden hatte. Wegen des leichten Nieselregens waren alle anderen bereits wieder zu Hause gewesen. Und erneut tauchte die grüne Bluse mit den hölzernen Knebelknöpfen und den handgehäkelten Schlaufen vor seinem inneren Auge auf. Er sah das Kleidungsstück auflodern und vernahm dazu die leise und eigenartig verkrampfte Stimme seiner Mutter: »Ich hab sie nie gemocht!«

»Das wurde auch mal Zeit, dass du endlich ein Bier trinkst und von dem grünen Tee runterkommst«, meinte Herbert Gegenfurtner und schlug Clemens Ortmair jovial auf die Schulter. »Jetzt bist du ein ganzer Mann.«

Clemens fragte sich, wie um Himmels willen er das verstehen sollte. Selbst der Breznwirt schaute nicht mehr so missmutig, als er die fünf Gläser auf den Tisch stellte.

Kaum hatte er das Hinterzimmer verlassen, stand Korbinian Huber auf, verschloss die Tür von innen und drehte den Schlüssel herum. »Männer«, begann er dann und zog das Foto mit den fünf Frauen aus einer braunen Versandtüte. »Das hier ist der Schlüssel!«

»So ein Schmarrn, wie kommst du denn darauf?«, widersprach Andreas Lindinger. »Wisst ihr was? Ich hab echt keinen Bock mehr auf diese blöden Treffen. Ich steige aus. Jetzt auch noch Blusen!«

»Kann mir schon vorstellen, dass dir Busen lieber wären«, kommentierte Simbacher grinsend.

Der Zahnarzt ignorierte die Bemerkung und fixierte weiterhin den Apotheker mit zusammengekniffenen Augen: »Du bist ja total hysterisch und benimmst dich wie ein altes Waschweib. Und damit ihr gleich Bescheid wisst: Ich hab schon mit dem Handwerksmuseum in Deggendorf Kontakt aufgenommen. Die waren sehr interessiert. Vor allem wegen meiner Andeutung, dass Rudolf Handgrödinger das Objekt gemacht hat. Die geben eine Expertise über meinen Sarg in Auftrag.«

Alle schwiegen.

Meinen Sarg. Clemens Ortmair schüttelte sich. Wie sich das anhörte!

»Du gibst den nicht außer Haus, keiner darf den sehen!«, brüllte Korbinian Huber mit hochrotem Gesicht.

»Nur weil du so rumspinnst?«, fauchte Andreas Lindinger zurück.

»Gemach, gemach!« Jetzt war es Florian Simbacher, der eingriff. »Lasst uns doch einfach mal in aller Ruhe über Korbinians Vermutung reden. Wo wir eh schon hier zusammenhocken. Also, da sind fünf Frauen auf dem Bild, und die haben alle die gleichen Blusen an. Kollege Huber meint, dass das was zu bedeuten hat.« Fragend sah er in die Runde. »Meine Mutter hat ihre Bluse nach dem Tod meines Vaters ins Johannisfeuer geworfen. Das ist mir heute wieder eingefallen. Könnt ihr euch vielleicht auch an solche Blusen bei euren Müttern oder Großmüttern erinnern?«

»Als würde ein Kind auf das schauen, was die Erwachsenen anhaben. Das hab ich ja noch nie gehört.« Clemens Ortmair legte das Foto mit den vier lächelnden und einer missmutig dreinschauenden Dame auf den runden Holztisch und bot halbherzig an, seine Oma Rosina zu befragen.

Der Apotheker runzelte die Stirn: »Aber wir wollten doch nicht …«

Vielleicht lag es an der halben Hellen auf fast nüchternem Magen – Clemens hatte jedenfalls das Empfinden, den anderen ebenbürtig zu sein, auch wenn er als einziger kein Geschäftsmann, sondern nur ein kleiner Angestellter war. Souverän griff er nach seiner Brieftasche, entfaltete die auf DIN A4 vergrößerte Fotokopie des Soldatenbildes und legte sie neben das Bild der fünf Frauen. »Seht doch mal!«

Alle fünf starrten auf die beiden Schwarzweißbilder. »Schaut mal nicht auf die Soldaten, sondern auf die Dorfbevölkerung«, befahl Clemens kühn.

»Und worauf sollen wir achten?« Der Zahnarzt klang ungeduldig.

»Die Blusen haben die gleichen Knöpfe und Knebelverschlüsse wie die Jacken der Einheimischen«, erklärte Clemens und fuhr mit seinem Zeigefinger zwischen den Fotos hin und her.

»Das ist mir auch schon aufgefallen«, murmelte Simbacher.

Vorwurfsvoll wandte sich der Apotheker an Clemens: »Du hast also doch mit deiner Oma gesprochen.«

»Nein, bestimmt nicht. Mit niemandem.«

»Meine sitzt im Altersheim«, verkündete der Zahnarzt. »Ich könnte sie eigentlich mal besuchen. Aber ob sie sich daran erinnern wird, an diese eine Bluse? Kann ich mir eigentlich nicht vorstellen. Die erinnert sich ja kaum noch an mich.«

»Mir zoagn dene des Bildl«, schlug Herbert Gegenfurtner vor. »Unsern Müttern und Großmüttern. Damit vergebn mir uns doch nix.«

»Ich weiß nicht.« Korbinian Huber blieb skeptisch.

»Wos soll denn so a Foto scho verratn?«, fuhr Herbert Gegenfurtner fort und tippte sich mit Blick auf den Apotheker an die Stirn. »Du wirst ja immer hysterischer. Und überhaupt: Alte Weiber erzähln gern von früher. Wenn du koa Zeit hast, dir des alles o'zumhören, nachad is des dei Problem.«

»Meine Mutter lebt nicht mehr«, sagte Korbinian. »Die kann mir nix erzählen. Und mein Vater auch nicht.«

»Meine ist auch schon tot«, stimmte Florian Simbacher zu.

»Ich frag meine Oma«, versprach Clemens, um die Sache zu Ende zu bringen.

»Okay, wenn du das machst, dann gehe ich auch mal ins Altersheim«, grinste der Zahnarzt. »Aber dann fahr ich gleich mit meinem Sarg nach Deggendorf und lass ihn schätzen. Dass ihr es wisst.«

Im Befehlston wandte er sich an Herbert Gegenfurtner. »Und du fragst gefälligst deine Mutter. Morgen, gleiche Zeit, gleicher Ort?«

Der Drogist nickte.

## 27. Kapitel

»Ich bin inzwischen Zahnarzt«, schrie Andreas Lindinger seiner Großmutter ins Ohr.

»Das ist nett von Ihnen«, antwortete die alte Dame, die ihm knapp bis zur Schulter reichte. »Aber ich brauche Sie nicht.« Mit einem erstaunlich schnellen Handgriff entledigte sie sich ihres Gebisses und platzierte es mitten auf das Wachstuch des kleinen runden Esstisches.

Andreas seufzte. Es erschreckte ihn, dass seine Oma ihn nicht erkannte, und es erschreckte ihn auch, dass sie so winzig geworden war. Als schrumpfe sie jeden Tag ein kleines bisschen. Bald würde das Gebiss zu groß für ihren kleinen Kopf sein. Erneut stellte er sich vor.

»Ich bin's, dein Enkel, der Andreas. Du kennst mich doch.« Er gab sich selbst die Schuld. Er hätte viel früher kommen sollen. Sie lebte schon seit fast zwei Jahren in diesem Zimmer, und er hatte sie noch nicht einmal besucht.

»Ja, ja«, antwortete Agnes Schadenhub. »Sehr erfreut.« Sie stand auf und schlurfte zu dem Schubladenschränkchen an der linken Seite ihres schmalen Bettes. Das gut beheizte und gemütliche Zimmer im Seniorenwohnheim in der Spitalstraße erinnerte Andreas Lindinger entfernt an ein Krankenzimmer. Aber vielleicht lag das auch nur daran, dass er beim Hereinkommen gleich das barrierefreie Bad gesehen und gedacht hatte, hier könne man ja sogar mit einem Rollstuhl unter die Dusche fahren. Behindertengerecht. Seine Oma aber war nicht behindert, nur im Kopf etwas durcheinander.

»Hier, junger Mann«, sagte Agnes Schadenhub und hielt ihm eine Schachtel mit gräulich überzogenen Schokoladenpralinen vors Gesicht, die so staubig rochen, dass Andreas sich fragte, wie lange sie die schon horten mochte.

»Oma, das sind aber nicht mehr die Jüngsten«, stellte er klar und schüttelte ablehnend den Kopf.

»Nur für besondere Gäste«, strahlte sie ihn an und schob die Konfektschachtel direkt neben das auf der Tischmitte liegende Gebiss.

Gehorsam tat er so, als steckte er sich ein Pralinee in den Mund, ließ es aber in der hohlen Hand verschwinden. »Danke.«

»Was kann ich für Sie tun?«

Der Zahnarzt Andreas Lindinger, geborener Schadenhub, lächelte seine Großmutter liebevoll an. Kokett strich diese sich das kurze graue Haar zurück.

Das Pflegeheim tat ihr gut, auch wenn er sie nicht gar so zierlich in Erinnerung gehabt hatte. Ihre Haut war gepflegt, die Fingernägel kurz geschnitten, das Haar onduliert. Bevor sie ins Seniorenheim einzog, hatte er sie als verwirrt und verwahrlost erlebt.

»Dir geht es hier richtig gut«, stellte er nun fest.

Sie nickte. »Ein wunderbares Hotel und ein so schöner Garten. Wollen wir ein bisschen an die frische Luft gehen?«

Er schüttelte den Kopf. Die Heimleitung hatte ihn gebeten, nicht mit ihr spazieren zu gehen, da sie bei jeder Gelegenheit ausbüxte. »So schnell können Sie gar nicht schauen, wie die weg ist«, hatte die Leiterin gesagt. »Flink wie ein Wiesel.«

Wohin sie immer wollte, verriet sie niemanden, aber sie war perfekt darin, sich zu verstecken. Allein ihrer Angewohnheit, in diesem »Spiel« gelegentlich ein neckisches »Kuckuck« zu rufen, war es zu verdanken, dass sie dann doch jedes Mal entdeckt wurde und die Nacht wieder im eigenen Bett verbringen konnte.

»Vielleicht später«, vertröstete er sie und kam zur Sache. »Schau dir doch mal dieses Bild an. Erinnerst du dich?«

Sie legte ihre Brille zu Gebiss und Konfekt auf den Tisch und hielt sich den Schwarzweißausdruck mit den fünf Damen so dicht vor die Nase, als wolle sie hineinkrabbeln.

»Oma, so siehst du doch gar nichts mehr«, merkte er an.

Sie nickte mehrmals und überflutete ihn dann mit einem Wasserfall von Worten, von denen er nur die Hälfte verstand.

»Halt mal!« Er griff nach der Hand der Großmutter und legte das Gebiss dort hinein. »So, das steckst du dir jetzt in den Mund, und dann fängst nochmal von vorne an.«

Sie lachte zahnlos und schob sich brav die Prothese in den Mund. »Zweiundzwanzig war ich da«, erklärte sie nun. »Mit zweiundzwanzig hat man noch Träume, und unter meinem Herzen wuchs gerade mein Sohn, dieser Hallodri. Ja, das war eine schöne Zeit. Aber die da«, nun wies sie auf die Bluse, »die hat mich blass gemacht. Käsig sah ich damit aus. Ich fand, dass sie mir nicht so gut gestanden hat.«

»Und trotzdem hast du sie für das Foto angezogen?« Andreas zeigte sich erstaunt.

»Die fünf Freunde haben ihren fünf Frauen diesen Stoff geschenkt«, erinnerte sich Agnes Schadenhub. »Die Simbacherin hat dann für alle maßgeschneiderte Blusen draus genäht. Und dann sind wir heimlich zum Fotografen gegangen und haben das Bild machen lassen, um unsere Männer zu erfreuen. O mei, o mei, da gab es dann aber ein Geschrei!«

»Geschrei? Warum?« Andreas betrachtete das Bild mit anderen Augen. »Nach Streit sieht das ja nicht gerade aus. Ihr habt doch alle gelächelt – bis auf die Frau Simbacher.«

»Nein, doch nicht beim Fotografen. Die Gaudi ging erst los, als das Bild bei dem im Schaufenster hing. Mein Mann hat was von Unterlassung und Entfernen geschrien und dem Fotografen mit einem Anwalt gedroht, von wegen dem Recht am eigenen Bild oder so...« Sie kicherte. »Womöglich noch dem

Recht an der eigenen Frau, wo doch jeder weiß, dass keiner von den Fünfen, auch mein Alois nicht …« Sie schwieg.

Andreas staunte über das plötzlich so gute Gedächtnis seiner Großmutter.

»Wo jeder was weiß? Und warum hat der sich so aufgeregt? Ist doch ein schönes Bild!«

Sie hob die Schultern. »Er hat mir dann die Bluse weggenommen, um mich zu bestrafen, so war er, der Alois selig. Aber das war nicht so schlimm. Grün macht mich sowieso viel zu blass.«

»Ich erkenne nur dich auf dem Bild«, log Andreas. »Wer sind denn die anderen?«

Sie kroch erneut fast in das Foto hinein.

»Das da bin ich. Ganz links. Und eingehakt habe ich mich bei der Huber Renate.«

»Ach«, Andreas gab sich erstaunt. »Die Huber von der Apotheke? Dem Korbinian Huber seine Mutter?«

»Ja, wer denn sonst?« Sie klang ungeduldig.

»Und die da?« Er wies auf die Lockenpracht in der Mitte des Bildes, die dem des Drogisten so ähnlich sah.

»Das ist die Gegenfurtner Heidi«, verkündete Agnes Schadenhub. »Die will auch hier ins Hotel, aber wir geben ihr kein Zimmer. Ich will die nicht. Damals haben wir sie um ihre Haare beneidet. Mei, das war echt ein stämmiges Weibsbild. Aber jetzt kann's ihr keiner recht machen. Nicht mal der Herrgott.«

Andreas fragte sich, woher seine Oma diese Informationen haben mochte, und wies auf die einzige nicht lächelnde Frau. »Und die da?«

»Ach, das ist die Simbacher Helene. Immer missmutig, und keiner hat je erfahren, warum. Eigentlich schade. Der ihr Mann hat sich dann ja auch entleibt. Hat's wohl nicht mehr ausgehalten mit der Jammerliese. Ach, wissen Sie, man kann sich sein Kreuz nun mal nicht aussuchen.«

Andreas Lindinger beschloss, besser nicht nach diesem Kreuz zu fragen. Die alte Simbacherin war tot, und der Florian hatte es bisher vermieden, sich eine eigene junge Simbacherin ins Haus zu holen. Er hatte sicher seine Gründe.

»Und wer ist das?«

»Ach herrje! Das ist doch die Ortmair Rosina. Stellen Sie sich das nur vor, der ihr Mann hat sich auf seinem Sterbebett von einem Gockel verabschieden wollen und nicht von seiner Familie. Sachen gibt's zwischen Himmel und Erde…«

Andreas seufzte. Wo sie recht hatte, hatte sie recht.

»Eure Männer waren also richtig dick befreundet«, stellte er klar.

Sie nickte eifrig. »Das hat sich dann aber später verlaufen. Weiß auch nicht, wieso.«

Andreas Lindinger hatte sich inzwischen die Namen der Damen auf die vergrößerte Kopie des Fotos geschrieben – mitten in die Blusen hinein. Was er die ganze Zeit schon geahnt hatte, war zur Gewissheit geworden: Ihre Großväter und Väter waren sich sehr, sehr nah gewesen und hatten sich dann so sehr voneinander entfernt, dass selbst die Frauen kaum noch miteinander sprachen. Ob es ihnen verboten worden war?

Jedenfalls fanden sich die fünf männlichen Nachkommen der einstigen Freunde nicht grundlos Abend für Abend in der Hinterstube des Breznwirts ein. Genau diese Treffen hatte der Glasbläser mit seinen Särgen provoziert. Aber warum? Was wollte er damit erreichen?

Liebevoll beugte Andreas sich nun zu seiner Großmutter, die beide Hände an ihre falschen Zähne gelegt hatte und nun mit ihrem Gebiss in einem eigenwilligen Rhythmus klapperte.

»Sag mal, den Handgrödinger Lambert, kennst du den auch?«

»Natürlich.« Sie nickte.

»Und mit dem seid ihr auch befreundet gewesen?«

»Naa, mit dem wollte keiner befreundet sein!« Sie schüttelte so heftig den Kopf, dass winzige Speichelfäden aus ihrem Mund stäubten.

»Warum nicht?«

»Weil der anders war.«

Anstatt, wie sie es für den Sonntag geplant hatte, ins benachbarte Schönberg zu fahren, parkte Franziska an diesem Montag am Kurpark und bog zu einem kurzen Spaziergang in die Freyunger Straße ein. Für eine lange Wanderung war es sowieso viel zu kalt. Die graue Katze lag nun sicher gemütlich neben der Heizung und träumte von den guten Zeiten, die ihr bevorstanden – möglicherweise reiste sie ja auch gerade mental mit. Franziska dachte an Anna Oberneder und stellte fest, dass sie sich aufs Heimkommen und das Gespräch mit ihrer Pensionswirtin freute.

Der Seepavillon wurde gerade renoviert, am Rand des Promenadenweges lagen Stapel mit Baumaterial. Eine ältere Dame, die einen ungewöhnlich schlanken Mops spazieren führte, nickte ihr freundlich zu. Der Wind war eisig.

Gegenüber, auf der anderen Seite des Sees, wurde an dem Luxushotel weitergebaut, als wäre nichts geschehen. Der Garten des Prachtbaus würde an das Gelände der Kurklinik grenzen. Wie praktisch, dachte Franziska. Dann wäre immer ein Arzt in Reichweite.

Während sie zügig weiterging, grübelte sie darüber nach, warum der Wimmer ausgerechnet von ihr hatte wissen wollen, ob Fallschirmseide teuer sei. Sie sah doch wirklich nicht wie eine aus, die sich mit Stoffen und Materialien auskannte.

Auf ihr Schulterzucken hin hatte er dann den Stofffetzen hervorgezaubert, der so versteckt im Handgrödingerhaus gelegen hatte, als wäre er unglaublich wertvoll. »Mein oberster Spurensicherer behauptet aber, dass er überhaupt keinen praktischen Wert hat. Gar nix. Was sagen Sie dazu?«

»Dann muss er aus einem anderen Grunde wichtig sein«, hatte sie laut gedacht.

Als würde diese Aussage seine Vermutung bestätigen, war er sofort darauf eingegangen: »Was meinen Sie, vielleicht um jemanden zu erpressen?«

Sie hatte genickt, während er sich nachdenklich mit einem Bleistift auf die Nasenspitze klopfte. »Aber wen?«

»Wenn Sie den haben, halten Sie vermutlich den Schlüssel zum Ganzen in der Hand«, hatte Franziska leichtfertig in den Ring geworfen und hinzugefügt: »Ich könnte mir übrigens vorstellen, dass die vielen Interessenten für das Handgrödingerhaus nicht nur auf das Haus erpicht sind. Hat der Erbenermittler sich die Namen der künftigen Käufer notiert?«

»Sie meinen also auch, dass die auf irgendwas scharf sind, was in dem Haus versteckt sein könnte?« Wimmer war sehr nachdenklich geworden und hatte gemurmelt: »Auf dem Parkplatz an der Bundesstraße wurde übrigens niemand gesehen. Aber ich habe den Franz Mühlberger gebeten, trotz allem mal ein Auge auf den Apotheker zu werfen, wenn der Ihnen schon ständig über den Weg läuft. Vielleicht bringt uns das ja weiter.«

Der Apotheker – ja, der machte sie wirklich neugierig. Und das nicht nur wegen der hochwirksamen Beruhigungsdragees. Sie beschloss, heute Abend noch mal bei Xaver Wimmer anzurufen, und erwarb in der Zoohandlung in der Kröllstraße einen extraschönen Reisekorb für Bella sowie ein kleines Sortiment an Leckerlis.

Bereits während sie die Tür der Ferienwohnung öffnete, rief sie nach der Katze. Alles blieb eigenartig still.

»Bella, Bella?« Franziska spürte, wie sich Unruhe in ihre Lockrufe mischte. »Bella, meine Süße?«

Kein Miau, kein Scharren, kein Plumpsen, dem sie hätte

entnehmen können, dass die Katze ihr Versteck verlassen und auf den Boden gesprungen war.

Mit zitternden Knien lief sie zur unteren Wohnung.

Anna Oberneder öffnete ihr mit Bella auf dem Arm. »Ich wollte gerade einen Zettel an Ihre Türe heften, damit Sie sich nicht sorgen. Wie war es denn in Schönberg? So schnell wieder zurück?«

»Zu kalt«, sagte Franziska und nickte, als die Heilpraktikerin mit fragendem Blick eine Espressotasse unter die Kaffeemaschine schob.

»Ich war eben richtig in Panik«, gestand Franziska. »Dabei sollte ich mir doch gerade bei Ihnen keine Sorgen machen. Aber so ist es, kaum hänge ich mein Herz an einen Menschen oder an ein Tier, habe ich Angst, sie zu verlieren.«

»Das verstehe ich gut.« Anna nickte.

»Wenn Sie so tierlieb sind, warum haben Sie dann selbst weder Hund noch Katze?«, fragte Franziska.

Anna lachte. »Weil es mir dann immer so gehen würde wie heute. Ich wollte nur kurz in Ihre Wohnung, um Bella zu füttern, wie wir es ja vereinbart hatten. Und plötzlich wusste ich, sie will mir etwas sagen. Ganz intensiv habe ich das gespürt. Vermutlich käme ich überhaupt nicht mehr zum Arbeiten, weil ich mich die ganze Zeit mit meinen Tieren unterhalten würde. Als ich beispielsweise vorhin das Gefühl hatte, dass Bella mir etwas mitteilen will, hab ich sie zu mir eingeladen und ein wenig Wäsche weggebügelt, während wir in Verbindung waren.« Sie wies auf einen großen Stapel Oberhemden. »Zwei Söhne und ein Mann – da kommt was zusammen.«

Franziska rührte in ihrer Kaffeetasse. »Das mit dem Tiergespräch meinen Sie aber nicht ernst, oder?«

»Nein.« Anna Oberneder setzte sich zu ihr an den Küchentisch und lächelte verlegen. »Nur a ganz a bisserl.«

Die Kommissarin nahm einen Schluck Espresso. Sollte Anna

doch erzählen, was sie wollte. Hauptsache, Bella war wieder da.

»Hat sie bei Ihnen auch geschnurrt?«

»Nein, das nicht. Aber sie hat mir etwas sehr Eigenartiges mitgeteilt.«

Franziska horchte auf. »Aha, was hat sie gesagt?«

»Na ja, so richtig gesprochen hat sie natürlich nicht mit mir. Es läuft halt ein bisschen anders.«

»Erzählen Sie.« Die Katze saß auf Franziskas Schoß und ließ sich streicheln. Zögernd und für den Bruchteil von Sekunden schnurrte sie, als müsse sie es erst üben.

»Wir sehen uns an, oder ich sehe sie an, und nach einer bestimmten Zeit ist es so, als würde sich eine Tür öffnen, und dann nehme ich die Bilder wahr, die die Tiere mir vermitteln wollen«, erklärte Anna. »Es ist wie in einem Stummfilm, übrigens meistens schwarzweiß. Und je klarer und intensiver die Bilder, umso wichtiger die Botschaft.«

»Interessant.« Franziska fragte sich, welche Bilder Bella gesehen haben mochte. Vermutlich kleine graue Mäuse, Staubflocken und ein Heer von Spatzen.

»Es geht um das Handgrödingerhaus und um das angebaute Austragshäuserl. Gerade das sah ich besonders deutlich. Ich denke, Bella will uns damit etwas sagen.«

Franziska suchte den Blick der Katze und beschloss, der Heilpraktikerin weder von der Fallschirmseide noch von ihrem Verdacht, im Haus des Glasbläsers könne Erpressungsmaterial versteckt sein, zu berichten.

»Und was zum Beispiel?«, fragte sie wie nebenbei.

»In diesem Austragshäuserl, Sie wissen schon, dem kleinen Häuschen direkt daneben, wohnt dort eigentlich noch die Karatefrau?«

Franziska schüttelte den Kopf. »Nein, dort lebt eine Frührentnerin, die sich mit Korrekturlesen über Wasser hält.«

»Wie heißt denn die?«, wollte Anna wissen.

»Alice Fischbacher.« Franziska hatte das Gefühl, als zucke die Katze bei diesem Namen unmerklich zusammen.

»Fischbacher? Ja, das ist die Frau, die Karatekurse gegeben hat. Auch wenn sie gar nicht danach aussieht. So eine mit schiefem Lächeln und blondem Haar, schielt etwas?«

Franziska nickte.

»Dann meinen wir dieselbe Person. Die ist übrigens als Grundschullehrerin mit den Kindern überhaupt nicht klargekommen. Eine Katastrophe muss das gewesen sein, das hab ich zumindest so gehört. Wie kann man sich nur für einen Beruf entscheiden, der einem so gar nicht liegt?«

Franziska sah ihrer Vermieterin an, dass das bei ihr nicht der Fall war.

»Warten Sie mal… Die hatte doch so einen Spruch, mit dem sie uns manchmal begrüßt hat. Ich hab nämlich mal einen Kurs bei ihr belegt. Genau, jetzt fällt er mir wieder ein: ›Danshi mon o izureba hyakuman no teki ari.‹«

»Was bedeutet das denn?«

»Das ist Karatephilosophie. Zu Deutsch: ›Sobald man vor die Tür tritt, begegnet man einer Vielzahl von Feinden‹.«

Ja, dachte Franziska. Genau das passte zu der Fischbacher.


»Guat, dass d' kimmst, kannst ma glei beim Packa helfa«, empfing Heidi Gegenfurtner ihren Sohn.

»Beim Packen? Wozu?«

»I zieh doch ins Seniorenheim.«

»Ach, ist da nun doch ein Platz freigeworden?«

Enttäuscht sah sie ihn an. »Bist ned deswegn kemma?«

»Nein.«

Sie schien zusammenzuschrumpfen.

Seit gut einem Jahr wartete seine Mutter darauf, in das Seniorenwohnheim in der Spitalstraße ziehen zu dürfen. Aber dort wurde und wurde kein Platz frei, weil es den Bewohnern so gut ging. Kaum hatten sie ihr Zimmerchen bezogen, schon dachten sie gar nicht mehr ans Sterben.

Im Gegensatz zu Heidi Gegenfurtner. Wenn sie dort nicht einziehen durfte, so drohte sie, dann wollte sie doch besser gleich zu ihrem Herrgott, und zwar auf der Stelle.

»Du kannst dir doch noch wunderbar selba helfa.« Herbert Gegenfurtner schüttelte den Kopf. »Andere warn froh, wann s' mit dreiundachtzig Johr no so fit und fidel warn. Du g'hörst ned ins Heim. Und außerdem ist da immer noch nix frei. Und wann dir do d' Decken auf den Kopf fällt, dann ziehst halt zu uns.«

Seine Mutter schüttelte vehement den Kopf. »Zu eich, ausg'rechnet jetzt, wo die Kinda grad aus'm Haus san. Da steh i ja bloß rum wia b'stellt und ned abg'holt.«

Er hängte seinen Mantel an die Garderobe und zog sich den Hut vom Kopf.

»I muass di wos frogn.«

Wenig später betrachtete sie das Bild und zog die Stirn kraus. »Wo habt's denn des her?«

»G'funden«, log Herbert und wollte wissen: »Habt's ihr alle desselb G'wand o?«

Sie fuhr mit den Fingern über die Porträts der Frauen. »Die Schadenhuber Agnes«, jammerte sie dann. »Des ist so hundsg'mein, die wohnt schon a paar Jahr da. Die kannt wirklich mal a guats Wort für mi einlegn.«

Herbert Gegenfurtner drehte den Kopf zur Seite. Seine Mutter roch, als hätte sie seit mindestens einer Woche nicht mehr geduscht. Dabei versorgte er sie regelmäßig mit kosmetischen Pröbchen und Geschenksets.

»Mein Gott, die Huberin, die Renate«, erinnerte sich Heidi Gegenfurtner. »Woasst, die hod a solchene Angst g'habt vor ihrm Mann. Die hod dem nia ned widersprocha und si alles g'falln lassn. Und der hat nix obrenna lassn, also wirklich ned.

Wegen dem is sie a so früh g'storbn.« Sie bekreuzigte sich. »Und die derf jetza scho bei unserm Herrgott sei, und i komm ned amoi ins Seniorenheim.«

Der Drogist drehte an seiner Fliege. Was sollte er dazu sagen?

Der Finger seiner Mutter hielt nun auf ihrem eigenen Porträt inne. »Wos hob i für scheene Haar g'habt.«

»Die sind immer noch schee«, sagte Herbert schnell. »Du muasst sie bloß amol waschn. Schau her, i hob dir wieder a Schampoo mitbrocht.«

»Die sind jetzt weiß«, widersprach seine Mutter.

»Graues Haar is in«, log er, »und weißes ist überhaupt der allerletzte Schrei. Du schaust guat aus.«

Sie reagierte kaum auf dieses Kompliment, sondern sah wieder auf das Bild. »Do schau amol her, die Simbacher Helene, immer hat s' a schlechte Laune g'habt. Ist d'Oanzige, die ned amol lächelt. Vielleicht hat s' da scho a Ahnung g'habt, dass es no a saumäßige Gaudi gibt.«

Bevor Herbert nachfragen konnte, war sie schon mit ihrem Zeigefinger nach ganz rechts weitergezogen. »Und des is die Ortmair Rosina. I hab g'hört, die will a ins Seniorenheim. Wann die vor mir an Platz kriagt, dann stell i mi in die Spitalstraßn und schrei so lang, bis die die Rosina wieder aussischmeißn. Die is fei a halbes Johr jünga als wie i. Mindestens!«

»Wannst du willst, tat i mi drum kümmern«, versprach Herbert halbherzig.

Sie nickte. »Bist a guada Bua.«

»Wos is des eigentlich für a G'wand, des wos ihr da o'zogn habt's?«, hakte er nach. »Und warum habt's eich z'samma fotografiern lassn?«

»Es hod a Überraschung sei solln«, erinnerte sich Heidi Gegenfurtner und betrachtete kopfschüttelnd die vergrößerte Kopie des Gruppenbildes. »Des is guat g'meint g'wesn, is aber sauba nach hintn losganga, weil der Fotograf des Bildl in sein Schaufenster g'hängt hod. Wegen dem ham sich unsre Mannerleit sackrisch aufg'regt. Mir ham die Blusn wegschmeißn miassn.«

»Aha, es waren also Blusen«, stellte Herbert klar.

Sie nickte ungeduldig. »Weg damit, bloß weg damit, und koans hod de Blus'n mehr o'ziagn megn. Was ham die Mannerleit sich aufg'regt und rumg'tan. Und die Bildl ham mir sofort verbrenna miass'n. Und der Mann von da Agnes, der Alois Schadenhub, der hat sogar die Negative vom Fotograf ham wolln. So a Schmarrn, ich woaß bis heit ned, was an dem Bildl so schlimm sei soll. Was moanst?«

»Ich seh drauf fünf sehr schöne Frauen«, erwiderte ihr Sohn. »Und ihr wart alle befreundet?«

Sie nickte nachdenklich. »Ja, aber des is lang her. Nix hält ewig. Erst recht ned des, von dem man's moant.«

## 28. Kapitel

Sie sollte sich da nicht so hineinhängen. Noch befand sie sich in ihrem wohlverdienten Urlaub. Niemand hatte ihr den offiziellen Auftrag gegeben, im Fall Handgrödinger zu ermitteln, und niemand erwartete von ihr, dass sie sich wegen dieser Geschichte den Kopf zerbrach. Nur zur Hand gehen sollte sie dem Wimmer, falls der das überhaupt wollte. Und dem Hauptkommissar hatte sie ja auch alles gesagt, was ihr zu dem Fall einfiel.

Warum aber ließ gerade dieser Tote sie nicht los? Wegen der verwaisten Katze? Weil sie Rudolf Handgrödinger kennengelernt und den Eindruck gehabt hatte, dass er niemandem etwas Böses wollte?

Die Vorstellung, dass jemand nachts durch die Straßen ging und einen Menschen, der nichts anderes tat, als über sein nächstes Kunstwerk nachzudenken, hinterrücks erschlug, war weiterhin beängstigend. Noch mehr aber beunruhigte es sie, dass sie sich nun tatsächlich fragte, ob ausgerechnet die so auffällig farblose Alice Fischbacher dazu in der Lage sei.

Sie erinnerte sich an deren blasses Gesicht und wie sie erstarrt und mit aufgerissenen Augen im Eingang des griechischen Restaurants gestanden hatte. Fassungslos, als wäre in diesen Minuten ihre ganze Welt zusammengebrochen. Dabei hatte die Fischbacher nur Franziska am Tisch sitzen können. Rudolf hatte in diesem Moment mit dem Rücken zur Tür gestanden und an der Garderobe seinen Mantel aufgehängt. Oder war da noch jemand gewesen? Paare, Familien mit Kindern?

Wirklich ärgerlich, dass sie sich ausgerechnet an diesem Abend nicht so genau umgeschaut hatte, wie sie es doch sonst immer tat, wenn sie aus den Augenwinkeln heraus alle Leute mit einem schnellen Blick fürs Gedächtnis abfotografierte. Was war da nur gewesen? An den Beruhigungspillen des Apothekers konnte es noch nicht gelegen haben, die hatte sie erst einen Tag später genommen. Aber was um Himmels willen hatte sie an gerade diesem Abend so abgelenkt?

Jetzt fiel es ihr wieder ein. Ihr Mann Christian, ihre Eifersucht und die Angst, dass der momentane Zustand der Zufriedenheit nicht von Dauer sein könne und dass die unabwendbare Katastrophe schon an der nächsten Straßenecke auf sie lauere, hinterhältig grinsend und sprungbereit. In ihrer Verzweiflung hatte sie Christian eine Geliebte angedichtet und sich selbst mit aller Macht verboten, an Alexander Konrad zu denken. Erst der Wein und das Gespräch mit dem Glasbläser hatten sie ein wenig davon ablenken können.

War das Restaurant am Abend des 5. November gut besucht gewesen? Vermutlich nicht. Sie erinnerte sich, dass die Garderobe fast leer gewesen war und ihr Wagen als Einziger auf den Parkplätzen vor dem Restaurant gestanden hatte.

Inzwischen war sie den Weg von der Freyunger Straße, wo das Restaurant lag, bis zum Handgrödingerhaus schon zweimal abgelaufen und hatte eine gute Viertelstunde gebraucht. Genauso lang musste auch Alice unterwegs gewesen sein, angefüllt mit bösen Ahnungen, die sich dann beim Betreten des Lokals bewahrheitet hatten.

Hatte die einstige Karatelehrerin etwa doch eine Beziehung zu Rudolf Handgrödinger gehabt? Oder sich eine gewünscht? Was Franziska am meisten ärgerte, war, dass sie, die so viel auf ihre Menschenkenntnis gab, sich bei dieser Frau so verschätzt hatte. Alice Fischbacher hatte tatsächlich früher mal Karatekurse gegeben – Anna Oberneder hatte eine CD mit Fotos in ihren Computer geschoben und in Erinnerungen geschwelgt.

Mit geflochtenem Stirnband, weißer Jacke, weißer Hose und

einem schwarzen Gürtel stand die Meisterin inmitten ihrer weißgewandeten Schülerinnen. Aufrecht und mit sehr geradem Rücken. »Alice hat den siebten Dan«, erklärte Anna und wies auf sich selbst am Bildrand. »Ich habe nur den neunten Kyū.«

Die Zehennägel der Lehrerin waren dunkelrot lackiert. Nein, auf diesem Bild wirkte Alice so gar nicht wie das kleine und erbarmungswürdige Hascherl mit der »Ich-tu-dir-nichts«-Attitüde, als das sie sich der Kommissarin gegenüber gezeigt hatte. Entweder war ihr zwischenzeitlich etwas wirklich Schlimmes widerfahren, oder sie war eine Meisterin des Verstellens.

Auf den Karatebildern wirkte sie in ihrem weißen Kampfanzug wie eine, die sich immer und überall durchsetzen konnte und es gewöhnt war, genau das zu bekommen, was sie sich in den Kopf gesetzt hatte.

Und wenn sie sich ausgerechnet den Glasbläser in den Kopf gesetzt hatte? Immerhin lebte der Tür an Tür mit Alice. Franziska musste an das Lied denken, aber ihr war so gar nicht nach Singen zumute.

Mittlerweile war es kurz vor acht. Wenn Xaver Wimmer noch im Büro war, würde er ans Telefon gehen, andernfalls würde sie ihm eine Nachricht hinterlassen. So wichtig, dass sie ihn auf seinem privaten Handy anrufen wollte, war die Sache nun auch wieder nicht.

Er meldete sich sofort, und sie hatte den Eindruck, als hätte er auf ihren Anruf gewartet.

»Ich habe den Kollegen Mühlberger auf den Apotheker angesetzt, und er ist ihm gefolgt.«

»Und?« Franziska streifte sich die Schuhe von den Füßen und machte es sich auf ihrem Sofa bequem.

»Der Apotheker hat sich mit vier weiteren stadtbekannten Herren im Gasthaus Zur Brezn am Sachsenring getroffen, und zwar hinter verschlossener Tür im Hinterstüberl. Die treffen sich jeden Abend, sagt der Wirt, seit etwa zehn Tagen, und immer nur von fünf bis sechs. Mit der Werbegemeinschaft kann das nichts zu tun haben. Die tagt monatlich im Rathaus. Sehr eigenartig das alles. Und als der Mühlberger etwas genauer nachgefragt hat, da hat sich herausgestellt, dass der Breznwirt auch keine Ahnung hat. Und das will was heißen!«

»Er wird doch sicher was vermuten?«, regte Franziska an.

»Ja, der denkt, dass es Vorgespräche zu einer Parteigründung sein könnten. Aber ich weiß schon von drei dieser Männer, dass ein jeder was anderes wählt.«

Franziska fragte sich, woher Kollege Wimmer das nur wissen mochte.

»Und was sagen Sie dazu?«, erkundigte sich Wimmer und schwieg erwartungsvoll.

»Wer sind denn die Herren?«, hakte Franziska nach. »Kennen Sie die?« Sie fragte sich, ob es die vier Freunde des Apothekers sein könnten, deren Namen der Huber ihr nicht hatte nennen wollen.

»Ja, logo kenn ich die«, antwortete Xaver Wimmer. »Alles potente Geschäftsleute – nun ja, vier davon zumindest. Einer ist nur ein Angestellter.«

»Ist auch der Besitzer des Sportgeschäftes dabei«, fragte Franziska und betrachtete ihre Wollmütze, die mitten auf dem Esstisch lag. Laut Bodo Specht hatte auch Simbacher Interesse am Handgrödingerhaus geäußert.

»Woher wissen Sie das denn schon wieder?« Wimmer wartete ihre Antwort gar nicht ab und zählte auf: »Also, in der Brezn treffen sich der Apotheker Huber, der Simbacher, der Zahnarzt Lindinger und der Drogeriebesitzer.«

»Und der Angestellte, wie heißt der?«

»Ortmair, Clemens Ortmair. Der passt so gar nicht in das Muster. Er hat auch nichts mit der GWG zu tun.«

Franziska schwieg einen Moment. »Hat nicht eine Frau Ortmair dem Erbenermittler bei der Inventur geholfen?«

»Ja, aber nur deshalb, weil der Gegenfurtner, das ist der Drogist, also weil der die Ute für ein zwei Tage an den Herrn Specht ausgeliehen hat – um es mal so salopp zu sagen.«

»Und das kommt Ihnen nicht komisch vor?«

»Doch, natürlich, äußerst eigenartig«, bestätigte Wimmer und fügte hinzu: »Ich kann mir schon denken, dass Sie deswegen anrufen.«

Jetzt probierte Franziska das langgezogene »Naa«, mit dem Benno Holdenrieder so perfekt zu widersprechen pflegte.

»Sondern?« Wimmer hörte sich an, als rechne er mit dem Schlimmsten.

»Ich hab da eine ganz andere Frage.«

»Und die wäre?«

»Ich hab erfahren, dass Frau Fischbacher, die Nachbarin des Handgrödinger, dass die Karatekurse gibt und den schwarzen Gürtel trägt. Die ist demnach gar nicht so schwach, wie sie aussieht.«

Ihr Gesprächspartner überraschte sie mit der gleichen langgezogenen Verneinung. »Naa, das stimmt so nicht. Inzwischen heißt es ›gab und trug‹. Praktisch seit zwei, drei Jahren macht die nämlich nix mehr. Seitdem das da passiert ist.« Er schwieg.

»Passiert?« Franziska horchte auf. »Was ist passiert? Erzählen Sie!«

»Wollen Sie das wirklich hören?«

»Ja. Unbedingt.«

Eine halbe Stunde später klickte sie das Gespräch weg und schüttelte fassungslos den Kopf. Alice Fischbacher war vor acht Jahren als Grundschullehrerin für die Fächer Deutsch, Mathematik und Sport nach Grafenau gekommen. Jahrelang kam sie gut mit dem Kollegium klar, und es hatte den Anschein, als respektierten die Schüler sie.

Sie unterrichtete Schüler der vierten Klasse, also Kinder

zwischen neun und elf Jahren. Wer genau angefangen hatte und wessen Idee es gewesen war, konnte später nicht rekonstruiert werden. Auch redeten sich die Kinder damit heraus, das Ganze sei nur ein Scherz gewesen.

Begonnen hatte das langsame, aber stetige Zerbrechen der Alice Fischbacher an einem sonnigen Herbsttag während der Deutschstunde in der Klasse 4b. Sie erklärte gerade, wie konjugierte Verben zur Zeitbestimmung eingesetzt werden, und schrieb: »Ich singe / ich sang / ich habe gesungen / ich werde singen« an die Tafel, als sie hinter sich einen kleinen Pfiff vernahm. Kurz dachte sie, eine Maus könne gefiepst haben, zumal einige Schüler dafür bekannt waren, Lebendfallen mit Mäusen in die Schule zu schmuggeln und die kleinen Nager während des Unterrichts freizulassen.

Doch es war kein niedlicher Nager.

Als sie sich zur Klasse umdrehte, saßen vor ihr neunundzwanzig Schülerinnen und Schüler, die auf die gleiche Art den Kopf zur Seite neigten, wie sie selbst es von ihrem Spiegelbild kannte. Jeder Einzelne blickte sie unverwandt an. Alle wie erstarrt, keiner von ihnen blinzelte, nicht einmal ein Haar schien sich zu bewegen. Eisige Stille. Zwei lange Minuten, eine gefühlte Ewigkeit.

»Sehr netter Flashmob«, versuchte sie die Situation zu retten und schrieb das Wort an die Tafel. Tapfer drehte sie sich erneut um, tat so, als amüsiere sie die Situation, und verkündete mit unsicherer Stimme: »Bis zur nächsten Stunde bekomme ich dann einen Aufsatz von euch zum Thema Flashmob. Hintergrund, Geschichte und Absicht.«

Es fiepste erneut, und die Schüler taten so, als wäre nichts gewesen. Sie räusperten sich, bewegten sich, scharrten eifrig mit den Füßen und notierten sich die an der Tafel stehende Aufgabe.

Erleichtert tat auch Alice, als wäre nichts gewesen, und fuhr mit dem Unterricht fort. Nun behandelte sie Anglizismen, die bereits zum deutschen Wortschatz gehörten.

Kurz vor dem Pausenklingeln allerdings war erneut dieser helle Ton zu hören gewesen, und wie auf Kommando setzten alle Schüler ihre Ellenbogen auf, betteten ihr Kinn auf die gefalteten Hände, öffneten den Mund und starrten sie so lange schweigend und unbeweglich an, bis es zum vierten Mal in dieser Unterrichtseinheit aus unbestimmter Ecke piepste und sich die Erstarrung wieder auflöste.

Alice Fischbacher schrieb diesen Vorfall in das Klassenbuch und gab ihn auch später im Lehrerzimmer bekannt, wo sie zunächst verständnisloses Kopfschütteln erntete. »Ja mei, was Ihnen immer so passiert!«, hatten die Kollegen gesagt. »Naa, sowas ist uns noch nie untergekommen. Ignorieren Sie es einfach.«

Ab diesem Tag fürchtete Alice Fischbacher während des Unterrichts in der 4b jederzeit den hohen Ton, eine Mischung aus Mäusezirpen und gedämpftem Katzenmaunzen. Es gab Tage, an denen nichts passierte und sie das Ganze für einen unwirklichen Albtraum hielt, für eine absurde Einbildung, eine krankhafte Sinnestäuschung. Doch immer wenn sie sich auf der sicheren Seite wähnte, geschah es erneut, und immer aus heiterem Himmel.

Besorgte Kollegen sprachen die Schüler darauf an, doch die leugneten kollektiv, und so schlichen sich nach und nach Zweifel an Alices Version ein. Sie selbst dokumentierte diese Vorkommnisse nicht mehr im Klassenbuch, sprach immer weniger darüber und vertraute sich niemandem mehr an.

In jener Phase begann sie, die fragenden Blicke der Kolleginnen und Kollegen zu fürchten, deren lauernde Besorgnis wahrzunehmen, und sie ahnte, dass sie für verrückt gehalten wurde.

Später erklärte man es sich so, dass einige Schüler der 4b ihren Geschwistern von der Gaudi mit der Lehrerin erzählten. Und natürlich eiferten die Jüngeren den Älteren nach. So kam es, dass nach und nach in allen Klassen, in denen Alice unterrichtete, die Schüler nach einem speziellen Signal erstarrten, die Blicke fest auf ihre Lehrerin geheftet. Manchmal nur zwanzig Sekunden lang, dann wieder länger.

Das Kollegium erfuhr nichts davon. Und vor allem das war Hauptkommissar Wimmer bis heute unbegreiflich.

»Die Schüler haben geschwiegen, und sie selbst hat es auch nicht mehr kommuniziert, um nicht als verrückt abgestempelt zu werden«, versuchte Franziska eine Erklärung.

»Aber die müssen doch gesehen haben, dass die auf dem Zahnfleisch kroch. Wieso haben die sich nicht gekümmert? Werden wir zu einer Gesellschaft von Wegschauern?« Xaver Wimmer seufzte.

Dann schilderte er jene Sportstunde, aus der Alice kreidebleich und bibbernd geflüchtet war. Dass es ihr definitiv letzter Schultag sein würde, hatte sie an diesem Vormittag in der sonnendurchfluteten Turnhalle noch nicht gewusst. Sie hatte vor ihren Schülerinnen gestanden und sich den rosafarbenen Hula-Hoop-Reifen über den Kopf bis auf die Taille gestreift. Dann hatte sie den Kindern den Rücken zugedreht und war ihnen langsam vorangegangen, während der Reifen ihre Taille streifte und rhythmisch von links nach rechts zu fliegen schien.

Während ihres Kommandos: »Und jetzt von vorn!«, drehte sie sich um und nahm wahr, dass sie ganz alleine vor einer zu Skulpturen erstarrten Kindergruppe turnte. Ihre Schülerinnen standen in übertriebener X-Bein-Pose und mit Katzenbuckel in einer Reihe und hielten sich mit eingefrorenen Grimassen die bunten Plastikreifen so über den Kopf, als wären es Heiligenscheine.

»Kinder können so grausam sein«, sagte Franziska. Alice Fischbacher tat ihr leid.

»Für die Mädchen war es nur ein Spiel«, meinte Wimmer.
»Wenn auch ein ziemlich böses Spiel.«

»Wissen Sie, wer sich das ausgedacht hat? Eine von ihnen muss doch Regie geführt haben. Sonst funktioniert sowas nicht.« Bella pirschte sich vorsichtig auf dem Sofa an Franziska heran und ließ sich zu ihren Füßen nieder.

»Nein, wir werden es wohl nie erfahren.« Er schwieg. »Die haben gemauert. Da waren sie sich einig.«

»Wie ist es weitergegangen?«, wollte Franziska wissen.

»Frau Fischbacher war ein halbes Jahr in der psychiatrischen Klinik in Mainkofen.«

»Und dann?«

»Inzwischen kann sie wieder ein halbwegs normales Leben führen, allerdings nicht mehr in ihrem erlernten Beruf arbeiten. Sobald sie Kinder sieht oder hohe Pfeiftöne vernimmt, kommt alles wieder hoch.«

»Und die Kinder?«

»Die fanden das lustig, und die halten zusammen. Wir werden wohl nie erfahren, wer da Regie geführt hat, wie Sie es nennen, und wer als erster die Idee hatte. Nein, die verraten sich nicht gegenseitig.«

»Jetzt verstehe ich auch, warum die Fischbacher die Katze nicht zu sich nehmen wollte«, sagte Franziska mehr zu sich selbst. »Deren gedämpftes Maunzen hätte sie an die Katastrophe erinnert.«

»Die Katze ist unser kleinstes Problem«, stellte Wimmer klar. »Sie meinen also tatsächlich, dass die Fischbacher den Glasbläser erst gestalkt und ihn dann hinterrücks erschlagen hat? Nur weil sie mal Karate gelehrt hat?«

»Es ist mir durch den Kopf gegangen«, gestand Franziska. »Aber jetzt, ehrlich gesagt, jetzt denke ich das nicht mehr.« Sie zögerte. »Sind Sie denn schon einen Schritt weitergekommen?«

»Unter uns: Mir gehen diese fünf Herren nicht aus dem Kopf. Aber die können ja wohl nichts damit zu tun haben, oder?«

Franziska spürte, dass er von ihr ein Nein erwartete, doch sie sagte ganz ehrlich: »Ich weiß es nicht.«

»Um die arme Fischbacher dann endgültig aus dem Kreis der Verdächtigen auszuschließen, werde ich morgen selbst noch mal mit ihr reden«, versprach Wimmer. »Der Stockmann hat zwar schon mit ihr gesprochen, aber vielleicht muss man doch noch ein bisschen sensibler als der an die ganze Geschichte herangehen.«

## 29. Kapitel

Clemens legte an diesem Montagabend seine Kopie des Fotos vor sich auf den Tisch und verspürte so etwas wie Ärger, als er sah, dass sowohl Herbert Gegenfurtner als auch Andreas Lindinger direkt auf die Blusen der Frauen deren Namen geschrieben hatten. Das war ja fast, als griffe man seinen Müttern und Großmüttern geradewegs an die Brust. Diskret sah er zur Seite.

Kaum hatte seine Oma ihn gesehen, war auch schon die alte Leier losgegangen: »Des hätt's wirkli ned braucht damols. Den depperten Gockel aus'm Stall holn und dem Alois ins Bett setzen, bloß weil der dir des og'schafft hod. Naa, wirklich ned.« Und dann war sie wieder in ihr vorwurfsvolles Schweigen zurückgefallen und hatte einfach durch ihn hindurchgesehen. Damit hatte sie auch schon den Großvater geärgert. Eigenartig, dass er sich ausgerechnet daran erinnerte!

In dieser bedrohlich anmutenden Stille hatte er den vergrößerten Ausdruck des Fotos von den fünf gleich gekleideten Damen vor sie auf den Tisch gelegt. »Do schau mal. Bitte!«

»Warum?«

»Du bist auf dem Foto zu sehen«, verriet er ihr und schob das Blatt so nah zu ihr hin, dass es ihre Hand berührte. Sie streifte es mit einem kurzen Blick, schüttelte vehement den Kopf und behauptete mit klarer Stimme: »I? Naa, wirklich ned. Und jetzt pack den Schmarrn weg.«

»Aber nun schau doch mal, bitte!« Er wies auf die lächelnde Dame rechts außen. Alle haben zu mir gesagt: ›Nanu, das ist doch die Ortmair Rosina, fesch sieht sie aus. Das kann nur deine Oma sein!‹«

»Ist sie aber nicht!«, beharrte die Großmutter schnell und biss sich auf die Unterlippe.

»Und so elegant sind die fünf Damen«, blieb Clemens weiter am Ball.

»Is mir wurscht«, fuhr Großmutter Rosina ihm über den Mund. »Des hättst ned macha derfa mit dem Gockel. Uns hätt dem Alois sein letzter Blick gelten miassn, ned dem depperten Gockel. Wia stehn mir denn jetzt da vor die Leit. Und wos soll der Pfarrer von uns denka?«

»Oma, das ist fast dreißig Jahre her!«

»Und wenn's zwoamol dreißig Johr her is. Des werd i dir nia ned verzeihn. Und jetzt schleich di.«

Tatsächlich war der Clemens Ortmair daraufhin mit hängenden Schultern durch die Grafenauer Hauptstraße geschlichen und hatte sich selbst bemitleidet. Alles ging schief. Er hätte den gläsernen Sarg verschwinden lassen und die ganze Geschichte ignorieren müssen. Wenn er den Simbacher Florian vor einer guten Woche nicht angerufen hätte, so müsste er nun auch nicht – wie seither jeden Abend – zum Rapport in die Brezen und sich mit den vier Großkopferten treffen, mit denen ihn nichts anderes als diese verfluchten Minisärge verband.

Aber jetzt hatte er keine Lust mehr darauf. Und das würde er denen heute Abend auch sagen. Als er diesen Entschluss fasste, fühlte er sich, als wäre er mindestens zwei Zentimeter gewachsen. Sein Blick fiel auf das Schaufenster des Juweliers Müller am Stadtplatz, und spontan beschloss er, seiner Ute jenes Goldkettchen zu kaufen, das sie neulich so lange und begehrlich betrachtet hatte.

Mit dem frisch erworbenen und hübsch verpackten Schmuckstück in der Tasche fühlte er sich eigenartig gestärkt, als könne ihm nun nichts Böses mehr widerfahren, als hätte er damit eine Versicherung gegen künftige Katastrophen abgeschlossen.

»Die Rosina hod also nix g'sagt?«, hakte Herbert Gegenfurtner nach und fügte allwissend hinzu: »Hob i mir eh scho denkt.«

»So ist es«, bestätigte Clemens und strich sein unbeschriebenes Blatt glatt. Er hätte niemals direkt auf die Brüste der Frauen deren Namen notiert. So was machte man nicht.

»Hat wohl wieder von dem Gockel erzählt, oder?« Florian Simbacher kicherte und sah beifallheischend in die Runde.

Clemens griff in die Hosentasche, ballte seine Hand um das Geschenk für Ute und schwieg.

»Na ja, ist ja auch wurscht«, mischte sich der Lindinger ein. »Wir wissen jetzt definitiv, wer auf dem Foto ist. Nämlich unsere Mütter und Großmütter.« Er sah in die Runde. »Eigentlich haben wir es ja schon die ganze Zeit gewusst, oder?«

Korbinian Huber schluckte. »Und jetzt?«

Sie hörten, wie sich der Wirt näherte und die Tür öffnete. Während er umständlich drei Weißbier, ein Helles und einen Schnitt auf den Tisch stellte, schwiegen die fünf Minisargbesitzer.

»Zum Wohl, meine Herren.« Der Wirt wandte sich zum Gehen.

»Schnitt?« Der Drogist hob die Augenbrauen und nahm Clemens' Getränk ins Visier: »Statt einem Viertel kannst du doch gleich eine Halbe trinken. Wenigstens bist von dem Tee weggekommen. Wurd ja auch Zeit, dass du mal ein richtiger Mann wirst.«

Wenn ich ständig eine Halbe trinke, bin ich bald so g'wampert wie du, dachte Clemens und beschloss, lieber zu schweigen. Er konzentrierte sich auf Ute, die sich bestimmt über das goldene Kettchen freuen würde. Und dann würden sie Versöhnung feiern und Prosecco trinken, und alles wäre wieder gut. Seit Samstag hatte sie nicht mehr mit ihm gesprochen und ihn heute beim Frühstück nicht einmal angesehen.

»Oiso, irgendwie passt mir des ned«, sagte der Wirt, der

schon die Türklinke in der Hand hielt. »Wenn ihr's wissen wollt, is es mir ned recht, dass jetzt schon die Polizei in meiner Gaststubn steht und wissen mog, was ihr da so treibt's.«

»Die Polizei?« Korbinian Huber sah auf. Seine Nasenspitze war ungewöhnlich blass.

»Ja, der Mühlberger Franzl hat doch tatsächlich bei mir an der Theken g'standen und wollt wissen, was ihr hier so redet miteinand und wie oft dass ihr euch trefft und ob i was woaß.«

»Und was hast du dem g'sagt?«

»Ja, nix, i woaß ja von nix.«

»Das ist auch gut so«, erklärte Lindinger im Brustton der Überzeugung. »Ich hab mir heut beim Herkommen eh scho gedacht, dass das meine letzte Brez'n ist. Einmal muss Schluss sein.«

Clemens nickte ihm dankbar zu. »Da hast du recht!«

Florian Simbacher ging zum Angriff über und fauchte den Wirt an: »Du glaubst doch wohl nicht, dass wir nun weiter zu dir kommen, wenn du uns schon die Polizei auf den Hals hetzt!«

»Also, naa, wirklich, i hob die ned g'rufen!«

»Außerdem geht jetzt die Saison los, da habe ich anderes zu tun«, fuhr Florian Simbacher fort.

Übertrieben aufgeräumt beugte sich der Apotheker vor: »Machst dann wieder mit die Madln umanand? Und des in deinem Alter! Falls du Unterstützung brauchst, weißt schon, die kleinen blauen Pillen, dann kommst einfach mal vorbei bei mir. Wir Mannerleit wissen ja zum Glück, worauf es ankommt.«

Alle waren fort, kein Auto stand mehr in der Straße, und dennoch wurden nebenan weiter Türen geöffnet und geschlossen. Von der Polizei und der Spurensicherung war aber niemand mehr zu sehen. Alice hatte mit Erleichterung registriert, dass

Karl Stockmann zu seinen Kollegen in den VW-Bus gestiegen und mit ihnen fortgefahren war. Also konnte nur noch Bodo nebenan sein, er war also doch noch nicht abgereist. Und wie zum Beweis dieser Vermutung hörte sie Bodos Lieblingsmusik aus dem Nachbarhaus.

Sehnsuchtsvoll blickte sie zum Bärenhof. Ob er auch heute wieder dort drüben hinter dem Fenster sitzen würde? Nur er? Sie bräuchte nur vorbeizuspazieren, und er würde ihr zuwinken und sie zu sich bitten, und alles wäre gut.

Sie lauschte der Musik und starrte in die Schneeflocken. So schön wäre es, nicht immer allein zu sein. Als sie das dachte, verkrampfte sich ihr Herz. Nebenan wurde es still.

Sie legte ihre Lesebrille auf den Druckfahnen ab, stützte die Ellenbogen auf, bettete das Kinn auf ihre gefalteten Hände und behielt die verschneite Waldschmidtstraße im Blick.

Nebenan fiel die Tür ins Schloss, und sie verspürte eine kribbelnde Gänsehaut, die im Nacken begann und sich bis zu den Finger- und Zehenspitzen ausbreitete.

Eigenartig vertraut war ihr dieses Prickeln. Auch wenn sie den Glasbläser beobachtet und belauscht hatte, wie er nebenan mit seiner Katze sprach, hatte sie diese Gänsehaut verspürt – aber nie so intensiv. War das etwa ein Zeichen? Und wie wäre es zu deuten?

Bodo Specht überquerte die Straße, hielt unterhalb der Straßenlaterne sein Gesicht in den fallenden Schnee und drehte sich einmal mit ausgebreitetem linken und angewinkeltem rechten Arm so um sich selbst, als wollte er tanzen. Alice verspürte den absurden Wunsch, sich gemeinsam mit diesem Mann zu drehen.

Sekunden später hatte der Erbenermittler seine Pirouette beendet und öffnete mit der linken Hand die Tür zum Bärenhof. Unter dem rechten Arm hatte er einen großen Umschlag.

Die Vorstellung, dass er an der Polizei, und hier besonders

an Karl Stockmann vorbei, wichtige Papiere zur Seite schaffen könnte, machte ihn ihr noch sympathischer.

Nach kurzem Zögern schlüpfte sie in ihre Jacke, nicht ohne sich vorher einen Tropfen Parfüm hinter die Ohrläppchen getupft und sich leicht in die Wangen gekniffen zu haben.

Wie erwartet klopfte er an die Glasscheibe, während sie mit absichtlich abgewandtem Kopf lässig und souverän am Fenster des Gasthauses vorbeispazierte. Mit gespielter Überraschung drehte sie sich um und sah ihn fragend die Schultern heben. Er winkte sie zu sich herein. Sie tat so, als müsse sie einen Moment lang überlegen, öffnete dann aber die Tür.

»Weißwein?«, fragte er anstelle einer Begrüßung.

»Gerne.« Nun hatte sie schon zweimal Weißwein mit ihm getrunken. Das konnte nur ein gutes Zeichen sein.

»Haben Sie schon gegessen?«

Sie nickte.

»Ich hoffe, es stört Sie nicht, wenn ich meine Rindsrouladen aufesse. Da hab ich mich schon den ganzen Tag drauf gefreut.« Dabei griff er nach dem Umschlag, der vor ihm auf dem Tisch lag, und schob ihn in ihre Richtung. »Schauen Sie mal, was ich heute gefunden habe.«

Die breithüftige Kellnerin stellte ein dunkles Bier und eine Karaffe Weißwein auf den Tisch. »Zum Wohl, die Herrschaften!« Alice fiel auf, dass die Bedienung Bodo anlächelte. Ihn allein. Es kümmerte sie nicht. Sie saß mit ihm an einem Tisch, nicht die Bedienung.

Mit spitzen Fingern öffnete sie die braune Papierhülle. Darin lag in einer Klarsichthülle, vermutlich aus den Beständen der Spurensicherer, ein von einem Kind gemaltes Bild. Die Proportionen waren verschoben, die dargestellten Menschen sahen eher aus wie Kopffüßler, aber die festgehaltene Szene war klar und deutlich zu erkennen. Sie betrachtete es lange. »Wo haben Sie das denn her?«

Er schob sich eine Kartoffel in den Mund, ließ ihre Frage unbeantwortet und wollte wissen: »Wie finden Sie das?«

»Ganz schön talentiert«, murmelte sie. »Wer hat das gemalt?«

»Keine Ahnung.« Bodo Specht blickte ihr ohne Vorwarnung direkt in die Augen.

Sie errötete.

»Was meinen Sie, wie alt ist das Kind?«, fragte er dann.

Alice Fischbacher versuchte, sich an ihr Studium und eine Vorlesung zur Deutung von Kinderzeichnungen zu erinnern. Meine Güte, wie war sie engagiert gewesen! Und jetzt? Mit einem Mal wurde ihr bewusst, dass sie weiterhin ihrem früheren Ich nachtrauerte und sich nur schwer damit abfinden konnte, nie wieder die sein zu können, die sie mal gewesen war.

»Entschuldigung«, murmelte ihr Gegenüber und stocherte in seinem Rotkraut. »Ich hab Sie was gefragt.«

»Ja«, nickte sie und log: »Ich versuche gerade, mich an meine Praktikumszeit in einem Kindergarten zu erinnern.« Sie hatte nie in einem Kindergarten gearbeitet, aber diese Behauptung würde er ja wohl nicht nachprüfen wollen.

»Verstehe«, sagte er.

Er versteht gar nichts, dachte sie, nahm einen Schluck Wein und erklärte: »Wenn es sich um ein normal entwickeltes Kind handelt, hat es im Alter zwischen vier und acht diese Szene gemalt. Außerdem ist es ein Linkshänder.«

»Ich bin mir sicher, dass es sich um ein ganz normales Kind handelt«, sagte er schnell, kniff die Augen so zusammen, dass Tausende von Lachfältchen entstanden, und fragte: »Vier bis acht und Linkshänder? Woran zum Teufel erkennen Sie das?«

»In dem Alter sehen die Kinder die Welt subjektiv«, erklärte sie und hoffte, ihn durch ihr Wissen zu beeindrucken. »Das heißt, sie zeichnen Dinge, die objektiv nicht wahrgenommen werden können, von denen sie aber wissen, dass es sie gibt.

Vermutlich hat der kindliche Schöpfer dieses wunderbaren Gemäldes gesehen, dass zwei Männer hinter einem Baum verschwanden. Und damit auch wir es sehen, malt er den Baum mal ganz kurz durchsichtig. Der Schwerpunkt des Bildes und die meisten Details befinden sich auf der rechten Seite. Ein Linkshänder zeichnet von rechts nach links.«

»Toll.« Er betrachtete sie voller Anerkennung.

Sie wurde rot. »Diese Art des Malens verliert sich später. Eigentlich schade. Manche Dinge werden in der Schule verlernt, auch wenn es heißt, dass man gerade dort alles beigebracht bekommt.«

Er schob den inzwischen leer gegessenen Teller zur Seite, wischte sich den Mund mit einer Serviette ab und legte das Bild zwischen sich und Alice. »Es erzählt eine Geschichte, oder?«

Sie nickte. »Eine wahre oder eine ausgedachte Situation.«

»Ich tippe auf wahr.«

Sie sah ihn an. »Ich auch.«

Das etwa DIN A4 große und leicht ausgefranste Blatt zeigte einen Fallschirmspringer, der aus einem strahlend blauen Himmel mit knallgelber Sonne zur Erde schwebte und auf einer grünen Blümchenwiese zur Landung ansetzte.

Das Blau des Stausees mit den weißen Schwänen erinnerte Alice an ihre eigenen Kinderbilder. Nachdem sie den Trick einmal rausgehabt hatte, waren Schwäne besonders einfach zu zeichnen gewesen. Man malte eine Zwei und versah die mit einem bauchigen Bogen nach unten, der sich in seiner Aufwärtsbewegung wieder verjüngte. Dann noch ein flacher Schnabel und ein schwarzer Punkt als Auge – fertig war das edle Tier. Genauso hatte auch dieser kindliche Künstler die Schwäne in der rechten Rundung des Sees gemalt, fast ein ganzes Dutzend, und sie mit Deckweiß ausgefüllt.

Fünf dunkle Gestalten sahen zu dem vom Himmel fallenden Mann auf, von denen sich zwei hinter einem – glücklicherweise durchsichtigen – Baum versteckt hatten. Der Fallschirm war hellgrün, und in seinen Fangleinen hing breitbeinig ein Mensch.

»Wo haben Sie das Bild gefunden?« Alice legte den Kopf schief.

»Versteckt«, sagte er. »In einem Bett. Es war mit einem Stück Stoff und ungefähr einem Dutzend Sicherheitsnadeln an der Unterseite der Matratze befestigt.«

»Da war jemand aber sehr vorsichtig.«

Er nickte. »So sehe ich das auch.«

»Warum? Was meinen Sie?«

Er ließ ihre Frage unbeantwortet und wollte stattdessen wissen: »War der Glasbläser eigentlich Linkshänder?«

Sie dachte lange nach und schüttelte dann den Kopf. »Der hat alles mit rechts gemacht, Fenster und Türen geöffnet, Sträucher beschnitten, Äpfel geerntet. Aber«, und jetzt zögerte sie einen Moment, »ich glaube, der Vater von ihm war Linkshänder. Er hat mir mal einen verstopften Abfluss gerichtet und sich wahnsinnig aufgeregt, weil ich ihm die Rohrzange in die falsche Hand gedrückt habe. Ja, der war Linkshänder. Eindeutig.«

»Dann wird er das Bild gemalt haben.« Bodo rechnete nach. »Wenn wir davon ausgehen, dass er zwischen vier und acht gewesen sein muss, als er sein Erlebnis aufzeichnete, so war das Mitte der vierziger Jahre.«

Sie sah ihn lange an. »Also in den letzten Tagen des Krieges?«

Er nickte.

»Und warum hat er es versteckt?«

»Das müssten Sie als Pädagogin doch am besten wissen. Vermutlich, weil er nicht darüber reden durfte. Er hat es sich buchstäblich von der Seele gemalt.«

»Verstehe. Deswegen auch die vielen Details. Die Sache hat ihn so beschäftigt.«

»Was, meinen Sie, hat er gesehen?«

»Einen Mann, der mit einem Fallschirm vom Himmel schwebt.«

»Einen Amerikaner?«, bot er an.

Sie zuckte zusammen. »Deswegen also das ›Shut up!‹«

Er schenkte ihr Wein nach. »Sie sind schon wieder bei Ihren Gespenstern! Übrigens, wir haben im Haus ein kleines Stück grüne Fallschirmseide gefunden, nicht viel größer als ein Taschentuch. Die war auch versteckt. Vielleicht haben Sie gar nicht so unrecht mit Ihrem amerikanischen Gespenst im Nachbarhaus, auch wenn ich keine Ahnung habe, wie das da hinkommt und was es uns sagen will. Vielleicht will es nur unsere Englischkenntnisse überprüfen?« Er lachte.

Sie blieb sachlich. »Dann müsste das Bild etwa siebzig Jahre alt sein.«

»Vermutlich, aber das kriegen wir heraus. Papierqualität, Farbabrieb und der berühmte Gilb. Karl Stockmann wird es genau bestimmen können. Sie denken doch nicht etwa, dass es eine Fälschung ist?«

Alice roch an der Zeichnung. »Nein.«

»Heutzutage malen Kinder nicht mehr mit Buntstiften und Wasserfarben, sondern mit Filz- und Wachsstiften.«

Alice fragte sich, woher er das so gut wusste. Hatte er etwa Kinder? Wenn ja, würde sie ihn sich aus dem Herzen reißen. Auf der Stelle. Kinder gaben Pfeiftöne von sich und waren unerträglich. Noch während sie darüber nachgrübelte, wie sie ihn am unverfänglichsten danach fragen könnte, beugte er sich vor und wollte flüsternd wissen: »Haben Sie denn den Amerikaner jetzt auch noch gehört?«

Sie schüttelte den Kopf. »Natürlich nicht, mit wem sollte er denn noch reden?«

»Vielleicht mit Ihnen? Ich kann Ihnen den Schlüssel geben.«

»Nein, das mache ich nicht. Keinesfalls.«

»Auch nicht, wenn ich direkt an der Tür stehenbleibe?«

»Ich fürcht mich so.« Ihre Stimme klang ganz klein.

»Das kann ich verstehen. Zumal Gespenster nicht an Raum und Zeit gebunden sind. Ich hab mal gehört, die können auch durch Wände gehen.«

Er sah das plötzliche Entsetzen in ihrem Gesicht und legte ihr beruhigend eine Hand auf den Arm. »Es gibt keine Geister. Glauben Sie mir.«

Anschließend bestellte er bei der vorbeihuschenden Kellnerin eine weitere Karaffe Weißwein und ein dunkles Weißbier. »Nun kommen Sie erst mal wieder zur Ruhe.«

## 30. Kapitel

Nur noch wenige Tage, und dann hieß es Abschied nehmen. Franziska packte schon mal die ersten Sachen in ihren Rollkoffer, und zwar unter strenger Aufsicht der Katze Bella – zumindest erschien es ihr so. Anfangs hatte sie gar nicht geplant, so lange im Bayerischen Wald zu bleiben, und jetzt fiel ihr der Abschied schwer. Offensichtlich war ihre Seele angekommen und fühlte sich wohl.

So war es ihr schon als kleines Mädchen gegangen. Im Unterschied zu anderen Kindern, die mit Leichtigkeit Orte wechselten und genauso unbeschwert gingen, wie sie gekommen waren, ähnelte ihre Seele einem Klettverschluss, der sich viel zu leicht festhakte, selbst an Kleinigkeiten.

Nach langen Gesprächen mit der Polizeipsychologin war sie inzwischen darin geübt, ihre Seele eher an Menschen als an Orte zu heften, doch hier im Bayerischen Wald war es anders. Hier war irgendwie alles anders. Ich komme zurück, versprach sie sich selbst und hoffte, dass sie ihr Versprechen auch einhalten würde.

Am Vormittag hatte sie sich dabei ertappt, dass sie minutenlang einfach nur am Fenster gestanden und im Frieden mit sich selbst auf die schneebedeckten Berge gesehen hatte, vor allem auf den Lusen, dessen Spitze sie ja vor wenigen Tagen eigenfüßig erklommen hatte.

Vielleicht würde sie ja sogar Christian dazu überreden können, ein paar Tage mit ihr im Bayerischen Wald zu verbringen, auch wenn der immer sagte: »Wir haben ein so schönes Haus, da zieht's mich nirgendwo mehr hin.«

Immerhin, zu Marie nach Eckersöd fuhr er gerne. Zu Marie,

die ganz fest per seelischem Klettverschluss mit Franziska verbunden war. Oje, Marie! Franziska kannte ihren Mann und wusste, dass der garantiert nicht an ein Mitbringsel für ihre Freundin dachte. Also würde sie sich darum kümmern.

Wie wäre es beispielsweise mit einer Schachtel beruhigender Glücklichmacher vom kreativen Herrn Huber? Vielleicht könnte Marie ja herausfinden, welche aufhellenden Substanzen der Apotheker dem Johanniskraut beizumischen pflegte.

Ohnehin war es an der Zeit, sich endgültig vom Apotheker zu verabschieden und ihm dabei die Spesenrechnung zu präsentieren. Seufzend setzte Franziska sich an ihren Laptop, sortierte und listete Belege. Papierkram war noch nie ihr Ding gewesen. Andererseits war es gut, diese Sache nun zum Abschluss zu bringen. Sollte tatsächlich in den letzten Tagen noch etwas Ungewöhnliches passiert sein, hätte Korbinian Huber sie sicher angerufen. Insofern war nun also alles wieder im grünen Bereich.

Bella miaute langgezogen und gähnte ausgiebig.

»Was weißt du eigentlich von den gläsernen Särgen?«, fragte sie die Katze.

Keine Antwort.

»Warum hast du Anna nichts davon erzählt? Bist doch sonst nicht auf den Mund gefallen.«

Bella schloss die Augen.

»Genau, es wird Zeit, dass wir uns schlafen legen.«

Sie spürte das Handy in ihrer Hosentasche vibrieren.

Es war Christian. »Ich freu mich auf Mittwoch«, sagte er. »Und ich freue mich auf dich.«

So etwas hatte er ihr seit Ewigkeiten nicht mehr gestanden, und sie merkte, dass etwas an ihrer Seele zwickte. Als würden zwei Klettverschlüsse ein wenig fester aufeinander gedrückt. Es fühlte sich gut an.

»Das war meine letzte Brezn«, hatte Andreas Lindinger im Brustton der Überzeugung verkündet, und Clemens beschloss auf seinem Heimweg, dass das auch für ihn gelten sollte. Es reichte jetzt! Der Apotheker hatte sie alle verrückt gemacht, und nun war auch noch die Polizei ins Spiel gekommen. »So ein Schmarrn aber auch«, murmelte er kopfschüttelnd vor sich hin.

Seltsamerweise hatte seine Ute nicht ein einziges Mal wissen wollen, warum er in den letzten Tagen später als sonst heimgekommen war. Er würde ihr nun erzählen, dass er Überstunden gemacht hatte, um ihr dieses Geschenk zu kaufen. Das kleine Päckchen mit dem goldenen Inhalt fühlte sich super an. Wie ein Versprechen lag es in seiner rechten Hand, die tief in der Manteltasche steckte. Ein Neuanfang nach der unguten Auseinandersetzung am Samstag. Er holte tief Luft und streckte sich. Ja, das war auch seine letzte Brezn gewesen. Sollten sich der Apotheker und die anderen beiden Alten ab morgen alleine dort vergnügen, alte Bilder anschauen, ihre Mütter nach grünen Blusen befragen und respektlos Namen auf fremde Brüste schreiben. Mit ihm nicht mehr!

Clemens Ortmair erreichte das Haus um genau achtzehn Uhr fünfzehn. Alles war dunkel. Die Vorstellung, dass Ute nun auch Überstunden machte, um ihm ein Versöhnungsgeschenk kaufen zu können, amüsierte ihn insgeheim. Während er in der Diele stand und sich den Schnee von den Schultern wischte, rief er ihren Namen.

Eigenartig hohl klang es durchs Treppenhaus. Er versuchte es noch einmal: »Ute, meine Gute, wo steckst du?«

Keine Antwort.

Mit einem mulmigen Gefühl machte er erst im Wohnzimmer, dann in der Küche Licht.

Auf dem dunklen Cerankochfeld lag ein weißer Zettel. Sein Herz machte einen Sprung. Bestimmt hatte sie darauf die

Adresse eines Restaurants geschrieben, in dem sie ihn zum Abendessen erwartete. So hatten sie sich früher oft überrascht. Noch während er das dachte und den Lichtspot über dem Herd einschaltete, lief ihm das Wasser im Munde zusammen. Das traf sich wirklich gut: Mit großer Geste würde er ihr zum Aperitif das goldene Kettchen überreichen.

Der Zettel war ohne Anrede und enthielt nur wenige Sätze: »So geht es nicht weiter mit uns. Ich brauche Abstand. Du hast Geheimnisse vor mir! Unsere Liebe liegt in einem Scherbenhaufen unter der Treppe. Hab eh schon genug Sektgläser! Und ruf mich nicht an. Ich melde mich, wenn ich so weit bin. U.«

Als er sich, noch in Mütze und Mantel, auf einen Küchenstuhl fallen ließ, verspürte er nichts als eine große Leere. Nicht einmal ihren Namen hatte sie ausgeschrieben. Als sei er diese restlichen zwei Buchstaben nicht wert.

Es war das gleiche Gefühl wie damals, als seine Familie tagelang nicht mit ihm gesprochen, ihn nicht einmal angesehen hatte, nur weil er diesen blöden Hahn ans Totenbett des Großvaters getragen hatte. Wer tat, was die anderen wollten, wurde also bestraft. Immer und überall. Was für eine bittere Lektion.

Und vor dem Glassarg hatte er sie doch nur schützen wollen und ihn deshalb in einem Pappkarton und gut verklebt unter der Treppe versteckt.


Wenn es so kalt war, fror er noch mehr. Seine Frau behauptete, das läge nur daran, dass er so spindeldürr war. Er sollte mehr essen. Dabei aß er sich doch immer satt.

Außerdem konnte das so nicht stimmen, denn auch Bodo Specht, der gerade die Tür zum Handgrödingerhaus aufschloss, hatte eine rote Nase und klapperte mit den Zähnen, als er »Zwölf Grad minus« verkündete. Und dieser Bodo war ganz gut beieinand.

»Dann werd ich heut wohl doch mal einheizen«, verriet er dem Hauptkommissar, »damit Ihre Leute nicht erfrieren. Schließlich hat der Stockmann gestern schon alle Kachelöfen in sämtlichen Zimmern untersucht. Zum Schluss sah der Karl aus wie ein Schornsteinfeger. Da hat ihn seine Frau sicher in die Wanne geschickt. Ich frag mich eh: Wer versteckt denn schon was im Ofen? So blöd ist doch keiner.«

Xaver Wimmer nickte. »Ein derartiges Versteck ist grad für Papiere und Geld äußerst suboptimal.«

Bodo Specht lachte laut. »Suboptimal! Das kann man wohl sagen.«

Alice hörte sein Lachen. Es drang durch die Hauswand, überflutete ihre Diele und wogte wie eine Welle in ihr Wohn- und Arbeitszimmer hinein. Bodo Specht war glücklich. Und sogleich fühlte sie sich angesteckt von diesem Glück.

Er hatte ihr am Vorabend so lange nachgesehen, bis sie die Tür zum Austragshäuserl geöffnet und wieder hinter sich verschlossen hatte. Im Dunkeln war sie an ihren Schreibtisch getreten und hatte ihn weiter an seinem Fensterplatz beobachtet. Er schien über das Kinderbild nachzudenken. Sie brauchte ihn nur anzuschauen, um sich so lebendig wie lange nicht mehr zu fühlen. Als er aufbrach, war auch sie in ihr Bett gegangen und hatte so wunderbar geschlafen wie lange nicht mehr. So also fühlte sich das richtige Leben an.

Früh war sie heute aufgestanden, um die liegengebliebene Arbeit von gestern zu erledigen. Im Schwedenofen flackerte ein heimeliges Feuer.

Da klingelte es. Das war sicher Bodo. Sie würde ihm einen Kaffee anbieten. Schnell überprüfte sie sich in einem der vielen Spiegel in der Diele, strich sich das Haar zurück und jubelte, während sie die Tür öffnete: »Hereinspaziert, hier gibt es frischen Kaffee.«

Vor ihr stand ein dünner und frierender Xaver Wimmer.

»Sie?«

»Wen hatten Sie erwartet?«

Alice schwieg.

»Darf ich reinkommen?«

Sie öffnete die Tür zu ihrem Wohn- und Arbeitszimmer.

»Gegen einen frischen Kaffee hätte ich in der Tat nichts einzuwenden«, kam er auf ihre Begrüßung zurück und sah sich um. Der Bücherberg auf dem Couchtisch war seit seinem letzten Besuch um einiges gewachsen, und in einem auf dem braunen Ledersofa liegenden Nadelspiel steckte ein halbfertig gestrickter Fäustling. Heute stand keine Weinflasche am Fuß der Couch. Der Kommissar fragte sich, ob Alice die schnell weggeräumt haben mochte, und trat auf den Teppich.

»Ich hoffe, Sie haben saubere Schuhe!« Ihre Stimme klang unsicher.

Der Teppich war fast weiß.

Xaver Wimmer trat auf den Dielenboden zurück und entschuldigte sich. Noch war nichts passiert, aber er blieb lieber auf dem Holzboden.

Sie schob einen kleinen Tisch in die Nähe ihres Schreibtisches und wies auf den Drehsessel. »Setzen Sie sich doch.« Ihr Computer war noch nicht hochgefahren. Xaver Wimmer war sich sicher, dass sie ihm sonst nicht diesen Platz angeboten hätte.

»Es geht mir um den Abend des 6. November«, fing Wimmer an.

Sie nickte. »Das war die Nacht, in der Rudolf erschlagen wurde.«

»Exakt. Können Sie sich noch daran erinnern, was Sie an dem Abend gemacht haben?«

»Nichts Besonderes. Wir haben kurz über das Schneeräumen gesprochen, und dann bin ich wieder an meine Arbeit gegangen. Später hab ich mir im Fernsehen den ›Tatort‹ ange-schaut. Weil es ja Sonntag war.«

Er sah ihr an, dass sie log.

»Und einen kleinen Spaziergang haben Sie dann auch noch gemacht«, behauptete er ins Blaue hinein und setzte noch eins drauf: »Man hat Sie nämlich gesehen.«

»Mich?« Sie wurde blass.

Er sah sie lange an und ahnte, dass sie ebenso fahl und ängstlich vor ihren Schülern gestanden haben musste, wäh-rend die ihr grausames Spiel mit ihr trieben. Sie tat ihm leid. Ihre Finger zitterten so sehr, dass sie die Kaffeetasse mit beiden Händen umfasste, sie einen Zentimeter anhob und dann wie-der zurückstellte, als ahne sie, dass sie alles verschütten würde, noch bevor sie einen Schluck nehmen konnte.

»Na gut«, sagte sie dann sehr leise. »Ich bin ihm gefolgt. Den ›Tatort‹ hab ich mir dann später auf Einsfestival angese-hen. Aber ihm nachzugehen ist ja kein Verbrechen.«

»Wissen Sie noch, wovon der ›Tatort‹ gehandelt hat? Wo spielte er, und welche Kommissare haben ermittelt?«

Sie schüttelte den Kopf. »Ich konnte mich nicht konzent-rieren.«

Er beugte sich vor. »Und? Was haben Sie gesehen, als Sie ihm gefolgt sind?«

»Nichts. Er ist zum Kurpark spaziert, ein bisschen am Stau-see entlanggelaufen und hat sich dann auf eine Bank gesetzt. Ich wollte eigentlich zu ihm gehen und mich neben ihn setzen und ihm alles noch einmal erklären, aber …« Sie zitterte.

»Aber?«, hakte Wimmer nach.

»Aber dann hat er den rechten Zeigefinger in die Luft ge-halten, reglos, und ist starr sitzen geblieben. Minutenlang. Still und starr.«

Jetzt zitterte sie so heftig, dass ihre Knie gegeneinander-schlugen.

»Schon gut, schon gut. Beruhigen Sie sich.« Xaver Wimmer legte ihr eine Hand auf den Arm.

Sie atmete tief durch und flüsterte: »Wissen Sie, ich halt es einfach nicht aus, wenn Leute sich nicht bewegen. Da bin ich traumatisiert, eine Katastrophe ist das.«

Der Hauptkommissar nickte. »Ich weiß.«

Wenn er jemals herausbekommen würde, wer von den Grafenauer Schülern auf die Idee mit dem Flashmob gekommen war, schwor er sich, so würde er sich den aber sauber zur Brust nehmen.

»Rudolf Handgrödinger hat also auf die Baustelle zum Hotel geschaut?«, stellte er klar.

»So sah es aus. Unverwandt.«

»Und dann?«

»Ich hab mich an einer Buche festgehalten. Ich musste mich erst wieder erden, zu mir selbst finden. Ich war völlig außer mir.«

»Wie lange hat er dagesessen? Wann ist er aufgestanden?«, hakte Wimmer nach einer Weile nach.

»Aufgestanden?« Sie schüttelte den Kopf. »Aufgestanden ist der gar nicht. Das war es ja. Als ich wieder hochschaute, stand jemand neben ihm und hat auf ihn eingeredet.«

»Konnten Sie etwas verstehen?«

Sie schüttelte den Kopf. »Der Mann hat sehr schnell und aufgeregt gesprochen. Nur den Rudolf hab ich gehört. ›Dann steh halt dazu‹, hat der gesagt, ›wie du ja auch zu deiner Schweineprinzessin stehst. Und bring die Sache endlich aus der Welt.‹«

Xaver Wimmer schluckte. »Schweineprinzessin?«

Alice nickte. »Ich weiß auch nicht, was das bedeuten soll. Vielleicht hab ich mich ja verhört.«

Der Kommissar biss sich auf die Unterlippe. Das konnte doch wohl nicht sein. »Der Mann«, fragte er dann, »war der mittelgroß und ziemlich rund?«

Sie hob die Schultern. »So genau hab ich gar nicht auf den geachtet, weil …« Alice schluckte und fuhr fort: »Der hat nämlich einen von den Eisenstäben genommen und damit auf den Rudolf eingedroschen, auf Kopf und Schultern, immer wieder. Erst als der Rudolf sich gar nicht mehr gerührt hat, ist er weggegangen. Geschrien hat er wohl auch dabei, aber ich hab mir die Ohren zugehalten und wollte sowieso gar nicht richtig hinschauen. Auf jeden Fall lag der Rudolf dann auf der Bank, und ich habe gedacht, ich muss ihm helfen, sofort. Und dann bin ich zu ihm hin.« Sie sah auf ihre Hände. Das Zittern hatte ein wenig nachgelassen. »Er lag auf der Seite, mit offenen Augen, und überall war Blut.« Sie schluckte. »Ich wusste gleich, dass es zu spät war. Sie haben ihn dann ja auch gesehen.«

»Sie hätten sofort bei uns anrufen müssen.«

»Ich habe kein Handy.«

»Haben Sie etwas angefasst?«

Alice nickte. »Die Stange. Die habe ich zur Seite gelegt. Sie steckte ja fast in seinem Kopf. So konnte ich ihn doch nicht liegen lassen, verstehen Sie?«

»Sie standen unter Schock«, erklärte Xaver Wimmer. »Da handelt man oft instinktiv. Das Phänomen ist uns bekannt. Trotzdem hätten Sie mir das alles schon viel früher sagen müssen.«

Sie schluckte und sah zu Boden. »Ich weiß.«


»Ich nehm dann mal gleich ein ganzes Dutzend von Ihren hochwirksamen Beruhigungspillen«, verkündete Franziska beim Betreten der Apotheke. Sie war die einzige Kundin.

Korbinian Huber nickte erfreut. »Da schauen wir doch mal. Hoffentlich habe ich so viel vorrätig.«

»Machen Sie die wirklich selbst?«, fragte Franziska.

Er nickte. »Ja sowieso! Geheimrezept. Von meinem Großvater.«

»Dann werden Sie mir wohl nicht verraten, was da alles drinsteckt?«

»Nein, natürlich nicht. Das Rezept vererbe ich höchstens mal meinem Schwiegersohn.« Er verschwand in seinem Hinterzimmer, und sie sah ihm nach. Was er wohl im Schilde führen mochte? Geheime Treffen mit dem Modehausbesitzer auf zugigen Parkplätzen und konspirative Zusammenkünfte in der kleinen Stube des Breznwirts, die sonst nur für Beerdigungen mit besonders kleinen Trauergesellschaften gebucht wurde.

Irgendwann würde sie Xaver Wimmer anrufen und dann hoffentlich erfahren, was hinter diesen Meetings steckte.

»Sodala!« Korbinian Huber rauschte im weißen Kittel aus dem Hinterzimmer und legte sieben Packungen seiner Spezialmischung auf die Theke. »Mehr habe ich nicht vorrätig.« Er tippte den Preis in die Kasse und suchte ihren Blick. »Darf es sonst noch was sein?«

»Ich sehe gerade, Sie haben auch Bachblütentropfen für Tiere. Da nehme ich noch ein Fläschchen mit.«

»Richtig, Sie haben ja die Katze vom Handgrödinger. Und nun reisen Sie mit der wieder ab? Geben Sie ihr zwei Tropfen ins Trinkwasser. Dann bleibt sie gelassen.«

Irrte Franziska sich, oder klang so etwas wie Erleichterung in seiner Stimme mit?

»Mach ich.« Sie griff in ihre Tasche, holte eine Klarsichthülle hervor und legte sie auf die Theke.

Er sah sie fragend an.

»Das können wir vielleicht miteinander verrechnen«, erklärte Franziska. »Hier sind meine Spesen. Meinen zeitlichen Aufwand kläre ich dann direkt mit dem Oberstaatsanwalt.«

Korbinian Huber warf einen Blick auf die Summe. »Da kriegen Sie ja noch was raus. Soll ich Sie in Naturalien bezahlen? Vielleicht ein pflegendes Duschgel? Eine wirkungsvolle Hautcreme?«

»Jetzt kommen Sie mir bitte nicht damit, dass Sie schon von Weitem erkannt haben, dass meine Haut trocken ist«, scherzte Franziska und erinnerte sich an ihren ersten Besuch in der Drogerie.

Hinter ihr öffnete sich die Ladentür, und ein eisiger Luftzug erfüllte den Raum. Schnell ließ Korbinian Huber die Klarsichthülle mit den Spesenbelegen in einer Schublade verschwinden.

Sie waren zu dritt gekommen und bauten sich bedrohlich vor der Verkaufstheke auf, hinter der Korbinian Huber stand, dessen Gesicht mit einem Mal fast so blass war wie sein weißer Kittel.

»Was ist denn hier los?«, fragte der Apotheker dennoch betont aufgeräumt. Franziska sah, dass seine Hände zitterten. Er ließ sie in den Kitteltaschen verschwinden.

»Wir müssen dich festnehmen«, erklärte Xaver Wimmer, während einer seiner Begleiter die Handschellen hervorzog und der andere die Eingangstür sicherte.

»Warum, wieso?« Korbinian Hubers Stimme klang rau.

»Jetzt tu nicht so. Du hast den Rudolf Handgrödinger erschlagen. Ja, Herrschaftszeiten noch amal, was hast du dir denn dabei bloß gedacht?« Der Hauptkommissar schien selbst an seiner Anklage zu zweifeln.

»Der sollte doch nur aufhören mit seinen depperten Särgen«, murmelte der Apotheker so leise, dass Franziska ihn kaum verstand. »Diese alten Geschichten! Wir haben doch eh nichts mehr damit zu tun. Aber er wollte und wollte sie nicht ruhen lassen. Dabei hätt das die Zukunft von uns allen verbauen können, und das gerade jetzt, wo meine Karin einen Pharmaziestudenten gefunden hat und wir wissen, dass es weitergeht mit der Apotheke, dass bald schon die nächste Generation dran ist.«

»Deine Karin?«, fragte Xaver Wimmer. »Deine Schweineprinzessin?«

Korbinian Huber nickte.

»Gut, dann wollen wir mal. Kommst du freiwillig mit?« Er wies auf die Handschellen.

Korbinian Huber zog seinen Kittel aus und kam hinter der Theke hervor. Er sah plötzlich ganz klein aus.

# Epilog

Im Jahr 1945 fiel Christi Himmelfahrt auf den 10. Mai. Lambert Handgrödinger würde diesen Donnerstag sein Leben lang nicht vergessen. Er hatte einen Tag zuvor seinen achten Geburtstag gefeiert und war am Feiertag gemeinsam mit dem Vater zur Kirche gegangen. Nur er und der Papa. Darauf war er besonders stolz.

Ganz blau war der Himmel gewesen und die Luft so sauber, als hätte sie jemand über Nacht mehrfach gefiltert oder ausgetauscht. Es roch nach Sommer und Sonne, und der kleine Lambert trug wollweiße gestrickte Kniestrümpfe und eine kurze Stoffhose, die bis zur Mitte seiner Oberschenkel reichte. Die Strümpfe hatte er zu seinem gestrigen Geburtstag bekommen, dazu Hosenträger, ein helles Hemd sowie einen Strickjanker.

»Heut ist ein ganz besonderer Feiertag«, hatte der Vater beim Frühstück verkündet. »Unser Herr Jesus Christus ist an diesem Tag in den Himmel hinaufgefahren.«

Und tatsächlich sah der Himmel an diesem Donnerstag so aus, als wäre er empfangsbereit für andere, die auch in ihn auffahren wollten. Schon allein deswegen beobachtete Lambert Handgrödinger ihn sehr genau. Nicht eine Wolke war zu sehen. Nur ganz weit hinten, dort, wo in den siebziger Jahren der Kurpark mit seinem Kurparksee entstehen sollte, entdeckte er einige kleine Pünktchen am Himmel und wollte vom Vater wissen, ob da schon »welche auffifuhren«.

Der hatte mit einem langen »Naa« geantwortet und den Kopf geschüttelt.

Und obwohl der Lambert ja nun schon acht Jahre alt und

damit eigentlich schon sehr groß war, hatte der Vater ihn an diesem Nachmittag nicht mitgenommen in die Glasfabrik, wo er den Feiertag nutzen wollte, um ein wenig zu schinden. So hieß das nämlich, wenn man nicht für den Fabrikbesitzer, sondern für den eigenen Haushalt Gläser und Schüsseln herstellte.

»Geh lieber a bisserl an die frische Luft, so blass, wie du bist«, hatten Vater und Mutter bestimmt, und so hatte Lambert immer weiter in den Himmel gesehen und festgestellt, dass die Punkte dort am östlichen Horizont größer wurden. Er war zur Freyunger Straße hinuntergelaufen, hatte die Ohe überquert und dann auf der großen Wiese gestanden.

Er war nicht der Einzige, der dort ankam, aber er war der Kleinste, und so schaffte er es, dass die fünf Männer ihn nicht wahrnahmen. Sie unterhielten sich gerade, und er hörte das Wort »Heimaturlaub« heraus.

Dieses Wort würde er nie vergessen, denn während er in einem Haselstrauch saß und die Punkte weiterhin im Blick behielt, fragte er sich, was das schon für ein Urlaub sein konnte, so ein Urlaub daheim. Fuhr man nicht im Urlaub in die Ferne, um sich auszuruhen von der Arbeit, die daheim ständig auf einen wartete? So hatte seine Mutter es ihm erklärt, und die wusste alles.

Die fünf Männer trugen Uniformen und waren ziemlich ausgelassen. Sie tranken Bier aus Flaschen mit Bügelverschlüssen und versicherten sich gegenseitig: »Bald gehört uns die ganze Welt«, und dazu umarmten sie sich. Den kleinen Lambert, der davon überzeugt war, dass sich nur Väter und Mütter, und dann auch nur die, die zusammen Kinder hatten, umarmen durften, wunderte das sehr.

Der Himmel war so blau, als hätte der liebe Gott persönlich ihn angemalt. Gleichmäßig und makellos. Nur der Punkt wurde größer und fing dann auch noch an zu brummen. Das Brummen ging in Dröhnen über, und das Dröhnen entpuppte sich als Flugzeug, das ins Trudeln geriet. Der Motor heulte auf, die Maschine richtete sich himmelwärts – und dann fiel etwas aus ihr heraus, während das einmotorige Flugzeug sich entfernte, um kurz darauf in einem Waldstück abzustürzen und in Flammen aufzugehen. Lambert hielt den Atem an.

Der aus der Maschine herausgefallene Punkt wurde größer und größer. Am Horizont wuchsen dicke schwarze Rauchwolken. Doch der kleine Lambert in seinem Haselstrauch starrte weiter auf den Punkt und fragte sich, ob das Wesen, das nun vom Himmel herunterschwebte, unser Herr Jesus Christus sein könne, jener, der vor fast zweitausend Jahren in denselbigen Himmel aufgefahren war.

Ein verheißungsvolles Knistern lag in der Luft, dann öffnete sich ein großer grüner Schirm, und der Mann, der erst so schnell wie ein schwerer Stein gefallen war, begann nun, gehalten vom Schirm, elegant abwärts zu schweben. Lambert hatte noch nie etwas so Schönes gesehen.

Auch die fünf Männer vor ihm blickten zum Himmel hoch.

»Scheiße«, sagte einer von ihnen. »Das ist ja ein Ami, wer hat den denn abgeschossen?«

»Der hat hier nix zum suchen«, bestätigte sein Nebenmann, und die fünf bauten sich breitbeinig auf der Wiese auf und legten ihre Köpfe in den Nacken.

Auf den kleinen Lambert machte die Szene den Eindruck, als würde ein Engel vom Himmel schweben, um direkt vor ihm auf der Wiese einen Purzelbaum zu schlagen. Breitbeinig blieb der Fallschirmspringer sitzen, öffnete den Mund und zeigte zwei Reihen makellos weißer Zähne. Er wedelte mit den Armen, holte ein weißes Tuch aus der Brusttasche seines Overalls und sagte etwas, was sich in etwa anhörte wie: »Ich war ein Ober.«

»Was sagt der?«, fragte einer der Männer.

»Dass der Krieg vorbei ist, the war is over.«

»Der lügt, das ist ein feindlicher Angriff, das ist Wehrkraft-zersetzung«, schrie einer der Fünf plötzlich mit kippender Stimme, »der will unsere Moral unterwandern. Und darauf steht die Todesstrafe. Los, tötet ihn!«

Erstarrt vor plötzlicher Angst hockte Lambert reglos in seinem Versteck und wagte kaum, aufzuschauen. Er steckte sich einen Finger in den Mund und biss so fest darauf herum, bis er blutete. Es tat kaum weh. Der Junge wünschte sich weit fort. An den Küchentisch zu seiner Mutter, notfalls auch in den Keller zum Kohlenholen oder gar in die Schule, Hauptsache hier weg.

Drei der fünf Männer gingen auf den Sitzenden los, der weiter sein weißes Tuch schwenkte und unglaublich strahlende Zähne zeigte.

Starr vor Schreck nahm Lambert wahr, wie einer der Soldaten hinter den Bäumen hervorkam. Der Mann trug einen Spaten in der Hand, stürzte mit einem wilden Schrei auf den lachenden Engel zu und hieb mit silbrig blitzendem Spatenblatt auf Kopf und Schultern des vom Himmel Gefallenen ein.

Das weiße Tuch in der Hand des Fremden färbte sich rot. Der Mann, der gerade noch so wunderbar gelacht und mit weißer Fahne gewunken hatte, fiel rücklings auf die Wiese. Alle Vögel hörten auf zu zwitschern. Es war totenstill.

Der andere Mann kam hinter dem Baum hervor und zischte den Spatenträger mit heiserer Stimme an: »Bist du des Wahnsinns! Was hast du da gemacht?!«

»Der will unsere Kampfkraft unterwandern«, rechtfertigte sich der andere. »Das kann ich nicht zulassen. Ich schütze unser deutsches Volk.«

»Mein Gott, was habt ihr nur?«, fuhr der dritte Soldat dazwischen und zog ein Taschenmesser aus seinem Gürtel. »Regt euch doch nicht so auf! Im Krieg ist alles erlaubt, und das da ist eindeutig ein Feind. Ein Ami!«

Schnell schnitt er die Fäden von der reglosen Gestalt und rollte das hellgrüne Schwebedach zusammen.

Trotz all seines Schreckens staunte der kleine Lambert darüber, wie klein sich das Dach zusammenfalten ließ. Es hätte in eine Schuhschachtel gepasst.

Während des ganzen Nachmittags traute er sich nicht vom Fleck. Er sah, wie die fünf Männer eine Grube gruben und sich dabei abwechselten. Er hörte ihr Fluchen und das Ploppen der Bügelverschlüsse an den Bierflaschen. Sobald einer sich absonderte, um in Ruhe zu pinkeln, blieb ihm das Herz stehen. Abends schimpfte die Mutter mit ihm, weil er sich in die Hosen gemacht hatte. Doch das war ihm egal. Er nahm sich vor, über das Gesehene lieber mit niemandem zu sprechen. Nur eines musste noch geklärt werden.

»Was ist ein Ami?«, wollte Lambert an diesem Abend von seinem Vater wissen. Er sprach extra ganz leise, damit die Mutter ihn nicht hörte, die am Waschbecken stand und Geschirr spülte.

»Warum willst du das wissen?«

»Ich hab einen gesehen.«

»So ein Schmarrn!«

Und dann erzählte er doch von seinem Erlebnis, obwohl er nicht darüber sprechen wollte. Niemals.

Der Vater war ganz blass geworden. »Hast du die Männer erkannt?«

Lambert hatte den Kopf geschüttelt und ein weiteres Detail preisgegeben: »Die Männer waren auf Heimaturlaub. Kann man denn daheim überhaupt Urlaub machen?«

»Stell nicht so dumme Fragen!« Und schon hatte er sich eine Watschen eingefangen.

»Fünf?«, fragte der Vater dann noch einmal und legte die Stirn in Falten. »Bist du dir ganz sicher?«

Lambert nickte.

»Dann weiß ich schon, wer das war«, hatte der alte Hand-grödinger gemurmelt. »Ich klär das. Aber dass du mir mit niemandem darüber sprichst! Da ist nichts passiert, und du hast auch nichts gesehen. Hast mi?«

Aber das stimmt doch nicht, wollte Lambert widersprechen. Er zeigte seinem Vater den eindeutigen und endgültigen Be-weis: ein Stück von dem grünen Stoff. »Schau mal, das hab ich mitgenommen. Das Stoffstück ist auf mein Versteck geflogen, als die das Trum auseinandergeschnitten und den Mann ganz ausgezogen haben.«

Der Vater nahm ihm den Stofffetzen aus der Hand und be-schwor ihn: »Noch amal: Du hast nichts g'sehn. Gar nix! Und dabei bleibt's! Das sind nämlich alles Großkopferte, und mit denen legen wir uns ned an!«

Daraufhin war der kleine Lambert in sein Zimmer gegan-gen und hatte das aufgemalt, was er gesehen hatte, denn er wollte es nicht vergessen. Und immer wenn es ihm schlecht ging und er traurig war oder die Eltern Hausarrest über ihn verhängt hatten, malte er an dem Bild weiter, das sorgfältig in einer Stofftasche unterhalb seiner Matratze versteckt war: ein lachender Christus, der am eigenen hellgrünen Baldachin vom Himmel fiel.

Als der Vater fast vierzig Jahre später starb und Lambert schon selbst einen Sohn, nämlich den Rudolf hatte, fand er im Testament des Vaters fünf Namen und das Vermächtnis: »Der Fallschirmspringer braucht seine Ruhe. Klär das! Ich hab's nicht gekonnt.«

# Danksagung

Ein ganz besonderer Dank gilt meinem Mann Thomas für das geduldige und aufmerksame Lesen und die hilfreichen Gespräche und Anmerkungen nach Lektüre des Rohmanuskriptes. Ebenso danke ich meiner Beraterin und klugen Erstleserin Angela Wax-Rüdiger, deren prägende Kindheitserinnerung in diese Geschichte einfloss, und Rüdiger Hartmann vom DJI für das gemeinsame Brainstorming.

Auch Herrn Professor Dr. Herbert Seibold, der die medizinisch-forensischen Details einer genauen Prüfung unterzog und mir interessante Tipps gab, und Herrn Dr. Jens Amendt vom Institut für Rechtsmedizin in Frankfurt am Main, der mir vorschlug, zur Altersbestimmung des Skelettes einen Botaniker zu befragen, bin ich zu Dank verpflichtet.

Cornelia Glashauser vermittelte mir Einblicke in ihre Kommunikation mit Tieren und beriet mich in diesem Buch zum »Fall Bella«.

Ganz besonders bedanke ich mich bei Frau Dr. Annika Krummacher, die mich nun schon acht Romane lang als Lektorin begleitet.

Alle Personen und Handlungen dieses Romans sind frei erfunden.

# Morden wie im Mittelalter

Katharina Gerwens

**Der letzte Streich**

Ein Krimi aus dem
Bayerischen Wald

Piper Taschenbuch, 352 Seiten
€ 10,00 [D], € 10,30 [A]*
ISBN 978-3-492-30731-4

Ein Mittelalterfestival in Ortenburg – das wollen sich Kommissarin Franziska Hausmann und ihre Freundin Marie nicht entgehen lassen. Sie ahnen nicht, dass diese Zeitreise zu einem Horrortrip wird: Ein kostümierter Mann wankt auf Franziska zu, flüstert unverständliche Worte und bricht zusammen. In seiner Brust steckt ein Dolch. Bei dem Toten handelt es sich um einen Manager, der im Bayerischen Wald Entschleunigung suchte. Am Ufer der Donau bleibt es turbulent, denn schon bald folgt die nächste Leiche …

**PIPER**

Leseproben, E-Books und mehr unter **www.piper.de**